FOLIO SCIENCE-FICTION

Poul Anderson

La saga de Hrolf Kraki

Traduit de l'américain par
Pierre-Paul Durastanti

Gallimard

Titre original :

HROLF KRAKI'S SAGA

Poul Anderson (1926-2001) est considéré aux États-Unis comme l'une des figures centrales de l'âge d'or de la science-fiction et de la *fantasy*. Surtout connu en France pour le cycle de *La patrouille du temps* et pour quelques romans de *fantasy* inspirés de Shakespeare, Anderson a publié au cours de sa carrière plus d'une centaine de romans et de nombreuses nouvelles pour lesquelles il a reçu sept fois le prix Hugo et trois fois le prix Nebula.

À mes deux grands conteurs finnois favoris,
Chelsea Quinn Yarbro et Emil Petaja.

LES SKJOLDUNG

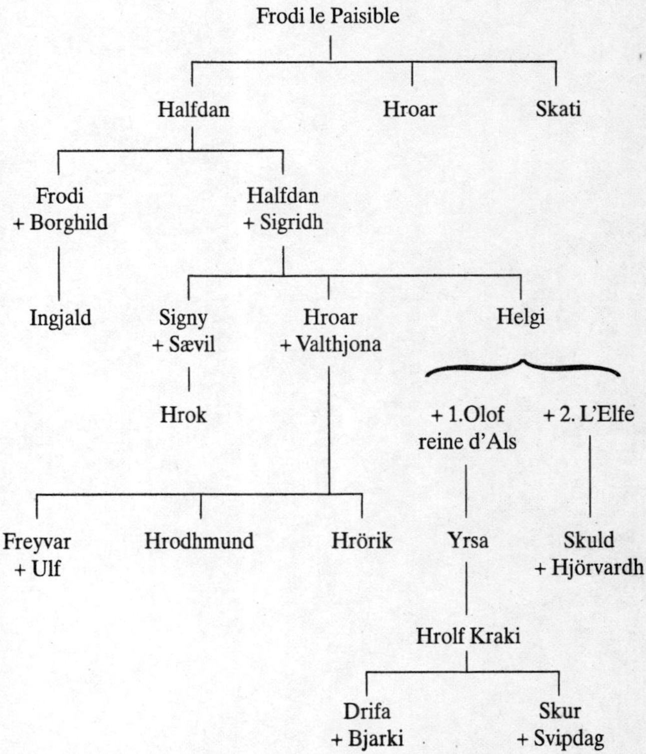

AVANT-PROPOS

L'HISTOIRE DE HROLF KRAKI

Un livre devrait pouvoir se passer de présentation, mais celui-ci ne relève pas du fantastique moderne, et le lecteur voudra peut-être en connaître les coulisses.

Contrairement à la *Volsungasaga*, dont le cœur est un récit rhénan, le cycle de Hrolf Kraki et de ses héros est purement nordique. Jadis très vaste et très répandu, il s'enracinait au tréfonds des âmes et des chants du peuple. Mais il n'a pas eu la chance dont a bénéficié l'histoire de Sigmund, Sigurdh le Fléau de Fafnir, Brunehilde et Gudhrun : se présenter sous la forme d'un récit nerveux en prose et inspirer des poèmes qui ont survécu intacts. Presque oublié, il mérite pourtant d'être redécouvert.

Il naît peu avant le *Nibelungenlied* et en même temps que le *Beowulf*. Le *Hrolf* et ce dernier s'éclairent l'un l'autre et comptent bien des personnages en commun dont l'exemple le plus frappant reste le roi Hrothgar — Beowulf débarrasse son château d'une infestation de monstres. Dans sa version initiale, Hrothgar, c'est Hroar, l'oncle de Hrolf. On a effectué assez de recoupements pour qu'il ne subsiste aucun doute.

On peut le dater avec une précision satisfaisante. Grégoire de Tours, dans son *Histoire des Francs*, parle d'un roi danois (qu'une chronique un peu ultérieure qualifie de goth) appelé Chochilaicus, mort au cours d'un raid massif sur la Hollande. Ce doit être ce seigneur que le *Beowulf* nomme Hygelac et le *Hrolf* (comme d'autres fragments nordiques) Hugleik. De là, on peut postuler avec une confiance raisonnable qu'il était goth. On ignore si ce peuple vivait au Jutland ou en Gothie suédoise, alors royaume indépendant. La seconde hypothèse me paraît plus probable. En tout cas, l'identité avérée de ce chef nous porte à croire que d'autres aussi ont existé, dont les noms figurent en meilleure place dans la tradition : Beowulf et Hrolf, entre autres.

Hugleik meurt entre 512 et 520. Hrolf apparaît donc vingt ou trente ans plus tard durant le *Völkerwanderung*, l'errance des tribus germaniques après la chute de Rome, la période la plus agitée de l'histoire du monde. On peut alors comprendre pourquoi il a laissé un si glorieux souvenir et pourquoi les diseurs de sagas, génération après génération, ont amené tant de héros à sa cour, même si cela signifiait accorder de moins en moins d'importance au roi lui-même dans le cycle. Son règne a représenté — en comparaison, et dans le cadre du récit tout au moins — une embellie au milieu d'un ouragan qui fit rage pendant des siècles. Il devint au Nord ce que fut Arthur à la Grande-Bretagne et Charlemagne à la France. Le matin de Stiklestad, cinq siècles plus tard, en Norvège, les soldats du roi Olaf le Saint se réveillèrent au chant du skalde qui déclamait un *Bjarkamaal*, un des lais racontant la dernière bataille des guerriers de Hrolf, roi danois païen.

Des fragments nous en sont parvenus. On connaît aussi le *Bjarkarímur*, poème plus tardif. La chronique de l'histoire et des légendes danoises du moine Saxo Grammaticus (~ 1150-1206) en livre une autre version, longue paraphrase en latin à partir de laquelle on ne peut guère qu'essayer de reconstituer l'original. (« Le Dit de Skuld » en propose trois extraits, l'un dans la première section, les deux autres, adaptés, dans les deuxième et troisième sections.) Ce livre — qui inclut la plus ancienne mention existante d'Hamlet — raconte l'histoire de Hrolf. On la retrouve dans des œuvres de Snorri Sturlason (1179-1241), dans la *Skjoldungasaga* abrégée, et ailleurs, ici et là. Les sources principales en sont les rares manuscrits islandais consacrés à la légende. Hélas, aucun ne date d'avant 1650, et le style comme la logique y laissent à désirer.

Ces diverses sources se contredisent mutuellement, voire intrinsèquement, sur plusieurs points. Par trop éparses, elles demeurent en outre trop absconses pour le lecteur moderne non féru d'antiquité scandinave.

J'ai longtemps voulu écrire *une*, sinon *la* reconstitution : réunir le meilleur, combler les vides, utiliser les vieux mots appropriés ou les remplacer par de nouveaux, faute de mieux. Ma profonde gratitude va à Ian et Betty Ballantine et à Lin Carter, pour cette occasion d'essayer.

Beaucoup de ces choix et de ces suppositions sembleront discutables ou arbitraires. On laissera aux érudits l'agréable passe-temps d'ergoter sur les détails. Pour moi, le problème primordial résidait dans la nécessité de concilier le plaisir de lecture et la fidélité aux modèles originaux.

Par exemple, de mon point de vue et sans doute du vôtre, trop de noms commencent par *H*, voire par *Hr*. Je ne me suis pas senti le droit d'y remédier, à moins que l'une des sources m'en laisse la possibilité, mais j'ai essayé d'écrire de façon à minimiser les risques de confusion. Pour des motifs voisins, j'ai souvent utilisé les noms de lieu modernes, sauf pour des territoires, tel le Svithjodh, qui n'existent plus.

Le risque le plus important réside dans l'esprit même de cette saga qui n'est pas *Le Seigneur des anneaux*, œuvre d'un auteur civilisé, chrétien, même si elle a sans doute constitué l'une des nombreuses sources de Tolkien. Hrolf vivait au plus noir des âges sombres. Massacres, esclavage, vols, viols, tortures, rites païens sanguinaires ou obscènes, tel était le lot quotidien. Les Finnois[1] notent la brutalité et la superstition des Scandinaves face à leurs populations inoffensives. On réservait l'amour, la loyauté, l'honnêteté autre que forcée aux parents, au chef, aux amis intimes. Le reste du genre humain n'était qu'ennemis et proies. Et la colère ou la traîtrise brisait souvent les liens qui avaient pu se nouer.

Adam Oehlenschläger, écrivant à la période romantique, pouvait sentimentaliser Helgi, Hroar et Hrolf. Je m'y refuse. Gardons à l'esprit qu'on ne doit jamais tenir la civilisation pour acquise.

J'espère que vous le supporterez, ainsi que le caractère nécessairement tentaculaire du récit et ce que

1. En fait, si les sagas les disent Finnois, nombre d'entre eux étaient sans doute des Lapons.

nous ressentons comme une superficialité qui reflète simplement la manière dont ces gens se voyaient. Leur caractère nous paraît d'un égoïsme forcené ; mais, pour eux, chacun était membre de sa famille d'abord et soi-même ensuite — en dépit de sa soif de fortune et de gloire. Le héros n'est aucun des personnages, mais plutôt le sang de Skjold l'Enfant à la Gerbe, qui irrigua bien des cœurs.

J'ai cru bon de donner un aperçu de ces vies et de cette société. Cependant, mon but consistait à élaborer non point une réalité historique d'ailleurs hypothétique, mais un mythe. Par conséquent, j'ai placé la narration dans la bouche d'un habitant de l'Angleterre du Xe siècle, une époque où le cycle avait pris sa forme définitive : une femme moins susceptible qu'un homme d'user du style laconique de la saga. Elle y introduit l'élément surnaturel, et beaucoup d'anachronismes. À maints égards, elle décrit la Scandinavie de son temps.

Quant aux noms propres, ceux des dieux figurent dans leur forme moderne. Comme ceux des héros sont assez exotiques, je les ai laissés en vieux norrois. Mais j'en ai parfois modifié l'orthographe afin de faciliter l'impression et la lecture. Pour les lecteurs intéressés, les prononciations s'entendent comme suit, l'accent se portant toujours sur la première syllabe :

a : généralement ouvert, comme dans *ah !*
aa : à mi-chemin entre le *aw* anglais de *saw* et *oh !*
dh : comme *th* dans *this* en anglais.
ei, ey : comme dans les mots anglais *rain*, *they*.
g : dur, comme dans *garder*.
gn : prononcer les deux lettres, comme dans *gnou*.

j : comme le *y* dans *yeuse*.
kn : prononcer les deux lettres, comme dans *knout*.
ng : comme dans *ring*.
ö : comme en allemand, ou, à peu près, comme le *oo* long anglais dans *good*.
oa : deux voyelles, oh-ah.
th : comme le *th* dans *thunder* en anglais.
u : long, sauf s'il est suivi d'une consonne double (*Skuld* opposé à *Gunnar*).
y : Comme le *ü* allemand ou, à peu près, le *ee* (*i* long) anglais dans *see*.
æ : Comme le *a* allemand ou, à peu près, le *è* français.

Mais peu importe, à moins que vous ne vous y intéressiez tout particulièrement. Ce qui compte, c'est l'histoire.

Notre vie est perdue, mais ceci nous survivra : la mémoire ne tombe pas en poussière.
Et jusqu'à la Fin du Monde, protégé de l'oubli,
dressé dessous les cieux, le nom du héros vivra.

LE BJARKAMAAL

CHAPITRE PREMIER

DU CONTE

Au Danelagh d'Angleterre, sous le règne d'Æthelstan, vivait un dénommé Eyvind le Rouge. Svein Kolbeinsson, son père, avait quitté le Danemark mais y retournait souvent pour les besoins de son négoce. Quand il eut l'âge requis, Eyvind partit. Plus fougueux, plus désireux de se faire un nom que Svein, il finit par s'enrôler au service du roi. Il s'éleva dans la hiérarchie en quelques années et, à Brunanburh, guerroya de telle sorte et emmena si bien ses partisans qu'Æthelstan lui accorda son amitié et souhaita le voir demeurer dans la maison du roi. Eyvind n'était pas sûr de vouloir passer ainsi le restant de ses jours, aussi demanda-t-il au souverain la permission de retourner quelque temps sur sa vieille ferme.

Il y retrouva Svein, qui préparait un nouveau voyage, et décida d'embarquer avec lui. Au Danemark, ils bénéficièrent de l'hospitalité du chef Sigurdh Haraldsson. Cet homme avait une fille vierge, la blonde Gunnvor, qu'Eyvind ne tarda pas à courtiser. Leurs pères virent là un arrangement propice aux deux maisons ; à son retour en Angleterre, il ramenait donc Gunnvor, devenue son épouse.

Il dut suivre le roi qui passait l'hiver à voyager. Gunnvor vint, elle aussi. Elle conquit le cœur des dames de la cour, car elle savait parler de maintes contrées et coutumes étrangères. Æthelstan, quoique célibataire, en eut vent, et surtout d'une saga des temps passés qu'elle aimait raconter. Il manda alors Gunnvor dans le logis où il siégeait parmi ses hommes.

« Nous passons des nuits bien mornes ! la gourmanda-t-il, rieur. Pourquoi accordez-vous aux femmes un plaisir que vous me refusez ?

— Seigneur, je ne faisais que raconter des histoires.

— Et des bonnes, à ce qu'on m'a dit. »

Gunnvor gardait triste figure. Eyvind s'exprima à sa place. « Seigneur, je sais des choses de ce conte ; il pourrait ne pas convenir à votre entourage. » Son regard se posa sur l'évêque assis près du roi. « C'est un récit plutôt… païen. » En secret, il sacrifiait toujours aux elfes.

« Et alors ? demanda Æthelstan. Si je compte au nombre de mes amis un homme tel qu'Egil Skallagrimsson…

— Il n'y a aucun mal à écouter parler de nos ancêtres, dit l'évêque, sauf si on oublie qu'ils vivaient dans l'erreur. Cela permet de comprendre les païens d'aujourd'hui et de savoir comment mieux les amener à la Foi. » Il ajouta, pensif : « Je dois avouer que j'ai passé ma jeunesse à l'étranger, pour y étudier. J'en connais donc moins sur vous, les Danois, que la plupart des Anglais. Je vous saurais gré de m'expliquer les points obscurs au fur et à mesure, dame Gunnvor. »

Il résulta de tout ceci qu'elle passa bien des veillées, cet hiver-là, à leur narrer la saga de Hrolf Kraki.

CHAPITRE SECOND

LE DIT DE FRODI

I

En ce temps-là, le Danemark était moindre qu'aujourd'hui. Il y avait l'île de Sjaelland, très vaste, et les îlots avoisinants. Hormis les falaises crayeuses de Mön au sud, la contrée reste basse ; les collines y roulent avec la douceur des rivières. À l'est, de l'autre côté du Sund, s'étend la Scanie. Là où ce détroit se resserre de sorte qu'un garçonnet peut traverser à la nage, cette île ressemble beaucoup à sa sœur. Dans des temps très reculés, la déesse Gefion a, dit-on, détaché le Sjaelland de la péninsule pour pouvoir en disposer à son aise avec son homme, Skjold fils d'Odin. Au nord, là où elle s'avance dans le Kattegat, la Scanie se soulève, telle une quille de collines rouges.

Le sol est fertile, la mer grouille de poissons, de phoques, de baleines, les marais retentissent du fracas des ailes des oiseaux sauvages qui les obscurcissent, le bois se vend loin et revêt la coque de gracieux navires. Mais il pousse dans des forêts presque infranchissables, repaires du cerf, de l'élan, de l'aurochs et du bison, du loup et de l'ours. Jadis, ces terres sauvages, qui s'étendaient bien davantage, coupaient les uns des autres les villages en les maintenant dans une solitude complète et abritaient hors-la-loi, mais aussi elfes, trolls et autres créatures mystérieuses et inquiétantes.

Au nord de la Scanie, sur l'autre rive du Kattegat, se situe le pays des Götar, que les Anglais appellent les Goths, alors royaume de plein droit. Au nord de celui-ci demeuraient les Suédois, dans le Svithjodh, le royaume le plus vaste et le plus puissant de tous les pays nordiques. À l'ouest, par-delà les montagnes, se trouvait la Norvège qui ne formait qu'une mosaïque de tribus et de royaumes querelleurs. Et au-delà de la Norvège et du Svithjodh vivaient les Finnois. Chasseurs nomades et éleveurs de rennes pour la plupart, ils parlent un langage étranger à tous les nôtres. Bien qu'on compte parmi eux nombre d'individus versés en matière de sorcellerie, leur richesse en fourrures est si grande qu'ils se voient sans cesse sujets aux raids ou au tribut des Danois, des Suédois et des Norvégiens.

Tournons-nous vers le sud. À l'ouest du Sjaelland se trouve le Grand Belt et, par-delà ses flots, une île, la Fionie. Puis vient le Petit Belt, et la péninsule du Jutland, terre plus rude, plus escarpée, que le reste de ce qui constitue de nos jours le royaume du Danemark. Des longues côtes venteuses du Skaw aux marécages du sud, où l'on marche à grandes enjambées juché sur des échasses, et jusqu'à l'embouchure de l'Elbe formidable, voici la mère des peuples qui ont erré de par le vaste monde : Cimbres, Teutons, Vandales, Hérules,

Angles, qui ont donné leur nom à l'Angleterre, Jutes, Saxons et beaucoup d'autres encore.

Certes désireux d'accroître leur puissance, leur fortune et leur gloire, mais aussi de faire cesser guerres et pillages sans fin, les souverains danois qui régnaient sur le Sjaelland et la Scanie s'évertuaient à soumettre les autres royaumes. Parfois, ils remportaient une bataille, se voyaient reconnus suzerains ici ou là. Mais avant peu on tirait de nouveau les armes du fourreau et, sur les toits des demeures des jarls nommés par les rois pour gouverner ces contrées, le coq rouge chantait. Ces guerres avaient souvent pour cause première la rivalité fratricide de deux souverains.

La maison royale de Skjold et de Gefion leur revenait en commun. En Angleterre, on raconte que Scyld — ainsi qu'ils l'appellent — dériva au large et vint s'échouer sur la côte du Danemark à bord d'un bateau privé de rames, mais rempli d'armes, qui transportait aussi un sac de grain sur lequel la tête de l'enfant reposait. De cet enfant, les Danois firent leur roi. Adulte, il se révéla un bon souverain et leur donna la loi, la paix, les fondations d'un pays. À sa mort, son peuple chagriné le plaça à bord d'un navire en bois précieux afin qu'il regagne cet inconnu d'où il avait surgi. Ils le croyaient fils d'Odin et, à dire vrai, le sang du Borgne réapparut par la suite de diverses façons dans la famille. Ainsi les Skjoldung se montrèrent pour leur pays des pères, parfois sages et prévoyants, parfois sauvages et cupides, tandis que d'autres enfin s'immiscèrent dans des domaines qu'il aurait mieux valu laisser en paix.

Les rois de Svithjodh adoptèrent souvent pareille attitude. C'étaient des Yngling, descendants de Frey qui n'est pas un dieu du ciel, mais un dieu de la terre : implorer sa fécondité, tout comme ses ombres et sa moisissure dévorante, requiert d'étranges rites. Dans leur capitale, Uppsala, beaucoup de ces seigneurs adoraient des bêtes et pratiquaient la sorcellerie. Ils engendrèrent aussi leur part de valeureux guerriers. Quand Ivar Widespan les chassa enfin, longtemps après le récit que je vous vais conter, un de leurs descendants devint l'ancêtre de ce Harald à la Belle Chevelure qui unifia le royaume de Norvège.

Entre les Skjoldung et les Yngling, il y avait peu d'amour et beaucoup de sang versé. Entre eux, il y avait aussi le pays des Götar qui, moins nombreux que leurs voisins séparément, recherchaient l'amitié des deux, ou jouaient double jeu. Mais il ne s'agissait pas non plus de mauviettes ! Un jour, parmi eux, naîtrait celui que les Anglais nomment Beowulf.

Telle était la situation lorsque Frodi le Paisible devint roi de Danemark. De lui, on dit bien des choses : il conquit la suzeraineté par la bataille et la ruse, puis se mit à promulguer de telles lois et à maintenir un tel calme qu'une jeune pucelle pouvait transporter un sac d'or d'un bout à l'autre de son royaume et demeurer saine et sauve ! Mais régnait en lui un peu de cette voracité capable de surgir chez les Skjoldung. Elle avait jadis valu à son aïeul Hermod d'être jeté à bas de son trône royal de Leidhra et pourchassé jusque dans une région reculée. Nous connaissons divers récits qui narrent la fin du roi Frodi. Voici celui qui a la faveur de nos skaldes.

Un navire ramena de Norvège des gens des hautes terres capturés pour être vendus. Parmi eux, Frodi choisit deux gigantesques jeunes femmes à la crinière brune emmêlée, aux pommettes hautes, à la bouche et au nez larges, aux yeux bridés, vêtues de peaux qui empestaient. De leurs voix de tonnerre, elles clamèrent leurs noms : Fenja et Menja. On dit les vies d'hommes perdues pour leur capture. On dit qu'elles n'étaient pas tout à fait humaines, car de race jötun. Un sage prévint Frodi qu'on n'aurait jamais pu les capturer contre la volonté d'une Norne. Peine perdue : le roi ne voulut rien entendre.

Il possédait un moulin du nom de Grotti. D'où il provenait, nul ne le sait — peut-être d'un de ces dolmens qui se dressent, austères, sur les terres danoises, les noms de leurs bâtisseurs depuis longtemps perdus. Une sorcière avait affirmé que ce moulin pouvait moudre ce qu'il voulait ; mais nul n'avait la force requise pour manier le manche de chêne qui entraînait la meule. Frodi estimait que ces géantes le pourraient.

Elles le purent. Il les installa dans le cabanon lugubre qui abritait le moulin. Un vieux lai conte ce qui s'ensuivit.

Voilà qu'elles arrivent dans la maison du roi,
ces femmes qui voient loin, Fenja et puis Menja.
Réduites par Frodi, Fridleif était son père,
furent ces deux pucelles puissantes, en esclavage.

Là ces deux femmes étaient enchaînées au travail,
là elles devaient pousser la lourde, lourde meule.
Frodi leur refusait la moindre liberté.
Il voulait qu'elles chantent sans cesse en ce moulin.

Et les vierges donnaient une voix au moulin ;
les rochers gémissaient ; dans la terre on grondait,
Mais Frodi leur disait de moudre sans arrêt.

Elles lançaient la meule très prompte à s'envoler.
Au lit bientôt s'en furent moult esclaves de Frodi.
Alors Menja chanta derrière l'arbre du moulin :

Nous te moulons du bien, Frodi, et la santé,
multiplions tes bœufs sur la meule de la chance.
Assis sur tes richesses, tu dormiras dessus,
t'éveilleras à ton gré. Tout ça est bien moulu !

Ici jamais un homme n'en blessera un autre,
ne brisera la paix, ne tuera son prochain,
ni même l'assassin de son frère adoré,
quand lui fût-il livré pieds et poings bien liés.

Mais Frodi envers elles n'eut guère que ces mots :
Vous dormirez autant que le coucou sera tranquille,
ou tant que l'on dira un seul vers.

Mal avisé tu fus, Frodi, que ton peuple chéris
lorsque tu nous acquis pour être tes esclaves.
Tu ne nous vis que comme des travailleurs possibles
négligeant de chercher de quel pays nous sommes.

Sévère fut le géant que l'on nomme Hrungnir,
mais plus puissant encore celui nommé Thjazi.
Idhi et Aarnir, ils sont de notre sang :
frères des trolls des glaces ; d'eux tous nous descendons.

Jamais Grotti ne fut fabriqué de granit,
ni ses rochers ne furent arrachés aux montagnes.
Non plus elles ne moulent, les filles des montagnes,
si elles ne savent pas ce qu'elles font tourner.

Pendant neuf longs hivers notre force s'accrut
tandis que nous jouions encore sous la terre.
Alors les filles furent mûres dans leur puissance.
Nous levâmes des montagnes sur notre dos.

Nous culbutâmes des rocs sur les maisons jötuns
tout au fond des vallées, dans un fracas de Jugement dernier
Nous jetâmes aussi des éclats de montagne
que les hommes après bâtirent en maisons.

Puis nous partîmes, nous, sœurs qui voyons loin
nous partîmes au Svithjodh pour y chercher la guerre.
Éventrâmes des ours, fendîmes des boucliers,
nous ouvrant une route parmi des hommes vêtus de broignes.
Un roi mis au sommet, un autre déposé,
nous avons, oui, donné au bon Guthorn notre aide,
par le sang, par le feu, jusqu'à ce que Knui tombe.

Nous fûmes tous ces ans prestes à la bataille
et connues de partout comme filles de guerre.
Nous taillions notre route de nos épées d'acier
et le sang a noirci la lame luisante.

Voilà que nous venons dans la maison du roi.
La malchance nous fait esclaves dans un moulin.
Le gravier mord nos pieds, au-dessus nous gelons,
sans manquer de place
pour travailler — et malheur à Frodi !

Que la pierre repose et que les mains reposent.
J'ai moulu ce que dois ; je ne moudrai rien plus.
Mais jamais ces mains-là ne connaîtront repos
si Frodi ne dit pas sa faim bien assouvie.

Alors les mains saisissent les épées bien trempées
et les armes rougies. Debout Frodi !
Debout, Frodi, si tu veux écouter
nos chansons, nos lais du temps passé.

Je vois le feu brûler aux phares du levant,
des signes qui préviennent de la guerre approchant.
Une armée est au loin, par ici elle se hâte
pour brûler le bastion que Frodi a bâti.

Tu seras dépouillé : Leidhra, la royauté,
les anneaux rutilants, le moulin des richesses.
Serre plus fort, ma fille, le bras de cette meule,
désormais nous moulons le sang, et sur le sol.

Broyant de notre force le blé de la ruine,
nous savons voir combien sont marqués pour la mort.
À présent nous secouons les arbres d'acier
soutenant le moulin. Nous le secouerons fort.

Nous le secouerons fort. Le fils d'Yrsa
peut lui seul racheter ce qui est perdu pour vous :
lui qui est à la fois le frère d'Yrsa
et l'enfant qu'elle berça, comme nous le savons bien. »

Les filles broyaient ; grande était leur puissance ;
jeunes, elles demeurèrent là, dans leur colère jötun.
Le moulin s'abattit pour gésir dans la terre,
les meules frissonnèrent et tombèrent en morceaux.

Alors chantèrent les filles descendues des montagnes :
Nous avons sué, Frodi, comme tu nous l'avais dit,
moulu ta destinée. C'est assez travaillé !

Dans leur colère, Fenja et Menja amenèrent une armée viking qui assaillit le bastion du roi et tua ce dernier. Quant à ce qu'il advint des deux géantes, les versions diffèrent. Là où toutes s'accordent, c'est pour reconnaître qu'à ce moment-là un mauvais sort fut jeté sur les Skjoldung.

Frodi laissait trois fils : Halfdan, Hroar et Skati. Aussitôt, entre eux, un conflit éclata pour décider qui devait être le premier. Telle a toujours été la malédiction de ces pays de la mer du Nord : leurs rois engendrent plusieurs fils, tous dotés d'une prétention au trône aussi valable que celle des autres, qu'ils soient nés d'une reine, d'une concubine, d'une esclave ou même d'une rencontre de hasard, pourvu qu'ils puissent lever une armée d'hommes qui escomptent tirer profit de leur victoire.

Cette fois, le sort désigna Halfdan. Il alla même jusqu'à mourir dans son lit, quoique assez jeune. Il laissait deux fils. L'aîné fut appelé Frodi, comme son grand-père. Le cadet, né après la mort d'Halfdan, prit le nom de celui-ci.

J'ai déjà mentionné les jarls. Ils ne ressemblent guère à nos comtes anglais, les *earls*, malgré la consonance. Un jarl est un chef qui n'obéit qu'au roi. Le souverain l'installe pour gouverner une partie du pays, à moins que le jarl ne devienne roi en tout, sauf en titre. Il en fut ainsi pendant l'enfance de ces deux garçons, Frodi et Halfdan, quand Einar, jarl des terres qui ceinturaient Leidhra, la capitale royale, entra en fonction.

Raisonnable, il ne désirait pas revoir le Danemark déchiré. À cet effet, il fit proclamer les deux frères rois par les francs tenanciers lors d'une Thing, comme s'appelle une assemblée. Mais ils régneraient séparément, Halfdan sur le Sjaelland, Frodi sur la Scanie.

De même, le jarl Einar arrangea le mariage des garçons dès qu'ils furent en âge de prendre femme. Halfdan épousa Sigridh, la fille d'un roitelet de l'île de Fionie. Il eut d'elle trois enfants qui vécurent, dont l'aînée, Signy, épousa par la suite le fils héritier d'Einar, Sævil. Hroar, un garçon, était plus jeune de cinq ans et son frère Helgi de sept.

La coutume voulait qu'on élève les enfants de haute naissance dans des foyers d'un rang quelque peu inférieur. Ils acquéraient ces talents qui font le jeune homme ou la jeune fille, et des liens d'amitiés se nouaient. Hroar et Helgi furent accueillis par Regin Erlingsson, premier magistrat du comté de Leidhra, qui finit par les aimer autant que ses propres enfants.

Le roi Halfdan se montrait clément, accommodant. Les gens du peuple l'aimaient pour sa générosité et pour la valeur des jugements qu'il délivrait.

Cependant le roi Frodi de Scanie, devenu cruel et cupide, avait épousé Borghild, fille d'un roi de ces Saxons qui vivent au sud du Jutland. Par ce biais, il s'attacha des alliés capables de traverser la mer Baltique qui terrifièrent tant et si bien le Svithjodh que les Suédois gardèrent leurs distances. Borghild mourut en donnant naissance à leur fils Ingjald. Frodi envoya le bébé chez son grand-père pour qu'il l'élève. À la faveur de tout cela, il caressait des rêves de grandeur.

Einar mourut à un âge avancé. La situation se présentait alors comme suit.

À Leidhra, en Sjaelland, vivaient le roi Halfdan et sa femme Sigridh. Très aimé, mais peu enclin à la guerre, il n'entretenait pas une très forte garde et n'offrait pas non plus aux agités la moindre chance de se bâtir une gloire ni de se constituer un butin à l'étranger. Sa fille Signy avait épousé le jarl Sævil Einarsson. Ses fils Hroar et Helgi, des enfants, vivaient chez le shérif Regin à une vingtaine de milles de la cité royale.

En Scanie, le roi Frodi ruminait. Il intrigua avec des opposants danois aussi bien qu'avec des chefs suédois, goths et jutes. Avant peu, il pouvait lever une armée considérable.

Alors il embarqua, traversa le Sund, leva sa bannière et fit sonner ces cors appelés des lurs. Les guerriers s'attroupèrent autour de lui. La flèche appelant à combattre pour le roi Halfdan vola de clos en clos, mais trop tard. Pillant, brûlant, partout sur son passage Frodi remporta la victoire. Au plus noir d'une nuit, à minuit, il s'abattit sur l'armée d'Halfdan, la vainquit et mit son frère à mort de sa propre main.

Puis il réunit les chefs danois en Thing et leur fit jurer fidélité. Parmi ceux qui, pour sauver leur vie, posèrent leurs mains sur les anneaux d'or et jurèrent par Njörd, par Frey et par le tout-puissant Thor qu'ils ne lui feraient jamais défaut, parmi eux donc se trouvait le jarl Sævil, l'époux de Signy, fille d'Halfdan.

Frodi assit sa position en épousant la veuve de son frère. Sigridh n'avait d'autre choix, mais elle vint dans son lit avec une triste figure. Puis Frodi envoya quérir les enfants de sa femme, prétendant vouloir veiller à ce que l'on prenne bien soin d'eux, mais beaucoup de gens supposèrent que ces soins consisteraient en un égorgement hâtif, de peur que les fils ne grandissent pour, un jour, venger leur père.

II

Le shérif Regin n'avait pas participé à la Thing. Quand l'armée d'Halfdan se dispersa, il rentra chez lui aussi vite que possible avec ses partisans rescapés. Il savait qu'il disposerait d'à peine quelques jours de répit pour se fortifier contre Frodi — trop peu, en vérité. « Impossible de lui résister, dit-il. Et j'ai juré de m'occuper de ces jeunes…

— Que peux-tu faire ? » lui demanda un de ses guerriers.

Regin eut un petit rire dur. « Tu es un bon compagnon tout à fait digne de confiance, mais tu n'as pas à le savoir. »

Homme grand, fort, au visage rougi et aux yeux décolorés au fil d'une existence vécue par tous les temps, Regin, s'il s'empâtait, demeurait encore un chef puissant et perspicace dans son comté. Les enfants que son épouse lui avait donnés s'étaient mariés depuis longtemps. Outre l'honneur qu'ils en retiraient, Aasta et lui avaient donc accueilli Hroar et Helgi avec plaisir.

Leur maison se situait sur l'Isefjord. Dans cette baie large, bien abritée, la terre porte un manteau de verdure jusqu'à la lisière des eaux, qui retentissent des clameurs incessantes des canards, des oies sauvages, des cygnes, des courlis, des mouettes et de toutes sortes de volatiles. On avait abattu la plupart des arbres, mais la nature sauvage menaçait encore, au sud, à portée de regard. Plus près, il subsistait de petits bosquets où les écureuils et les garçonnets pouvaient grimper aux arbres. Les maisons des francs tenanciers, disséminées dans les champs, étaient bâties en planches et couvertes de toits en mottes dont les trous à fumée laissaient échapper de noires volutes vite dissipées par les vents salés. C'est une bonne terre à blé, à lin, à orge et à seigle, riante sous le soleil et les nuages vertigineux de l'été.

Même si la demeure de Regin n'avait rien du château d'un roi, sa façade peinte en noir bordait sur toute sa longueur un côté d'une cour dallée. Les trois autres côtés alignaient la remise, l'étable, l'écurie, l'atelier et autres dépendances. Les poutres des pignons de la maison, sculptées en forme de tête de dragon, devaient effrayer les trolls et les tenir à l'écart. À l'est, elles contemplaient le hallier dans lequel Regin menait parfois les gens du voisinage pour accomplir les sacrifices aux dieux.

Un sentier descendait vers le hangar à bateaux. La baie comptait quelques îles. La plus proche, quoique minuscule, apparaissait très boisée. Un franc tenancier âgé nommé Vifil y vivait seul avec ses deux grands chiens. On le fuyait, car on disait de cet homme étrange, à la parole rare, qu'il pratiquait la sorcellerie. Mais Regin et lui étaient de vieux amis. « S'il sait enfermer le vent dans un sac, pourquoi devrais-je refuser son aide ? demandait le shérif en riant. Vous *préférez* ramer à cause d'un vent capricieux ? » De plus, Vifil avait toujours soutenu Halfdan, quand de plus jeunes bougonnaient que le roi était un fainéant. Hroar et Helgi prenaient de temps en temps un canot pour lui rendre visite.

Nulle joie ne se manifesta quand Regin entra à cheval dans son clos. Les garçons surgirent au bruit des sabots. Un torrent d'exclamations, de questions, de fanfaronnades jaillit de leurs lèvres, puis ils levèrent les yeux sur leur père adoptif et ce fut comme si une épée avait tranché le fil de leur voix. Aasta sortit à leur suite, précédant les domestiques, vit, ne dit rien. Un temps, le silence emplit la lumière triste du soir.

Enfin, le shérif mit pied à terre dans un crissement de cuir et un cliquetis de ferraille. Il se tint voûté, les bras ballants, les mains vides. Sans un mot, un de ses manants emmena le cheval. Hroar serra les poings et réussit à ne pas hurler. « Notre père est tombé ! Il est tombé, c'est cela ?

— Oui, soupira Regin. J'ai vu choir sa bannière là où nous essayions de nous rallier, à la lueur du feu, après que Frodi nous a surpris dans notre camp. Puis je me suis caché...

— Moi, je ne me serais pas dérobé si mon père avait eu besoin de moi ! lança Helgi, à moitié étouffé par les larmes qu'il ne parvenait pas à retenir.

— Nous ne pouvions plus rien, et je devais penser à vous. Vers l'aube, nous avons commencé à nous retrouver, entre hommes de l'Isefjord. L'un, blessé, était resté étendu sans que personne ne le remarque jusqu'à ce qu'enfin il retrouve assez de forces pour s'éloigner en rampant. Il nous a raconté comment Frodi a assassiné Halfdan ligoté. » Il attendit avant d'ajouter : « Ils ont parlé, d'abord. Frodi a dit qu'il devait le faire, car c'était le seul moyen de faire ressurgir un royaume unique, tel que sous le règne de Frodi le Paisible, son pareil en nom. Halfdan lui a répondu résolument. Puissiez-vous mourir avec une telle bravoure. »

Les doigts d'Aasta tordirent le torchon qu'elle tenait. « Si jeune », se lamenta-t-elle.

Regin hocha une tête lourde. La brise froissa sa crinière trempée de sueur. Une mouette piailla. « Je doute que Frodi, après avoir tué le lynx, laisse les jeunes dans la tanière. »

Son regard se posa sur eux. Hroar comptait douze hivers, Helgi dix, mais le cadet, plus grand, les épaules plus larges, dépassait déjà l'aîné, petit et svelte. Tous deux possédaient une longue tignasse blanchie par le soleil encadrant un visage brun qui commençait à présenter les traits taillés à la hache caractéristiques des Skjoldung. Au milieu, les yeux brillaient du bleu de l'éclair. Chacun était vêtu d'un pourpoint de cuir pardessus une chemise et un pantalon de laine brute d'un gris uni, mais Hroar tenait un bâton sur lequel il avait gravé des runes pour s'aider à apprendre les signes, tandis qu'Helgi portait à la ceinture une fronde, un sachet de cailloux et un couteau de chasse.

« J'aurais... souhaité... mieux connaître mon père, souffla Hroar.

— Je me contenterai de le venger », dit Helgi, la gorge serrée. Il n'avait plus du tout l'air d'un enfant.

« Pour cela, il faut rester en vie, rétorqua Regin. Je ne peux vous garder ici. Si j'essayais, nous brûlerions tous dans cette maison une fois encerclés par les troupes de Frodi. Mieux vaut pour vous que vos amis survivent afin de vous aider un jour prochain.

— Ils ne peuvent pas détaler dans les bois comme... comme des hors-la-loi ! » se récria Aasta.

Helgi rejeta la tête en arrière. « Mère, nous pouvons vivre sans peine au beau milieu des loups.

— Peut-être, mais les loups, eux, n'ont pas d'épées, dit Regin. J'ai un plan. Nous en parlerons plus tard. » Il se traîna vers sa femme. « À présent, donnez-moi à manger, une pinte de bière et laissez-moi dormir. Ô dieux, laissez-moi dormir ! »

Le banquet de bienvenue se déroula en silence.

Regin se leva avant l'aube, alla au lit clos des deux frères, retira le panneau et, le doigt sur les lèvres, les secoua pour les réveiller. Ils s'habillèrent en silence et le suivirent jusqu'à la mer. C'était le milieu de l'été. La clarté de la nuit était une pâleur où ne brillaient que de rares étoiles sur le bouclier poli de la baie.

Doucement, lentement, pour éviter le moindre clapotis dans les vaguelettes, Regin rama vers l'île de Vifil.

Le franc tenancier habitait une hutte de mottes sur la côte nord de l'île. La barque échouée, l'homme et les garçons débarquèrent dans les ombres épaisses. Deux formes noires accoururent en aboyant peureusement. Quand Hopp et Ho, les chiens, reconnurent les arrivants, ils remuèrent la queue et leur léchèrent les mains.

Vifil, une fois réveillé, garnit le foyer de la pièce unique, à demi enterrée, qui constituait son logis. De la fumée et une odeur nauséabonde empuantirent l'air. Dans les ténèbres, on distinguait ses pauvres outils — couteau, hache, filet de pêche, hameçons d'os, assiette de stéatite et ainsi de suite — ainsi que la bouilloire, les bâtons runiques et les étranges cordes à nœuds avec lesquelles il pratiquait la magie, disait-on. Grand, émacié, la barbe blanche, il sentait mauvais dans ses lainages mangés aux mites et sa houppelande en fourrure de blaireau. Mais sous ses sourcils en surplomb, ses yeux se tournaient vers les héritiers avec gentillesse.

Regin raconta. Vifil approuvait. Avait-il appris la nouvelle à l'avance ? « Eh bien, j'espère que tu peux cacher ces gars-là, conclut le shérif, sinon je ne vois pas d'autre moyen de les sauver. »

Vifil tirailla sa moustache. « En voilà un coriace, Frodi », murmura-t-il. Mais, en fin de compte, il admit qu'il avait le devoir de les aider de son mieux.

Regin leur fit ses adieux en les serrant dans ses bras. « Que la chance soit avec vous, dit-il d'une voix âpre.

— Je crois que les Nornes penchées sur leurs berceaux ne leur ont pas chanté une destinée banale », affirma Vifil.

Regin gagna le rivage en hâte avant que l'aube pointe. Il passa la journée à parcourir l'Isefjord en tous sens en veillant à ce qu'on le remarque. Hroar et Helgi n'étant plus chez lui, les gens devineraient qu'il les avait emmenés, sans savoir où.

Vifil leur donna du pain, du fromage et du stockfisch, puis les mena dans les bois, à sa réserve où il conservait la viande et le lait qu'il tirait de ses quelques bêtes. Il ne s'agissait que d'une fosse recouverte d'un toit de branchages et de tourbe. Le seul accès, pour en remonter comme pour y descendre, était un kraki, tronc de sapin dont les branches coupées ras faisaient une sorte d'échelle. Tous trois peinèrent à replanter des broussailles pour camoufler toute trace d'œuvre humaine.

« Sans doute les hommes du roi fouilleront-ils cette île, dit Vifil. Ce Frodi n'est pas un imbécile, non. Il saura vite que votre père adoptif et moi sommes de vieux amis. Peut-être ne vous trouveront-ils pas si vous vous terrez là-dedans. Que nul ne vous aperçoive du rivage. Moi… j'agirai au mieux. »

Il ne leur laissa pas voir ce qu'il fit ensuite dans sa hutte, ni sous le dolmen qui s'élevait parmi les arbres noueux.

Un temps, Helgi et Hroar vécurent plutôt bien. Aucun garçon ne peut se désoler longtemps ; et de toute manière, ils n'avaient jamais vraiment connu leur père. Le régime était fruste, mais leurs estomacs jeunes. Dormir à même le sol, ils l'avaient déjà fait plus d'une fois à la chasse. Que Vifil prononce rarement plus de quelques mots constituait, somme toute, un bien : ils avaient ainsi tout loisir d'échanger leurs rêveries. En plein jour, ils devaient se cantonner aux bois, où ils vagabondaient avec Hopp et Ho en quête de petit gibier ou de nids d'oiseaux. À la faveur de la nuit, ils pouvaient nager, voire pêcher avant de chercher le sommeil. Parfois, lorsqu'ils regardaient par-delà les eaux la maison de Regin, leur passé leur semblait un rêve qui s'efface : plus tout à fait réel.

Leur tranquillité dura peu. Après qu'une fouille minutieuse des terres du shérif resta vaine, Frodi ordonna à ses hommes de parcourir le royaume. Aux alentours, au loin, au nord, au sud, à l'est, à l'ouest, il maintint la surveillance. Il promit de fortes récompenses contre des nouvelles de ses neveux et menaça de torturer à mort quiconque oserait leur donner abri. Mais nul ne lui donna d'informations dignes d'intérêt. Dans les yeux de la reine Sigridh, naquit une froide lueur de joie.

À la longue, Frodi estima qu'il devait y avoir de la magie là-dessous, et il manda ceux qui possédaient la connaissance des ténèbres.

III

Pendant quelque temps, le palais de Leidhra accueillit un défilé de mages et des prophétesses. Frodi leur dit d'user de leur don de clairvoyance pour passer le Danemark au peigne fin, les îles et les récifs aussi bien que la péninsule. Mais ils ne virent rien.

Il envoya alors quérir des sorciers, non pas ceux dotés d'un petit éventail de charmes ou de rêves prémonitoires, mais des hommes qui mettaient des herbes enchantées à bouillir dans leurs marmites et dont on disait qu'ils chevauchaient le vent nocturne, réveillaient les morts ou invoquaient des créatures plus terribles encore. Il s'agissait souvent de vagabonds que craignaient les bonnes gens. Les laquais et les esclaves de la maison reculaient devant eux et traçaient des signes dans l'air pour parer à une éventuelle malédiction. Le plus robuste des gardes ne pouvait tout à fait réprimer un frisson.

Enfin, il en vint trois que Frodi reçut bien ; il les assit près du feu à ses côtés et somma la reine de leur porter elle-même la viande et le vin. « Les jours ont bien changé où je servais des rois et des guerriers, s'attrista la grande femme aux nattes rousses. Je n'aurais jamais songé servir d'hôtesse à ceux qui voudraient dénicher les fils issus de mon ventre. »

Son nouvel époux lui jeta un regard froid. « Ma Sigridh, vous les servirez. » Elle céda. Les serviteurs qui surprenaient parfois ce qui se passait dans le boudoir royal murmuraient que Frodi la matait vivement, non par des coups susceptibles d'éveiller la colère, mais par un mélange de débauche subtile et de volonté inflexible. Le roi était de ces Skjoldung petits, vifs, à la lame plus vive encore, prompts et mortels de par leur ruse. Des cheveux bruns lustrés et une barbe taillée de près encadraient un visage maigre au nez crochu, aux yeux glacials. Il s'habillait avec élégance : ce soir-là, il portait un bandeau frontal et un bracelet en or, une tunique verte ourlée de martre et des pantalons rouges aux guêtres de bandelettes croisées en chevreau blanc. Il avait avec Sigridh un accord légal : pour la mort de Halfdan, il lui avait payé le wergeld et, après les noces, offert un cadeau de prix. Elle, elle parlait peu, ne riait jamais, mais espérait sans doute influer sur lui pour sauver quelque chose du naufrage. En général, le reste des Danois détestait Frodi pour l'impôt qui pesait lourdement et pour ses durs arrêts, toujours à son avantage. Mais aucun autre Skjoldung ne se présentait et Odin ne manquerait pas de répandre sa colère sur le pays s'il n'était plus dirigé par un homme de sa lignée.

Les sorciers, engoncés dans leurs robes noires à l'odeur de moisi, formaient une troupe débraillée. Il y avait en eux du sang finnois. Une fois les tables débarrassées, ils arpentèrent la pièce en tapant du pied, suspendirent leurs bouilloires au-dessus du feu, lancèrent leurs runes et hurlèrent leurs chants atonaux devant les piliers du trône, celui de droite sculpté à l'image d'Odin, père de la magie, celui de gauche à celle de Thor. Mais, cette nuit, une ombre semblait peser sur le dieu au marteau. Dehors un loup hurlait, un chat sauvage crachait — on n'avait plus entendu de tels bruits dans les environs de Leidhra depuis des années. Les hommes se recroquevillaient sur leurs sièges. Frodi restait impassible. Il attendait.

Enfin, le porte-parole de ce trio gris et ratatiné annonça : « Voici tout ce que nous pouvons découvrir : ces garçons ne foulent pas le sol du continent ; cependant ils ne se trouvent pas loin de vous. »

Le roi lissa sa barbe et parla d'une voix douce. « Nous les avons cherché partout. Il m'étonnerait fort qu'ils soient très proches d'ici. Toutefois, je me rappelle qu'il y a des îles près de la demeure de leur père adoptif, non loin du rivage.

— Alors, seigneur, fouillez la première, dit le sorcier. Nul n'y vit, sinon un pauvre petit exploitant. Néanmoins, il règne là un tel brouillard que nous n'avons pu inspecter sa maison. Nous le croyons fort avisé et très différent de ce qu'il paraît.

— Bien, nous essayerons. Il serait étrange qu'un misérable pêcheur puisse me cacher ces deux larrons et oser ne pas me les livrer. »

En effet, un épais brouillard s'était levé sur l'Isefjord cette nuit-là. Tôt le matin, Vifil s'éveilla et dit aux enfants : « L'air vibre d'étrangeté. De formidables envois sont venus rôder à notre recherche. Je les ai entendus chuchoter dans le noir. Je les entends encore à présent dans la grisaille. Debout, Hroar et Helgi Halfdansson. Restez dans les bois aujourd'hui. »

Ils se hâtèrent de lui obéir.

Avant midi, une troupe de gardes royaux à cheval s'avança au bord de l'eau et ordonna à Regin de leur procurer des embarcations. Le brouillard dissipé, le soleil brillait sur leurs casques et leurs piques. Vifil les accueillit avec une solennité qu'il conserva en les regardant mener leurs recherches. Après des heures, ils n'avaient rien trouvé. À la nuit, Regin dut les recevoir, ce qu'il fit de chiche manière.

Le lendemain, ils rentrèrent à Leidhra rendre compte de leur échec. « Vous avez mal chassé ! dit le roi d'un ton sec. Cet homme est un maître sorcier. Retournez là-bas le prendre par surprise. » De nouveau, les hommes du roi débarquèrent et passèrent l'île au crible. Vifil eut beau leur ouvrir tout ce qu'ils voulurent, ils ne virent pas trace de leurs proies. De nouveau, ils durent regagner leur antre la queue basse.

Pendant ce temps, les sorciers avaient fait de nouvelles révélations à Frodi quant à l'étrangeté qui hantait cette île et aux ténèbres que ni eux, ni ceux qu'ils envoyaient espionner pour leur compte ne parvenaient à percer. Quand il entendit le rapport de son capitaine, Frodi vira à l'écarlate et hurla : « Ce péquenaud nous en a assez fait voir ! Demain matin, je conduirai les recherches moi-même ! »

À l'aube, Vifil émergea d'un sommeil lourd. Troublé, il réveilla Hroar et Helgi et leur dit : « Cela va mal. Frodi, votre parent, a pris la route. Il vous cherchera avec toutes sortes de tours et de mauvaisetés. Je ne suis plus sûr de vous sauver. » Il tirailla sa barbe et médita. « Si vous essayez de demeurer dans la resserre, la fouille risque de vous découvrir. Faufilez-vous plutôt sans arrêt parmi les arbres et les broussailles. Et comme ils battront aussi les bois, vous aurez besoin de cette tanière au moment opportun… Bon, restez à portée de voix. Quand vous m'entendrez crier après les chiens, Hopp et Ho, rappelez-vous que cela signifiera vous cacher sous terre, dans la réserve. »

Hroar hocha la tête, l'air résolu, la sueur aux joues. Helgi eut un large sourire ; pour lui, tout cela n'avait été qu'un jeu.

Le roi vint, non à cheval, mais à bord d'un navire qui avait appareillé de l'endroit que nous appelons aujourd'hui le fjord de Roskilde et qui transportait beaucoup plus d'hommes que les canots de Regin. Ils menèrent le bateau dans une barre de rivière, jetèrent l'ancre et pataugèrent jusqu'au rivage. Vifil, debout sous les arbres qui commençaient à muer, s'appuyait sur son bâton. Les capes volaient dans la bise stridente. Les fers des piques étincelaient ; les mailles rivées ferraillaient.

« Saisissez-le ! » hurla Frodi. Des mains fermes poussèrent le franc tenancier devant le roi qui lui jeta un regard noir et cracha, détachant bien ses mots : « Tu es un fou et un malin, c'est ça ? Dis-moi sur-le-champ où se cachent mes neveux. Je sais que tu le sais ! »

Vifil haussa les épaules. « Salut à vous, seigneur, répondit-il. Comment me défendre contre pareille accusation ? Tenez, si vous me gardez ici, je ne peux même pas mettre mon petit troupeau à l'abri des loups. » Les gardes se dispersaient sur les parcelles déboisées et se dirigeaient vers les taillis. Vifil s'époumona. « Hopp et Ho, aidez les bêtes !

— Qui appelles-tu ainsi ?

— Mes chiens, répondit le franc tenancier d'un air affable. Regardez partout. Je doute que vous trouviez des fils de roi par ici. Et vraiment, je ne comprends pas que vous puissiez penser que je vous cache quoi que ce soit. Un pauvre vieux pêcheur comme moi ! »

Frodi grommela, donna l'ordre à un garde de surveiller l'îlien et prit en personne la tête de la chasse. Ce jour-là, ils découvrirent la réserve. Mais les frères s'étaient déjà glissés dehors — après le passage des rabatteurs — et se tenaient alors au sommet de deux arbres, loin derrière la troupe en marche.

À la tombée du soir, les hommes ralliërent la hutte. Vifil les attendait. Le roi, dans tous ses états, lui dit avec rage : « Tu es rusé, c'est sûr, et je devrais te faire occire. »

Le franc tenancier soutint son regard. « Vous en avez le pouvoir et même le droit. Ainsi, vous aurez au moins retiré quelque chose de votre expédition. Autrement, vous rentrerez bredouille, hein ? »

Frodi serra ses poings l'un contre l'autre et du regard fit le tour du cercle de ses nombreux guerriers. L'assassinat qu'il avait perpétré sur Halfdan ligoté et réduit à l'impuissance ne leur avait guère plu. Condamner à mort un vieux bonhomme sans défense à l'encontre duquel on ne pouvait rien prouver le ferait apparaître faible. Beaucoup l'abandonneraient sur ce seul prétexte si d'aventure un rival se dressait devant lui.

« Je ne peux pas me permettre de te tuer, siffla Frodi, mais je reste persuadé qu'il est malséant de te laisser vivre. »

Il fit volte-face et regagna son navire à grands pas.

Les rameurs l'emmenèrent chez Regin passer la nuit. Là, il exigea du shérif qu'il lui prête serment d'allégeance comme tous les autres chefs danois.

« Vous ne me laissez guère le choix, dit Regin. Outre mes biens, j'ai une femme, des enfants et des petits-enfants. Qu'il en soit donc ainsi. Quant à votre question implicite, je vous répondrai ce que j'ai déjà répondu à vos hommes : non, je ne sais *pas* où se trouvent Hroar et Helgi Halfdansson.

— Non, ricana le roi, pas au mètre près. » Mais il s'abstint d'insister. Il ne pouvait se permettre d'aiguillonner ceux qui considéraient Regin comme leur chef.

Vifil vit la destination du bateau et devina ou pressentit ce qu'il advenait. Il appela les garçons. « Vous ne pouvez plus rester ici, leur dit-il. Nous allons subir une surveillance trop stricte, surtout quand les gens du voisinage auront perdu tout espoir de renverser Frodi. Ce soir je vous emmènerai ailleurs en canot. Évitez les grands-routes tant que vous n'aurez pas quitté le comté.

— Où irons-nous ? demanda Hroar.

— Eh bien, j'ai ouï dire que le jarl Sævil est votre beau-frère. Il possède une importante maisonnée. Personne n'ira y remarquer une paire de nouveaux venus. Mais il est lui aussi, désormais, le vassal du roi. N'allez pas lui révéler qui vous êtes, non plus qu'à quiconque. Les petits du lynx doivent se tenir sur leurs gardes. »

IV

Sævil et Signy vivaient près de Haven. Chaque année, lors de la migration du hareng, ce hameau fourmillait de pêcheurs venus du nord par le Kattegat ou du sud par la mer Baltique ; les marchands les rejoignaient et, à terre, parmi les cabanes, on poussait de grands cris. À d'autres saisons, Haven servait de base à la flotte de guerre qui faisait tout son possible pour empêcher les Vikings de se faufiler pour ravager les côtes danoises. Ce n'était pas une mince charge que celle dévolue à Sævil et ce n'était pas un homme que Frodi aurait offensé de bon cœur. Peut-être l'une des raisons du mariage du roi avec la mère de Signy, Sigridh, avait-elle consisté en une tentative d'établir un lien entre lui et le jarl du rivage.

Quand les Angles débarquèrent ici, leurs puissants

bâtirent sans doute des forts très semblables à ceux du Nord. Ils n'en bâtissent plus. Laissez-moi vous décrire une telle demeure. C'est une longue maison en bois sous un toit de mottes ou de bardeaux, à claire-voie. On sculpte volontiers les extrémités des poutres en formes fantasques. S'il y a un étage supérieur, une galerie court le long des murs. Par mauvais temps, on ferme les volets, doublés de peaux amincies par grattage. On passe, pour entrer, par un vestibule où l'on s'essuie les pieds et où l'on accroche ses vêtements de dessus. À moins que le seigneur ne se montre soupçonneux et n'ordonne à ses invités d'y déposer leurs armes, on les porte dans la grande salle et on les suspend aux murs afin que le lustre du métal et du cuir peint des boucliers aide à éclaircir l'obscurité qui y règne.

Au rez-de-chaussée, on foule un sol en terre battue jonché d'un épais tapis de joncs, de rameaux de genévriers ou autres végétaux parfumés que l'on change souvent. Deux ou trois fossés, parfois un seul, vont en pente douce vers le milieu de la salle. Dedans rugissent les feux sacrés que les serviteurs ne cessent de nourrir de bois pris dans les tas dressés à l'autre bout. Deux rangées de hauts piliers de bois qui soutiennent l'étage supérieur ou, en son absence, les poutres du toit bordent ces fossés. Là encore, on grave et on colorie ces colonnes à l'image de dieux, de héros, d'animaux, ou bien de pampres entrelacés. Le long des murs lambrissés, des plates-formes en terre d'un ou deux pieds de haut portent les bancs. Au beau milieu d'un mur, le mur nord, souvent, se dresse le trône du maître de céans et de sa dame. Il s'appuie sur deux petits piliers sacrés. De l'autre côté de la salle, un siège plus bas réservé à l'invité d'honneur lui fait face. Entre les armes luisantes derrière les bancs pendent sculptures, peaux, cors, torches et bougies sur leurs appliques.

Aux heures des repas, les femmes et les serviteurs dressent des tréteaux devant les bancs et posent des planches dessus. Sur celles-ci, on met la viande et la boisson, préparées dans une cuisine à l'écart, par peur de l'incendie. Plus tard, on débarrasse les tables et, quand les hommes ont bu à satiété, ceux de haut rang s'étendent sur les bancs pour dormir ; leurs partisans s'accommodent du sol.

Il peut y avoir des lits clos pour le maître, la maîtresse et les principaux invités à chaque extrémité de la salle, ou bien des chambres à l'étage, ou encore une chaumière, une maison étroite, à étage ou non, dans laquelle, le jour, les femmes filent et tissent dans un endroit aéré, bien éclairé, et, la nuit, les gens de haute naissance dorment, loin des ronfleurs et des oreilles indiscrètes.

Les dépendances se regroupent tout autour d'une cour. Au-delà, voici les demeures, étables et ateliers des familles plus humbles, puis une palissade pour ceindre le tout. Ainsi, plus d'un fort avec ses dépendances forme un vrai bourg peuplé d'hommes, de femmes, d'enfants, d'animaux domestiques, et on chante, on crie, on s'affaire, on forge, on boulange, on brasse, on joue, on plaisante, on courtise, on pleure, bref, on accomplit toutes ces actions qu'effectuent les vivants.

Outre les habitants — le seigneur, sa femme, ses enfants et sa parenté ; les guerriers ; les francs tenanciers ; les artisans ; les ouvriers ; les laquais ; les esclaves — il n'est pas rare d'y croiser des visiteurs · voisins venus commercer, potiner ou parler d'affaires plus sérieuses, invités arrivés de plus loin à l'occasion d'un mariage ou d'un Noël, voyageurs de passage et, enfin, vagabonds jetés dans des temps difficiles, si jamais ils en ont connu d'autres, à qui l'on offre quelque nourriture et un tas de paille à l'étable, pour l'honneur du seigneur et pour les histoires qu'ils peuvent raconter.

C'est dans une telle demeure que se rendirent Hroar et Helgi. Vifil leur avait donné de la nourriture à emporter et ils n'eurent pas à souffrir de la soif par pénurie de ruisseaux. Il n'empêche, ce fut un voyage pénible et dangereux. Vifil leur avait aussi cousu deux capes à grande capuche avant de les congédier, lestés de sages conseils.

Ils n'attirèrent guère l'attention lorsqu'ils clopinèrent dans le clos de Sævil et mendièrent un abri. Beaucoup erraient, cette année-là, après que l'armée de Frodi les eut expulsés et spoliés de leurs terres pour se payer. Tous deux s'installèrent dans l'obscurité en toute quiétude et, le lendemain, aidèrent à nourrir les vaches et à nettoyer les étables. « Attendez votre heure, leur avait répété Vifil. Grandissez d'abord, vous vous vengerez *après.* »

Une semaine passa. Le maître d'étable jugea qu'ils feraient mieux de parler au jarl s'ils voulaient rester plus longtemps. Ils l'approchèrent dans la soirée, après qu'il eut bu plusieurs cornes de bière avant de dîner, alors qu'il se sentait joyeux. Ils gardèrent leurs capuches baissées, leurs capes drapées sur leurs épaules. Dans la chiche lumière qui fatiguait les yeux, nul ne les reconnut, ni Sævil, ni leur sœur Signy. Ils avaient rarement eu l'occasion de se rencontrer une fois que Regin eut pris les garçons à sa charge. Le jarl haussa les épaules. « Vous offrez sans doute de maigres bras, mais je ne saurais vous refuser de manger pendant quelque temps encore. »

Helgi s'empourpra et aurait répondu avec flamme si Hroar ne lui avait pressé la main à titre d'avertissement. Murmurant des remerciements, ils s'inclinèrent bien bas et se retirèrent.

En fin de compte, ils vécurent trois hivers chez Sævil.

Ils le voyaient peu, non plus que sa femme, sinon comme un grand personnage sur son trône ou sa selle. Ils passaient le plus clair de leur temps dehors à effectuer les plus misérables tâches : garder les troupeaux, moissonner et s'occuper de la basse-cour. Ils dormaient dans un pré ou une meule de foin plus souvent que sous un toit. Ils tinrent toujours leur identité secrète. Hroar disait s'appeler Hrani, et Helgi, Ham. En trois phrases, ils racontaient que, fils d'un fermier tué à la guerre, ils avaient été chassés de sa terre. De même, ils gardaient leur capuche quand quiconque se trouvait à portée de regard.

Quelques manants les tourmentaient ; ils prétendaient que les frères avaient le crâne difforme ou des seins comme les femmes. Hroar et Helgi se mordaient les lèvres et souffraient en silence. Seuls, ils pouvaient se raconter ce qui un jour leur appartiendrait, épancher sur une volaille ou sur un lièvre la colère qui bouillait dans leurs veines, ou passer des heures et des heures à se couvrir de bleus à l'exercice, avec des bâtons en guise d'épées et des boucliers de planches dérobées.

Mais au bout de ces trois ans, Helgi en comptait treize et commençait véritablement à pousser ; Hroar, à quinze, plus petit et plus mince, avait le pied léger.

De ce temps, le roi Frodi n'avait connu que la paix, et ses craintes s'étaient beaucoup atténuées. Il fit tenir un message à Sævil et Signy, les invitant au banquet du solstice d'hiver. Quand Helgi l'apprit, il frappa le sol d'enthousiasme et jeta : « Hroar, nous irons ! » Son frère eut beau discuter, il ne put le convaincre d'y renoncer. L'inverse se produisit, par contre, si bien que tous deux préparèrent ardemment leur vengeance toute proche.

Sævil quitta le clos à cheval en compagnie de sa dame et de quarante hommes. Les deux garnements, Ham et Hrani, le tirèrent par le bras pour demander la permission de l'escorter. Il leur répondit d'un rire tonitruant. « Bien sûr que non ! »

Jusqu'alors, il avait peu neigé. L'air était froid sous un ciel bas, lourd comme une plaque d'ardoise. Les champs avaient bruni, les arbres perdu leurs feuilles ; dans les fermes, on se recroquevillait sur soi-même. Çà et là, un vol de corbeaux croassait. Les sabots et les roues tintaient sur la route. Brutal contraste dans cet ensemble, la troupe du jarl chatoyait. Tous ses guerriers portaient un casque, et plus de la moitié une broigne, qui miroitaient ; les bleus, les verts, les jaunes et les rouges de leurs capes flottaient à leurs épaules. Leur gaieté précédait en bouffées de vapeur ces hommes, jeunes pour la plupart. Leurs poneys aux longs poils hirsutes trottaient.

Signy voyageait dans un chariot adorné de sculptures et de peintures, garni d'or et d'argent, et tiré par quatre grands chevaux du sud. Elle avait avec elle un conducteur, deux jeunes servantes, les provisions de voyage et les cadeaux. La beauté des Skjoldung éclairait le visage et les nattes couleur d'ambre de cette femme de haute taille qui, sous son manteau de fourrure, portait des habits teints de couleurs vives, et d'adorables parures. Mais le rire avait déserté ses yeux.

Son chariot, qui cahotait sur les ornières, allait lentement en fin de convoi. Elle entendit le raffut qui les poursuivait avant son mari ou ses hommes. Elle se retourna et vit deux silhouettes, sales et dépenaillées dans leurs capes à capuche, qui les rattrapaient.

Comme le fort ne comptait plus de bêtes de monte, Ham et Hrani avaient déniché deux poulains sauvages dans un enclos. Armés de brides de corde et de badines de ronces, ils étaient plus ou moins parvenus à se faire porter. Ruades et cabrages composaient un tableau farouche. Ham, assis très en arrière, hurlait, agitait les bras et se comportait à tous égards comme un dément. Hrani chevauchait avec plus de sobriété. Malgré tout, sa monture fit un tel écart aux abords du convoi que la capuche du garçon glissa.

Signy vit des boucles blondes voler autour d'un visage sur lequel, malgré la crasse, la maigreur et le duvet d'une barbe mal taillée, elle reconnut les traits d'un père. Elle se souvint — et peut-être, durant les trois années qui venaient de s'écouler, avait-elle nourri un soupçon ? « Hroar ! haleta-t-elle comme s'il l'avait poignardée. Alors… alors ton compagnon, ce doit être Helgi… »

Il s'escrima sur son coursier pour le maîtriser, dissimula de nouveau son visage et s'en retourna auprès de son frère qui galopait maladroitement. Signy enfouit sa tête dans ses mains et se mit à pleurer.

On fit passer le mot : Signy était émue aux larmes. Sævil remonta le convoi au trot. C'était un homme à la barbe drue, enclin à garder ses opinions pour lui. Là, dans le chariot, sous le regard terrifié de ses servantes, sa femme, assise, pleurait. Il s'arrêta à sa hauteur et s'enquit auprès d'elle de la cause de sa peine. La façon dont elle répondit n'a pas nécessairement été fabriquée par un conteur ultérieur. On attendait des gens bien nés qu'ils fussent capables de composer un poème en toutes circonstances, et dans le sang de Signy courait un don de skalde.

La fin est venue
des héritiers Skjoldung.
Le chêne abattu
ne laisse que brindilles.
Ils montent à cru,
mes frères chéris ;
Sævil et son parti
s'en vont festoyer.

Le jarl, pendant un certain temps, resta silencieux en selle avant de dire avec sévérité au conducteur et aux servantes : « Grandes nouvelles. Qu'elles ne s'ébruitent pas. »

À grands coups d'éperons, il rejoignit les deux garçons qui mirent pied à terre pour lui marquer leur respect et l'écouter attentivement. « Rentrez chez vous, petits morveux ! brailla-t-il. Vous n'avez pas honte ! Je devrais vous pendre ! Votre place n'est pas dans une compagnie de gens de bien ! » Il fit volter son cheval et s'éloigna au petit galop.

Helgi se hérissa. « Si jamais il pense… »

Hroar le coupa. « Si jamais toi, petit frère, *tu* penses, tu te rappelleras la façon avec laquelle il bougeait sa main, hors la vue de ses fidèles. Il nous prévenait au lieu de nous menacer. Vois, notre sœur sanglote. Elle a dû me reconnaître, l'avertir. Il ne veut pas que n'importe qui le devine à ses dires.

— Bon. Que faire, à présent ? » Ils étaient partis sans plan prémédité. Ils comptaient reconnaître le terrain en passant pour deux nigauds, puis agir de la façon qui leur paraîtrait la meilleure. S'ils pouvaient approcher Frodi d'assez près pour le larder de leurs couteaux, si les gardes les reconnaissaient avant de les massacrer… Mais Hroar qualifiait tout cela de douce rêverie.

« Mieux vaut nous débarrasser de ces carnes, décida l'aîné, ou nous paraîtrions défier ouvertement Sævil, et ses gens se demanderaient pourquoi il ne nous châtie pas. En tout cas, ils ne valent pas les ennuis qu'ils attirent. Arrêtons-nous à cette ferme pour les laisser. Nous suivrons le mouvement à pied. »

Ainsi fut fait. Au crépuscule, Sævil et Signy acceptèrent l'hospitalité d'un franc tenancier. Leurs gens s'étendirent dehors, roulés dans des sacs de couchage bien chauds. Hroar et Helgi grelottèrent de froid et de faim dans un fourré.

Il ne leur restait guère de chemin à parcourir. Frodi avait résolu de tenir ces fêtes de Noël non à Leidhra, mais dans un fort plus petit qu'il possédait au nord de Haven. Tout roi, une fois l'an, se rendait dans la région. Il recueillait les nouvelles, recevait les doléances, dispensait la justice et, en général, asseyait son emprise. À dire le vrai, sa résidence principale avait aussi grand besoin de se voir aérée, lavée et purifiée de temps en temps.

La pointe du Sjaelland battue par les vents est une contrée de landes et de collines sableuses peu peuplées. Le fort et ses dépendances s'élevaient, isolés au nord par une brande grisée de froid, au sud par des bois de squelettes sombres, avec à peine une ferme visible sur des milles de désert à la ronde. Durant de longs mois, seuls vivaient là quelques gardiens qui surveillaient, abattaient, fumaient et salaient les bœufs et les porcs que les invités dévoreraient. Le bâtiment principal, en rez-de-chaussée, ne possédait qu'une entrée, sur sa façade ; à l'arrière, il se trouvait contigu à la cabane abritant le puits.

Frodi le Paisible avait eu deux motifs pour bâtir là ce fort. Le lieu tombait à point, puisque à distance égale des pêcheurs qui vivaient sur la côte nord et la baie à l'ouest, des fermiers qui labouraient les landes, et des chasseurs et des brûleurs de charbon qui couraient les étendues sauvages. Aussi, s'élevait là un bosquet de chênes plus hauts que n'importe où dans les environs. On y avait pratiqué des sacrifices. Un fort proche ne pouvait qu'y gagner en sacré et son propriétaire figurer l'égorgeur et le porte-parole primordiaux face aux dieux.

Voilà pourquoi son petit-fils Frodi avait choisi de tenir là les fêtes de Noël. Chez les païens, les rites du solstice d'hiver honorent Thor, qui se tient entre notre terre et les géants de la glace et du froid. La croyance veut que, le soir du solstice, toutes sortes de trolls et de revenants courent en liberté de par le monde ; mais le lendemain, le soleil revient chez lui et l'espoir renaît.

En outre, le roi souhaitait conférer avec divers chefs, les sonder, gagner leur amitié par une prodigalité qui, d'avance, lui donnait la colique. Ainsi, pendant des jours, des chariots vinrent en grinçant apporter de la nourriture, de la bière, de l'hydromel et des cadeaux : bracelets d'or, joyaux, armes, fourrures, habits, harnais et cornes à bière incrustés d'argent, gobelets de verre et pièces de monnaie estampées dans les lointaines terres du sud. Les œufs, les moutons et les chevaux destinés au sacrifice aux dieux puis à la consommation par les invités tournaient en rond dans leurs enclos. Les esclaves s'entassaient dans des abris précaires. Enfin, arrivèrent le roi, accompagné de la reine et de la garde royale.

Comme il invitait céans des grands hommes qui se feraient escorter de leurs partisans, sa troupe était plus réduite que de coutume. Outre ses serviteurs, il n'amenait que ses berserkers et un petit groupe choisi de ces cadets de francs tenanciers qui souvent entraient au service du roi — choisis pour leurs traits, leurs manières et leur mise. Il avait donné congé au reste des gardes afin qu'ils passent cette période bénie avec leurs êtres chers. Comme je l'ai dit, Frodi commençait de se sentir plus à l'aise sur son trône de suzerain.

Bientôt, les invités affluèrent jusqu'à transformer le lieu en un tourbillon de clameurs. Les habitants du comté, pour la plupart, choisirent de rester chez eux. Ils ne trouveraient pas de place dans les murs et la perspective de camper dehors la nuit de Noël ne leur souriait guère. Nombre de vagabonds s'y risquèrent toutefois, attirés par la viande et la bière qui leur ferait oublier quelques jours leur disette coutumière. Parmi eux marmottait une sorcière qu'on appelait Heidh. Quand le roi l'apprit, il ordonna qu'elle vienne au fort.

VI

Hroar et Helgi y parvinrent au milieu de l'après-midi. Ils précédaient d'une heure ou deux la troupe du jarl Sævil. Ils se fondirent aisément dans la cohue qui encombrait la cour. On avait mis les tonnelets en perce, du pain, du fromage et de la viande froide à la disposition de qui voulait se servir, et l'odeur des bœufs rôtis montait des cuisines et réchauffait la bise coupante. Les hommes s'esclaffaient, paradaient, les femmes bavardaient, l'œil sur les robes et les pendeloques les unes des autres, les enfants gambadaient, jouaient, les chiens gémissaient.

Entre leur maladresse naturelle et le coup de fouet qu'un pichet de bière, ou deux, ou trois, peuvent donner sur un ventre vide, les frères firent mieux qu'atteindre leur but de se conduire en parfaits imbéciles.

Ils sautillèrent en tous sens, se lancèrent dans des plaisanteries stupides, firent la culbute, le poirier, marchèrent sur les mains et, en toutes circonstances, se virent considérés comme des idiots forts en gueule. On se contenta de les regarder de haut, ou de regarder ailleurs.

Le jour tirait à sa fin. En cette saison, il ne représentait guère qu'une pâle lueur entre deux béances d'obscurité. Les invités se pressèrent à l'intérieur. Frodi tint à ce qu'on laisse les armes au vestibule. Pour s'excuser, il prétendit que, la nuit de Noël, les hommes ingurgitent toujours force boisson ; des querelles pourraient éclater et, si les échauffés avaient des lames à portée de main, le sang coulerait. En vérité, il ne leur faisait pas confiance. Par sûreté, il donna le même ordre aux gardes ; agir autrement aurait constitué un affront mortel. Et des hommes armés de couteaux de table n'attaqueraient pas une troupe qui, avantage du nombre ou pas, se composait de guerriers très expérimentés.

Le vestibule se retrouva donc vite encombré et lumineux. Malgré les feux sacrés et les foyers moins glorieux, la pièce suivante paraissait obscure. Les trous d'aération tirant mal, une brume bleutée s'épaississait qui piquait les poumons et les yeux.

Une fois au cœur de la foule, les garçons s'immobilisèrent. Ils distinguaient un homme, assis près du trône d'honneur de Sævil et Signy. Robuste, grisonnant, vêtu sans apprêt, il avait dû passer tout l'après-midi à l'intérieur. Helgi hurla de joie. « Regin ! Notre bon vieux père adoptif ! »

Il avança vers le shérif. Hroar agrippa sa cape. « Ici, crâne branlant ! siffla l'aîné. Tu veux nous tuer ? »

Helgi obéit, mais ne put se retenir de sautiller et de danser de joie tout le long de la grande salle. Son frère dut le mettre au pas. Il coula un regard, à travers la puanteur, la pénombre et les gens accoudés à deviser, vers le trône où siégeaient leur oncle et leur mère. Penché en avant, le souverain devisait sans cérémonie avec une vieille bique de mendiante tenant un bâton crochu. Il ne prêtait aucune attention à ses invités.

Face à lui, Signy attendait son mari, Sævil. Les flammes rugissaient, s'élevaient, rouges, bleues, jaunes, en répandant étincelles et vagues de chaleur. Au milieu des immenses ombres bossues, l'or brillait au bras de Signy, à son cou et parmi les nattes qui s'enroulaient sous sa coiffe. Elle fit signe à ses frères.

Hroar poussa Helgi. Ils arrivèrent, le visage dissimulé sous la capuche. Celle de Signy était fermée, bien tendue. D'un geste, elle les pressa d'approcher et murmura avec fièvre, afin qu'ils soient seuls à l'entendre dans le vacarme ambiant : « Ne restez pas au fort ! Partez ! Votre force est infime… »

Helgi voulut lui répondre mais Hroar le poussa devant lui. Il ne leur servirait guère que l'on voie la femme du jarl du rivage supplier deux simples d'esprits. Ils allèrent au fin fond de la pièce s'accroupir au milieu des vagabonds et des chiens qui attendaient ce que le roi leur ferait donner ou les grands hommes daigneraient leur jeter.

Le banquet commença. Chère et boire étaient délicieux et abondants. La viande juteuse s'empilait sur les tranchoirs à déborder, galettes et miches de pain s'entassaient contre les bassines de beurre et de fromage, les serviteurs ne cessaient de se précipiter pour regarnir les cornes d'hydromel ou de bière. Mais la joie ne s'asseyait pas à la table.

On parlait bas. L'ennui s'installait. Peu de jeunes hommes invitaient les pucelles à s'asseoir pour boire à leurs côtés. Un skalde entonna de vieux lais, puis des nouveaux, qui louaient le roi Frodi, mais sa voix parut se perdre dans la fumée. Seul le vacarme du feu s'élevait haut et fort ; querelleur, il crachait au-dessus du charbon chauffé à blanc.

L'humeur de l'hôte présidait à la lassitude générale. Assis, les traits fermés, le visage sec, Frodi répandait la froidure tel un iceberg. Sa reine Sigridh, malheureuse, tordait et retordait ses mains sans relâche.

Enfin, on débarrassa les tables. Le roi se leva et traça le signe du Marteau au-dessus d'une grande coupe en argent avant d'y boire. Ensuite aurait dû venir le tour de Frey, dieu de la terre. On aurait dû apporter un sanglier d'or en son honneur et ceux qui le désiraient auraient posé leurs mains dessus et formé un vœu.

Au lieu de cela, Frodi déclara d'une voix plate, les lèvres serrées, des ombres dansant autour de sa tête : « Je souhaite vous apprendre qu'une foi mauvaise pèse sur nous ce soir, oui, et un désir de meurtre. Si nous n'y mettons pas aussitôt un terme, alors les dieux s'affligeront et l'on pourra prévoir pour l'année qui vient la famine, ou pire. » Il garda le silence un instant. On voyait luire le blanc des yeux rivés sur lui ; quelques invités ne purent retenir une vilaine toux. « Une sorcière m'a prévenu, reprit-il, qu'elle sent une menace toute proche, une menace issue de mon propre sang !

» Vous savez tous que j'ai cherché les fils de mon

frère et de ma dame. En vain. Je guérirais cette brouille, je rétablirais la paix qui doit régner entre parents. Or ils n'ont eu de cesse de se cacher de moi. Pourquoi, sinon pour nourrir des espoirs de révolte et de meurtre ? Et qui d'autre pourrait se trouver céans et me vouloir tout le mal possible, hormis ces deux-là ?

» Outre lui accorder mon pardon pour tout ce qu'il aura pu faire ou comploter contre moi auparavant, je récompenserai largement qui me dira où sont Hroar et Helfi Halfdansson. »

Sigridh luttait pour réprimer ses larmes. Frodi regarda autour de lui ; il n'y voyait guère dans la pénombre ambiante. Les visages d'hommes comme le jarl Sævil et le shérif Regin demeuraient froids, fermés.

« Lève-toi donc, Heidh, ordonna le roi, et dis-moi ce qu'il faut pour que j'apprenne ce que je dois. »

La femme s'extirpa de son siège. Elle boitillait. Des ombres se fondaient dans ses haillons et le feu allumait des reflets roux sur sa chevelure grise dépeignée. Appuyée sur son bâton, elle prit la parole à voix basse. Helgi et Hroar se coulèrent au sol parmi les pauvres et étreignirent leurs poignards. Un chien, reniflant l'odeur de leur sueur, gronda.

Frodi s'adressa à ses esclaves terrifiés qui rapportèrent un siège de sorcier. Ayant souvent affaire à des jeteurs de sorts, le roi tenait de tels accessoires en réserve dans tous ses clos. Il s'agissait d'un tabouret haut, en hêtre, aux pieds de frêne, d'orme et d'aubépine. Heidh le posa devant le roi, se posa dessus tel un corbeau, ferma les yeux, agita ses mains toutes ratatinées, marmotta quelques mots.

Il n'y avait pas de fossé à feu entre le trône royal et

la place d'honneur en face. Frodi jeta un coup d'œil en coin à Signy et Sævil. Le jarl restait assis, impassible — les colonnes sculptées paraissaient plus mobiles dans la lumière incertaine –, mais sa femme avait le souffle court et le regard errant. « Or donc, qu'as-tu vu ? s'écria le roi d'une voix stridente. Je sais que devant toi beaucoup de portes se sont ouvertes. La chance t'accompagne. Réponds, sorcière ! »

Elle desserra ses mâchoires, haleta. Un croassement fêlé sourdit de sa bouche :

En voici deux
que je ne crois –
ceux qui s'assoient
près du feu.

Le roi frissonna. D'une main, il se cramponna au manche de sa dague. « Parles-tu des garçons, ou de ceux qui les ont cachés ? »

Elle reprit :

De ceux qui étaient
avec Vifil
et qui portaient
des noms de chiens :
Hopp et Ho.

À cela, Signy réagit. « Bien dit, voyante ! Tu as accompli davantage que ce que l'on attendait de toi. » Ôtant son bracelet, elle jeta la lourde torsade d'or à travers la salle, droit dans le giron d'Heidh.

La vieille sorcière le saisit. « Qu'est-ce là ? » glapit Frodi.

Heidh regarda tour à tour le roi et Signy, puis revint à lui. « Pardon, seigneur. Quelles sottises ai-je encore proférées ? Tous mes charmes s'égarent aujourd'hui, et ce soir aussi. »

Mise au supplice par ses frissons et la boule qui obstruait sa gorge, Signy se leva pour partir. Frodi se dressa lui aussi, brandit son poing vers la sorcière et hurla : « Si tu n'en dis pas davantage, et librement, je te fais torturer ! Je ne sais pas plus à présent qu'auparavant ce que tu penses des hôtes de ce fort. Pourquoi Signy quitte-t-elle sa place ? Je me demande si les loups ne sont pas ici pour conférer avec les renards…

— Je… je vous demande la permission de me retirer, balbutia sa nièce. La fumée me rend malade. »

Frodi la dévisagea sans répondre. Sævil attira sa femme à lui. « Je suis sûr qu'une corne d'hydromel lui fera du bien », dit le jarl avec gentillesse. Il fit signe à une fille qui se hâta — en claquant des dents — de servir Signy. Elle but d'un trait. Se penchant sur elle, un bras passé autour de sa taille comme pour la soutenir, il murmura à son oreille : « Du calme. Reste assise à ta place. Il peut advenir bien des choses pour sauver les garçons, si tel doit être leur sort. Quoi que tu fasses, nul ne doit deviner ce que tu penses.

Vu la situation présente, nous ne pouvons rien pour leur venir en aide. »

Frodi hurla presque : « Dis-moi la vérité, sorcière, ou je te fais écarteler membre après membre et je te jette au feu ! »

Heidh se recroquevilla devant lui. Sans lâcher le bijou, elle ouvrit grand la bouche et lutta avec son sortilège pour enfin déclamer :

Je vois assis
les fils d'Halfdan,

Hroar et Helgi,
tous deux robustes.
Leur revanche
sur Frodi
s'avance...

« À moins que quelqu'un ne s'empresse de les arrêter, mais ce serait sans nul doute malavisé », ajouta-t-elle à voix basse. Elle sauta du tabouret, caqueta :

Terribles sont les yeux
de Ham et de Hrani.
Les enfants ont grandi,
ce sont les fils d'un roi.

Un tumulte parcourut les rangs des hommes de Sævil qui se remémoraient ces noms. « Ham et Hrani ? dit Frodi. Qui ? Où ? »

Mais la voyante avait ainsi, à sa manière, prévenu les deux frères. Ils s'étaient faufilés à reculons parmi les pauvres jusqu'à la porte de la cabane du puits. Quand le tohu-bohu s'éleva, ils se glissèrent au-dehors et s'enfuirent vers les bois.

« Ils s'échappent ! » hurla un mendiant.

Et le roi : « Poursuivons-les ! »

Suivi de ses guerriers, il se rua vers cette extrémité de la salle. Regin s'arracha à son siège, tituba, comme désireux de les aider mais très saoul, et renversa des rangées de fagots qui se répandirent sur le sol. Ce voyant, ses partisans agirent de même. L'obscurité et le vacarme emplirent l'espace par-delà l'ultime fossé à feu. Les hommes de Regin se trouvèrent sur le passage de ceux de Frodi. Une fois l'ordre rétabli, on ne vit plus nulle part trace des garçons. Dehors, il n'y avait rien d'autre que le gel.

Frodi, fou de rage, mâchait sa moustache en ramenant son monde à l'intérieur. Dans les bras l'une de l'autre, Signy et Sigridh pleuraient à chaudes larmes. Heidh avait quitté le fort à la hâte par l'entrée principale, emportant son or. Frodi n'y prit pas garde. Les lumières rallumées, il se dressa devant les regards glacials et déclara à l'assemblée, avec amertume :

« Ils m'échappent encore. Il y en a beaucoup en relation avec eux, semble-t-il. Je sévirai en temps utile. Mais d'ici là, buvez, puisque aussi bien vous vous réjouissez de leur fuite.

— Seigneur, dit Regin dans un hoquet, tu te méprends sur notre compte. Demain sera plus heureux. Ce soir, buvons, oui… Qui peut savoir combien de temps encore les Nornes laisseront quelqu'un à ceux qu'il chérit ? »

Il ne cessa de crier qu'on apporte de la bière. Troublés par ce qui venait d'advenir, les hommes du roi et la plupart des autres furent heureux de pouvoir noyer le poisson aussi vite que leur gosier ingurgitait. Regin — comme, après ce qu'il lui eut chuchoté, Sævil — colporta à mots couverts parmi ses fidèles la consigne suivante : « Passez pour aussi saouls que les autres, mais gardez tous vos esprits. De puissantes magies sont à l'œuvre, et nous sommes loin de chez nous. »

Bientôt, bruits et rires s'élevèrent, âpres, guère joyeux, mais au moins ils conjuraient le silence de la nuit. La boisson coula à flots jusqu'à ce que les soldats de la maison tombent pêle-mêle par terre avec bien d'autres, endormis. Frodi et Sigridh étaient déjà au lit.

Sævil et Regin ne s'attirèrent donc pas de remarques lorsqu'ils menèrent leurs troupes à l'écart, dans une étable nettoyée et au sol recouvert de paille et de peaux en prévision d'un surcroît d'invités, qu'on ne leur avait pas attribuée, pourtant. Dans le fort, seuls retentissaient des ronflements porcins et le crépitement des feux mourants.

VII

En quelques heures, le vent dispersa le plafond de nuages. Blottis, tout transis, dans un fourré à la lisière des bois, Hroar et Helgi virent les constellations briller — la Grande Ourse, la Petite Ourse avec l'Étoile Polaire sur sa langue, la Broche de Freyja et d'autres –, la terre devenir grise et le fort une masse sombre sous cette lumière glacée.

« Nous n'avons rien accompli, dit Hroar.

— Au contraire, répliqua Helgi. À présent, certains savent que les Halfdansson vivent toujours... Attention ! Là ! »

Un cavalier venu des étables traversait le terrain découvert entre le fort et les bois. D'abord, il ne fut qu'une tache et un fracas de sabots sur le givre, mais, à son approche, ils le reconnurent. « Regin ! » s'écria Helgi. Il bondit, précédant Hroar de peu. « Oh, père, tu nous as tant manqué ! »

Le shérif ne les salua pas. La forme ombreuse du cavalier et de sa monture fit demi-tour pour regagner le fort. Frappés de stupeur, les deux garçons demeuraient bouche bée. Le froid mordit plus profond dans leurs os.

« Quoi ? » souffla Hroar. La lueur des étoiles fit briller ses larmes. « Il nous renie ? Il est parti prévenir Frodi ? »

La voix d'Helgi s'altéra. « Non, jamais je ne pourrai croire cela de sa part. »

Regin ramena sa bête vers eux, se rapprochant de nouveau. Il tira son épée. Quand il fut sur eux, ils virent son air grave. Il parut vouloir les tailler en pièces. Hroar s'étouffa en pleurs mais resta campé sur place. Helgi claqua ses doigts gourds et murmura : « Hé ! Je crois que j'ai compris. »

Regin rengaina sa lame, tira d'un coup sec sur ses rênes et repartit vers le fort. Il maintenait sa monture au pas, un pas très lent. Helgi pressa Hroar d'avancer et ils le suivirent. « Je ne comprends pas », dit l'aîné d'une voix faible.

Helgi répondit sur un ton métallique. « Mon père adoptif agit ainsi pour ne pas briser le serment prêté au roi Frodi. Il ne nous adresse pas la parole, mais il veut tout de même nous aider. »

Ils parvinrent près de la place forte. Des chiens aboyèrent. Il n'y eut aucun homme pour se réveiller, pas plus qu'il n'y en avait pour monter la garde. L'ombre vague des arbres engloutit Regin. Les garçons l'entendirent prononcer à haute voix : « Si j'avais à me venger du roi Frodi, je mettrais le feu à ce bosquet. » Sur ce, il poussa son cheval au trot à coups d'éperons, contourna le bâtiment principal et disparut.

Les garçons firent halte. « Mettre le feu au bosquet sacré ? demanda Hroar. Qu'est-ce que cela peut vouloir dire ? »

Helgi lui saisit le bras. « Pas les arbres. Il veut que nous incendions le fort, aussi près que possible de la porte.

— Comment deux gamins comme nous, confrontés à une telle puissance, pourraient-ils mener pareille tâche à bien ?

— Nous n'avons pas le choix, gronda Helgi. Nous devons bien oser à un moment ou à un autre, si jamais nous voulons notre revanche sur tout le mal qu'on nous a fait ! »

Hroar garda le silence, puis répondit lentement : « Oui, c'est juste. Ici, voilà rassemblés des hommes qui sauront que nous agissons. Si nous faisons le premier pas, il s'en trouvera qui se rallieront à nous pour l'amour de notre père et dans l'espoir que nous nous comportions mieux à leur endroit que Frodi. L'occasion pourrait ne jamais se représenter… »

Helgi rit, tout fort. « Allons, alors ! »

Pressés ou pas, ils usèrent de tous les tours qu'ils avaient appris à la chasse pour se déplacer sans bruit et se cacher. Leurs cœurs, sûrement, battaient tels des marteaux l'enclume lorsqu'ils pénétrèrent dans le fort proprement dit.

Les armes entassées dans le vestibule reluisaient. La salle attenante était un puits de ténèbres empli de fumée amère, de chaleur, de puanteur d'hommes, des bruits du sommeil des ivrognes. Les fossés à feu dispensaient une lueur rouge terne, mais on ne distinguait pas les piliers des dieux soutenant les poutre.

Avec des gestes mal assurés, tous deux s'emparèrent des tenues de combat. Une fois dehors, ils s'aidèrent à revêtir une calotte et des sous-vêtements molletonnés, un casque à nasal, une broigne de cuir et de mailles dont ils ne ressentirent le poids qu'un temps, une épée, qu'ils passèrent à leur ceinture, et un bouclier placé à portée de main. Ce qu'ils avaient choisi leur allait plutôt bien ; Hroar avait quinze ans et Helgi treize, mais ce dernier était grand pour son âge.

« Des armes d'homme ! » La satisfaction étourdissait Helgi. « Trois ans d'esclavage et maintenant… de véritables guerriers !

— Chut ! » l'avisa Hroar, même si un espoir semblable entraînait l'hiver loin de lui, aussi.

Avec beaucoup de calme, ils retirèrent tout ce qu'il y avait dans le vestibule pour le poser par terre dehors. Ensuite, ils se glissèrent dans la grande salle où ils se frayèrent un chemin à quatre pattes parmi les corps étendus. Quand l'un s'agitait ou grognait, ils s'immobilisaient, mais une vague de certitude les portait. Un jeune garçon ne croit jamais vraiment qu'il peut mourir.

Tâtonnant autour d'un fossé, ils trouvèrent des branches que le feu n'avait pas consumées. Leur lumière les assura de ne pas réveiller quelqu'un en lui marchant dessus. Helgi en tenait une entre ses dents.

Revenus sous les étoiles, ils se relevèrent. Ils fouettèrent l'air de leurs brandons pour les raviver et se haussèrent sur la pointe des pieds pour mettre le feu aux avant-toits très bas.

Au début, ils ne voulurent pas prendre. Helgi marmonnait des jurons. Hroar s'arma de patience, essayant ici, puis là.

Une flamme s'éleva, minuscule, d'un bleu pâle d'oiseau de Surt à peine éclos, encore fragile. Elle tremblotait dans le vent froid, se recroquevillait entre deux rafales, pépiait une petite chanson pour se donner du cœur à l'ouvrage. Mais elle se nourrissait ; elle grandissait ; à présent, la force accourait en elle, issue du vent ; elle se dressa, audacieuse, impudente, déploya ses plumes de lumière, contempla les alentours et fit un salut crépitant à l'adresse des sœurs qu'elle se découvrait.

Le boisage du fort était vieux, dégradé par les intempéries. La mousse qui colmatait les interstices avait séché comme feuilles mortes. La charpente but les flammes comme jadis, dans les sapinières, elle avait bu le soleil de l'été.

Helgi prit position à la porte. « S'ils se réveillent avant que cette issue ne soit bloquée par les flammes, il nous faudra les empêcher de se répandre comme le lait oublié sur le feu. » Il fronça les sourcils. « La cabane du puits ! Tu ferais mieux d'aller tout de suite y bouter le feu aussi.

— Et notre mère ? » se tourmenta Hroar. Jusqu'à présent, dans son excitation, il avait oublié la reine Sigridh.

« Les guerriers laissent toujours femmes, enfants, esclaves et leurs pareils libres de partir. Mais... » Helgi se tut, pivota sur ses talons. Des hommes en armes traversaient la cour à pas de loups.

Sævil marchait à leur tête. Il se tourna vers eux et lança : « Entretenez le feu, aidez ces garçons. *Vous*, vous n'avez nulle obligation envers le roi Frodi. »

Ils se hâtèrent d'obéir. Beaucoup portaient des torches ; les autres se rangèrent près des héritiers. Helgi s'épanouit. Hroar bégaya : « S-s-seigneur jarl... »

Sævil caressa sa barbe. « J'ai idée qu'à dater de cet instant, c'est toi mon seigneur, Hrani, murmura-t-il.

— On peut s'échapper par le puits.

— Regin s'en occupe. »

Le shérif les rejoignit. La lueur du feu crût jusqu'à danser sur le métal et tirer les visages de l'ombre. L'incendie, jusque-là, n'avait pas paru très important : le roi Frodi ne fut tiré du sommeil ni par le bruit ni par la chaleur.

Il s'agita dans son lit clos. On fabrique ce meuble court, de sorte que ses occupants dorment assis. Le matelas bruissait sous lui. « Pouah ! s'étrangla-t-il. Il fait noir comme dans un four. » Il écarta le rideau. Une lueur sanglante, issue des fossés, rampa sur lui.

À côté de lui, Sigridh demanda : « Que se passe-t-il ? »

Frodi poussa un lourd soupir avant de s'écrier : « Debout ! Debout, mes hommes ! J'ai fait un rêve qui ne présage rien de bon ! »

Bien qu'ayant trop bu, ses gardes avaient pensé à s'étendre près de lui. Son appel les tira vite du sommeil. « Qu'était ce, seigneur ? » demanda l'un. Dans l'obscurité et la puanteur, il avait l'air d'un troll.

Frodi chercha son souffle. « Je m'en vais vous le raconter. J'ai rêvé que j'entendais un cri qui s'adressait à nous : " Vous voici dans vos foyers, seigneur, toi et tes hommes. " On répondait sur un ton sinistre : " Quels foyers ? " Alors le cri s'est approché au point que j'ai senti le souffle de celui qui hurlait : " Les foyers de l'Enfer ! Les foyers de l'Enfer ! " Je me suis réveillé.

— Oh-oh-oh ! » se lamenta Sigridh.

Les chiens qui dormaient dedans n'avaient jusqu'alors rien remarqué, du fond de leur sommeil, qui mérite qu'ils aboient. Ils s'agitèrent, eux aussi, reniflèrent une première bouffée de mort et se mirent à hurler.

Les hommes rassemblés dehors les entendirent. Il s'avérait inutile de les apaiser avant d'avoir refermé les mâchoires du piège. Frodi avait deux forgerons, d'excellents travailleurs, tous deux nommés Var, ce qui signifie Prudent. Regin lança, de sa voix tonitruante :

« Dehors, c'est un regain… » — ou un Regin, comme cela se prononce —

qui suit les fils du roi,
ses ennemis implacables ;
qu'on le dise à Frodi.
Un Prudent forge ses clous,
un Prudent se jette à nos têtes
et pour un Prudent, un Prudent
forge des clous prudents.

Un garde bougonna. « Pourquoi en faire un poème ? Il y a un regain, les forgerons travaillent, quoi qu'ils forgent… »

Frodi répondit sur un ton cassant. « Tu n'entends pas ces nouvelles ? Nous leur trouverons un autre sens, sois-en sûr. Regin est tenu par son serment envers moi : il m'avertit d'un danger. Mais le bonhomme se montre rusé et sournois. »

La plupart de ceux qui y réfléchirent par la suite jugèrent que Regin avait tenu parole en disant que Hroar — un Prudent — préparait une mauvaise action qu'Helgi — un autre Prudent — mettait en œuvre tandis que Regin — le troisième Prudent — en avertissait le quatrième Prudent, Frodi. Le shérif n'avait jamais promis de ne pas rapporter les nouvelles sous la forme de charades trop tordues pour être déchiffrées sans peine…

Le repos le fuyant, Frodi se leva peu après. Il jeta une cape sur sa nudité et alla dans le vestibule. Il vit le toit en flammes, les armes disparues et les hommes en armes massés dehors. En l'espace d'un clin d'œil, il recouvra son calme et put s'exprimer avec fermeté. « Qui règne sur ce feu ? »

Helgi et Hroar sortirent du rang. On ne lisait pas de pitié sur leurs visages si jeunes. « Nous, répondit Hroar, les fils de votre frère Halfdan, que tu as occis.

— À quelles conditions voulez-vous la paix ? Entre parents, il ne convient pas d'en vouloir à la vie d'un autre. »

Helgi cracha. « Nul n'a confiance en toi ! Serais-tu moins disposé à nous tuer que tu ne l'as été à assassiner notre père ? Cette nuit, tu vas payer. »

Un brandon tomba sur Frodi et lui roussit les cheveux. Il recula et ordonna à chacun de s'apprêter au combat.

Aucun garde n'avait de cotte de mailles, ni de bouclier, ni d'arme autre qu'un couteau de table. On regarnit les foyers pour donner de la lumière et on disloqua les meubles pour en tirer béliers et massues. Quelques invités aidèrent. Les autres, trop éméchés, titubaient, bafouillant, gênant le passage.

Pour attaquer, les hommes du roi se ruèrent de concert, autant que le permettait l'étroitesse des portes. Ils tombèrent à mesure, poignardés, taillés en pièces ou percés de lances. Une poignée de guerriers, abritée derrière un banc, s'enfonça dans les rangs adverses et se fraya un espace dégagé, aussitôt entourée par les gens de Sævil. Parmi eux se battait un géant hirsute, un berserker sur lequel la folie s'était abattue. Il mugissait, il écumait, il rongeait sa massue qui n'était autre qu'un des piliers du trône et se ruait au combat sans prendre garde aux coups et aux plaies qui lardaient son corps nu. Son arme s'écrasa sur un casque qui vibra sous le choc et se désagrégea. L'homme s'écroula, mort.

Helgi quitta le rang de soldats qui gardait la porte et se jeta sur le berserker. « Non ! » hurlèrent Sævil et Regin, frappés d'horreur. L'héritier ne les entendit point. Il se mit en garde, pieds écartés, jambes fléchies, le bouclier jusqu'aux yeux, l'épée levée. Après trois années de planches et de bâtons, ces armes bien faites semblaient vivantes. La massue s'abattit promptement. Il fléchit son genou droit et se pencha de ce côté. Le coup ne fit que marteler le bord de son bouclier, mais cela suffit pour qu'il chancelle et garde le poignet tout endolori pendant des jours. Déjà, sa lame volait. Elle siffla par-dessus son bouclier et mordit profondément dans le cou du berserker. Le sang jaillit. Le guerrier s'effondra, gigota un moment pour tenter de se relever, puis parut se vider et tomba dans une marre de sang qui s'élargissait.

Sævil serra Helgi dans ses bras. « Ton premier homme, ton premier homme ! »

Regin se hâta vers l'arrière du fort.

Frodi n'avait pas pris part à cette charge vouée à l'échec. Il prit sa femme par le bras. « Viens. Peut-être un chemin reste-t-il ouvert. » Ils coururent à la cabane qui abritait le puits. À la porte extérieure se tenaient Regin et ses hommes.

« Nous autres, Skjoldung, ne sommes pas d'une espèce à longue vie », dit Frodi, et il revint sur ses pas.

Son dernier soldat mourut. Les flammes grandirent encore et dévorèrent le toit. Les murs prirent feu. La chaleur pulsait. La demeure entière s'embrasa dans un fracas de tonnerre. Helgi brailla de sa voix mal posée d'enfant : « Qu'on laisse venir les femmes, les serviteurs, les amis des fils d'Halfdan ! Vite, avant qu'il ne soit trop tard ! »

Ils n'étaient pas nombreux. La majorité des laquais, des esclaves et des mendiants, ayant dormi à l'écart, se tapissait, terrifiée, à la lisière incertaine de la lueur de l'incendie. D'autres rampèrent hors des flammes et, avec eux, beaucoup de francs tenanciers invités qui n'avaient pas œuvré de façon impardonnable dans l'intérêt de Frodi. Ils bredouillèrent qu'ils avaient longtemps espéré ce jour merveilleux.

« Mais où est ma mère ? » cria Hroar.

Sigridh s'avança à la porte qu'encadraient des colonnes de hautes flammes. « Vite ! » cria Helgi. Elle s'immobilisa, tint fermement sa cape drapée sur la robe qu'elle avait revêtue et contempla ses fils.

Enfin, elle dit — et ils l'entendirent à peine dans le vacarme de l'incendie : « Vous avez pris une belle revanche, Hroar et Helgi, et je vous souhaite tout le bien possible quant à votre vie future. Quant à moi, j'ai abandonné mon premier mari après sa mort. On dirait bien du mal de votre mère si elle devait agir de même avec un mari encore vivant. » Elle leva la main. « Que ma bénédiction soit sur vous. »

Elle se détourna et rentra dans le fort.

Les deux frères s'égosillèrent et voulurent la suivre. On les retint. La porte s'écroula. Le toit commença de s'effondrer à l'intérieur. Les étincelles éclipsaient les étoiles. Le bruit enfla encore et couvrit les pleurs de Hroar et Helgi.

CHAPITRE TROISIÈME

LE DIT DES FRÈRES

I

Le jarl et le shérif emmenèrent les héritiers à Leidhra où ils convoquèrent une Thing. Une fois les hommes assemblés, ils leur racontèrent ce qui venait d'arriver. Debout sur le roc, les deux jeunes garçons virent les lames étinceler, miroiter sous le ciel et marteler les boucliers à grand fracas, tandis que la foule, par ses clameurs, les proclamait rois.

À leur tour, ils promirent de respecter la loi ancestrale, de rendre la justice et de restituer à leurs propriétaires légitimes les terres détournées par la clique de Frodi. Ils remercièrent Sævil, l'époux de leur sœur, pour son aide efficace, Regin, leur père adoptif, et leurs hommes ; ils distribuèrent maints cadeaux pris sur le fort et ses réserves, qui leur appartenaient désormais.

Puis ils parcoururent le Danemark avec leurs deux aînés et une troupe bien armée, se faisant reconnaître seigneurs dans chaque comté.

Durant leur voyage, Hroar demanda à Helgi s'il

désirait partager la royauté, l'un régnant en Sjaelland et l'autre en Scanie. Regin tirailla sa barbe. « Je doute que ce soit sage, si l'on se remémore tout ce qui s'est déjà produit... »

Helgi s'empourpra. « Jamais je ne romprai la lance contre mon frère ! Nous vivrons ensemble et partagerons tout ! »

Ils habiteraient Leidhra. La Scanie nécessitant un homme de confiance pour la prendre en charge, ils désignèrent Sævil. Il donna son accord, alla y vivre avec Signy et leurs enfants, pour longtemps et dans la paix. Ils se reçurent souvent, lui et ses beaux-frères, mais, dans l'ensemble, il quitte à présent la saga.

Les nouveaux rois paraissaient très dissemblables. Hroar resta petit, quoique habile et vif. Il parlait d'une voix douce ; peu enclin à se montrer plus que nécessaire, il se révéla clément, amical, et d'une intelligence pénétrante. Helgi, lui, grandit, atteignant une taille et une force peu communes, et se vit reconnu pour le plus puissant guerrier de tout le pays. Quand on évitait de le fâcher, sa joie s'exprimait en bouffées chaleureuses. Il se montrait si généreux que l'on s'excusait de lui rendre visite, sachant que la bonne chère, le boire et la joie abonderaient. Il s'habillait tantôt de manière aussi rustre que le dernier des paysans, tantôt des fourrures et étoffes les plus chères, un trésor de dragon en or sur les bras et au cou. Mais on pouvait lui reprocher d'être impétueux, impatient, impitoyable envers quiconque contrariait sa volonté et trop irritable dans un conseil.

Certains, voyant Hroar tel le père, Halfdan, et Helgi tel l'oncle, Frodi, prédisaient la rupture. Elle ne survint jamais. L'amour entre les deux frères demeura inébranlable tout au long de leur vie.

La première année de leur règne, ils la passèrent à voyager afin de connaître leur royaume dans ses moindres détails et de s'attacher ses chefs. Par la suite, il n'y eut plus jamais lieu de s'inquiéter de ce côté. Hroar s'installa dans le calme pour maîtriser l'art de la royauté. Helgi s'entraîna au combat et apprit les routes maritimes.

Louable était son but. La belle saison venue, il mena ses guerriers assaillir dans leurs repaires brigands et vikings qui avaient toujours harassé la contrée, mais s'étaient enhardis sous le règne de Frodi. Il battit les bois, écuma les flots, partit à l'assaut en usant de l'épée, de la hache, de la corde et du feu ; les francs tenanciers bénirent son nom. Il agit d'abord sous l'égide de chefs expérimentés qui admirent à l'automne qu'il n'avait déjà plus besoin d'eux.

Il consacra l'hiver à une ronde joyeuse de banquets et de fêtes, ainsi qu'à préparer la campagne de l'été. Il s'agissait de croiser le plus possible le long du Jutland, de la Fionie et des autres îles et de reconnaître ces terres en vue d'un jour futur.

Cette année-là, durant l'absence d'Helgi, Regin, à présent jarl, vint voir Hroar. Ils se retirèrent pour parler entre quatre yeux, comme on dit. « Je ne vais pas bien, dit au roi son père adoptif. Mon cœur me fait de plus en plus mal. Il s'agite tel un oiseau qui essaierait de s'échapper de sa cage. Cela me réjouirait fort de pouvoir, avant mon départ, ajouter un solide bois d'œuvre de plus à la maison des Skjoldung. »

Hroar lui prit la main. Ces deux hommes-là n'avaient pas besoin d'autre chose.

Regin poursuivit. « Je me suis renseigné, j'ai envoyé des hommes à moi voir de leurs yeux, et je crois t'avoir trouvé une épouse qui ne t'apportera pas seulement une riche dot et des amitiés solides. Elle sera la dame qu'il te faut.

— J'ai toujours profité de tes conseils », murmura Hroar.

Elle s'appelait Valthjona, était fille d'Ægthjof, premier jarl de Gothie, et proche parente de son roi. Hroar trouverait ainsi des porte-parole favorables dans ce royaume sis entre le sien et celui des Suédois gouverné par les Yngling.

Il y eut d'autres discussions, on échangea des messagers, des cadeaux. Ce Noël-là, Valthjona arriva enfin à Leidhra. C'était une femme grande, agréable à contempler, ferme au besoin, mais par ailleurs aimable, perspicace et loyale. Elle et Hroar eurent grand plaisir à vivre ensemble.

Une fois l'union consacrée par le Marteau, Regin mourut. Le peuple le ressentit comme une grave blessure. Les deux rois lui offrirent des funérailles dans un navire lesté de biens précieux et dressèrent un tumulus qui, dominant l'Isefjord, semblait essayer de voir où le vieux Vifil avait couché ses os. Aasta ne survécut guère à son homme. Elle aussi reçut de ses fils adoptifs un tumulus et des cadeaux d'adieu.

Hroar dit avec tristesse : « À présent, nous ne devons plus compter que sur notre sagesse, quelle qu'elle soit.

— Et si jamais elle échoue, répondit Helgi, il nous restera notre force.

— Notre arrière-grand-père disposait d'une puissance bien plus grande que la nôtre et, pourtant, il est tombé. » Hroar laissa courir ses doigts dans sa barbe nouvelle — peu fournie, du reste. Ils étaient assis, tous seuls, dans une mansarde où une lampe de pierre combattait la nuit. L'air froid sentait l'hiver. « Grâce à Regin, nous sommes plus en sécurité à l'est qu'autrefois. Mais nous n'avons guère d'alliances à l'ouest, par-delà le Grand Belt.

— Es-tu en train de me conseiller de chercher femme ?

— Nous ferions mieux de commencer d'y songer.

— Hum ! Je me trouve encore jeune pour cela.

— Pas pour un Skjoldung. »

De temps à autre durant les mois suivants, Hroar remit le sujet sur le tapis. Helgi remettait sans cesse à plus tard, d'une plaisanterie, en général. La timidité n'avait rien à y voir. Une des premières choses qu'il avait faites sitôt revenu à Leidhra avait été de faire signe à une esclave pour la mettre dans son lit. Depuis lors, sauf en mer, il dormait rarement seul.

« Tu engendres des fils qui pourraient un jour provoquer la chute du royaume en le tirant à hue et à dia, le tança Hroar.

— Oh ! je n'ai jamais eu à en prendre un sur mes genoux et à lui donner un nom, plaisanta Helgi. Je n'ai jamais gardé une femme assez longtemps. Je la renvoie à son travail, ou chez elle avec un beau cadeau si elle est née libre, et tout est dit.

— Il n'empêche, tu aurais dû reconnaître tes rejetons, sans parler des belles-familles.

— Laisse-moi en paix, veux-tu ? » Helgi quitta la maison furieux.

Mais il médita et finit par décider d'étonner le monde en montrant qu'il pouvait régler seul ses affaires et accomplir un acte qui le rendrait célèbre au-delà des frontières danoises. Il dépêcha des espions dans le plus grand secret. Il rassembla des navires et des hommes sur la promesse d'une expédition estivale qui devrait leur rapporter une fortune.

Hroar s'éleva contre l'entreprise. « Nous côtoyons assez de vikings et d'ennemis sans devenir nous-mêmes d'autres vikings ! » Mais Helgi répliqua : « Les hommes ne voudront plus marcher sous notre bannière à moins de leur donner la chance de gagner un vrai butin. » Il ne se vit pas contredit.

Ses navires descendirent le Sund avec l'objectif avoué de dévaster les côtes sud de la Baltique. À Mön, Helgi prévint ses barreurs qu'ils vireraient d'abord vers l'ouest. Après qu'il eut exposé sa volonté, d'aucuns prétendirent que c'était par trop imprudent. Devant les huées, ils renoncèrent bien vite. Rappelez-vous qu'il s'agissait de tout jeunes hommes ! Helgi lui-même ne comptait guère que seize hivers

II

Les Saxons sont issus du col de la péninsule du Jutland. Comme tous les peuples norrois, Finnois exceptés, ils parlent une langue comprise de tous. À mesure que leur population s'accrut, ils essaimèrent et en vinrent à occuper des royaumes de l'Elbe jusqu'au Rhin — et la Bretagne, qu'ils partageaient avec leurs parents Angles et Jutes. Mais certains d'entre eux s'accrochaient à leur vieille terre natale.

Un tel royaume était sis sur l'île d'Als, entre les fjords de Flensborg et d'Aabenraa. Ses maîtres descendaient d'Odin et de Frey, bien qu'ils aient aussi du sang des tribus wendes qui vivaient à l'ouest, au-delà du bois de Fer ; ils ne parlaient ni comme les Danois, ni comme les Finnois. Quoique preux, il leur manquait de compter un grand nombre d'hommes, aussi devaient-ils prêter serment d'allégeance et payer tribut aux souverains de Slesvik sur le continent.

Le dernier de ces feudataires royaux se nommait Sigmund. Il avait épousé la fille de son suzerain Hunding, qui lui avait donné une fille, Olof, mais pas de fils qui ait survécu. Cela poussa Sigmund à élever sa fille en garçon, à l'emmener chasser, à lui enseigner le jeu des armes, à lui raconter des hauts faits de guerre et à la laisser discuter avec les hommes. À mesure qu'elle grandit, elle devint dure, hautaine, dédaigna les attributs féminins, et alla même parfois jusqu'à revêtir la broigne et porter le bouclier au bras, l'épée à la ceinture et le casque sur la tête.

Son père non plus ne vécut pas vieux. Quand il mourut, le roi Hunding de Slesvik, grand-père d'Olof, craignant qu'une lutte pour le trône ne conduise à une rupture avec lui, pressa les hommes d'Als d'accepter Olof pour reine. Ce n'était pas sans précédent chez les Saxons, et les chefs les plus sages admirent préférer cela à un soulèvement. Ainsi fut donc fait.

Hunding en vint à mourir. Son royaume se trouva livré au désordre. La reine Olof monta les diverses factions les unes contre les autres avec beaucoup d'habileté, de ruse, et obtint la liberté d'agir comme elle l'entendait. Se marier n'entrait pas dans ses projets. Considérée comme le meilleur parti de tout le Nord — de par la situation privilégiée de son île pour la guerre et le négoce, tout au moins –, elle renvoyait chaque prétendant, et sans s'embarrasser de vaines politesses.

Le peuple ne l'aimait guère, la jugeant autoritaire et avare. Maïs elle ne se montrait pas assez méchante pour que l'on se dresse contre elle, surtout si l'on gardait présent à l'esprit qu'elle constituait le dernier maillon de la maison royale et se trouvait sans doute sous la garde de ses ancêtres, les dieux.

La situation n'avait pas évolué depuis des années lorsque la flotte d'Helgi tourna ses proues vers son royaume.

Il avait appris qu'elle passait ses étés sur le rivage oriental de son île. Elle avait là une résidence, moins un fort qu'un pavillon et quelques dépendances, avec le Petit Belt devant et des kilomètres de bois derrière, un lieu où elle chassait, qu'elle aimait et où elle avait rarement à recevoir des invités pour leur offrir bonne chère et présents, dont elle se moquait.

Bâti sur un cap, le pavillon dominait la vaste étendue des flots et du rivage. Olof comptait ainsi apercevoir d'éventuels navires à temps pour envoyer quérir de l'aide ou, au pire, fuir par la route qui s'enfonçait vers l'intérieur. Helgi mouilla derrière l'île de Lee, de l'autre côté du Belt, et attendit la brume. À pareille époque, il l'eut bientôt. La flotte effectua la traversée à la file, les hommes ramant avec des gestes furtifs. Souvent, dans le gris épais, ruisselant, le barreur d'un navire ne pouvait voir la vigie à la proue du suivant. Des cordages les reliaient. En tête allait le roi. Comme pilote, il avait un pêcheur qui connaissait chaque marée, courant, récif ou anse du détroit. Ils accostèrent tout près de leur but. Helgi envoya ses guerriers à terre, puis jeta l'ancre sous le promontoire.

Soudain, vers le soir, le brouillard se leva — et il y avait ces coques effilées scintillant de cottes de maille et de pointes de lance tandis que des guerriers en armure traînaient, souriants, à l'orée des bois. Ils ne se montraient pas menaçants ; le mât du navire maître avait été dressé pour porter haut le blason blanc, symbole de paix. Mais la reine, confinée là, se voyait vaincue par le nombre sans espoir de secours.

Elle reçut les messagers avec un calme souverain. « Helgi Halfdansson, roi des Danois, salue Olof Sigmundsdottir, reine d'Als, et acceptera volontiers son hospitalité », telles furent leurs paroles. Elle ne put que choisir la solution la plus sûre et les prier, lui et les siens, d'être ses invités. À grand fracas de ferraille, ils gravirent le sentier montant de la grève et pénétrèrent dans la cour, jeunes hommes tumultueux tel le vent marin, orgueilleux comme des aigles. Olof, du haut de son trône, attendait. Le couchant dorait la crinière et le duvet de celui qui entra et la salua. Ils se jaugèrent d'un regard dur qui transperça les ombres s'étalant entre eux.

Helgi apparaissait plus grand que ses fidèles pourtant déjà de bonne taille, large d'épaules, creux de joues, étroit de hanches, le nez taillé à la serpe, la tête et le menton allongés. Des yeux d'un bleu de feu dansaient dans un visage brun, couleur de cuir. Il était vêtu avec peu d'apprêt ; l'humidité ruisselait sur sa tunique et sa cape ; mais des anneaux d'or encerclaient ses avant-bras épais, et incrustée d'or était la poignée de son épée.

Si Olof était râblée, des formes généreuses se dessinaient sous sa robe, et la chasse l'avait dotée d'une grâce peu banale dans ses moindres gestes. Sa tête était ronde, ses pommettes larges, de même que ses narines et sa bouche ; ses grands yeux profonds possédaient la même nuance de brun soutenu que sa chevelure bouclée ; en somme, elle s'avérait plutôt favorisée par la nature et n'avait guère que quelques années de plus que lui. Elle lui jeta un regard flamboyant, provocant, mais lui souhaita la bienvenue d'une voix atone.

« J'ai tant entendu parler de vous, dit-il en riant, que je n'ai pu m'empêcher de vous rendre visite. » Sans attendre de s'en voir prier, il la rejoignit en haut du trône et ordonna à un serviteur de leur apporter à boire.

« Faites au mieux, dit Olof à ses gens. Que nos invités ne manquent de rien. »

Préparer un repas pour une compagnie aussi importante et inattendue demandait un certain délai. Dans l'attente, la bière et l'hydromel coulèrent à discrétion. Les Danois s'entassaient dans le pavillon, poussaient des clameurs, saisissaient les femmes, plastronnaient et buvaient à satiété. Helgi et Olof, assis côte à côte sur le trône, devaient presque hurler pour se parler. Elle lui laissa le soin de la conversation — qui porta sur lui — et il l'entretint volontiers, d'autant plus qu'il fut bientôt saoul. Elle n'eut pas l'air malheureuse.

Quand ils purent enfin manger, il lui dit : « Vous aurez deviné que ma venue a un tout autre motif qu'un festin. Le voici : je veux que nous buvions ensemble, ce soir, la bière de nos fiançailles. »

Elle se raidit. « Vous allez trop vite, mon seigneur.

— Non, non. » Helgi agita un os de bœuf. « Il y a ici assez de gens réunis pour un mariage. Mon honneur et mon profit sortiront grandis si je conquiers une reine aussi, euh, utile et à l'âme aussi élevée… que vous un roi semblable. Plus tard, nous pourrons le consacrer, parler dot, cadeaux du matin et autres fadaises. Mais cette nuit, nous dormons dans le même lit, vous et moi.

— Si je dois me marier », dit-elle, les jointures blanches sur le manche de son poignard, « je ne connais pas d'homme qui vous soit préférable. Je me fie à vous pour m'épargner toute humiliation dans cette affaire. »

Helgi la reluqua. « Il convient, même si vous crânez, que nous vivions ensemble aussi longtemps que je le voudrai.

— J'aimerais voir mes amis plus nombreux, mais j'agrée à vos désirs. Je gage que vous en ferez autant.

— Oui, oui, oui ! » répondit Helgi d'une voix entrecoupée. Il l'attira à lui, la pelota devant tout le monde, puis se mit debout pour brailler ces nouvelles.

Les Danois rugirent leur joie. Les Saxons, à part les filles qui riaient en compagnie des marins dans les coins sombres, ne surent quoi faire. La reine Olof se leva, ignorant sa robe souillée, ses cheveux défaits, et clama : « Buvons au mariage avec notre meilleur cru ! Qu'on mette le vin en perce ! »

Des marchands du sud apportaient parfois du vin dans ces contrées. On ne le connaissait guère ailleurs, au nord. Helgi y goûta avec des cris de joie. Olof eut un sourire — qui, dans la danse des ombres et de la lumière, parut sincère — et ne cessa de remplir son verre jusque tard dans la nuit.

Nul ne vit qu'elle faisait juste semblant de l'imiter, sauf ses hommes de confiance auxquels elle chuchota d'agir à l'identique.

Enfin, Helgi rota, et déclara qu'ils feraient mieux de la mettre au lit, sinon sa nuit de noces deviendrait une matinée. Avec force cris, éclats de rire, histoires et chansons les plus paillardes, les Danois qui tenaient encore debout prirent des torches pour escorter Olof à travers la cour jusqu'au boudoir où elle dormait. Telle est la coutume des pays du Nord : on emmène la mariée avant son futur mari. Cela est censé parer aux esprits malins, tandis que le verbe truculent doit ménager au couple l'amour et de nombreux enfants. Mais ni bouquets de fleurs ni verts rameaux n'attendaient Olof ; nul n'avait, au préalable, parlé en sa faveur ; elle n'avait pas passé parmi ses amis ce jour où elle quitterait son existence précédente ; elle n'avait ni reçu de consécration, ni offert à Freya la couronne de fleurs qui symbolisait sa virginité.

La troupe revint chercher Helgi. « Un moment ! grogna-t-il. Sales soiffards, vous n'allez pas finir ce vin sans moi ! » La nuit grisaillait lorsqu'il sortit. Il vacillait, et il en restait peu d'assez hardis pour l'escorter.

Ils refermèrent la porte derrière lui, crièrent leurs dernières obscénités en guise de vœux de bonheur, et titubèrent pour rejoindre les autres et dormir d'un sommeil lourd.

Une lampe tamisée éclairait la chambre. « Ouf ! s'écria Helgi qui chercha la reine à tâtons. Déshabille-toi.

— Allonge-toi, murmura-t-elle en le guidant. Je vais venir à toi. »

Il se coucha. Elle se retira, comme pour s'apprêter. Avant peu, elle l'entendait ronfler.

Elle resta sans doute un moment à le regarder, penchée sur lui, tournant et retournant un poignard entre ses doigts. Aussi ivres soient-ils, ses équipages surpassaient encore en nombre ses rares gardes et laquais. Et sa mise à mort entraînerait une vengeance de la part des puissants Skjoldung. Elle avait déjà arrêté sa décision.

Certains prétendent qu'elle piqua Helgi avec une épine de sommeil pour l'empêcher de se réveiller. D'autres assurent que ce ne fut pas nécessaire.

Elle se glissa dehors, sous la froide lueur des étoiles pâlissantes, et s'adressa aux siens. Ils n'osèrent pas amener un cheval, mais ils comptaient parmi eux un bon coureur qui partit aussitôt sur la route des bois. Olof rassembla ce qu'elle désirait et prit avec elle deux hommes pour l'aider.

« Est-ce bien sage ? » entendit-elle demander.

Elle releva la tête. « Je dois songer à mon honneur. Par la honte, la honte sera vengée. »

Ils le ligotèrent, prirent des ciseaux, un rasoir, lui rasèrent le système pileux, l'enduisirent de poix, le fourrèrent ainsi qu'un tas de haillons dans un sac en cuir qu'ils nouèrent avec une cordelette ; les deux hommes l'emportèrent sur la grève.

À l'aube, selon les ordres d'Olof, ses laquais réveillèrent les Danois à grand renfort de seaux d'eau froide et leur dirent qu'Helgi avait regagné sa flotte, fort désireux de faire voile car à présent la marée était haute et le vent favorable.

Ils se levèrent le plus vite possible, mais, engourdis par l'alcool, sans trop savoir où ils en étaient. Une fois sur le rivage, ils ne virent leur roi nulle part. Il arriverait bientôt, pensèrent-ils dans leur confusion. Cependant, un sac de cuir gisait sur le sable. Ils voulurent découvrir son contenu.

Quand ils défirent la cordelette, ils trouvèrent leur roi, et en piteux état. L'épine, s'il y en avait une, tomba, car il se réveilla, et pas d'un doux songe. Il délirait de rage.

Ils entendaient à présent sonner les cors, résonner les pas des hommes et des chevaux, cliqueter le fer, retentir les voix. Au sommet du promontoire, sur le ciel du matin, se détachait une armée à laquelle il semblait vain de vouloir se mesurer, surtout dans l'état pitoyable où les mettait la migraine. Ils se traînèrent à bord de leurs navires, s'installèrent sur les bancs de nage, mais ramèrent sans grande efficacité. Les railleries des Saxons les poursuivirent longtemps, puis les sarcasmes des mouettes.

III

Que la reine Olof ait pu ridiculiser un roi tel qu'Helgi Halfdansson causa une vive surprise, et le récit s'en répandit. Les hommes d'Als la considérèrent avec une admiration nouvelle, mêlée de respect et de crainte. Son autoritarisme et son entêtement ne connurent plus de bornes. En outre, à dater de ce jour, elle s'entoura, où qu'elle aille, d'une forte garde.

Quant à Helgi, son humeur fut telle que nul n'osa aborder le sujet en sa présence, ni même laisser errer son regard sur lui. Comme promis, il emmena sa flotte au Wendland qu'il livra au massacre et à l'incendie au point de secouer les plus rudes de ses hommes. Ils remportèrent tous leurs combats et rentrèrent à l'automne chargés de rapines et d'esclaves. Helgi parut insatisfait. Dès l'accostage à Haven, il cracha quelques ordres relatifs au déchargement et au radoub, prit un cheval et partit au grand galop, seul.

L'histoire avait atteint Leidhra. Dès son arrivée, Hroar le manda en sa demeure. Ils montèrent dans une mansarde pour pouvoir deviser à l'abri des oreilles indiscrètes. « Je t'aurais bien organisé un banquet de bienvenue, dit l'aîné d'une voix douce, mais j'ai pensé que, cette année, tu préférerais que je m'abstienne.

— À vrai dire, je n'y aurais pas mis les pieds », marmonna Helgi, les yeux rivés au sol.

« Tu survivras. »

Helgi s'emporta. « La honte rejaillit sur *nous* !

— Et qui l'a amenée ? s'enquit Hroar d'une voix soudain tranchante. Qui l'a méritée ? »

Helgi leva son poing comme pour le frapper, gronda, dégringola l'échelle et quitta la maison.

Tout au long de l'hiver, il allait fuir la compagnie, ou se montrer cruel envers les subalternes, et sec, voire mesquin à l'égard des personnes de rang plus élevé. On murmura ; on craignit de voir resurgir en lui le sang des Skjoldung les plus sombres. Lorsqu'il tint des réunions secrètes avec ses fidèles guerriers, on estima qu'il complotait, tel Frodi naguère.

Mais quand l'obscurité laissa place à la lumière du

jour, que la neige fondit en ruisseaux torrentueux, que les cigognes et les hirondelles reparurent, Helgi retrouva son calme. Les gens de sa maison surent bien qu'il préparait quelque chose, mais quoi ? Il ne s'en ouvrit à personne, hormis à quelques élus. L'été, un matin tôt, partirent, et le roi, et le plus rapide de ses navires. Mât dressé, voile au corbeau déployée, il vogua, poussé par le vent froid et salé qui soufflait telle une cornemuse, baisait les joues et ébouriffait les chevelures. Les vagues grondaient, chuchotaient, les embruns couraient sur leurs crêtes grises et leurs creux bleu noir, les rayons de soleil qui filtraient au travers des nuages allumaient dessus de verts reflets de feu. Le beaupré bondissait, les planches chantaient, les palans à lanières en cuir de phoque raclaient, et Helgi prit la rame de direction. Tandis que sa terre roulait à tribord, il eut un sourire, le premier en presque un an.

Quand Mön s'éloigna par l'arrière, il ordonna qu'on juche à la proue la tête de dragon, message de guerre.

Cependant, avec prudence, ils évitèrent tous les navires aperçus et ne firent relâche nulle part. Parvenus dans le Petit Belt, ils mirent en panne ; puis, la nuit venue, ils ramèrent, se dirigeant vers le nord à la lueur du clair de lune.

À l'aube, ils atteignirent la crique choisie par leur pilote, à plusieurs kilomètres au sud du pavillon d'Olof. Les arbres poussaient dru sur la petite plage. Helgi ordonna de tirer le bateau au sec sur la grève. Quant à celui d'Olof, mouillé dans une embouchure, il le plaça sous surveillance afin d'éviter que l'ennemi les surprenne et bloque leur retraite. Ensuite, il dormit quelques heures. Les guetteurs postés sur le rivage l'entendirent ricaner dans ses rêves.

Au lever du soleil, il engloutit quelque nourriture et se prépara, puis partit affublé de haillons de mendiant. Il portait en bandoulière une épée, et aussi deux sacs d'or et d'argent.

La marche est ardue dans un bois sauvage. Les arbres, chênes, hêtres, ormes, mélèzes, s'élancent vers le ciel ; les cimes d'un vert mordoré bruissent sous le soleil qui mouchette les sous-bois obscurs ; les oiseaux chantent par milliers ; les écureuils zèbrent les troncs comme autant de traits de feu écarlates ; l'air tiède s'emplit des odeurs de la croissance. Mais les sous-bois forment un mur : ils crochent les pieds, égarent le souffle, fouettent les yeux, crépitent avec dédain. Il n'y a donc rien d'étonnant au fait que seule la mer, souvent, permette l'accès à certains endroits.

Helgi était chasseur. Il savait trouver les pistes laissées par le gibier et les suivre avec autant de facilité qu'un cerf. Il parvint bientôt près de son but. Au creux d'un tronc, il laissa son épée, au creux d'un fourré, il dissimula ses sacs, puis il poursuivit son chemin. Sur la route, hors de vue du pavillon, il attendit.

Un esclave de la reine vint à passer, portant un panier plein d'œufs achetés par la maisonnée à une ferme du voisinage. Voyant cet homme d'une taille impressionnante, il sursauta. Helgi lui sourit, leva ses mains vides et dit : « N'aie pas peur. Je suis sans foyer, mais aussi sans malice. »

L'esclave ne parut pas surpris outre mesure. En ces temps troublés pour le Slesvik, les vagabonds n'étaient pas rares. Quant à atteindre l'île d'Als depuis la contrée continentale, le chenal est des plus étroits. « Comment vont les choses, par ici ? demanda l'étranger.

— Nous n'avons rien, sauf la paix, répondit l'esclave qui se détendait un peu. D'où viens-tu ?

— Qu'importe ? Je ne suis qu'un pauvre manant. Mais viens voir. Je suis tombé sur un trésor dans ces bois. Puis-je te le montrer ? »

L'esclave ne voyait aucun motif de se défier du vagabond et portait un solide bâton. Il accompagna Helgi et, tremblant, retint son souffle en voyant ce qui scintillait sous les feuilles mortes. « Magnifique, en effet ! Qui aura pu laisser cela ici ? Peut-être le roi Helgi, quand l'an passé il a fait sa demande à notre reine et qu'elle l'a couvert de ridicule ?

— Je ne sais, répondit le vagabond d'un ton âpre. Dis-moi, chérit-elle l'or ?

— De ce point de vue, elle n'a pas son pareil !

— Je l'avais entendu dire. Il lui plaira donc de le posséder. Cette terre lui appartenant, elle se voit tenue de le réclamer. Ma chance tournerait si j'essayais de m'approprier ce trésor. Comment un homme tel que moi pourrait-il devenir riche du jour au lendemain sans qu'on le croie voleur et qu'on le pende en guise d'appât aux corneilles ? Non, laissons-la le prendre et m'attribuer la part qu'elle jugera bon, c'est mieux. Crois-tu qu'elle se donnera la peine de venir le chercher ?

— Je le crois, si elle peut se déplacer à l'insu de tous, sauf d'un ou deux guerriers à la bouche cousue.

— Je m'apprêtais à dire qu'elle ferait bien d'agir ainsi. Si sa trouvaille s'éventait, les chefs du royaume espéreraient des festins, des cadeaux ; et on m'a rapporté qu'elle est plutôt économe. Écoute, je ne veux personne d'autre. Juste toi et elle. Tu vois que je ne suis point à craindre. » Il se baissa, se redressa. « Voici un joyau et un anneau que j'enterrerai à l'écart et que je te donnerai lorsque tu l'auras amenée seule. Si elle devait se fâcher contre toi, je m'en occuperais. »

L'esclave commença par refuser. Un discours habile et lénifiant eut vite raison de ses doutes. Il devina que l'étranger savait où trouver davantage d'or et tenait à négocier entre quatre yeux. Une langue aussi preste saurait certes détourner la colère de la reine. Plus tard, lui, l'esclave, pourrait donner ces deux objets précieux à Olof en échange de sa liberté et d'une petite ferme.

Il laissa donc le trésor sous la garde du manant et se hâta de gagner le pavillon, le cœur battant. Il lui fallut un moment pour entraîner Olof à l'écart et lui expliquer en haletant qu'il avait découvert un immense trésor, lui demander de le suivre pour s'en saisir et de ne rien dire à personne de peur qu'on ne l'envie, lui, l'esclave, et qu'on ne lui tienne rancune.

La reine le jaugea de ses yeux bruns couleur de rouille. Il sentit son visage large s'empourprer. « Si tu dis vrai, décida-t-elle, ces nouvelles te vaudront beaucoup de bonheur. Sinon, elles te coûteront ta tête. Mais tu m'as toujours été fidèle, je le sais. Je me fie à toi. »

Elle arrangea une rencontre au soir. À l'heure dite, elle se leva, se vêtit, se glissa hors de sa chaumière. Seule, habituée à la traque, elle évita sans mal le guet qui attendait une armée ou une flotte ennemie. L'esclave se tenait sous un chêne que le clair de lune argentait. Il la guida dans l'obscurité des bois.

On avait jeté les sacs près d'un petit étang. Le clair

de lune filtrait à travers les feuilles et les branches pour tirer un reflet du métal — le métal de l'épée dans la main d'un homme qui surgit de la nuit.

« Salut, reine Olof », dit-il avec un petit rire, dans l'ombre. « Te souviens-tu d'Helgi Halfdansson ? »

Elle hurla, fit volte-face et détala. Il la rattrapa d'un pas de géant. L'esclave gémit, le frappa de son bâton. La lame le renversa. « Je pourrais te tuer, compagnon », dit le roi d'une voix égale, comme si la femme qu'il tenait sous sa poigne n'était pas en train de hurler, de se débattre, de le griffer et de le bourrer de coups de pied. « Mais puisque nous serons loin avant que tu puisses ramener de l'aide, je veux bien que tu partes. » L'esclave bafouillait. Helgi, de son épée, désigna le sol. « Voici ce que je t'ai promis. » L'esclave, quoique ébahi, n'oublia pas de le ramasser. Helgi le poussa de la pointe de son épée. « Fuis ! » L'esclave s'enfonça dans la forêt, menant grand tapage.

Helgi remisa sa lame au fourreau. « Reste tranquille », dit-il à Olof, avant de lui donner une telle gifle que ses dents s'entrechoquèrent. « Pensais-tu que j'allais laisser ta traîtrise impunie ? »

Elle tomba à genoux, s'appuya sur ses mains, pleura un court instant, se redressa et balbutia : « Oui, au vrai, je t'ai causé bien du tort. En guise de réparation, à présent… je… je deviendrai ton épouse.

— Oh ! non, tu ne t'en tireras pas si facilement, cette fois. Tu vas me suivre à mon bord et y demeurer aussi longtemps que je le voudrai. Pour laver mon honneur, je ne puis te traiter autrement qu'avec la grossièreté et la vilenie dont tu as fait preuve envers moi.

— Ce soir, agis selon ton bon vouloir », murmura-t-elle.

Il usa de son expérience des bois pour dissimuler leur piste. Par la suite, dans la forêt de piques que constituait le sous-bois, ce ne fut même plus nécessaire. Il n'eut pas à la traîner. Elle essaya une fois de s'écarter du sentier de cerf qu'il avait découvert. Les ronces l'arrêtèrent de leurs épines.

La marche ne fut pas des plus aisées dans cette pénombre. Ils parvinrent à la crique les habits en loques et les pieds endoloris. En sang, hors d'haleine, Olof trébuchait sans arrêt.

Les vagues tintaient sur la grève. Un rossignol chantait. Des flots, la lune basse faisait un pont luisant, sur lequel se détachaient, noires, la coque et la tête de dragon du navire échoué sur la plage. Dans cette lumière bistre, on voyait peu d'étoiles. Une brise fraîche flânait, à l'odeur de varech.

Quand Helgi s'avança, ses guetteurs à terre bondirent, quittant leur petit feu. Il les salua. Leurs clameurs tirèrent le reste de la troupe de ses sacs de couchage. Ils se réunirent, lui tapèrent dans le dos et lui offrirent leurs vœux les plus gras. Il sourit, pressa Olof de gravir le flanc de son navire et la poussa sur le pont.

« *Maintenant*, déshabille-toi », ordonna-t-il.

Elle dut s'exécuter sous la lune, au vu de tous.

Il désigna un endroit sous le pont avant. Elle rampa dans une obscurité aussi épaisse que de la poix et s'étendit sur un matelas, les poings crispés à ses côtés. Il la rejoignit.

À l'aube, il retourna chercher ses sacs, puis ils traversèrent le Belt pour établir un camp plus sûr. Sept jours durant, ses hommes chassèrent, pêchèrent, luttèrent, nagèrent, parièrent, racontèrent des histoires ou demeurèrent oisifs. Le roi, quand il ne prenait pas la reine, se joignait à eux.

Elle ne lui opposa aucune résistance ; elle se contenta de le souffrir. Elle ne pleura jamais, s'abstint de parler davantage que le strict nécessaire. « Tu es belle, Olof », murmura-t-il une nuit, la bouche perdue dans ses cheveux. « J'aurais aimé que notre destin diffère. » Elle demeura allongée, toute roide. Il soupira. « Je crois que tu ne peux rien éprouver pour les hommes. Maintenant, il est trop tard entre nous.

— Nous n'en avons peut-être pas encore fini, toi et moi.

— Quoi ? » demanda-t-il. Elle ne voulut rien ajouter. Un courlis pépia son chant aigu dans le brouillard givrant qui se levait. Helgi frissonna et se rapprocha d'Olof, en quête de chaleur. Elle ne se coula point contre lui.

Le lendemain, il retraversa le Belt et la débarqua non loin de son pavillon. Ils ne se dirent pas au revoir. Elle pataugea jusqu'au rivage, dans sa robe souillée, lacérée. Les hommes d'Helgi poussèrent le navire en eau libre, se hissèrent à bord et prirent les rames. Olof ne regarda pas s'éloigner le bateau, pareil à une araignée quand elle marche. Déjà, elle se traînait péniblement pour regagner sa demeure.

IV

Ce même été vit la venue à Leidhra du beau-père de Hroar, Ægthjof, jarl des Götar. Des dissensions avaient vu le jour ; il avait tué Heidhleif des Ulfing, mais la famille s'était montrée trop forte pour lui et il avait dû fuir.

Malgré son jeune âge, Hroar se refusa à donner l'ordre de tirer la flèche de guerre de clos en clos. « Lever une armée, tuer, brûler, piller ? Nous n'en retirerions que des inimitiés mortelles. Oh ! les Yngling d'Uppsala se délecteraient ! Les cendres de la Gothie leur appartiendraient pour de bon. »

Il envoya un message à Sævil, en Scanie, qui alla voir les chefs des Ulfing. Jouant les médiateurs, le jarl obtint un traité de paix. Æghtjof dut payer un fort wergeld, mais Hroar l'y aida. On arrangea aussi des mariages afin de resserrer les liens entre les deux maisons, au moins pour un temps.

« Tu m'as rendu un fier service, dit Æghtjof en serrant la main de Hroar. J'espère pouvoir un jour te payer de retour, moi-même ou l'un de mes enfants. »

Le roi sourit. « Voilà une aimable attention. Mais pour que j'aie besoin d'aide, il faudrait que je coure un danger.

— C'est la source de toute gloire.

— Bâtir un pays n'assurerait-il pas une gloire meilleure et plus durable ? Nous avons œuvré maintes vies durant, assuré la paix à l'intérieur comme à l'extérieur du royaume, défriché des champs, bâti des maisons, armé des bateaux de pêche et de négoce, édicté de bonnes lois et surveillé leur application, introduit des arts étrangers… Ah ! parent, mais je discours comme si je me tenais au sommet du roc de la Thing ! »

Helgi revint dans la meilleure des humeurs et retrouva son caractère. Il ne laissa pas d'expliquer sa vengeance, au début. Puis, peu à peu, il cessa d'en parler, et même d'y penser…

Mais pas la reine.

Pressentant que son peuple devinerait son avanie et que le récit qui s'en répandrait de Saxe en Danemark lèverait ses derniers doutes, Olof refusa d'évoquer cette semaine. Quand elle apprit qu'un esclave et un laquais avaient bavardé, elle les fit comparaître ; pour avoir sali le nom de sa souveraine, l'homme libre eut la main tranchée et l'esclave fut fouetté à mort. Dans d'autres domaines, elle continua d'agir avec tant de sévérité — pire : d'habileté — que les hommes estimèrent posséder là un roi en tout, sauf en apparence.

Ils ne surent pas ses nuits d'insomnie, de sommeil difficile, ni ses errances solitaires dans les bois où elle tendait vers le ciel des doigts crochus, et hurlait.

Ce fut pire encore lorsqu'elle se sut enceinte.

Après qu'une sorcière eut échoué à mettre l'enfant au monde avant terme, Olof conçut un plan. Jamais le monde ne devrait ricaner, ni Helgi Halfdansson jubiler. Elle prétendit devoir se rendre en Slesvik, sur le continent, pour décider de la meilleure solution pour mettre fin aux querelles entre les diverses maisons, querelles qui déchiraient son royaume.

De fait, elle agit, et elle agit bien. Là elle rapprocha deux partis, ailleurs elle mit son armée, réduite, mais efficace, dans la balance. Nul ne s'étonnait qu'elle disparaisse de temps à autre ; elle devait conférer en secret avec les chefs.

De lourds vêtements d'hiver camouflèrent l'arrondi de son ventre. Et si d'aucuns se posèrent des questions, ils surent les garder pour eux.

Quand son terme approcha, elle se rendit dans une cabane éloignée de tout qu'elle avait choisie et apprêtée par avance. Des gardes l'entourèrent. La reine leur refusa l'entrée sous prétexte qu'on y était à l'étroit et qu'elle voulait le calme afin de réfléchir et, insinua-t-elle, pratiquer la magie. Dressant des tentes pour s'abriter de la pluie, ils s'étendirent dans la boue auprès des feux crachotants et fumeux, soufflèrent sur leurs doigts bleuis et tâchèrent de préserver leur fer de la rouille. Olof resta à l'intérieur avec pour seule compagnie une sage-femme et deux vieilles servantes.

Par une nuit d'orage sombre et humide, tandis que la grêle criblait les murs et que les arbres grondaient dans le vent, elle donna naissance à une fille. « Criez, conseilla la sage-femme lorsqu'elle vit la sueur sur elle. Cela atténue les douleurs.

— Non, dit la reine entre ses dents serrées. Pas pour ça. »

En l'absence du père, la sage-femme prit le bébé qu'on venait de laver et de langer, et le posa à même le sol de terre battue, près du lit. Dans la lueur rougeâtre et incertaine des torches, Olof foudroya du regard la petite chose braillarde.

« La garderez-vous, ma dame ? demanda la sage-femme.

— Jamais je ne lui donnerai le sein. » Olof leva une main. « Attends. N'en dispose pas tout de suite. Elle pourrait se révéler utile, un jour… D'une façon ou d'une autre…

— Lui donnerez-vous un nom, alors ? »

Le regard d'Olof erra avec indolence et se posa sur une chienne appelée Yrsa. Son rire cliqueta dans sa gorge. « Oui, je vais la nommer. Qu'on l'appelle Yrsa. » Elle se recoucha.

La sage-femme et les vieilles frissonnèrent. Mais elles ne purent qu'obéir. Et, ayant envisagé une telle éventualité, elles avaient déjà trouvé une nourrice.

Quand la reine fut en état de voyager, elles osèrent lui demander ses intentions quant à Yrsa. « Un seul mot sur cette bâtarde signera votre arrêt de mort ! cracha-t-elle. Emmenez-la. Je lui trouverai une maison où on l'adoptera, comme on le doit faire des enfants de haute extraction. »

De retour en Als, elle jeta son dévolu sur un couple de vieux fermiers, leur donna des cadeaux et le bébé qu'elle leur présenta comme le rejeton d'une fidèle esclave morte en lui donnant naissance. Elle ajouta qu'il s'appelait Yrsa.

À compter de cette heure, Olof ne vit ni ne s'inquiéta plus jamais de la petite fille qu'elle haïssait. Les années passèrent.

Le Danemark gagna en puissance et en richesse. Les frères s'entendaient bien à la tâche. Hroar gouvernait le royaume et tâchait d'améliorer sa condition avec une sagesse croissante. Faisant montre de qualités viriles suffisantes pour s'attirer le respect de ses guerriers, il devint très aimé. De Valthjona, sa femme, il eut trois enfants qui vécurent : une fille, Freyvar, et deux garçons, Hrodhmund et Hrörik, né presque au soir de leurs vies. Ils formaient un couple heureux.

Hroar ne prenait aucune autre femme dans son lit lors de ses longues absences.

Il voyagea beaucoup pour bâtir le pays à sa convenance. Chaque année, il effectuait une tournée des Things de comté, sans négliger d'écouter des hommes isolés. Il allait se rendre compte en personne de la manière dont les choses, ici ou là, se déroulaient. Il se rendait à l'étranger, en bateau, le blason blanc bien en évidence, mais il préférait souvent inviter des étrangers dans son fort et écouter ce qu'ils avaient à dire avec beaucoup d'attention.

Pour que les hommes accomplissent du bon ouvrage, il leur faut savoir que le fruit de leur travail ne deviendra pas un appât sur lequel se jetteront des gens cupides et sans merci. Aussi arriva-t-il à Hroar de payer de sa personne sur le champ de bataille. Mais la plupart du temps, il laissait la guerre à Helgi, toujours volontaire.

Chaque été, le cadet allait se battre. Il ne s'agissait parfois que d'expéditions de pillage menées pour occuper les gardes, et les francs tenanciers oisifs entre semailles et moissons. On se cantonnait aux abords du Danemark. Les premiers temps, il traqua les voleurs, détruisit les repaires de vikings, terrifia quiconque aurait pensé troubler la paix du royaume.

Les étrangers, surtout incités par le Svithjodh ou la Saxe, n'étaient que trop désireux d'agir ainsi. Quand Hroar et lui se sentirent bien assis, Helgi leur fit regretter leur malice. S'ils refusaient de plier dès la première injonction, de prendre son épée en main, de jurer serment, de payer tribut aux seigneurs de Leidhra, ils risquaient de se réveiller un beau matin pour voir des dragons sur les flots, ou sur leur sol une armée en ordre de bataille, un bouclier rouge et une bannière noire.

Ces petits chefs ne purent jamais s'opposer à la formidable puissance danoise ni se liguer ; les frères surent vite attiser leurs querelles pour qu'elles les consument. Les luttes armées réjouirent les loups et les charognards. Helgi y gagna maintes cicatrices et se retrouva parfois aux portes de l'Enfer. Mais il guérit toujours et toujours il remporta la victoire.

Durant ces années-là, il conquit la Fionie et autres îles de moindre importance. Il se targuait de compter sous lui autant de rois que de femmes.

« Et quand donc te marieras-tu ? demandait Hroar.

— Quand je m'estimerai prêt, répondait Helgi en haussant les épaules. Je n'ai nulle hâte. J'ai courtisé une seule fois, et cela s'est plutôt mal passé. » Il pouvait, à présent, tourner en dérision ce souvenir qui s'effaçait. « Tu caresses l'idée d'un lien qui m'unirait à des puissants afin d'obtenir d'eux ce que tu désires. Pourquoi ne pas garder l'appât utilisable ?

— Quand nous serons morts…

— Tu as déjà un fils. Tu crains que mes rejetons s'essaient à le défier ? J'en doute. Mes bâtards se vendent bon marché : il y en a tant ! Et puis, Hroar, il vaudrait peut-être mieux pour les Skjoldung que je ne prenne *pas* femme ; les enfants d'une reine pourraient se croire un droit à la couronne. À présent, cesse de faire ta tête longue d'une aune et buvons une autre corne d'hydromel. »

Les deux frères ne se voyant plus chaque jour, même en hiver, leurs rencontres appelaient la joie, tout autant que le sérieux d'un conseil. Hroar avait fini par quitter Leidhra.

Il n'était pas parti en colère. Leur entente était telle que Hroar, de retour de voyage, avait pu dire à Helgi qui donnait un banquet en son honneur : « Tu parais le plus grand de nous tous, puisque tu gardes le trône antique des rois des Danois ; je te le donne volontiers, à toi ou à tout héritier que tu puisses avoir. En échange, je désire l'anneau que tu portes, car j'ai autant de droit sur lui que toi. »

Les auditeurs avaient retenu leur souffle. Ils savaient que Hroar ne pouvait évoquer qu'un seul anneau. Il ne s'agissait pas d'une de ces torsades d'or massif que l'on morcelle afin de récompenser un skalde pour un lai ou quelqu'un d'autre pour un service. Non, celui-ci était un épais bracelet en forme de serpent qui se mordait la queue et dont les yeux de grenat luisaient, funestes. Selon un récit, il fut le premier des trésors que moulurent Fenja et Menja pour le roi Frodi le Paisible. Il faisait en tout cas depuis longtemps la fierté des Skjoldung.

Helgi s'était contenté de sourire et de répondre : « Rien ne pourrait mieux te convenir, parent, que cet anneau. »

Néanmoins, Hroar avait de bons motifs de quitter Leidhra. Deux maisons royales, chacune avec sa troupe de jeunes gens fougueux, dans la même ville, voilà qui offrait la possibilité d'échauffourées mortelles. On ne pouvait toujours contenir une querelle entre deux familles qui auraient mieux fait de se battre contre les ennemis du Danemark, et non entre elles.

De plus, Leidhra convenait mal à ses objectifs. Le récit dit que le fjord s'enfonçait profondément dans les terres, jusqu'à la ville. Ce n'était déjà plus vrai.

Seul un ruisseau paresseux et sinueux les reliait. Un port ouvert sur la mer mais abrité au cœur de l'île attirerait les marchands et la fortune afférente.

Hroar fonda alors, dans la baie du même nom, Roskilde, qui devint la principale ville du royaume. Peu distante de Leidhra à cheval, elle s'en trouvait toutefois assez éloignée pour éviter tout désordre. Du vivant du roi, on la baptisa donc Hroarskildi, la Source de Hroar, du nom d'un jaillissement d'eau pure qui étanchait la soif physique, et aussi spirituelle.

Bien sûr, cet établissement ne se bâtit pas en une nuit. Il n'y eut d'abord que le fort bâti par le roi, les dépendances des laquais — des hommes libres — et les ateliers et les quais sur la grève pour les bateaux. Même si des champs roulaient vers le sud, landes et marais s'étendaient à l'est et des bois sauvages s'ombraient à l'ouest. Pourtant on disait que, depuis le séjour d'Odin sur cette terre, nul n'avait eu de plus belle demeure dans tout le nord.

Elle était vaste, érigée dans les bois les plus fins, sculptés et peints avec art. Au-dessus des pignons, les extrémités des poutres se déployaient telles de puissantes ramures, dorées pour mieux resplendir sous le soleil, de ce fait, on l'appela le Fort-Cerf.

Sur cette maison, le malheur s'abattit.

Malchance ? Colère divine ? Prodigues pour les hommes, les deux frères témoignaient plutôt une certaine insouciance dans leurs sacrifices à Æsir et Vanir. Ils s'acquittaient de ce dont les rois devaient s'acquitter en période sacrée. Sinon, il arrivait à Helgi de sacrifier un coq ou un autre animal du même genre pour attirer la chance. Mais il croyait surtout en sa force. Quand les pensées de Hroar se détournaient de son royaume ou de sa famille, elles concernaient plutôt ce qu'il voulait apprendre de l'étranger que ce qu'il aurait pu devoir aux dieux, ou à des aïeux morts et enterrés.

En tout cas, le récit dit que Cerf devint hanté. Longtemps auparavant, le roi Hermodh chassé de chez lui à cause de sa cupidité et de sa cruauté — il figurait parmi les pires d'entre les sombres Skjoldung — rôda dans les marais et engrossa une trolle. L'être appelé Grendel qui pénétrait dans le fort et s'emparait d'hommes faits pour les manger était de son sang.

On dit en Angleterre que cela dura douze ans. Les Danois l'estiment peu probable. Un guerrier tel que Helgi n'aurait-il pas délivré son frère d'une telle malédiction ? Songez plutôt que Hroar bâtit Cerf peu après avoir bien agi avec Æghtjof et Helgi mal avec Olof. Il y vécut neuf ans et les frères, tout ce temps, œuvrèrent si bien de concert qu'à la fin les Danois étaient plus heureux que jamais depuis le règne du Paisible. Alors Helgi, toujours remuant, entreprit l'exploration de terres inconnues. Il mit peut-être le cap à l'ouest, vers l'Angleterre, au nord-est, vers la Norvège, la Finlande et la Karélie, ou au sud-est, pour descendre les fleuves russes. S'il fit parfois des raids, parfois du négoce, toujours il goûta des vents nouveaux sous des cieux neufs ; et trois années passèrent avant que ses navires ne rentrent au port.

À peine avait-il cinglé que Grendel entra en scène. Durant ces trois ans, on laissa Cerf à l'abandon et le chagrin posa sa marque sur le front de Hroar.

Il attendit le retour d'Helgi, car il savait bien que nul autre ne pourrait disposer du monstre. Mais il ignorait si les os de son frère ne blanchissaient pas sur un sol étranger. Aussi accueillit-il avec joie l'offre d'une aide venue du fils du jarl Æghtjof qu'il avait sauvé autrefois : Bjovulf, de Gothie, son parent. En Angleterre, on appelle cet homme Beowulf.

Cette histoire est célèbre. Bjovulf empoigna Grendel et lui arracha le bras, la mère de Grendel accourut pour se venger, Bjovulf la poursuivit sous les flots et la tua de même, pour gagner un nom immortalisé tant que le monde durera. J'en ai assez dit, ici, mais j'ajoute qu'il venait tout juste de rentrer chez lui lorsque Helgi revint, et trouva le Danemark bruissant de ce que le héros avait accompli et dédaignant d'accorder une oreille à ses propres exploits.

Il n'était pas si orgueilleux qu'il tente de dénier à Bjovulf une renommée bien gagnée. Mais il revint avec nostalgie sur sa jeunesse à lui. Il n'était pas vieux — trente hivers, tout au plus, avaient blanchi le monde depuis qu'il y était venu dans un cri — mais la fraîcheur avait déserté ses yeux. Au plus, les gens pensaient voir Helgi Halfdansson accomplir des exploits comme cingler plus loin qu'aucun homme. Ah ! il en allait tout autrement lorsque le jeune garçon d'alors renversait un roi et prenait sa revanche sur une reine !

Ce fut peut-être cette raison qui, l'été suivant, le poussa à concevoir une expédition qui l'emmènerait aux abords d'Als. Il prétendit vouloir observer les royaumes saxons, car il garderait les mains liées au Jutland septentrional s'il ignorait la situation dans le sud. Sans aucun doute, c'était la vérité. Cependant... Se souvenait-il d'avoir chanté victoire sur son honneur retrouvé... voire d'yeux bruns, de poings serrés avec vaillance ?

Il ne savait rien d'Yrsa. Nul n'en savait rien, d'ailleurs, à part sa mère Olof, la sage-femme, et les deux mémés, mortes depuis. Les fermiers qui l'élevaient avaient presque oublié que la petite fille n'était pas leur enfant.

Ils vivaient sur la côte nord de l'île, qui donne sur le fjord d'Aabenraa. Au sud, la lande s'étendait, mouchetée de bouquets de chênes noueux et rabougris et de chênes verts, puis se transformait en un marécage de saules, et ensuite en une forêt verdoyante que seules quelques sentes permettaient de traverser. Au nord, de hautes dunes jaunes, les flots, une vision fugace du continent, et puis des vagues, des nuages, des mouettes. Souvent la pluie, la brume, la neige ou la nuit sans fin de l'hiver tombait. Sur cette terre pauvre et venteuse, quelques familles habitaient, à l'écart les unes des autres car on avait besoin de nombreux arpents pour en retirer de quoi subsister et nul ne possédait de quoi tenter les voleurs.

Là grandit Yrsa, fille du roi Helgi et de la reine Olof.

Elle se savait fille adoptive. Outre qu'on le lui avait appris, elle ne ressemblait ni aux parents, ni à leurs enfants. Non que cela soit rare. Qu'un homme se noie, qu'une femme crache ses poumons, et ils laissent leur progéniture. Un enfant était une paire de bras toujours recherchée. Yrsa ne pensait guère à une mère qu'elle croyait morte en esclavage, ni à un père inconnu, ni ne se demandait si elle menait une vie heureuse ou malheureuse. Par la suite, son souvenir de ces années-là lui parut sans doute meilleur qu'elles ne le furent en réalité.

En vérité, elle connaissait le labeur, la hachette et

la houe, le métier et le moulin, la bouilloire et le balai, les tâches non dites et indicibles d'une fille de ferme. La vie ne consistait pas qu'en dos douloureux ou doigts sanguinolents, toutefois. Ce pouvait être, aussi, soigner un bébé, récolter des noix et des baies avec une bande de rieurs ou bien chanter et rêvasser en menant pâturer les oies.

Son costume de bourre rapiécée pendait en loques. L'été, les enfants allaient pieds nus ; l'hiver, au mieux, ils portaient des sabots en écorce de bouleau. Mais ils devenaient robustes en grandissant et ne prêtaient guère attention au mauvais temps. La nourriture était fruste, ou parcimonieuse. Mais du gruau, du pain noir, un bout de fromage de chèvre et des poireaux mis en réserve permettaient de tenir jusqu'au retour de la saison du poisson tout frais péché, des huîtres, des œufs de cormoran, de la récolte dans les bois et sur les landes. Il n'y avait dans la demeure qu'une pièce obscure, si Yrsa ne comptait pas l'endroit où l'on parquait la chèvre, le cochon et les oies. Pourtant, ces animaux dégageaient autant de chaleur que de puanteur. Yrsa connaissait la promiscuité avec sa douzaine de frères et sœurs adoptifs et, quand elle entendait dans le noir Père et Mère se démener, elle pouvait compter accueillir un minuscule nouveau venu l'an prochain.

Elle connaissait le goût de la terreur. Les bourrasques de vent du nord tournoyaient à toute vitesse alors que Père péchait sur le bateau qu'il partageait avec ses voisins. S'il ne revenait pas, ou s'il revenait, rejeté sur la grève en une masse ballonnée, aux couleurs criardes, mangée par les anguilles, comme il s'en échouait de temps à autre sur le rivage, cela ne signifierait pas seulement de la peine, mais aussi mourir de faim ou partir en esclavage par défaut d'une aide extérieure. Ran grimaçait au fond de la mer ; des nicors se tapissaient dans les marais ; la Femme-Saule brassait le brouillard ; la nuit, des lutins chevauchaient le faîtage, le chaume crissant sous le tambourinement de leurs talons ; la moindre erreur pouvait entraîner une malchance mortelle. Quand un bateau approchait le rivage comme pour effectuer un débarquement, quand des étrangers passaient à pied, il fallait se réfugier dans le sous-bois, car la plus pauvre des souillons possède toujours la richesse que désire un violeur !

Mais elle connut aussi l'amitié et les réjouissances, chez elle autant qu'avec les voisins. Les voisins pouvaient médire, de terribles querelles pouvaient éclater, en fin de compte tous se serraient les coudes. Il y avait quatre périodes sacrées par-dessus tout : le Baptême, le Solstice d'Été, la Moisson, et Noël, moments d'effroi et de respect, puis de fête. Un jour, elle serait grande, et pendant un an ou deux, elle se faufilerait dans les nuits lumineuses avec un jeune homme ou un autre, jusqu'à ce que l'un d'eux l'épouse et qu'elle, jouant son rôle de maîtresse de maison, offre le lait aux elfes et la bière à ses invités devant tout le monde. Pendant ce temps-là, les enfants regardaient, au large, passer des bateaux qui n'aborderaient jamais (oh ! si seulement ils abordaient !), avec leurs rames cadencées ou leur impudente voile rayée, et voyaient là-bas une étincelle lointaine allumée par le soleil sur le métal ; qui sait, peut-être y avait-il un roi à bord, ou peut-être un dieu ?

L'hiver amenait le froid, l'obscurité ; les ceintures serrées, mais il promettait aussi un travail moindre, de la glace qu'on tassait sous ses pas ou sur laquelle on glissait, des boules et des bonshommes de neige, de vieilles histoires aimées de tous. Le printemps amenait le labeur, la pluie, la blanche aubépine et un ciel rempli d'oiseaux revenus d'on ne savait où. L'été passait, vert, vert, vertige d'odeurs, abeilles bourdonnantes, soleil sur les torrents aveuglants et tièdes — sauf quand venait l'orage, mais alors c'était merveilleux : le marteau de Thor volait, *zzz !*, et *crac !*, il châtiait les trolls, puis les roues de son char tiré par des chèvres l'entraînaient au tréfonds des cieux. L'automne flamboyait, dispensait ses fruits des deux mains, les ventres se tendaient à éclater, la bruyère fleurissait pourpre, la pleine lune éclaboussait la nuit d'une clarté sous laquelle luisaient la gelée blanche, et la rosée sur les toiles d'araignée, tandis que s'étendait un pont bercé par les flots, qui s'allongeait jusqu'à l'horizon ; et dans le ciel tout là-haut, éclatait le chant du départ d'une oie sauvage…

Yrsa ne comprenait pas que ses frères et sœurs adoptifs dédaignent ces choses-là. Certes, elle chérissait ces enfants, mais ils ne lui ressemblaient pas.

V

« J'aimerais me rendre compte par moi-même de la façon dont cette terre a évolué, dit Helgi, mais je crois que, de toute manière, je n'y serais pas le bienvenu sous mon vrai nom. » Nul ne put le persuader de renoncer à voyager seul en Als. Son navire le laissa dans une crique dont il se souvenait, et, à dater d'une semaine plus tard, se présenterait là chaque jour.

Helgi n'entendait chercher noise à personne. Et qui irait assaillir un homme de sa stature, et en haillons ? De plus, son bâton était le manche d'une pique dont il gardait la pointe et les chevilles sous ses loques, avec un poignard. De la main, il lança un au revoir joyeux avant de s'engager à grands pas sous le couvert des arbres.

Apprendre l'absence d'Olof de son pavillon le démoralisa quelque peu. Son surveillant lui jeta un regard acide, mais un laquais lui remplit un bol et le laissa dormir dans une meule de foin en échange de ses chansons et de ses contes. Helgi dit venir du Himmerland, être sans foyer et chercher du travail. « On n'a pas besoin de toi, ici, répondit son hôte. Mais si tu poursuis ton chemin jusqu'à la côte nord, tu trouveras là des misérables qui vivent de mauvaise pêche. Ils devraient se réjouir d'une paire de bras robustes sur une paire de rames. »

Helgi haussa les épaules et suivit ce conseil dans le but de reconnaître les plages. À présent qu'il possédait la Fionie, il lui fallait bien connaître ce côté-ci du Petit Belt.

Il gravit une haute dune et vit au loin une fille déambuler sur la grève. Il y avait eu un orage la nuit précédente et Yrsa était sortie chercher du bois flotté, de l'ambre ou tout autre rejet de la mer.

Il se dit que si elle le voyait venir, elle se précipiterait vers la hutte, cachée derrière des épicéas, dont la fumée maculait le ciel. Il préférait lui parler seul à seule, si elle ne se révélait pas trop vilaine. De toute façon, sitôt qu'il aurait montré ses bonnes intentions en s'abstenant de porter la main sur elle, ses parents devraient s'ouvrir à lui. Dans le cas contraire, ils pourraient craindre d'avoir affaire à un hors-la-loi ou à un marchand d'esclaves venu évaluer sa prise.

Helgi se recula, s'accroupit derrière la dune et chercha un chemin du regard. Il pouvait zigzaguer de buisson en fourré, de fourré en rocher, et user de ses tours de chasseur pour se faufiler dans la brande jusqu'à se retrouver presque sur elle.

Ainsi fut fait. Mais quand, embusqué derrière un chêne embroussaillé, il put la détailler à loisir, son cœur bondit.

Le vent soufflait. Le soleil pointait derrière des nuages pressés, brillait sur l'eau, disparaissait, et l'ombre s'étendait sur le monde. Les vagues couraient sur le rivage en grondant, explosaient en blanche écume sur les récifs, se retiraient et revenaient, toutes neuves, grises, vertes et bleu acier.

Les collines du continent se profilaient, embrumées tel un songe. Le vent sifflait sur les moutons d'écume, hurlait dans les branches et murmurait dans la bruyère, chevauché par des mouettes piaillantes. Frais, salin, il poussait, il glissait, et il emmêlait les cheveux de la jeune fille qui allait son chemin pieds nus sur le sable en évitant les rubans d'algues brunes qui s'y étalaient.

Elle n'était pas grande. En se tenant bien droite, comme à présent, elle n'arriverait qu'à mi-torse d'Helgi. Une robe de grosse toile bise se tendait sur ses seins petits, sa taille svelte et ses bras. Sa souplesse se parait d'une jeunesse avenante. Sous le hâle et la crasse, sa peau était claire ; des taches de rousseur poudraient son nez fin. Son visage, large, haut de pommettes, s'affinait sur un petit menton volontaire; dans sa bouche large et douce, les lèvres entrouvertes montraient de belles dents; ses yeux immenses, très écartés, du gris bleu de ses mers, s'allongeaient sous l'arc des sourcils. Elle portait une guirlande de fleurs de pissenlits dorées, ses cheveux bouclés ondoyaient jusqu'à ses hanches et, lorsque le soleil fugace les effleurait, brillaient comme du métal poli.

Helgi s'avança. « Ce que tu es adorable ! » s'écria-t-il.

Elle bondit en arrière en réprimant un cri de surprise, laissa choir le bois qu'elle avait récolté et prit la fuite. Il s'élança à sa poursuite. « N'aie pas peur, dit-il, je ne te ferai aucun mal. Je veux être ton ami. »

Elle courait, inflexible. Il accéléra, la dépassa et lui barra la route. Elle ramassa une branche, cracha tel un chat sauvage et l'en menaça. Ce cran lui plut. Il ouvrit les bras, éclata de rire. « Tu as gagné. J'abandonne. Fais ce que tu veux. »

Elle abaissa son gourdin. Son souffle s'apaisa. Il aurait pu l'écraser — et il se contentait de rester là à sourire. Qu'il était fort et beau ! Sa carcasse ne convenait pas à ses haillons vagues et crasseux, mais sa figure seyait à son corps, à son nez à pic, à ses yeux de ciel bleu, à sa barbe taillée de près et à la crinière blonde cascadant sur ses épaules. De blanches cicatrices serpentaient parmi les poils dorés de ses bras.

« Comment t'appelles-tu, belle dame ? demanda-t-il avec une intonation étrangère. Et qui sont tes parents ? »

Elle désigna la fumée. « Je suis la fille de ce fermier, murmura-t-elle dans le vent et les embruns. En fait, non. Je… ma mère était une esclave. Je m'appelle Yrsa. »

Il marcha vers elle. Elle se tenait immobile, comme sous l'influence d'un charme, écoutant cogner son cœur. Il prit ses deux mains dans les siennes, rudes, chaudes, riva son regard au sien et dit, pensif : « Tu n'as pas les yeux d'une esclave. »

Ils s'assirent dos aux vagues rugissantes et parlèrent. Elle n'avait jamais imaginé qu'un étranger pourrait s'inquiéter d'une existence au jour le jour telle que la sienne. « Qui êtes-vous ? » ne cessait-elle de l'interroger.

Il éludait ses questions. « Parle-moi encore de toi, Yrsa. Je devine un secret. Quel âge as-tu ?

— Pourquoi ? Je… je n'ai jamais compté ! répondit-elle, stupéfaite.

— Allons. » Il prit ses doigts. « Cet an-ci, l'an passé… » Après beaucoup de manipulations, elle rougit, sentit venir le vertige, et jugea qu'elle pouvait avoir treize ou quatorze ans. « J'avais cet âge quand… mais peu importe. Nous venons tous deux d'une souche à croissance rapide. »

Ils partagèrent du fromage et du biscuit pris dans sa besace de vagabond. Plus tard, quand il passa un bras autour de sa taille, elle ne se déroba pas, mais bien au contraire poussa un soupir et posa la tête sur son torse.

« Je suis fou de toi, lui dit-il. Fou.

— Oh, allons », souffla Yrsa.

Il se força à sourire. « Tu es la fille d'un fermier. Quoi de plus naturel qu'un mendiant tombe amoureux de toi ? »

Saisie, elle bondit loin de lui. « Quoi ? Oh ! non, non ! »

Il se leva et se pencha sur elle. « Si, oh ! si. » Il l'enferma dans une étreinte attentionnée mais implacable. « Viens avec moi, Yrsa. Tu le dois. Une Norne se tenait ici aujourd'hui. »

Elle pleura, le supplia. Il resta longtemps silencieux, dans le bruit, le froid et les ombres hâtives. avant de lui dire : « Je pourrais t'enlever contre ton gré. Mais tes larmes me feraient trop mal. Je ne l'ai dit qu'à peu de femmes avant toi. Je te le demande maintenant : veux-tu devenir mienne, librement ? »

Elle le regarda et se remémora les rustres du voisinage ; soudain elle se sentit envahie, balayée par un torrent de sang nouveau qui se ruait en elle. Pleurant, riant, elle vint à lui.

Ensemble, ils cherchèrent un abri convenable. Elle savait une source où les arbres qui chuchotaient les protégeraient du vent et où l'été avait mûri l'herbe, la transformant en foin.

Helgi resta dans les bois. Il ne voulait ni voyeur, ni espion. Chaque jour elle lui portait en cachette de la nourriture dont ils ne sentaient pas le goût. À la cabane, on remarqua bien sa transformation, mais Yrsa échappa toujours à leur vigilance. Non que celle-ci soit très soutenue ; nul homme, dans les parages, n'aurait voulu d'une fille pour femme avant que son ventre ne prouve qu'elle lui donnerait des enfants.

Le moment venu, Helgi partit, lui recommandant de ne pas s'effrayer si un bateau apparaissait. Quand cela se produisit et que chacun s'enfuit, elle resta là. L'homme richement vêtu qui pataugea jusqu'à la grève lui dit qu'il était le roi des Danois. « Je n'aurais cure que tu sois un mendiant », souffla-t-elle, avant de s'évanouir.

Ensuite, elle partit à la recherche de sa famille adoptive. À force de cajoleries, elle parvint à les persuader de la suivre. Helgi les inonda de cadeaux avant d'embarquer avec Yrsa.

Il ne pouvait délaisser sa flotte à laquelle il avait donné l'ordre de se tenir aux abords de la Fionie. Ses hommes l'auraient méprisé s'il avait négligé son voyage annuel pour musarder, malade d'amour, à terre. Il confia Yrsa à son frère Hroar, puis reprit la mer. Pour lui comme pour elle, les mois qui suivirent revêtirent le même caractère d'ennui mortel.

La reine Valthjona dit à son époux : « Je crois qu'elle sera beaucoup plus que la nouvelle catin d'Helgi.

— Peut-être. » Hroar tirailla sa barbe et fronça les sourcils. « Je n'aime pas ça. Une fille de fermiers née d'une esclave !

— Mais non, une gentille petite fille, rétorqua Valthjona. Cela dit, si nous tenons à la réputation des Skjoldung, il va falloir que je la prenne en main. »

Pour une dame, il y avait tant et plus à connaître : la bonne marche d'une maison importante ; le tissage et le brassage ; la vêture, les manières, la diction convenables ; les usages et les rites à observer envers les dieux et ancêtres ; les amis de son homme, ses ennemis, et comment se comporter avec les uns et les autres. Yrsa ne pouvait tout apprendre en un jour.

« Et pourtant, elle en a la volonté farouche, dit Valthjona à Hroar. S'il m'avait fallu partir de si bas, j'aurais mis plus de temps qu'elle à maîtriser ce que je dois savoir. »

Lorsque Helgi ne lui manquait pas trop, Yrsa se montrait plutôt joyeuse ; chaque jour elle chantait en voletant de tâche en tâche. Elle prenait soin de nombre d'animaux, de chiens, de chevaux et d'oiseaux, et les comprenait à merveille. Elle détestait la chasse. Par contre, sur un bateau, elle se révélait aussi adroite et allègre qu'un garçon. Jeune elle-même, elle allait souvent gambader avec les occupants les plus jeunes de Fort-Cerf. Élevée dans l'humilité, elle témoignait davantage d'amitié aux laquais et aux esclaves — allant jusqu'à écouter les récits interminables de leurs misères et à s'efforcer de les soulager — que Valthjona ou Hroar, pourtant renommés pour leur gentillesse.

« Mais elle connaît si bien leur tâche, l'ayant pratiquée, dit la reine au roi, qu'ils n'essaient pas deux fois de tricher ou de paresser, non qu'elle les fasse fouetter ! Elle se contente de leur demander, de sa voix toute douce, s'ils préféreraient entrer au service de quelqu'un d'autre. Bien sûr que non !

— Hum ! oui, j'en suis moi-même venu à l'apprécier.

— Elle est de bonne souche. Si sa mère était bien esclave, comme on le lui a raconté, je jurerais qu'il s'agissait d'une femme de haute naissance emmenée en captivité. Quant à son père, ma foi, peut-être était-ce un roi ! »

Quand Helgi rentra et vit Yrsa vêtue de lin, de fourrures et d'or, les clés de la maison à la ceinture, qui l'accueillait avec grâce, il se figea, comme assommé par un marteau. À l'aube, après leur nuit, il lui confia que son rang de concubine ne lui seyait pas. D'elle, il ferait sa reine.

On évoqua leur banquet de mariage des années durant.

Hroar saisit l'occasion pour traiter en amis les chefs des îles nouvellement conquises. Il les invita et, aidé de cadeaux et d'amabilités, les attacha aux Skjoldung. « Yrsa nous aura au moins valu cela, remarqua-t-il en présence de Valthjona.

— Lui en veux-tu de priver Helgi d'un mariage plus utile ? Il peut toujours prendre autant de femmes qu'il le désire.

— Il n'en désire nulle autre. Il n'a plus aucune maîtresse. » Il sourit à Valthjona. « Oh ! bon, j'en fais bien autant. »

Yrsa continua d'apprendre à être une dame jusqu'au jour où l'on admit que Leidhra avait rarement vu souveraine plus accomplie malgré son jeune âge. On nota aussi que Helgi s'attendrissait de plus en plus. Il se mit à passer ses étés au Danemark pour y effectuer les mêmes tâches que Hroar. Moins patient que son frère, il montrait cependant un pareil sens de la justice. Les hommes se réjouissaient de remettre leurs procès entre ses mains. Ils pensaient qu'il les discutait avec Yrsa et qu'elle atténuait sa sévérité.

Toutefois, elle était très jeune. Deux années durant, elle n'eut pas d'enfant. La troisième, elle donna le jour à un fils.

Long et difficile, l'accouchement, de surcroît, survint la veille de Noël. Helgi resta en son fort, but, prêta l'oreille à un skalde, bavarda avec ses hommes. Ses paroles n'avaient guère de sens ; il ne cessait de tourner la tête vers la porte, comme s'il voulait se frayer un chemin dans l'ouragan pour entendre les cris de douleur dans la chaumière des femmes.

La sage-femme se présenta enfin. Elle s'avança dans un silence impressionnant que seuls troublaient les rugissements du feu et du vent. Elle portait un ballot qu'elle déposa à terre devant le trône. Helgi demeura immobile. La sueur luisait sur son front et ses joues, et empuantissait ses habits.

« Je t'amène ton fils, roi Helgi, dit la sage-femme.

— Et Yrsa ? s'enquit-il d'une voix rauque.

— J'espère qu'elle ira bien, seigneur.

— Donne-moi notre fils. » Les mains qu'il tendit tremblaient lorsqu'il prit le bébé et le mit sur ses genoux.

Le lendemain, une fois certain qu'Yrsa vivrait, il sacrifia un troupeau de chevaux et de moutons dans le bosquet sacré et convia ses hommes à un festin à peine moins superbe que son banquet de mariage. Il versa, de ses mains, l'eau sur son fils et le baptisa Hrolf. Les guerriers qui l'avaient suivi d'un bout à l'autre du monde connu martelèrent leurs boucliers de leurs lames et saluèrent leur héritier.

Yrsa fut longue à recouvrer la pleine santé. Elle ne porta jamais d'autre enfant, mais cela ne l'empêcha pas de vivre heureuse avec Helgi. Ils jouissaient de leur Hrolf. Petit, mais beau et enjoué, il avait le pied vif, et l'esprit aussi.

Au Danemark, les années passaient, paisibles. Néanmoins les frères tenaient à l'œil la Gothie et le Svithjodh où maintes choses advenaient.

Le roi des Götar, Hugleik — sans doute en quête d'une renommée à la mesure de celle d'Helgi — emmena une flotte de guerre au-delà du Jutland et de la Saxe, jusqu'au pays des Francs, qu'il dévasta ; mais les Francs lui tendirent un piège, et il tomba au combat avec ses troupes. Parmi les quelques Götar qui purent s'échapper figurait Bjovulf qui regagna les bateaux à la nage malgré sa broigne. Triste fut son retour. Pour ce haut fait, les Götar voulurent le proclamer souverain. Il refusa et vint devant la Thing proposer Haerdredh, le fils d'Hugleik. Mais comme il demeurait le chef le plus puissant depuis la mort d'Ægthjof, Bjovulf dut toutefois régner sur le pays en tout, sauf en titre.

À cette époque, le roi des Suédois au Svithjodh s'appelait Egil. Pareil aux autres Yngling, il se montrait prodigue de sacrifices aux dieux ; en outre, c'était un sorcier. Peut-être l'un de ses sorts se retourna-t-il contre lui ; en tout cas, un taureau promis au sacrifice s'échappa, éventra de ses cornes les esclaves déjà pendus en l'honneur d'Odin et partit dans la nature. Il rôda longtemps, et longtemps il se vengea sur le peuple du tort qu'on lui avait fait. Le roi mena ses chasseurs à sa poursuite. Monté à cheval, il s'écarta dans ces étendues boisées d'arbres feuillus et, soudain se trouva face à la bête. Il projeta sa pique. Le taureau se libéra de la barbelure, chargea dans un tonnerre de sabots et ouvrit le poitrail du cheval, qu'il jeta à terre. Egil tira son épée. Le taureau le devança. Sa corne transperça le cœur du roi. Alors ses chasseurs surgirent et disposèrent de la bête. Puis ils emportèrent le corps d'Egil qu'ils enterrèrent à Uppsala.

Egil avait eu un frère, Ottar. Des querelles de succession éclatèrent entre son fils, Aali, et les fils d'Ottar, Asmund et Adhils, qui ravagèrent le Svithjodh de longues années durant. Asmund tomba, Adhils, défait, s'enfuit en Gothie. Les Götar, menés par le roi Haerdredh, le soutinrent, mais lorsque leur armée pénétra au Svithjodh, Aali vainquit et Haerdredh périt.

Bjovulf, devenu roi des Götar comme ils l'avaient toujours désiré, pria son parent et ami Hroar de lui fournir des soldats. Aali mourut au dernier combat sur le lac Vänern gelé. Adhils gagna Uppsala où on le proclama roi des Suédois.

Hroar et Bjovulf caressaient ainsi l'espoir que le seigneur du Svithjodh leur témoignerait sa reconnaissance. De plus, cet homme n'aimait pas la guerre. Adhils préféra s'enfoncer plus loin dans les arcanes qu'aucun Yngling auparavant. Pour lui, ayant acquis ce qu'il voulait, il laissa le monde en paix.

Si les frères Skjoldung avaient eu tort de l'aider, ils ne le surent que plus tard. D'autres peines les affligèrent d'abord.

Sept ans avaient passé depuis qu'Helgi avait trouvé Yrsa sur la grève quand la reine Olof vint exercer sa vengeance.

VI

Le fermier n'osa faire autrement que d'aller voir Olof pour lui dire qu'un marin se disant roi des Danois avait emmené la fille qu'elle lui avait confié. Elle demeura impassible, avant d'esquisser un vilain sourire. Dès lors, elle accueillit toujours avec avidité les nouvelles du Danemark, nouvelles qui ne lui parvenaient pas aisément, car elle persista à nier que quelque chose ait changé. On craignait donc encore d'évoquer Helgi Halfdansson. Mais elle finit par savoir son heureux mariage avec une Yrsa de parenté inconnue...

« Tu connaîtras la douleur et la honte, Helgi, là même où aujourd'hui tu jouis de l'honneur et du bonheur », se promit-elle, en son for intérieur peuplé de fantômes.

Elle laissa du temps s'écouler, car elle ne pouvait partir sur-le-champ ainsi qu'un homme. De plus, elle se réjouit du supplice qui sourdrait de ses révélations. Son premier soin fut de s'assurer qu'il ne pourrait contre-attaquer. À cette fin, elle tissa un réseau d'alliances, tant avec d'autres Saxons qu'avec des Jutes du nord. Depuis la conquête des îles, ces seigneurs comprenaient qu'ils devaient s'unir pour rester libres. Mais Olof œuvra et patienta jusqu'à acquérir la certitude qu'on ne pouvait profiter de leur emportement et de leur cupidité pour les diviser.

Alors, elle fit savoir qu'elle se rendrait au Danemark en vue de parvenir à une bonne entente avec les Skjoldung, ce que son peuple apprécia. Le commerce en sortirait facilité si les menaces de guerres disparaissaient.

Olof possédait en tout et pour tout trois navires. Aussi nul ne s'étonna-t-il de ce qu'elle choisisse un mois où elle savait Hroar et Helgi au loin, accaparés par une tournée des Things de comté. Elle pourrait nouer des relations avec les reines, les sonder, gagner leur amitié, et leur soutien devant leurs époux.

L'esquif saxon descendit le fjord de Roskilde et mouilla aux quais face à la ville. Nombre de marchands se trouvaient déjà là à discutailler. Ils s'affairaient autour des entrepôts et des baraques ornées comme pour une fête que les négociants avaient installées — des hommes, des femmes, des chiens, du bétail, des porcs, des enfants qui gambadaient au beau milieu du bétail, ici une prostituée, là un étranger venu d'aussi loin que les royaumes francs, le tout, dans le vacarme et la ronde des couleurs, grillant au soleil. Derrière ces bâtisses s'élevait une haute palissade dont chaque angle s'adornait d'une tour de guet où luisaient les broignes et les casques des guetteurs, tandis que les têtes des hors-la-loi moisissaient sur ses pieux. Par-dessus, on apercevait les toits de mottes de nombreuses maisons, verts et piqués de fleurs à présent l'été venu. De la fumée à l'odeur de sarriette montait vers les mouettes qui criaillaient dans une tempête de neige d'ailes blanches.

De part et d'autre, le paysage moutonnait depuis les flots brillant au soleil, un paysage déboisé, sauf pour quelques bosquets, labouré, planté, riche et paisible. Sur une colline, au milieu d'un bosquet de chênes sacrés, un temple de galets dressait ses toits successifs. Tout proche, Cerf, dont la masse imposante écrasait les dépendances, dressait ses bois dorés.

« Bel ouvrage que celui de ces frères », dit son barreur à Olof.

La reine se tenait sur le pont avant, les poings serrés : une petite femme à la robe humide d'embruns, aux mèches grises et aux rides burinées sur un visage émacié, à l'ossature large, au dos plat, au regard hautain. « Peut-être n'en feront-ils pas d'autre », dit-elle avant d'appeler d'un signe le capitaine de sa garde pour lui délivrer un message moins ambigu. Il gagna

Cerf vivement, menant plusieurs hommes vêtus comme lui de maille polie et de capes rouges et bleues volant sur leurs épaules, et comme lui tenant leur pique bien droite.

En l'absence d'Helgi, Yrsa avait coutume de résider chez Valthjona avec son fils Hrolf. Les deux femmes s'aimaient beaucoup. De plus, la résidence de Hroar surpassait tout ce que l'on pouvait trouver à Leidhra. Olof le savait.

Ses hommes demandèrent à voir Yrsa en privé. Elle les reçut dans une chaumière où elle tissait avec ses servantes. Les jeunes filles ouvrirent des yeux ronds face à cette bande de Saxons hirsutes qui pénétrait dans leur pièce.

Yrsa les accueillit avec le sourire. « Bienvenue à vous. La rumeur nous annonçait trois nouveaux bateaux à quai dans le port, aujourd'hui. D'où venez-vous et que voulez-vous ?

— Ma dame, je suis Gudhmund. » Les façons du capitaine étaient aussi frustes que son emploi de la langue norroise. Les gens de la cour retirée d'Olof n'avaient pas les manières qu'on pratiquait ici. « J'apporte le salut de ma reine. » Et il lui dit son nom.

« Oh ! c'est merveilleux ! » Yrsa frappa dans ses mains, après avoir rougi autant que ses servantes. Le récit des hauts faits de son époux en Als ne représentait plus un sujet de conversation courant, et depuis longtemps, mais elle l'avait entendu. « Olof deviendrait notre amie, enfin ? Bien sûr, bien sûr ! Qu'elle vienne tout de suite ! » Elle se tourna vers une des jeunes filles. « Thahild, cours chercher les cuisiniers…

— Un instant, ma dame, intervint Gudhmund. Ma

reine a dit de vous préciser qu'elle ne comptait pas venir ici comme invitée. »

Yrsa se rembrunit. « Comment ?

— Si vous venez la voir, ma dame, elle aura un mot à vous dire. »

La grimace d'Yrsa s'accentua. Eusse-t-elle été présente, la reine Valthjona l'aurait dissuadée d'accepter une invitation aussi insultante. Mais Yrsa sentit qu'elle devait apprendre de quoi tout ceci retournait. Elle prit le temps de se vêtir : une robe blanche brodée de pampres verts, une coiffe de lin, une chaîne d'or autour de son cou et des anneaux d'or autour de ses bras, des souliers en chevreau parés de boucles d'argent, et une cape écarlate rehaussée d'hermine. Elle rassembla des gardes pour chevaucher en sa compagnie. Elle faillit laisser les Saxons marcher à pied, puis, au dernier moment, s'avisa qu'elle ne devait pas les humilier au seul motif que leur reine se comportait comme une rosse et ordonna qu'on leur selle des chevaux. Dans le cri des couleurs, le tintamarre du métal, entre des boucliers bariolés et sous des lames étincelantes, Yrsa se mit en route vers sa ruine.

Sur le quai, elle mit pied à terre, laissa ses hommes en rangs et bondit avec légèreté sur le pont avant du navire. Un temps, Olof et elle se défièrent du regard. La foule réunie sur le rivage, qui observait ce spectacle les yeux ronds, se tut, interdite. Les mouettes piaillaient, la brise murmurait, les vaguelettes gloussaient contre les coques, le palan grinçait.

« Bienvenue au Danemark, dit Yrsa. Pourquoi déclinez-vous notre invitation ? »

Olof ne cessait de la dévisager. En sept ans, la petite

fille sur la grève était devenue une femme. Petite, elle aussi, Yrsa marchait comme elle avec souplesse en se tenant bien droite ; sa chevelure de bronze, ses yeux gris, son visage au modelé délicat faisaient plaisir à voir ; des ridules de rire ourlaient les commissures de ses lèvres. Même en ce jour, elle ne pouvait paraître tout à fait hostile.

« Je n'ai pas d'honneurs à rendre au roi Helgi », dit Olof d'une voix plate.

Yrsa leva le menton en signe de mépris. « Vous ne m'avez guère honorée quand je vivais dans votre pays. » Cependant, une ardeur nouvelle montait en elle. Elle se pencha, tendit la main comme pour prendre celle de cette femme mûre et dit d'une voix inégale : « Je me demandais... si vous pourriez me parler de ma parenté. J'ai pensé qu'elle pourrait se révéler très différente de ce qu'on m'en a dit... »

Alors Olof sourit. « Eh bien, oui, ma chère. Il se peut que je t'apprenne quelque chose à cet égard. En fait, j'ai entamé ce voyage parce que je voulais que la vérité te soit connue. » Elle prit une profonde respiration. « Dis-moi, es-tu heureuse en mariage ? »

Déroutée, rougissante, Yrsa parvint pourtant à répondre avec urbanité. « Oui, je dois le dire, moi qui ai un roi aussi brave et fameux pour époux. »

Tremblante de joie, Olof haussa le ton afin qu'on l'entende non seulement à bord, mais aussi du quai. « Tu as moins de motifs de bonheur que tu ne le crois. Helgi est ton père, et tu es ma fille. »

Yrsa poussa un cri.

Puis elle hurla que ce n'était qu'un vil mensonge et que Helgi mettrait Als à feu et à sang pour laver l'affront. Olof s'obstina, inflexible. Elle avait eu des années pour polir ses discours et amené à titre de témoin la sage-femme qui avait tiré Yrsa de son ventre et entendu la façon dont elle avait été baptisée ; elle avait même apporté le crâne de la chienne.

Les gardes danois virent leur reine s'effondrer sur le pont, vaincue par ses larmes, tandis que cette Saxonne se dressait au-dessus d'elle, tout sourire. Ils brandirent leurs armes et s'avancèrent pas à pas. « Non, non, attendez, grommela leur capitaine. J'ai bien peur… Qu'il n'y ait rien là… que nous puissions tuer. Ô, elfes de lumière, aidez-nous ce jour-ci ! »

Mais seuls les soupirs de la mer ruisselèrent sur Yrsa.

Enfin, elle se releva et haleta : « Ma mère est le pire sans-cœur qui… qui ait jamais existé. Cette chose est inouïe. Elle ne… elle ne sera jamais oubliée.

— Tu peux remercier Helgi », répondit Olof.

Et, à la stupeur des spectateurs rassemblés sous le soleil, elle s'avança d'un air décidé, prit sa fille dans ses bras, posa sur son sein la tête aux tresses emmêlées et dit : « Rentre à la maison avec moi, Yrsa. Reviens dans l'honneur et dans la dignité. Je ferai tout mon possible pour te rendre heureuse. »

Yrsa s'arracha à son étreinte. Elle attendit d'avoir retrouvé des forces, puis répondit d'une voix égale : « J'ignore quelle sera l'issue, mais je ne peux rester plus longtemps, en toute conscience de la situation impossible dans laquelle on m'a placée. »

Elle se détourna, quitta le vaisseau, grimpa sur son cheval et partit à une allure modérée. C'était une Skjoldung.

Le récit ne précise point ce qui se passa entre la

reine Valthjona et elle, non plus qu'entre Hrolf Helgisson et elle.

Il ne précise pas davantage les actes d'Olof. Elle eut sans doute d'autres discussions avec sa fille et sa langue dressée à la ruse par ses années de règne la pressa sans cesse de regagner Als avec elle. En vérité, si elle quittait son mari, où aurait-elle pu trouver un autre asile ? Une femme seule est une proie. Par ailleurs, Olof ne pouvait peut-être s'attarder davantage. Helgi aurait, paraît-il, appris sa présence et crevé maintes montures pour revenir chez lui. Les Saxons devaient rembarquer. La meilleure possibilité consistait à se tenir à la cape jusqu'au-delà du détroit qui relie le fjord de Roskilde à l'Isefjord, et fuir en toute sécurité dans le Kattegat.

Le récit n'en dit guère davantage, sauf que Helgi et Yrsa se revirent. La rencontre se serait déroulée entre quatre yeux et hors de la présence du petit Hrolf qui aurait pu s'effrayer de la colère, et du chagrin, de son père. Yrsa aurait renvoyé les servantes, les laquais et les gardes de la chaumière où elle dormait avec Helgi et où, naguère, elle avait chanté, assise à sa quenouille, attendant son retour pour lui annoncer qu'elle portait son enfant.

Leur chambre se trouvait à l'étage. Les portes donnaient sur une galerie d'où l'on pouvait observer le fort, la cour et toute la vie qui bourdonnait là, le regard errant sur la ville et sur la baie, sur les vallons verdoyants où paissait le bétail, sur les grands arbres dont les feuilles rouillaient, sur les champs de blé blanchis à l'approche de la moisson, sur les toits dont les seules fumées étaient celles de leurs cheminées, et ainsi de suite jusqu'à la ligne de crête couronnée d'un dolmen. Des nuages se dessinaient, pareils à des pics enneigés, un faucon montait en flèche, une alouette chantait. Des torrents de soleil se reflétaient sur les planches polies au sable fin, luisaient sur le lambrissage et le mobilier sculpté, caressaient la peau de l'ours qu'Helgi avait pisté et tué d'un coup de pique pour offrir une chaude couverture à Yrsa et exsudaient l'odeur de cèdre du coffre où elle gardait quelques habits étrangers de belle facture qu'il lui avait aussi offerts.

Masse imposante et impuissante face à sa chère et tendre, il balbutia : « Ta mère n'est qu'une folle sans cœur. Que tout continue entre nous ainsi qu'il en a toujours été.

— Non, non, impossible. » Elle recula quand il voulut la prendre dans ses bras. « Toi… moi… Non. Helgi, reprit-elle d'une voix brisée, quel sort connaît le pays dont le roi couche avec sa propre fille ? »

Alors, il s'effondra. Les champs dévastés par la rouille, le mildiou ou le charbon, la maladie se répandant sur un peuple affamé, le Danemark repaire des corbeaux et des loups, des coupeurs de gorges et des fous, jusqu'à ce que la hache d'un étranger abatte l'arbre des Skjoldung — sûrement, l'épouvante le laissa effondré, sans voix.

« Yrsa », dit-il enfin. Mais elle était partie.

Peut-être osa-t-elle dire au revoir à son fils d'un baiser. Peut-être un homme la conduisit-il en barque à travers la baie, dans la nuit, sous la pluie, jusqu'aux navires de sa mère.

VII

Yrsa passa trois années de sa vie en Als. Sa mère la traita avec froideur, mais équité. Yrsa se retrouvait souvent seule et parlait peu en compagnie. Elle retrouvait quelque entrain lors de ses promenades en bateau ; elle avait coutume d'en faire avec Helgi. Même alors, nul ne l'entendait chanter.

Bien que la position d'Olof ait fait d'Yrsa le meilleur des partis, aucun roi ne vint la courtiser. La raison majeure ? Ils craignaient que Helgi ne revienne la chercher ou ne prenne mal qu'elle en épouse un autre.

Jamais il ne bougea d'un pouce. Devant Hroar qui l'avait rejoint, il avait divagué, projeté de mener une flotte et une armée à la recherche de sa femme. « Tu dis des sottises, et tu le sais fort bien, répliqua Hroar avec brusquerie. Nous ne sommes pas prêts à combattre la moitié du Jutland, ce qu'une guerre avec Als entraînerait à coup sûr. Et qu'y gagnerais-tu ? Une fille, ta propre fille, qu'il te faudrait garder encagée de peur qu'elle ne te fuie... et les dieux nous tournant le dos, une fois l'acte commis en connaissance de cause. Non ! »

Accablé, Helgi resta longtemps alité, le regard dans le vide. Par la suite, il apparut changeant, maussade, sévère et presque tout le temps saoul. Quand il prenait une femme, il n'arrivait à rien — le murmure courait que Frigg en personne l'avait châtié — et finit par cesser d'essayer. Il se bâtit une cabane en pleine nature et s'y rendit souvent seul, y passant des semaines d'affilée. Hroar et Valthjona élevèrent

Hrolf. La malédiction qui avait frappé sa parenté semblait l'avoir épargné. Cet enfant radieux savait conquérir le cœur de la servante la plus maternelle comme du garde le plus rude. Excellant aux aptitudes du garçon qui deviendront celles de l'homme, il se montrait enclin à réfléchir, poser des questions et demander de vive voix si les réponses reçues constituaient la vérité entière : le portrait craché de son oncle à cet âge.

Le troisième été, une flotte vint en Als, sous le bouclier blanc. Jamais encore Olof n'avait accueilli une troupe aussi imposante et superbe. À sa tête se trouvait Adhils, le roi des Suédois. Il venait tout droit de son bastion d'Uppsala.

Olof le reçut avec un respect extrême. Dans les quartiers des invités, elle fit disposer le meilleur de ses possessions. Yrsa se montra tout juste polie et ne tarda guère à regagner la chaumière où elle résidait. Ce soir-là, Olof et Adhils burent ensemble sur le trône.

« J'avais entendu parler de votre fille, lui dit-il, et je vois bien que les récits qui dépeignaient sa beauté et la force de sa parenté étaient vrais. Dame, je vous demande sa main ».

Olof l'examina attentivement. Adhils, jeune homme grand et fort, avait néanmoins une certaine tendance à s'empâter. Il ne cessait de faire courir dans sa barbe et ses cheveux longs, graisseux, de la couleur de l'ambre, ses doigts tachés de son. Son nez tranchant comme une lame paraissait déplacé entre ses larges joues rubicondes. Il allait vêtu d'or et des tissus les plus fins, mais leur propreté semblait douteuse ; une odeur aigre l'environnait.

En outre, il ne portait guère à rire. Sa voix roulait telle une lourde vague de la mer du Nord. Ses petits yeux pâles telle la glace engloutis sous ses sourcils ne cillaient jamais. Il était réputé pour sa connaissance en profondeur de la sorcellerie. Son peuple ressentait le poids de sa cupidité et de sa sévérité, mais il les gouvernait avec un art qui n'avait pas attendu le nombre des années. Le Svithjodh, le plus grand royaume du nord, s'étendait des collines des marches de Gothie jusqu'aux contrées sans fin, humides et sauvages de la Finlande. Des foules de vassaux et de chefs de clan payaient tribut à Adhils. Il avait donc à sa disposition au moins autant de biens et de guerriers que les Skjoldung.

« Vous connaissez sa situation, énonça Olof. Toutefois, si elle en exprime le souhait, je ne dirai rien contre.

— J'ose l'espérer, ma dame », déclara-t-il sans sourire. En dépit de la nuit tiède et des feux flambant clair, Olof ne put réprimer un léger frisson.

Tout de même, songea-t-elle, avec ce roi comme allié, elle n'aurait plus à craindre Helgi ni qui que ce soit.

Le lendemain, Adhils partit à la recherche d'Yrsa. Assise sur un banc sous un saule, dans le jardin de simples derrière sa maison, elle cousait une robe, aidée par deux jeunes filles. Elle n'avait qu'une domesticité des plus réduites, et aucun esclave. Bien qu'elle vive simplement, elle ne manquait jamais de serviteurs, car ils savaient qu'on les traiterait bien.

Aujourd'hui, elle avait revêtu, comme à l'accoutumée, une robe longue sans ornements. Le soleil filtrant sous l'ombrage en éclaboussures de lumière éveillait des reflets rubis dans ses tresses. L'air chaud, immobile, s'emplissait des senteurs des herbes de cuisine ou médicinales : le poireau, le cerfeuil, l'armoise, la gaulthérie ; l'oseille, qui fait tourner le lait ; la rue amère ; le thym suave ; le cresson discret. Un couple d'hirondelles bleues se lançait dans une chasse au moustique. Quand le gravier de l'allée crissa sous les pas du roi, Yrsa leva la tête. « Bonjour, seigneur, dit-elle d'une voix lasse.

— Vous nous avez manqué au banquet hier soir, grommela-t-il.

— Ces frivolités ne me siéent guère.

— J'espérais vous offrir un cadeau. Le voici. » Adhils lui tendit un collier. Les servantes poussèrent des cris perçants. Ces chaînes et ces plaques d'or bruni, ces joyaux scintillants, valaient bien un drakkar.

« Je vous remercie, seigneur, dit Yrsa, troublée. Vous êtes trop aimable. Mais…

— Je n'entends pas les " mais ". » Adhils jeta l'objet dans son giron et d'un geste de la main congédia les jeunes filles. Elles se précipitèrent pour bavarder, hors de portée d'oreille, avec l'escouade de guerriers suédois qui avait suivi le roi. Il se baissa devant elle. « Votre mère est une reine riche. Vous ne devriez pas avoir à mener cette vie de recluse.

— Je l'ai choisie.

— Vous fûtes heureuse, naguère. »

Elle pâlit. « C'est mon affaire. »

Adhils tourna la tête pour la transpercer de son regard de glace. « Vous avez tort. Les actes d'un seigneur ou d'une dame sont l'affaire du peuple. Non qu'il désire se mêler de ce qui ne le regarde pas, mais sa vie dépend de nous. »

Elle essaya de s'écarter de lui sans avoir l'air grossière ni craintive. « J'ai laissé tout cela derrière moi, murmura-t-elle.

— Vous ne pouvez oublier votre sang, reprit-il de sa voix lente et insistante.

— Que voulez-vous, roi Adhils ?

— Je veux que vous soyez ma femme, reine Yrsa. »

Elle se raidit. « Non. »

Le sourire d'Adhils ne fit qu'effleurer ses lèvres. « Je ne suis pas un si mauvais parti. »

Elle sauta sur ses pieds et s'emporta. « Je ne vois rien de bon dans un tel choix. Je sais bien que l'on vous hait !

— On me craint », dit-il, tremblant mais inébranlable.

Elle lui tendit le collier pour qu'il le reprenne. « Partez. Je vous en prie, partez. » D'un geste brusque, elle désigna le nid de cigognes sur son toit. « Ces oiseaux sont censés amener le bonheur et les enfants. Je n'ai rien de tel. Vous ne voulez pas d'une reine stérile ?

— Ici, vous avez dormi seule.

— Il en sera toujours ainsi ! »

Adhils se releva. De sa carcasse lourdaude, il lui interdisait toute possibilité de fuite. « Peut-être la stérilité vous a-t-elle accablée après que vous avez porté cet enfant indu, dit-il sans ménagement. Peu importe. J'en ai d'autres. Entre votre mère, ses amis et alliés saxons, et vous pour épouse, les Skjoldung me respecteront. » Il pressa le collier dans ses mains. « Et vous ferez un plus bel ornement à ma maison que ceci. » Il parlait sans joie, contrairement à Helgi ; la phrase semblait élaborée à l'avance et apprise par cœur.

« Je ne voudrais pas créer de problèmes, et je ne veux pas insulter un roi aussi… aussi puissant que vous », dit Yrsa. La sueur ruisselait sur son visage. S'y mêlait-il des larmes ? « Mais partez. *Partez !* »

Il se détourna et s'éloigna d'un pas tranquille. Quand il eut disparu, elle jeta le collier à terre, se blottit sur le banc et chercha son souffle.

Olof sut la tournure de l'entrevue et vint voir sa fille chez elle, après le coucher du soleil. Le crépuscule envahissait la pièce. Comme Yrsa n'avait pas demandé de feu pour allumer une lampe, les deux femmes assises se voyaient comme des ombres. Des chauves-souris voletaient autour d'une fenêtre restée ouverte au froid. Quelque part, un hibou hulula.

« Yrsa, tu es une idiote. Une idiote finie et sans cervelle. Il n'y a personne de semblable au roi Adhils.

— Il y a… Il y avait quelqu'un de meilleur à mes yeux, se lamenta sa fille.

— Un poivrot émoussé qui se débauche tout seul ! railla Olof. Tu sais ce qu'Helgi est devenu.

— Tu ne perds pas une occasion de jubiler de son malheur.

— Tu as couché avec ton propre père… connu la corne qui m'a blessée jusqu'au sang. Les dieux ne t'ont pas punie par la cécité ou la surdité, le plus puissant des rois te courtise, il t'offre un présent qui pourrait être le Brisingamen, et toi, tu le laisses choir dans la poussière ! »

Yrsa rejeta la tête en arrière. « Pour le Brisingamen, Freya dut ouvrir ses cuisses à quatre nains immondes.

— Alors qu'il te suffit d'aller, consacrée et dans

l'honneur, chez un grand roi. » Après un silence, Olof reprit : « Je n'ai jamais désiré les hommes, non, je les ai haïs, plutôt. Tu es différente. J'ai ouï dire combien ta main dans la sienne et ton regard posé sur lui clamaient au monde entier la joie que tu éprouvais avec Helgi. Lors de tes années passées ici, je t'ai vu sourire à quelque chose d'invisible, serrer dans tes bras, au clair de lune, le tronc d'un pommier en fleurs couvert de rosée, ou même — ne me prétends pas le contraire ! — laisser errer ton regard sur un beau jeune homme. Yrsa, tu as besoin d'un homme.

— Pas de celui-là.

— Si. En dépit de ton accouplement passé qui t'a ravalé au rang de la chienne dont je t'ai donné le nom, et bien que tu l'aies aujourd'hui traité de telle sorte qu'il aurait le droit de nous déclarer la guerre, Adhils patiente, encore et toujours. Cela ne relève même plus de la bonne fortune. Une Norne t'observe, et ton destin est de devenir reine du Svithjodh. » *Hou ! hou !* reprit le hibou. Yrsa se recroquevilla comme si elle était la proie qu'il chassait. « Ton destin pourrait être pire, et il le sera si tu laisses ton idiotie tourner à la folie. Je n'ai pas d'héritier, Yrsa. Les gens d'Als refuseront que tu les gouvernes quand je mourrai, d'ailleurs tu en serais incapable même s'ils t'acceptaient. Quel rôle préfères-tu jouer, proie de quelque viking, maîtresse bon gré mal gré d'un petit chef pouilleux, ou dame d'Upssala la grande ! Lequel est le plus digne d'une Skjoldung ?

— Non ! implora Yrsa. Non, non, non !

— Si tu deviens sa reine, Adhils aura aussi un droit sur ce royaume. Il pourra nommer un jarl pour le diriger quand je ne serai plus, un homme fort qui saura le préserver. Sinon… pense à tes frères et sœurs adoptifs sur la côte nord. Pense à tes frères étendus morts, aux corbeaux qui leur arracheront les yeux; pense à tes sœurs violées, enlevées pour pousser la meule d'un étranger à la force des bras. Alors elles diront que sa mère avait raison de donner à Yrsa un nom de chienne ! »

Olof se leva et sortit. Yrsa pleurait.

Le lendemain, elle parut remise. Quand Adhils vint, elle l'accueillit d'un salut attentionné. Il la couvrit de cadeaux, de parures, d'objets précieux. Elle se garda de dire tout haut qu'elle les porterait de toute manière si elle l'épousait.

Après deux semaines entre sa mère et ce roi, Yrsa inclina sa tête lasse et dit : « Oui. »

Tandis que les Suédois voguaient, emmenant la mariée, Olof alla sur le rivage les regarder partir. Lorsque la dernière coque sombra sous le bord du monde, elle éclata de rire et s'écria : « Et une autre, Helgi ! »

Elle ne vécut que quelques années de plus. Une tumeur l'emporta.

VIII

Lorsque le roi Helgi l'apprit, son humeur empira encore et il se retira totalement dans sa hutte.

Il avait édifié cette bâtisse de ses mains nues, fauchant les troncs d'arbres tels des ennemis, dans une contrée peu peuplée au nord du Sjaelland. En cas de besoin, il effectuait une marche de plusieurs kilomètres jusqu'à la ferme la plus proche pour y acheter nourriture et bière. Le charretier qui les transportait ne s'attardait jamais et personne, autrement, ne lui rendait visite. On disait sa terre hantée. Derrière s'étendait un bois d'arbres rabougris, tordus par les tempêtes, et de taillis ; et devant, une lande de bruyère que des halliers rompaient ici ou là roulait vers un marais de brouillards perpétuels qui dégouttaient et tourbillonnaient. En vue de la maison s'élevait une colline désolée dans laquelle le Vieux Peuple avait jadis enfoui une chambre mortuaire entièrement revêtue de pierre.

Seul un maigre gibier vivait aux alentours : des cerfs, mais surtout des lièvres, des écureuils et autres bestioles furtives et peureuses ; par contre, on entendait souvent hurler les loups. Le marais attirait des oiseaux aquatiques dont les ailes et les clameurs pouvaient emplir le ciel ; mais jamais les chasseurs ne se hasardaient près des étangs profonds, couverts d'écume verte. Oiseaux de proie et charognards s'engraissaient sur les troupeaux : aigles, crécerelles, orfraies, autours, émerillons, milans, corbeaux, corneilles, craves à bec rouge et bien d'autres encore. Helgi capturait des oisillons et tâchait de les dresser. Il échouait, car il était presque toujours saoul. Mais il aimait bien s'allonger sur la brande souple et, ainsi couché sur le dos, les regarder s'élancer et virevolter.

Quand l'hiver s'installa, cela lui fut désormais impossible.

Cette veille de Noël, le temps fut exécrable. À Roskilde, à Leidhra, dans tous les foyers danois, les hommes se serrèrent les uns contre les autres, garnirent les feux et festoyèrent pour élever un rempart entre eux et les créatures qui, cette nuit-là, rôdaient dehors. Helgi engloutit force galettes de pain et stockfisch, but à grands traits maintes cornes de bière, puis tituba jusqu'à sa couche de paille et de peaux d'ours. Il veilla à laisser brûler une lampe de pierre.

Un moment plus tard, il s'éveilla et fronça les sourcils dans la pénombre. La chambre était glaciale ; la nuit semblait sourdre, telle une respiration, du sol de terre battue ; le vent mugissait. Là où il trouvait un interstice mal colmaté entre deux rondins, il infiltrait des doigts de bise qui caressaient la nudité d'Helgi. Un bruit différent, un faible gémissement et le grattement ténu de quelque chose sur la porte… Pourquoi cela l'avait-il éveillé ?

Un animal sauvage ? Il se sentait l'esprit étrangement clair, comme si, au lieu d'une bière banale, il avait goûté de l'hydromel que l'on dit brassé par Odin pour ses invités de la mi-nuit. Il pensa qu'il serait indigne d'un roi de laisser à sa porte une créature vivante qu'il pourrait sauver.

Il se leva, saisit sa lampe et, à tâtons, s'avança sur le sol durci par le givre, parmi d'immenses ombres dansantes, pour déverrouiller la porte et l'ouvrir. La neige sifflait, balayée par le vent. Un amas informe de haillons grisâtres se blottissait, tremblant, sur le seuil. Il se baissa, poussa la pauvre créature à l'intérieur, referma la porte et leva sa lampe pour mieux la distinguer.

C'était une fille aussi décharnée que la mort en personne. Ses cheveux noirs, raides et ternes, tombaient sur un crâne malformé dans lequel claquaient quelques dents qui n'avaient pas encore pourri. Le froid avait gonflé ses pieds nus. Elle s'accroupit sur le sol, s'entoura de bras en manches à balai que terminaient des mains bleuies et maugréa. Il entendit : « Roi, tu as bien agi. »

Helgi grimaça. Toutefois… Il reposa la lampe par terre, accomplit les deux ou trois pas nécessaires pour traverser la pièce, se baissa et retira de sa couche de la paille et une peau. « Entoure-toi de cela et tu ne gèleras pas, dit-il.

— Non, laisse-moi me glisser près de toi, gémit la pauvresse. Laisse-moi m'étendre tout contre toi ; sinon, je mourrai. J'ai si froid, si froid… »

Helgi fronça les sourcils. Mais l'ayant reçue en invitée, il ne pouvait que dire : « Loin de là mon intention ! Mais s'il le faut, allonge-toi à mes pieds dans tes vêtements. Cela ne peut pas me faire de mal. » Il espérait que ses puces et sa vermine avaient déjà péri de froid.

Telle une araignée disgracieuse, elle s'installa en rampant là où il le lui avait ordonné et se couvrit d'une peau de bête. Helgi se renfonça dans la paille et étendit les jambes. Cette malheureuse pourrait au moins se réchauffer à la plante de ses pieds, pensait-il.

Quoi ? Ses pieds ne touchaient ni hardes crasseuses, ni os rachitiques. Non, une douceur soyeuse rayonnait, la sensation de picotement qui s'en irradiait l'envahissait tout entier.

Il s'assit, rejeta la couverture et trouva une femme vêtue d'une chemise écarlate allongée là. Il n'en avait jamais vue d'aussi belle. Lorsqu'elle s'agenouilla et lui sourit, la paille ne crissa guère sous son poids. Hanches et seins ronds et pleins tendaient le vêtement qui les laissait transparaître ; leur douceur submergeait le froid et les relents de l'hiver, qui soudain s'engloutissait dans l'été. Ses cheveux d'un noir de jais ruisselaient sur son visage étrange et pâle, à la découpe trop franche pour être tout à fait humain. Ses yeux d'or qui ne cillaient pas étaient ceux d'un faucon.

« Mais… Mais tu… » La terreur le tarauda. Il se recula en hâte et traça le signe du Marteau. Elle sourit et les craintes d'Helgi quittèrent son cœur et sa tête à tire d'aile. Malgré la lueur ténue dispensée par la lampe, sa peau brillait, semblant attirer à elle l'obscurité de la cabane. Les hurlements du vent paraissaient lointains, comme étouffés. Il tendit vers elle des bras tremblants.

Elle chanta presque : « À présent, je dois m'en aller. Tu m'as secourue quand j'en avais grand besoin, car ma belle-mère m'avait jeté un sort. J'ai cherché assistance auprès de bien des rois, et toi seul, Helgi Halfdansson, as eu le courage d'accomplir ce qui devait me libérer.

— Cela n'a requis aucun courage. » Alors qu'il touchait la femme, son membre viril se dressa.

Elle le vit, leva une main. « Non, souffla-t-elle, tu ne dois pas coucher avec moi. Je ne resterai pas plus longtemps. »

Il l'agrippa et répondit avec une joie grandissante : « Je refuse que tu partes si vite. On ne va pas se quitter ainsi. »

Elle le prit par les épaules. Son contact le secoua jusqu'à la moelle des os. « Tu as bien agi envers moi, Helgi. Je ne veux pas être l'instrument du malheur de ta maison.

— Tu es l'instrument de plus de joie que je saurais le dire, bredouilla-t-il. Je t'épouserai au plus tôt. Cette nuit… »

Le chagrin voila ses yeux de faucon. « Comme tu voudras, seigneur. » Leur passion s'embrasa. L'elfe ôta sa chemise et vint à lui.

Plus tard, bien plus tard, le matin gris surgit à pas de loup dans un monde blanc et muet. Il l'avait aimée davantage et avec plus de flamme qu'il n'en aurait cru un homme capable. À demi éveillé, il la vit dans la pénombre se tenir au-dessus de lui, habillée. D'où venaient sa robe et sa cape vertes, et la couronne de rouge sorbier cerclant sa tête ? Elle s'inclina, posa son doigt sur les lèvres d'Helgi et lui dit, très calme :

« Ainsi, roi, tu as obtenu ce que tu désirais. Sache-le, nous avons conçu un enfant. Quand tu m'as laissée entrer, je t'ai voulu du bien, et je ne te veux toujours pas de mal. Obéis et peut-être jugulerons-nous la malchance que tu as semée dans mon ventre. J'appartiens à la lignée de Ran. L'enfant devra naître sous la mer. Sois près de tes hangars à bateaux l'hiver prochain à cette époque et cherche-le. » Le chagrin erra sur sa bouche. « Si tu déroges, les Skjoldung souffriront. »

Il sembla alors au roi Helgi qu'elle s'en allait. Quand il se réveilla tout à fait, elle avait disparu.

Il sortit dans les champs de neige et la vit dans les ombres bleues et les reflets de la glace ; lorsque sa courte journée s'acheva et que les étoiles se mirent à briller il l'entendit murmurer tout autour de lui. Mais elle n'était pas Yrsa, cœur arraché pour laisser un vide sanguinolent. Elfe, telle une brise de printemps, bientôt évanouie, jamais véritable souvenir, elle laissait derrière elle des fleurs nouvelles.

Il s'aperçut que sa virilité et sa volonté de vivre en homme lui étaient rendues. En chantant, il se mit en route à cheval, vers son foyer, vers Leidhra.

Hroar avait fait de son mieux durant les années noires de son frère. Cependant, bien des choses avaient mal tourné. Un roi était alors un grand propriétaire terrien et le possesseur de nombreux biens et navires. Face à la raréfaction des ordres d'Helgi, ses intendants et capitaines d'Helgi n'avaient guère osé réagir par des initiatives. Il reprit ses affaires en main et les ramena bientôt à la normale. Il en alla de même avec le royaume, avec son frère, sa belle-sœur et avec son fils Hrolf.

Ainsi occupé — et avec le genre féminin tout aussi bien —, il oublia ce que son amante elfe lui avait demandé. En effet, elle lui paraissait si étrangère à tout ce qu'il avait connu qu'il se demandait parfois si elle avait été plus qu'un songe. Mais alors, qui donc lui avait envoyé ce songe et que signifiait-il ? C'étaient là pensées décourageantes. Il tâcha de les laisser de côté et se replongea dans le monde des hommes.

Trois hivers plus tard, à la veille de Noël, il se retrouva seul dans cette cabane près de la colline.

Il crut qu'il s'agissait d'un hasard fortuit. Déclaré depuis peu hors-la-loi pour meurtre, un homme rôdait dans la région en répandant le mal autour de lui. Lorsque Helgi était venu à passer par là, les francs tenanciers lui avaient demandé son aide. « Inutile de le traquer avec une foule de rabatteurs, dit le roi en riant. Mes chiens et moi saurons peut-être retrouver seuls sa piste. » De fait, Helgi tua le brigand et lui trancha la tête pour la ramener. À ce moment, le crépuscule descendait sur lui et il se rappela sa hutte. Inhabitée pendant trois ans, c'était un triste endroit où passer cette nuit-là. Mais ses murs offraient quelque abri.

Vers minuit, les aboiements de ses chiens tirèrent le roi du sommeil. Il saisit son épée, alla à la porte. Dans le ciel éclairci et apaisé, les étoiles givraient une vaste noirceur ; le Pont brillait d'un éclat d'argent froid qui faisait luire la neige, sauf à l'emplacement du tumulus au tombeau.

Trois hommes et une femme se tenaient sur des chevaux qui miroitaient telles des chutes d'eau blafardes et changeantes, longs de queue et de crinière, sous les sabots desquels la neige gelée, au lieu de crisser, tintait : des cavales elfes. Vêtus de broignes qui carillonnaient, de chemises, de pantalons et de capes sur lesquels vacillaient de pâles arcs-en-ciel, de bottes dont les ciselures d'or dansaient comme le feu, les hommes avaient des visages trop beaux pour être humains. Quant à la femme… Helgi la connaissait.

Elle se pencha. Effarouché, il laissa choir son arme pour prendre le ballot de peaux de phoque qu'elle déposa dans ses bras. « Roi, dit-elle tristement, ta famille devra payer puisque tu ne t'es en rien soucié de ma volonté. Mais pour toi, tout ira bien, car tu m'as délivré de la misère qui m'accablait. Voici notre fille. Je l'ai appelée Skuld. »

Plus vifs que toute chair, les chevaux s'enfuirent à travers le monde.

Helgi ne revit jamais l'elfe. Il resta immobile, tenant dans ses bras une enfant endormie qui répondait au nom de Skuld : Ce Qui Devra Être.

IX

Alors, le chagrin revint s'abattre sur lui. Plutôt que de s'en retourner à son existence passée de sauvage et d'ivrogne, il s'établit à Leidhra pour gouverner avec bonheur. Mais il ne parlait guère plus que nécessaire, ne riait jamais et partait souvent dans de longues chevauchées solitaires, à moins qu'il ne passe des heures à fixer le feu.

Hroar sut son état et, le printemps venu, le convia à Cerf pour la Bénédiction. L'année était douce, précoce. Partout les aubépines éclataient de blancheur, les routes étaient sèches et les cieux emplis d'oiseaux chanteurs quand les rois quittèrent le temple, à cheval derrière le chariot de Frey. L'or de la châsse dissimulant l'image du dieu brillait ; la dame choisie pour le service mensuel avait une belle majesté ; couronnés allaient les bœufs qui tiraient chariot, châsse et dame, et couronnées les filles de Roskilde qui venaient en dansant à leur rencontre. Un chant cadencé courait dans les rires francs des amants ; l'eau de la fonte des neiges murmurait dans les rigoles ; les arbres élevaient leurs branches, sur lesquelles une déesse avait répandu le premier vert tendre, vers un ciel de rayons de soleil obliques et de nuages imposants ; du bétail au pelage de rouille se tenait parmi les brumes qui embuaient les enclos ; il soufflait une bise froide et humide, gonflée des odeurs de la croissance.

Finies les nuits noires comme charbon où l'on se claquemurait chez soi. Le jour était revenu, la vie nouvelle en route. On pouvait presque entendre le sol remuer. Que la joie monte avec la sève ! Et que la sève monte en l'homme aussi et qu'il laboure la femme de son soc, encore et encore, afin que Frey et les elfes terrestres ne manquent pas de fertiliser notre mère la terre ! Après que le chariot de Frey eut quitté Roskilde pour transporter le dieu dans tout le comté, il y eut un banquet. Comme toujours, les gens s'en furent tôt, main dans la main, les jeunes, comme les plus solennels des francs tenanciers et de leurs femmes.

Helgi, assis à table, ne prenait guère part à l'enthousiasme général. Il ne s'adressait qu'à son fils Hrolf. Il lui demandait comment il allait, ce qu'il avait envie de faire plus tard. À onze ans, Hrolf, svelte et plutôt petit, avait la belle allure d'un cerf lorsqu'il bougeait, et portait bien ses beaux atours. Ses cheveux étaient d'un blond plus foncé, teinté de roux, que ceux de son père, ses yeux gris et immenses sous ses sourcils sombres — les yeux d'Yrsa, dont nombre des traits se voyaient dans son visage au teint clair, au-dessus du menton saillant des Skjoldung. Il répondait de bon cœur. Par ailleurs, il avait un caractère enclin au calme. Il regardait les autres et gardait ses pensées secrètes.

Helgi dormit seul cette nuit-là.

Hroar vint le trouver dans la matinée. « Viens, allons nous promener. » Helgi acquiesça. Les palefreniers sellèrent leurs chevaux. Ils partirent d'un trot soutenu. Leurs gardes, sentant qu'ils désiraient parler, se tinrent loin derrière.

La baie étincelait, les bois respiraient et bourgeonnaient, le vent hululait. Un vol de cigognes passa haut dans le ciel. Au bout d'un long moment, Hroar commença : « Je ne veux pas te dire ce que tu dois faire, Helgi. Mais certains qualifieraient de mauvais signe le fait que toi, un roi, tu aies eu l'air si lugubre au sacrifice et au banquet, et qu'ensuite tu n'aies pas donné ta semence à une femme. »

Helgi soupira. « Laisse-les bavarder.

— Tu m'as raconté que l'elfe t'avait prédit des problèmes. Bon, il en advient toujours d'une façon ou d'une autre, et elle a dit qu'elle te voulait du bien. Quant à cette petite fille… »

Helgi se tourna vers lui et parla d'un ton rauque : « Je vais te dire ce qu'il en est. La revoir, découvrir sa réalité et depuis lors observer notre fille qui pleure trop peu et dont les yeux sont trop perçants pour un bébé… cela me rappelle Yrsa.

— Quoi ? Je croyais que tu l'avais chassée de ton esprit.

— Jamais. Oh ! j'ai découvert que je pouvais vivre sans elle. Mais… je ne sais… Le Hors-Peuple pèse sur nos cœurs d'une manière qui donne le frisson… Peut-être reviens-je à Yrsa parce que j'ai peur d'arrêter ma pensée sur celle qui est venue me chercher… et Hrolf, le fils qu'Yrsa et moi avons eu, ce fils qui a ses yeux… » Helgi se voûta. « Elle vaque à ses occupations quotidiennes à Uppsala, mais sans joie, m'a-t-on dit. Moi, je reste assis dans cette maison qui fut la nôtre et je vieillis. »

Inquiet, Hroar considéra son frère. Les os pointaient sous la peau du visage qui se ridait en profondeur, du gris avait commencé à ternir ses cheveux. Il passa ses doigts dans sa barbe elle aussi grisonnante. « Nous vieillissons tous.

— Nous faut-il pour autant pourrir avant que de mourir ? s'écria Helgi d'une voix âpre.

— De grandes œuvres nous attendent encore. » Hroar tâcha de sourire. « De toute manière, réjouis-toi. Tu as gagné l'affection d'un être puissant... »

Il s'interrompit, car soudain son compagnon se dressa sur sa selle ; il regarda droit devant lui et cracha tel un lynx.

« Qu'y a-t-il ? » lui demanda Hroar, mal à l'aise.

Helgi brandit son poing. L'acier vibrait dans sa voix. « Par le Marteau ! Tu as raison ! Pourquoi devrais-je passer mes journées à broyer du noir ?

— Eh bien, je me réjouis de t'entendre...

— J'irai la chercher à Uppsala !

— Quoi ? se récria Hroar. Non ! »

Helgi cracha un flot de paroles. « Si. Écoute. Je ruminais quand dans un éclair tu m'as montré... » Il agrippa le bras de Hroar avec une force telle qu'il y laissa l'empreinte de ses doigts. « Moi, oui, moi, j'ai de mon côté le bon vouloir d'une personne haut placée dans le Hors-Peuple, de la lignée même de Ran ! Je suis le père de son enfant, j'élève son enfant. Permettrait-elle qu'il arrive malheur à sa fille ? Pourquoi devrais-je craindre une malédiction plus longtemps ? Hrolf serait-il aussi beau et prometteur si une malédiction pesait sur sa famille ? Non, notre malheur ne nous est venu que de cette louve, de cette Olof morte à présent, puisse-t-elle ne jamais marcher de nouveau sur la terre ! » Il leva les bras au ciel et hurla : « Nous sommes libres !

— Nul n'échappe à son destin », dit Hroar. Helgi n'y prit pas garde. Il éperonna son cheval et partit au grand galop.

S'ensuivit alors une tornade de préparatifs. Pris d'une joie fiévreuse, Helgi réduisit tous les tièdes au silence. Ses soldats se réjouirent tant de lui revoir un cœur neuf qu'ils l'auraient suivi en Enfer. Ceux qui connaissaient Uppsala racontaient de tels récits que, sitôt le camp installé, les jeunes hommes envahirent les tentes où l'on enrôlait les équipages.

« Nous irons en paix, déclara Helgi. Si Adhils accède à mon désir, je lui octroierai des conditions avantageuses sur d'importants problèmes en souffrance tels que le commerce de l'ambre. Autrement, il serait malavisé. »

Hroar protesta en vain. « Bjovulf et moi avons travaillé dur et perdu beaucoup d'hommes pour obtenir la neutralité d'un Yngling. Veux-tu renverser cela sur ton passage, pour le seul plaisir de ta lubricité ?

— Quelle menace représente ce fainéant ? Nous aurions beau piller ses côtes, jamais il ne lèverait les yeux des pierres sanglantes de ses autels. » Il se raidit. « Je n'estimerais pas digne d'un seigneur d'abandonner mon Yrsa à celui qui tisse la toile de son malheur. »

Une fois, il se trouva décontenancé, alors qu'il chassait au faucon avec son fils. Leur oiseau terrassa une grue et Helgi clama, face au soleil : « Ainsi te ramènerai-je ta mère ! »

Hrolf répondit gravement : « Morte, comme cette proie ?

— Que veux-tu dire ?

— On m'a dit qu'elle nous a quittés contre ton gré. Elle pourrait revenir contre le sien. »

Helgi resta immobile dans le vent avant de

répondre, les lèvres serrées : « En tout cas, je lui aurai donné sa chance. »

Alors qu'elle s'entretenait en privé avec son mari Hroar, la reine Valthjona exprima la même réserve. « Si je connais un tant soit peu Yrsa, Helgi va se déplacer pour rien.

— J'espère que l'issue ne sera pas pire que celle-là.

— Yrsa fera son possible pour la sécurité d'Helgi et pour son honneur.

— Mais… je n'ai jamais aimé Adhils, même s'il semblait pouvoir jouer un rôle utile. Et ce que j'en ai ouï dire depuis ne laisse pas de m'inquiéter. »

Elle lui dédia un sourire incertain. « Jamais tu n'obligeras Helgi à dévier de sa route. N'enfonce pas de coin entre vous. Garde ton calme, souhaite-lui bonne chance et congédie-le de la plus aimable des façons. »

X

Adhils ne quittait guère Uppsala. Mais un royaume aussi vaste que le Svithjodh, qui recelait tant de tribus, de vassaux et de chefs de rang subalterne était obligé de souffrir certains tumultes. S'ils ne cherchaient pas à refuser de payer tribut ou à se déclarer en sécession, ils ne tardaient guère à se déchirer entre eux. Pour réprimer de tels excès, Adhils entretenait une troupe considérable dont douze berserkers constituaient le fer de lance.

On les appelait ainsi parce qu'ils se battaient sans

armure, vêtus de leur seule chemise. Immenses, robustes, ils étaient plutôt vilains à regarder : échevelés, malpropres, bourrus, brutaux. Au combat, la folie les prenait, ils hurlaient, écumaient, leur visage enflait et s'empourprait, ils mordaient leur bouclier et se ruaient à l'assaut tels des aurochs furieux. Leur force était telle, alors, qu'aucun homme ordinaire ne pouvait leur résister. On disait aussi que le fer ne pouvait pas mordre leur chair. Et en vérité, leurs blessures, à part les plus profondes, saignaient peu et se refermaient presque aussitôt. Une fois leur rage éteinte, ils restaient faibles et tremblants. Mais, à cet instant, ceux qui avaient essayé de les combattre étaient morts ou en déroute.

Le bon peuple détestait les berserkers… et les craignait. La terreur qu'ils suscitaient, jointe à leur force, leur permettait d'enfoncer une ligne ennemie. Bien qu'Adhils n'ait pas été le premier à les utiliser, on le lui reprochait. Il n'en faisait pas grand cas.

Il en alla tout autrement lorsque, ses douze berserkers et la plupart de ses guerriers au loin, un éclaireur arriva au galop et dit en haletant qu'une vingtaine de navires avaient remonté le canal de la mer Baltique au lac Mälar qu'ils traversaient en ce moment. Peu après, un garnement arriva porteur d'un message de la flotte. Elle avait mouillé à l'embouchure de la rivière ; si elle l'avait remontée, elle aurait pu voir sa retraite coupée. Son chef avait donné une pièce d'argent au garçon pour qu'il aille au fort déclarer : « Helgi, roi des Danois, vient dans la paix rendre visite à son allié et conférer avec lui des problèmes qui pourraient subsister entre eux. »

Adhils se tourna vers la reine Yrsa. « Ma foi,

demanda-t-il en ne souriant qu'à moitié, comment aimeriez-vous que je le reçoive ? »

Elle demeura parfaitement immobile, mais pâlit puis rougit du front, des joues, de la gorge et de la poitrine. Il lui fallut déglutir. Lorsqu'elle prit la parole, ce fut d'un ton bien moins que ferme. « Vous devez régler cela vous-même. Mais vous saviez naguère… qu'il n'y a pas d'autre homme… à qui je doive plus qu'à celui-ci. »

Adhils lissa ses moustaches, fit les cent pas et marmonna entre ses dents avant de se décider. « Très bien, il sera donc notre invité. Je lui envoie un messager pour lui faire savoir sans l'offenser qu'il serait… plus séant qu'il n'amène pas ici toutes ses troupes avec lui. »

Yrsa fit volte-face et se hâta de quitter la pièce.

Adhils donna ces instructions. Mais ensuite il convoqua en secret un autre homme de confiance. « Rejoins vite l'endroit où sont mes berserkers et mes partisans. Qu'ils abandonnent leur tâche en cours et reviennent au plus tôt. Cache-les dans les bois proches et ne dis à nul autre qu'ils s'y trouvent. Je leur donnerai leurs instructions par la suite. »

Quand Helgi saisit l'insinuation dans l'invitation du roi des Suédois, il s'adressa à son commandant en chef en riant : « On a raison de traiter Adhils de ladre. Je me demande si ceux qui resteront garder les navires ne mangeront pas mieux que nous qui allons lui rendre visite. »

Le marin se renfrogna. « S'il se mijote quelque trahison… »

Helgi s'étrangla de rire. « *Moi*, je ne crois pas qu'il faille s'inquiéter. Rappelle-toi, nous sommes assurés de l'absence de ses guerriers d'élite. Il n'osera pas risquer sa chère peau contre nous. » Frémissant d'impatience, il s'éloigna d'un pas allègre. « Viens, débarquons ! »

Lui et ses capitaines montaient les chevaux qu'ils avaient amenés. Cent hommes les suivaient à pied. Ils composaient un beau tableau le long de la Fyris qui s'écoulait, miroitante et silencieuse, entre les riches propriétés des basses terres de sa rive opposée et sa berge occidentale, ornée de vertes forêts. Helgi chevauchait avec morgue, dans son armure grise, son casque doré, sa cape écarlate. Au-dessus de lui, portée par un jeune homme aussi à cheval, flottait sa bannière, le corbeau noir de son ancêtre Odin sur un champ rouge sang. Derrière les cavaliers, les pointes des lances éclairées par le soleil paraissaient parcourues d'ondulations aqueuses.

Cette nuit-là cependant, alors qu'un franc tenancier aisé les hébergeait, il dormit peu. Il réveilla sa troupe avant l'aube et leur demanda une cadence soutenue. À la tombée du soir, ils atteignaient Uppsala.

Sa palissade les dominait, menaçante, bistre sur un ciel cireux, tandis qu'ils grimpaient depuis la route de la rivière. Les gardes du roi se portèrent à leur rencontre dans l'éclat et le tintamarre du métal, dans le meuglement des cors ; parmi les ombres du couchant, les écus brillaient comme des lunes. Les portes franchies, les hommes découvrirent une vaste cité tentaculaire, une ruche de gens affairés qui habitaient des maisons en beau bois possédant pour la plupart deux étages. Mais les hauts murs, pour l'heure, obscurcissaient les rues, transformant les citadins, les femmes et les enfants qui s'y trouvaient en taches floues. Il semblait y avoir là un nombre inhabituel de porcs — les animaux favoris de Frey, qui fut le premier Yngling. Ils grognaient, fouissaient la boue de leur groin, bousculaient les jambes des passants de leurs flancs aux soies rudes.

Sur une hauteur hors le bourg se dressait le plus grand temple de tout le nord, bâti selon la coutume pour un édifice consacré aux dieux : les toits succédaient aux toits comme si l'ensemble s'apprêtait à prendre son envol dans les cieux. Mais ses pignons et ses poutres adornées de têtes de dragons se détachaient clairement sur le sombre hallier qui menaçait derrière, car ils n'étaient ni bitumés ni peints, mais revêtus d'or. À l'intérieur, se trouvaient les grandes statues de bois richement décorées des douze dieux majeurs : Odin et sa lance, Thor et son Marteau, Frey sur son sanglier, brandissant l'énorme attribut de sa virilité, Baldr que Hel a choisi pour régner avec elle sur le royaume des morts, Tyr dont la main droite fut arrachée d'un coup de croc par le loup Fenris, Ægir de la mer dont l'épouse Ran lance ses filets pour capturer les navires, Heimdal qui porte le cor Gjallar dans lequel il devra souffler lors de la Fin du Monde, et d'autres divinités, sur lesquelles courent moins d'histoires. Aux époques sacrées, tout le comté pouvait s'entasser là-dedans. Les hommes les plus en vue sacrifiaient des chevaux, recueillaient leur sang dans des coupes et en aspergeaient la foule à l'aide de branchettes de saule ; chacun mangeait de la viande, que l'on mettait à bouillir dans des chaudrons géants où l'on puisait. Autrement les femmes gardaient le temple, le nettoyaient et lavaient les dieux à l'eau d'une source sacrée.

Mais dans le hallier, des hommes et des animaux étaient pendus, percés de piques et abandonnés aux corbeaux. Adhils avait coutume de s'y rendre seul pour pratiquer sacrifices et sorcellerie.

« Une vue magnifique », dit le porte-bannière à Helgi.

Le roi se rembrunit. « Nous aurons moins affaire aux dieux qu'aux hommes, répondit-il. Enfin, je l'espère. »

Le quartier général d'Adhils se situait au centre d'Uppsala. Ce carré d'élégantes bâtisses ceint d'une palissade spécifique renfermait en son mitan une grande cour dallée qui résonna sous le pas des sabots et des bottes. Mais Helgi s'assombrit encore quand il vit le fort. « Voilà un lieu bien obscur pour Yrsa », l'entendit-on murmurer. Des serviteurs fourmillaient dans la pénombre. Un palefrenier prit sa bride. Il sauta à terre et se dirigea à grandes enjambées vers la porte qui s'ouvrit toute béante à son approche, telle la gueule d'une caverne. Alors, il s'arrêta net et il lui sembla que plus rien n'existait que cette femme en robe blanche qui avançait à sa rencontre.

« Bienvenue, roi Helgi. » Après une légère hésitation, elle ajouta : « Mon parent.

— Oh, Yrsa… » Il prit ses mains dans les siennes. Dans le bleu du crépuscule, il peinait à distinguer ses traits ; mais l'éclat du ciel diurne subsistait dans ses yeux. Au-dessus d'elle, l'étoile du soir scintillait.

Le chef des gardes déclara : « Mon seigneur vous attend. » Yrsa dit : « Oui, viens », et ouvrit la porte. Helgi suivit, les épaules raides.

Adhils, assis sur son trône, se drapait dans des fourrures. L'or scintillait à son front, sur sa poitrine, à ses poignets et à ses doigts, même si les chandelles à mèche de jonc et les feux le laissaient dans l'ombre. Cela tenait peut-être à la fumée grise et nauséabonde qui flottait dans la pièce. « Bienvenue, roi Helgi, mon ami, roucoula-t-il dans le crépitement du feu. Je suis heureux que vous me rendiez visite. »

De mauvais gré, Helgi saisit la main potelée.

Adhils poursuivit en des termes se bornant à impliquer que le Skjoldung venait le reconnaître comme suzerain. Yrsa intervint. « Laissez nos invités s'asseoir, laissez-nous boire en notre honneur mutuel avant que de dîner. »

Elle conduisit Helgi au siège qui faisait face à celui de son hôte. Tout au long de la soirée, elle lui porta sa bière et son hydromel. Alors, leurs doigts s'effleuraient, il cherchait son regard et souriait d'un sourire trémulant qui semblait déplacé sur les lèvres du fameux guerrier. Par ailleurs, il échangeait à mots couverts avec Adhils des nouvelles de leurs royaumes respectifs. Leurs hommes se mêlèrent avec plus de gaieté. Un skalde chanta des lais parmi lesquels en figurait un à la gloire d'Helgi. Le roi des Danois le récompensa d'un bracelet tout entier. Son regard franchit la salle et se posa sur Yrsa assise près de son époux, et ce regard disait : « C'est toi qui lui as demandé ces stances, n'est-ce pas ? »

Une semaine passa. Adhils les logea et les nourrit bien, les guida pour visiter les alentours, les fit emmener à la chasse par ses chasseurs et discuta négoce, pêcheries et semblables sujets — mais jamais ce pourquoi il se doutait que Helgi était venu. Le roi des Danois ne souleva pas non plus le problème. Il ravala ses sentiments et attendit de revoir Yrsa seule.

L'occasion se présenta plus d'une fois. La première survint deux jours après son arrivée. Il était parti chasser l'aurochs et, revenu à la tombée de la nuit, pénétra dans la cour trempé et crotté, l'arc accroché à sa selle, les hommes de son escorte à sa suite. Mettant pied à terre, il prit l'arme pour la décorder. « Mon seigneur Adhils est absent », lui dit le palefrenier. Helgi leva vivement les yeux. Sur la galerie d'une chambrée à gauche du fort se tenait Yrsa. À une pareille hauteur, le soleil, qui l'éclairait encore, faisait briller sa robe d'un éclat fauve et jaillir des éclairs de feu de sa chevelure. Le ciel derrière elle était un infini bleuté.

La corde de l'arc chanta.

Elle le salua. « Bienvenue, parent ! » Sa belle voix, claire et fraîche, flotta parmi les tournoiements des martinets.

« Merci, ma dame ! » s'écria-t-il, puis il essaya de ne pas se hâter de passer cette porte et de gravir cette échelle.

Une servante leur offrit de l'hydromel. Ayant lu le regard de la reine, elle referma la porte derrière elle. Ils demeurèrent sur la galerie, au vu de tous ; nul ne pouvait y trouver à médire, pas plus qu'entendre ce qu'ils se disaient. Le clos du roi s'étendait en dessous d'eux, et la ville d'ombres et de fumées, et les champs de céréales au-delà desquels la rivière Fyris coulait avant de se perdre dans les bois, au sud. Un brouhaha ténu de roues, de sabots, de pieds, de voix, s'élevait sans discontinuer ; quelque part un forgeron martelait le fer — on aurait cru entendre des cloches ; parfois, un chien aboyait. Mais, en général, le calme environnait Helgi et Yrsa. Le roi, dans ses habits humides, était transi par la brise.

Elle leva un gobelet de verre étranger. « À ta santé. » Il toqua son verre contre le sien et but un long trait qui le réchauffa. Ils baissèrent leurs gobelets et demeurèrent un bon moment sans trouver leurs mots.

« C'est bon de te revoir, dit-il enfin. Après sept années. »

Yrsa était devenue une vraie femme. Sa gracilité ne démentait pas la finesse de son ossature. Elle bougeait avec moins de vivacité que naguère — presque avec lourdeur. Des ombres se creusaient sous ses pommettes et autour de ses grands yeux gris. Sa peau, plus pâle, laissait voir l'empreinte de quelques rides et semblait boire les rayons rasant du soleil. Leur éclat ruissela sur son sein avant de mettre en valeur la façon dont ses doigts étreignaient le pied du gobelet.

« Elles t'ont marqué, ces années, dit-elle d'une voix sans timbre. Tu es émacié. Tu grisonnes.

— Tu me manques, ma dame... Et tu manques à ton fils. Cela te réjouirait de voir quel beau garçon il est.

— Ton fils... le nôtre... » Elle détourna brusquement la tête. « Non. Tout cela gît derrière moi pour toujours.

— Pourquoi ? Je ne suis pas venu ici parler harengs ou... Tu t'en doutes. Je veux te ramener à la maison.

— Non. Je t'en conjure par tout ce que nous avons partagé, non... Père. »

Helgi grimaça. Il porta son regard vers le temple sur sa colline et vers les arbres que l'ombre recouvrait. « Comment se passe ta vie ici ? » Elle ne répondit pas, mais son souffle s'accéléra. « Comment te traite-t-il ? » Il avait presque crié.

Elle jeta un regard dans la cour où passaient les gens de la maison, à la porte derrière laquelle se tenaient ses servantes, leurs yeux et leurs oreilles, leurs yeux et leurs oreilles, et leurs langues, leurs langues, leurs langues. « Chut ! Tu ne me feras pas médire de celui à qui j'ai juré fidélité.

— Tu me l'avais jurée à moi d'abord. »

Son verre lui échappa et se brisa. L'hydromel se répandit à ses pieds et ruissela entre les barreaux de la balustre. Elle se tordit les mains. « Nous ne savions pas ce que nous faisions !

— Et avec Adhils, tu le savais ? »

Elle se raidit. « Oui.

— Et… ?

— Cela se passe à peu près comme je l'attendais.

— Il te témoigne l'honneur qui t'est dû, n'est-ce pas ? »

Elle entendit combien il souhaitait la voir répondre non.

« Oui. Tu as pu le constater par toi-même. Je vaque à mes occupations de première dame d'un pays puissant. Il… il n'a même pas d'autres femmes. » Elle s'interrompit, s'humecta les lèvres et s'éclaircit la gorge. « En vérité, il ne recherche guère ma compagnie, ce qui me sied plutôt.

— Que tu es seule ! dit-il tel un homme percé d'une lance.

— Non, non, non. Tout n'est pas si terrible. J'ai mes filles. Tu les as vues… Elles me considèrent un peu comme leur mère. J'écoute leurs misères et je leur prodigue mes conseils. Je tâche de veiller à ce qu'elles fassent de bons mariages… J'ai mes devoirs, dans la maison, au temple, partout où l'on a besoin de la reine. Quand je réside ici, je peux aller me promener en bateau sur le lac. Nous accueillons nos invités…

— Beaucoup ? Adhils n'est guère hospitalier, dit-on. »

Elle rougit. Il s'aperçut qu'elle avait honte de la pingrerie de son époux et se garda de lui révéler qu'il l'avait percée à jour. « Des hommes qui viennent se mettre à son service, répondit-elle en toute hâte. Des jarls. Des chefs. Des skaldes, des marchands, des étrangers. Ils nous amènent des nouvelles de cet autre monde, si loin du nôtre. Et je… je me consacre à la cuisine. » Elle eut un sourire triste. « Tu ne croirais pas la connaissance des herbes que j'ai acquise. Même des herbes médicinales, de chaque manière de soigner, tiens, je… je… je ne suis pas loin de devenir une guérisseuse. »

Le regard scrutateur d'Helgi revint au temple. « Ou une sorcière ?

— Non ! » L'horreur dominait sa voix. Il s'imagina des cadavres oscillant sous les branches au gré du vent et Adhils, sur son tabouret de sorcellerie, penché sur un chaudron où bouillaient des choses sans nom. « Non, je n'ai rien à voir avec ça ! » Elle se tourna vers lui et, les poings serrés, dit d'une voix tremblante : « Je ne ferai jamais rien d'indigne d'une Skjoldung. Pas même… te revenir… ô mon amour. »

Ils ne purent parler plus longtemps. Elle devait surveiller les préparatifs du fort en vue du retour de son époux et de la soirée. Lors du repas, Helgi se montra peu loquace et but d'abondance.

Il eut quelques occasions supplémentaires de parler avec Yrsa. Leurs conversations prenaient toujours fin de la même manière. Il parla plus souvent encore avec

Adhils, bien sûr, et fit de son mieux pour sonder l'Yngling. Ce dernier restait poli. « Oui, oui, disait-il en prenant le bras d'Helgi sans paraître remarquer que le Danois se crispait, je me réjouis de votre venue, parent, je me réjouis que nous parvenions à nous entendre. Il ne devrait pas s'installer de conflits entre parents, comme nous le savons vous et moi, hein ? Et je trouve que vous et moi sommes liés plus étroitement que la plupart — ma femme, votre fille — par cette malchance que vous avez subie et partagée avec Yrsa et dont je m'enhardis de croire que je l'ai réparée, par cet honorable mariage, par des sacrifices aux dieux et, euh, autrement. »

Plus d'un de ses hommes prévint Helgi. « Il y a ici quelque chose qui cloche, seigneur. Non, je ne suis pas l'ami de ces capitaines suédois, mais j'ai bu, péché, chassé ou je me suis saoulé et amusé avec certaines personnes de leur entourage… oui, j'ai fricoté avec une fille ou deux… et quelque chose se trame. On dit que ces chefs circulent en s'entourant de bien des précautions et marmonnent entre eux dans les moindres recoins. Prenez garde, seigneur, vous qui les côtoyez chaque soir, et voyez si leurs façons ne vous frappent pas aussi. »

Et lui, le cœur empli d'Yrsa, répondait : « Oh ! sans doute ces problèmes au nord qui requièrent la plupart des guerriers de la maison. On comprendrait mal que je me mêle de ce qui ne me regarde pas. »

Au bout d'une semaine, on rapporta secrètement à Adhils que ses soldats s'étaient hâtés de revenir sur son injonction et attendaient ses ordres dans les bois. Il inventa une excuse et s'en fut sur-le-champ. Au chef des berserkers, un monstre empoté, verruqueux et hirsute nommé Ketil, il raconta ce qui s'était produit et lui ordonna de se poster en embuscade avec sa troupe pour s'abattre sur le roi Helgi tandis que les Danois regagneraient leurs navires. « Je t'enverrai des renforts de la forteresse. Attaquant par-derrière, ils prendront nos ennemis en tenaille. Car ce *sont* nos ennemis. Je mettrai tout en œuvre pour m'assurer que Helgi n'en réchappe pas. Je m'en suis bien aperçu : il porte un tel amour à ma reine que je ne serai jamais en sécurité tant qu'il vivra. »

Pendant ce temps, Helgi et Yrsa eurent un dernier entretien que nul ne surprit. « Puisque tu ne viendras pas avec moi, je vais prendre congé, dit-il.

— Sois heureux, mon chéri, murmura-t-elle.

— Tu ne te laisses pas abattre. Je ne peux faire moins. Je regrette que… » Il frappa dans ses mains et partit.

Au roi, Helgi dit qu'il allait rentrer chez lui. La reine Yrsa dit à son seigneur, sans élever la voix mais de manière à être entendue de tous dans la grande salle : « Puisque notre invité nous a rendu visite en personne pour nouer des liens d'amitié entre nos deux maisons, il me semble qu'il nous appartient de le renvoyer chez lui avec des présents qui montreront tout ce qu'il représente à nos yeux.

— Ma foi, oui, oui, dit aussitôt Adhils.

— Il ne sourcille même pas, marmonna un de ses hommes tout à fait saoul. Qu'arrive-t-il au petit grippe-sou ? » Mais chacun se réjouissait trop d'une issue aussi heureuse pour lui prêter attention. Même le visage d'Helgi s'éclaira un peu. Nul à présent ne pouvait prétendre qu'il était venu pour rien.

Le lendemain matin, Adhils fit avancer, devant tous

ceux qui s'étaient réunis, un chariot tiré par quatre chevaux blancs du sud. « Parent, je vous le donne, je vous les donne, dit-il avec un large sourire, et il y en a davantage derrière. » Les acclamations retentirent à mesure que ses manants portaient les cadeaux hors de ses entrepôts : anneaux et broches en or, paniers d'argent remplis de monnaie de Romaborg, épées et haches scintillantes, ivoires de narval et de morse gravés de belle manière, gobelets incrustés de joyaux, riches habits tissés et teints, ambre, fourrures, objets d'étrange facture forgés on ne savait où, jusqu'à ce qu'à la longue les essieux en gémissent.

Helgi rougit et eut de la peine à trouver les mots adéquats pour exprimer ses remerciements. Il n'aurait su dire si le jeune homme narquois aux paroles lénifiantes se moquait de lui ou tentait de l'acheter. Son regard se posa sur Yrsa et il lut une telle tendresse dans ses yeux qu'il pensa que tout cela devait être son œuvre.

Le roi et la reine suédois montèrent en selle pour l'escorter quelque temps. Adhils bavardait. Helgi et Yrsa gardaient le silence. Au bout d'un moment, l'Yngling tira sur ses rênes. « Eh bien, parent, lança-t-il, je crains que nous ne devions vous dire au revoir en espérant nous retrouver bientôt réunis.

— Soyez nos invités, répondit Helgi d'une voix âpre. Tous les deux.

— Nous vous ferons savoir notre réponse. D'ici là, hâtez-vous, roi, de regagner le pays auquel vous êtes attaché. » Il fit volter son coursier.

Helgi prit les mains d'Yrsa. « Porte-toi bien, murmura-t-il en toute hâte. Toujours je t'aimerai. Un jour…

— Un jour. » Puis elle poussa son cheval et trotta à la suite de son seigneur et de ses hommes.

Helgi prit la tête de ses troupes. Sous le soleil, la rivière scintillait et susurrait. Trois ombres la mouchetèrent. Un martin-pêcheur du bleu des libellules voltigeant alentour fila comme une flèche. Les sabots faisaient *ploc*, le cuir craquait, le métal cliquetait. Dans l'air chaud et lourd, les hommes en sueur écrasaient les insectes. À l'ouest, au-dessus des bois, un mur de nuages violets s'élevait ; le tonnerre roula au loin.

Soudain un fracas métallique retentit. Une troupe en armes se fraya un passage hors du sous-bois pour prendre position dans les ornières. Parmi eux se tenaient douze géants, pour la plupart sans broigne, qui grondaient, bavaient et mâchaient leurs boucliers.

Helgi cabra son cheval. « Au nom de Loki, que se passe-t-il ici ? » s'écria-t-il.

— Je crois qu'Adhils ne tient pas à ce que vous gardiez ce qu'il vous a donné, lui répondit son commandant en chef.

— Non… non, Yrsa… » Helgi se tourna à demi, comme si, pour la première fois de sa vie, il voulait battre en retraite.

Derrière lui, au détour de la route, d'autres hommes accouraient. Ils devaient avoir emprunté un raccourci depuis Uppsala — même à cette distance, et malgré le nasal de leurs casques, Helgi en reconnaissait certains — et s'être tapis en embuscade jusqu'à ce que les Danois les dépassent.

Helgi sauta à terre, dépendit son bouclier de la croupière de son cheval et le saisit par la poignée. Altier, menaçant, il dominait ses hommes ; seule sa bannière battant dans la brise qui se levait le dépassait. « Bon, nous voici entre le marteau et l'enclume, dit-il. Mais ils pourraient fort nous trouver d'un métal moins tendre qu'ils ne l'imaginaient. »

Ni la rivière ni sa rive, escarpée, envahie par la végétation, ne laissaient de place pour se mettre en ordre de bataille ; leur file de guerriers s'était regroupée en forme de coin avec derrière les archers et les frondeurs. Serrés les uns contre les autres, les Danois lancèrent leur cri de guerre et chargèrent du mieux qu'ils purent. Le roi Helgi courait à leur tête. Son épée siffla en quittant son fourreau, flamboya et hurla.

Elle fondit sur le premier Suédois, un guerrier de haute taille portant une cape en cotte de maille. Son écu amortit le coup, mais il dut faire un écart. Helgi, en hurlant, se rua sur lui. Sa lame bondit, en haut, en bas, de côté, résonna sur le casque et sur le bouclier cerclé de fer, forçant l'homme à reculer dans les rangs de ses compagnons. Le Suédois crut voir une occasion de trancher la cuisse d'Helgi. Il essaya et son bras droit se couvrit d'un flot de sang. Il oscilla, s'affaissa et fut piétiné.

Une hache résonna sur le bouclier d'Helgi. Cette arme, maniée à deux mains, peut de son poids briser la garde d'un homme. Helgi bondit, sa force seule lui permettant de parer ces coups. Il insinua son épée sous le manche de la hache de son adversaire, à qui il coupa la jambe.

Il reçut un coup de pique dans le mollet. Il y prit à peine garde. « Sus ! Sus ! » Il savait pousser un cri du fond de ses poumons, qui surpassa hurlements, grognements, fracas de ferraille et plaintes des mourants.

« Taillez dans leurs rangs ! Dégagez-vous ! » Par-dessus les casques qui se balançaient, surmontant des visages torturés, il avait vu que, si ses gens parvenaient à effectuer une percée, il n'y aurait plus personne sur leurs arrières. En se retournant, ils tiendraient la route contre toute attaque tandis qu'ils se retireraient, et pourraient regagner, pour une bonne partie d'entre eux, leurs bateaux.

Ce serait une longue course batailleuse. Il se heurta à un berserker. Cerné de toutes parts, il ne put reprendre de la vitesse. Le monstre balança sa hache et l'abattit dans un fracas de jugement dernier. Le bouclier d'Helgi éclata et son bras gauche faillit l'imiter. Il recula en chancelant. Il serait reparti de plus belle à l'assaut du berserker, mais trop de combattants s'interposaient.

Ses hommes se battaient opiniâtrement à ses côtés mais, un par un, submergés par le nombre, ils moururent. Helgi fut percé de lances partout où il n'était protégé par son casque ou sa broigne ; son sang et sa sueur emplissaient ses bottes ; le métal qui le couvrait détournait les coups sans les empêcher de le meurtrir jusqu'à l'os. Il se battait toujours. Sa lame en furie moissonnait.

Un berserker abattit son porte-bannière. Le jeune garçon n'eut pas la moindre chance. Sa cervelle gicla, il bascula et la bannière s'affala dans la poussière. Les Danois ne savaient plus où tenir bon. Le Sanglier d'Or flotta haut. Les Suédois se ruèrent à l'assaut.

Des nuages bleu noir s'amassèrent dans le ciel, un vent glacé se leva et la lumière prit un étrange ton jaune cuivré.

Helgi, coupé de ses derniers hommes, recula en

ferraillant de sa seule main valide, avec une épée bosselée et émoussée. Les morts, les blessés marquaient son passage. Il venait sans cesse plus d'ennemis. Il pataugea dans la rivière qui rougit de son sang. Ketil, le premier des berserkers, le rencontra là en hurlant, en hululant, en lui assenant coup sur coup telle la grêle qui commençait à tomber, mais sans jamais paraître ressentir ceux que le roi faisait pleuvoir sur lui.

On entendit Helgi croasser : « Garm s'échappe. Il a avalé la lune… » Il tomba et la rivière entraîna vers la mer le peu de sang qui lui restait.

Avec lui, moururent tous ceux qui avaient mis le pied sur ce rivage. Les autres furent prévenus par des éclaireurs et s'enfuirent en direction du Danemark.

Yrsa pleura. Ici s'achève l'histoire du roi Helgi.

CHAPITRE QUATRIÈME

LE DIT DE SVIPDAG

I

Yrsa pleurait.

Elle n'avait découvert la traîtrise d'Adhils qu'une fois tout consommé. Elle lui souhaita toutes sortes de malheurs : que son navire s'immobilise dans un vent portant, que son cheval refuse de galoper malgré les tueurs lancés à sa poursuite, que son épée ne morde jamais la chair à moins qu'elle ne chante autour de sa propre tête… « Non que vous employez navire, cheval ou épée, brasseur de sorts, sale corbeau charognard ! »

Adhils attendit la fin de son accès de rage sans se départir du calme attentif qui effrayait même les hommes, puis, quand Yrsa ne fut plus que larmes, dit avec calme : « Je ne pouvais agir différemment. Vous savez que Helgi aurait fini, et sous peu, par me détrôner, me tuer et vous infliger de nouveau la vie marquée par la honte que vous aviez fuie. »

Yrsa ravala ses larmes, croisa son regard avec une telle ardeur qu'on en entendit presque le bruit et lui dit : « Il n'est pas concevable que vous vous enorgueillissiez d'avoir trahi l'homme à qui je devais le plus et que j'aimais le plus. Par fidélité à cet amour, jamais plus je ne me montrerai loyale envers vous s'il vous faut affronter les hommes d'Helgi. Et je veillerai à ce que l'on se débarrasse des berserkers qui l'ont occis aussitôt que je pourrai trouver des hommes assez hardis pour le faire — pour moi et pour leur gloire.

— Vous divaguez, Yrsa, vous parlez dans le vide et vous le savez. À supposer que je vous permette de partir, où iriez-vous ? Ne proférez pas de menaces contre moi, ni contre mes berserkers ; cela ne vous apportera rien. Si vous le désirez, je rachèterai la mort de votre père par de riches cadeaux et mes meilleures terres. »

La reine sortit, et revint un peu plus tard accepter l'offre, d'un visage de pierre. Certains se demandèrent pourquoi elle n'avait pas essayé de rejoindre le roi Hroar au Danemark. D'autres pensèrent qu'elle avait sans doute trois raisons. Fille et femme du roi Helgi, elle n'entendait pas fuir en hors-la-loi et revenir en mendiante. Elle ne renoncerait pas non plus à toiletter le mort, à lui fermer les yeux, à lui lacer aux pieds ses sandales mortuaires, ce de ses propres mains, et à veiller à ce que lui et ses partisans reçoivent des funérailles dignes d'eux et voient leur tombe honorée. Elle ne renoncerait pas à ses espoirs de vengeance ; déjà, il semblait évident que Hroar n'en chercherait aucune.

Par la suite, nul ne vit plus la reine heureuse. Au fort, l'inimitié empira. Après un unique essai, Adhils ne tenta plus de partager sa couche. À la moindre occasion, elle se dressait contre sa volonté. Sans doute ne la garda-t-il qu'à cause de sa famille, de ses suivantes suédoises et de sa dot.

Entre-temps, les navires avaient rapporté au Danemark les tristes nouvelles. Hrolf Helgisson ne fut pas le seul à crier à la guerre. « C'est au-dessus de nos forces, répondit son oncle, mais n'imagine pas que je n'aie aucune peine pour mon frère. » Il s'éloigna, sa capuche rabattue sur son visage, afin de pleurer seul.

Plus tard, un petit bateau du Svithjodh accosta. Le chef de clan qui se trouvait à son bord parla pour Adhils. Bien que Helgi soit tombé victime de ses actes, disait le message, en ce qu'il avait comploté contre le seigneur d'Uppsala, ce dernier cependant avait le désir d'établir un accord qui garantirait la paix entre les deux royaumes.

Hroar prit le wergeld payé pour la mort d'Helgi et jura qu'il ne prendrait pas les armes pour venger sa mort.

C'est ce qu'Adhils avait escompté. Jamais sinon il n'aurait osé frapper. Grâce à ses espions et peut-être à ses sortilèges, il connaissait la situation de la maison Skjoldung. En vérité, Hroar se débattait avec de tels problèmes qu'il ne pouvait se permettre d'entrer en conflit avec le Svithjodh.

Son beau-frère, Sævil, jarl de Scanie, venait de mourir. Le fils de celui-ci, Hrok, un jeune homme maussade et cupide, pensait qu'on lui devait beaucoup en raison de l'aide que son père avait apporté à Hroar et Helgi. Quand on lui eut refusé le grand anneau moulu par Fenja et Menja, il enragea. Le roi se refusa pourtant à le chasser de son trône, en partie par amour envers sa mère, Signy, sœur de Hroar, et en partie par peur de désordres. Mais il ne pouvait plus se fier pleinement à la manière dont la Scanie était gouvernée.

De plus, une de ses entreprises avait mal tourné et il savait la guerre imminente quelque part.

Son oncle Frodi, qu'il avait aidé à brûler, avait eu un fils, Ingjald, de sa première femme, Borghild de Saxe. Hroar avait envoyé l'enfant chez son grand-père, un puissant roi vivant à l'embouchure de l'Elbe, pour qu'il soit élevé à l'étranger. À présent, Ingjald faisait son chemin dans la vie. Chef de clan respecté, il succéderait sans doute à son parent sur le trône. Il était veuf depuis peu. Dans l'esprit du roi, cet allié garantirait son flanc sud-ouest, réduirait à néant la mainmise d'un jarl suédois sur Als et aurait l'oreille du souverain du Slesvik. Hroar y gagnerait une paix bien établie qui le laisserait libre de bâtir son royaume.

Il espérait marier sa fille Freyvar à son cousin Ingjald.

On échangea des messagers. Tout semblait prometteur. Or il advint que Starkadh se trouvait à la forteresse saxonne.

Une saga court à son sujet. On le disait d'ascendance jötun et né avec six mains. Thor lui en arracha quatre, et continua de le haïr pour la famille dont il était issu. Quand Odin, qui l'avait adopté, décréta qu'il jouirait de trois vies d'homme, Thor jugea qu'il devrait commettre une lâcheté dans chaque. Odin lui donna les meilleures armes ; Thor déclara qu'il ne posséderait jamais de terres. Odin lui offrit la victoire à toute bataille ; Thor décida qu'il serait toujours blessé. Odin en fit le premier des skaldes ; Thor lui imposa d'oublier ses vers sitôt déclamés. Immense, cruel, malheureux, Starkadh passe tel un ouragan sur ce siècle et, en toutes circonstances, sa venue signifie des problèmes.

Au banquet de mariage d'Ingjald et de Freyvar, il se leva, reprocha au futur marié de s'unir ainsi au rejeton de l'homme qui avait assassiné son père et clama des vers qui mirent les sangs de tous en ébullition. Danois et Saxons se souvinrent de ce qu'ils avaient souffert les uns des autres. On en vint aux coups mortels. Ingjald repoussa Freyvar loin de lui et la renvoya chez elle avec un message affirmant qu'il viendrait en personne venger son honneur et apporterait le tison pour brûler Cerf.

Hroar ne pouvait se permettre un conflit avec les guerriers du Svithjodh.

La veille de Noël, Hrolf, au terme de sa douzième année, devint un homme. Quand on promena le sanglier dans l'assistance pour les vœux, il posa sa main dessus et jura : « Jamais je ne fuirai fer ni feu ! »

Les hommes hurlèrent qu'il se révélait bien là le digne fils de son père Helgi. Mais d'aucuns pensèrent le contraire : qu'avec son caractère calme et songeur, il deviendrait peut-être un de ces Skjoldung mous. Après tout, sa naissance avait été fort étrange et il avait une sœur plus étrange encore.

Les sceptiques révisèrent leur jugement dès l'été. Quand les Saxons franchirent le Petit Belt, les Danois se portèrent à leur rencontre sur les rivages de Fionie, et la bataille qui eut lieu attira corbeaux et loups depuis des lieues à la ronde. Hrolf n'avait pas encore atteint sa pleine stature, qui de toute manière ne serait jamais imposante, et il avait bien sûr besoin de l'aide de ses aînés. Pourtant, il se rua à l'assaut avec une telle vaillance et, pour son âge, une telle adresse, qu'il gagna la bienveillance de chaque soldat.

Dans le fracas, le vacarme, les cris, les plaintes, les mutilations et la boucherie, les Danois culbutèrent les Saxons et les écrasèrent totalement. Ingjald, fils de Frodi, tomba.

Et Hrodhmund, fils aîné de Hroar, tomba de même.

Le roi des Danois rentra chez lui accablé. Son seul souci, dès lors, fut la paix, peut-être parce que son fils cadet Hrörik, quoique d'un an plus âgé que Hrolf, avait mal combattu.

Les quelques années qui suivirent prouvèrent à l'envi que le sang mauvais coulait en Hrörik, non en Hrolf. Le premier se montrait paresseux, couard et cupide. Il rassembla autour de lui un gang de tyranneaux et lèche-bottes et apprit bientôt à flatter ce chef-ci, à suborner celui-là et à menacer tel autre. Son père, qui vieillissait trop vite, se tourna de plus en plus vers son neveu Hrolf.

La reine Valthjona mourut.

Un foyer mal maîtrisé en cuisine réduisit Cerf en cendres.

Hrörik et son père voguaient vers la Scanie où le roi devait conduire les rites de la Moisson pour se rappeler au souvenir du bon peuple, impressionner Hrok Sasvilsson et, espérait-il, gagner son amitié. La traversée du Sund est fort courte ; les passagers portaient leurs plus beaux atours. Au bras de Hroar brillait le bracelet en forme de serpent.

« Tu devrais me le donner ! dit Hrörik, tout à fait saoul.

— Je l'ai reçu des mains de mon frère, répondit Hroar, et je le porterai jusqu'à ma mort.

— Bon ! laisse-le-moi voir, au moins, le pressa son fils. Il est censé être notre plus riche trésor à présent que ton fort a brûlé, mais je n'ai jamais eu l'occasion de le voir. »

Hroar ôta le bracelet et le lui tendit. Le jeune homme le tourna entre ses doigts. Les yeux du serpent qui entoure le monde rutilaient. « Ma foi, dit Hrörik, mieux vaut qu'aucun de nous deux ne l'ait. » Et il le jeta par-dessus bord.

Le chant du barreur s'interrompit, les rames provoquèrent de furieuses éclaboussures, une plainte courut le long de la coque. C'était là le pire des présages.

Hroar ramena un pan de sa cape sur sa barbe grise.

Il mourut ce même hiver.

Hrörik s'y était préparé, sans besoin aucun. Jamais Hrolf ne s'opposerait au fils de l'homme qui avait été un père pour lui. Les Danois proclamèrent donc Hrörik roi.

Presque aussitôt, les terres que Helgi avait tenues sous sa coupe s'éparpillèrent. L'antique fierté ne constituait que l'un des motifs de cette désagrégation. Les chefs de clan n'avaient aucune foi en un seigneur connu pour sa paresse et pour son avarice. Quand il entama une tentative des plus timide pour les ramener au bercail, ils surent qu'ils l'avaient bien jaugé. « N'étant pas des imbéciles, dirent-ils, à partir de maintenant, nous nous défendrons seuls. »

La perte la plus lourde vint du jarl d'Odense, le lac d'Odin, lorsqu'il proclama qu'il régnerait désormais en souverain, tel son père avant lui. Il y avait là une ville aussi importante que Roskilde, et bien plus ancienne, le lieu le plus sacré du pays. Bientôt, la Fionie tout entière rejeta l'autorité de Leidhra.

Les voleurs pullulaient, les vikings pillaient les côtes, les Jutes, les Saxons et les Wendes effectuaient des raids faciles et tiraient leurs plans pour une guerre finale.

Les chefs du Sjaelland s'unirent et se soulevèrent. Hrolf refusa de combattre son parent. Ils lui répondirent qu'ils le combattraient, eux, puis proclameraient Hrolf leur seigneur.

Fou de rage, Hrörik envoya ses hommes à l'assaut de la maison où vivait Hrolf, qui parvint de justesse à s'échapper. Il n'avait plus d'autre alternative ; il lui fallait tirer son épée contre le fils de l'oncle et de la tante qu'il avait aimés.

Hrörik tomba au combat. Guerriers et francs tenanciers se pressèrent autour du roc de la Thing pour proclamer roi Hrolf fils d'Helgi. Malgré sa tristesse, il étreignit les anneaux du serment et accepta la suzeraineté d'un pays qui s'en allait à vau-l'eau.

Pendant ce temps, au Svithjodh, Adhils avait accru sa richesse et sa puissance, au point qu'on reconnaissait que le servir constituait un grand honneur.

II

À l'ouest des basses terres que domine Uppsala se dressent les montagnes du Svithjodh, hautes, abruptes et très boisées, pays de l'aigle et de l'ours, de ruisseaux rapides et de vallées encaissées. Un franc tenancier du nom de Svip vivait là. Son clos, fort éloigné des autres, était cependant d'une dimension respectable et abritait beaucoup de gens, car Svip vivait dans l'aisance. Dans sa jeunesse, il avait été un guerrier intrépide et avait beaucoup voyagé. Plus avisé qu'il n'y paraissait, ce gaillard grisonnant, au nez cassé, et qui louchait, formait seul ses jugements. Même s'il n'était pas sorcier, d'aucuns lui attribuaient le don de prévoyance et, certes, il faisait souvent des rêves prémonitoires.

Il avait trois fils, Hvitserk, Beigadh et Svipdag, tous trois beaux, forts et capables. Bien qu'il soit le cadet, Svipdag surpassait ses frères en taille comme en force.

Quand il eut dix-huit hivers, il alla voir son père et, enfin, dit ce qu'il avait longtemps médité : « Voilà une bien morne existence que de rester dans la montagne sans jamais rendre visite à quiconque ni recevoir personne. On devrait rejoindre l'armée du roi Adhils, s'il accepte de nous enrôler. »

Svip le franc tenancier grimaça et répondit : « Je ne crois pas que ce serait une bonne idée. Je connais Adhils depuis longtemps. Ses paroles peuvent être aussi belles que viles, quelle que soit l'ampleur de ses promesses. Et ses hommes, s'ils sont intrépides, ne savent pas se tenir. » Il soupira de sa précognition et ajouta : « Néanmoins, le roi est aussi puissant que renommé. »

Svipdag leva le poing. « On n'a rien sans rien et nul ne sait avant l'heure ce que le sort lui réserve. Mais je ne resterai pas ici plus longtemps, quel que soit le destin qui m'attend. »

Le franc tenancier considéra son fils.

Grand, maigre, large d'épaules, la barbe blonde sur

un visage coloré taillé à coups de serpe, Svipdag relevait la tête pour que sa crinière brille au soleil et se détache sur le vert des pins et le bleu du ciel. On venait de rentrer les foins et la ferme s'emplissait de cette odeur de paix. « Belle journée, dit Svip. J'ai été jeune, moi aussi. »

Hvitserk et Beigadh élurent de suivre la volonté de leurs parents et de demeurer à la maison quelque temps. Pour le voyageur, Svip produisit de beaux présents : un cheval assez haut pour que les pieds de son cavalier ne touchent pas le sol, l'attirail complet du combattant, une longue hache à la lame sombre, brillante, et bien affûtée. Il lui donna aussi maints conseils : « Ne t'impose jamais aux autres et ne te vante jamais. Cela ne rapporte qu'une mauvaise réputation. Mais si quelqu'un te poursuit, alors défends-toi, car autant un homme habile se doit de parler avec retenue, autant, face au danger, il doit attaquer avec vigueur. » Il ne nourrissait pas de craintes à l'égard de Svipdag au combat. Avec lui comme professeur, les frères avaient passé de rudes heures, presque chaque jour de leur vie, à s'entraîner à l'usage des armes.

Svipdag embrassa ses parents, ses meilleurs amis du clos et toutes les filles avec lesquelles il avait couché les derniers temps, et partit à cheval. Sa chanson flotta jusqu'à eux, puis elle s'évanouit, masquée par le bruit d'une cascade.

Comme il ne paraissait guère une proie facile, Svipdag ne rencontra aucun problème. Sa gaieté éclaira les maisons où il dormit. En demandant son chemin, il apprit que le roi Adhils et la reine Yrsa ne se trouvaient pas à Uppsala mais dans leur résidence sur le lac Mälar. La reine y passait du temps l'été, tandis que son époux effectuait ses tournées royales.

Svipdag arriva au crépuscule. Les bois et les champs de céréales descendaient en larges moutonnements jusqu'à une vaste nappe d'eau ; l'éclat des rayons de soleil qui la frôlaient ne se brisait que sur les émergences des îles. L'air était froid, coupant et tout à fait silencieux, à part les cris et les cliquetis provenant de la demeure, des bruits qui éveillaient des échos alentour avant de se perdre dans le ciel. Svipdag amena son cheval au pas jusqu'à un portail de planches ménagé dans une palissade qui clôturait le fort et ses dépendances. Fermé au loquet de l'intérieur, il n'y avait personne pour le garder. Dans la cour, derrière le portail, des hommes se pressaient, qui jouant, qui regardant une partie de balle très disputée. Le jeune homme appela, pour qu'on le laisse entrer. Les rares personnes qui l'entendirent se contentèrent de jeter un coup d'œil dans sa direction et de revenir à leur jeu.

Alors il cabra son cheval. Ses sabots retombèrent le loquet se brisa, le portail grinça, s'ouvrit grand, et Svipdag pénétra dans la cour à grand fracas.

Le roi Adhils, vêtu avec splendeur, était assis devant le fort sur une chaise dorée. Ses douze berserkers, assis ou accroupis autour de lui, échevelés, sales, maussades et aussi épouvantables d'aspect que d'odeur, grognèrent et lancèrent des regards furieux dans le silence qui s'était abattu sur la foule. Les paroles d'Adhils coulèrent comme le miel. « Cet homme est tout insouciance. On n'a jamais rien osé de tel auparavant. Il doit penser beaucoup de bien de lui. »

Svipdag calma son cheval, en descendit et sourit.

« Salut, roi Adhils, mon seigneur, car un homme aussi bien mis ne peut être qu'un roi. Je me nomme Svipdag et je suis le fils de Svip, qui vit au pays des hommes de l'ouest et que tu as connu autrefois.

— Tu viens ici en faisant montre de plus d'imprudence que ton père ne te l'aurait sans doute conseillé.

— Non, seigneur. J'ai demandé qu'on me laisse entrer. Pas de réponse. Vos hommes, en agissant comme des rustres, vous déshonorent et j'espère que vous apprécierez la petite leçon de politesse que je leur ai donnée.

— Quoi ? gronda Ketil, le premier des berserkers. Mais je vais t'écraser comme le cafard que tu es… »

Il marcha pesamment sur Svipdag qui, sans se départir de son sourire, posa sa main sur la hache pendue au pommeau de sa selle. « Attends ! ordonna Adhils. Parlons, d'abord. Je me souviens de Svip. Il a combattu vaillamment pour moi contre Aali, ce jour-là, sur la glace. Que nous veut son fils ?

— Seigneur, j'aimerais beaucoup entrer à votre service. »

Adhils le convia à s'asseoir. Il trouva un tabouret près de la chaise et regarda le jeu de balle qui avait repris, tandis qu'il devisait avec le roi d'un ton très amical. Les berserkers, qui n'aimaient guère cela, lui lancèrent des regards noirs et marmonnèrent entre eux. Quand l'appel du souper retentit et que le roi, marchant au milieu de sa garde personnelle, les mena à l'intérieur, Ketil lui dit : « Nous allons défier ce loup et le tailler en pièces avant qu'il crée d'autres problèmes. »

Adhils se mit les doigts dans le nez. « Je doute qu'il soit si facile à manier, répondit-il doucement. Mais, hum, hum, oui, j'aimerais voir s'il est aussi vigoureux qu'il le paraît. »

Le sourire de Ketil fendit son visage verruqueux. Comme les hommes gagnaient leurs places, il quitta le roi, se fraya un passage vers le jeune homme, le saisit par les pans de sa cape et grogna : « Te crois-tu aussi brave que nous, les berserkers, pour te conduire avec autant d'impertinence ? »

À la lumière vacillante des torches, Svipdag s'empourpra. D'un coup sec, il détacha la main du gros homme de sa cape et parla de manière à se faire entendre de tout le fort. « Oui, je vaux bien n'importe lequel d'entre vous. »

Les douze poussèrent un hurlement. Ils se déplacèrent pour encercler Svipdag. Nul ne portait d'armes à l'intérieur, et il avait laissé son casque et sa broigne dans le vestibule. Un tel nombre de guerriers comme ceux-ci pouvait le démembrer sans peine. Les autres s'ôtèrent de leur chemin en tâchant de ne pas avoir l'air de se ruer vers le salut.

« Arrêtez ! Arrêtez, vous dis-je ! s'écria Adhils du haut de son trône. Du calme ! Je ne permettrai pas que l'on se batte ici, ni maintenant, ni cette nuit. »

Les berserkers aboyèrent. Ketil cracha aux pieds du jeune homme. « Oseras-tu donc nous affronter demain ? rugit-il. Il te faudra plus que ta grande gueule et ton arrogance, et on verra bien de quelle étoffe tu es fait. »

Svipdag recula brusquement. « Je vous prendrai un par un. Ainsi, nous verrons qui est le meilleur. »

Adhils acquiesça. L'idée d'un test lui plaisait, car, en ces années de paix, il devenait difficile de jauger l'utilité réelle d'un guerrier.

« Cet homme est le bienvenu ici », énonça une voix claire.

Le regard de Svipdag perça la danse des ombres et de la lumière du feu pour observer celle qui avait pris la parole. Cette femme assise près du roi à la distance requise, d'une taille moyenne mais d'un port altier, habillée avec simplicité et marquée par le chagrin, mais aux yeux gris lumineux et aux cheveux brun roux brillants, devait être la reine Yrsa.

Ketil carra ses épaules et grinça des dents. « Nous savons depuis longtemps que vous voudriez nous voir en enfer. Mais nous ne sommes pas de telles mauviettes pour tomber face à de simples mots et une volonté mauvaise. »

Yrsa se tourna vers son époux. « Vous n'obtiendrez rien de bon d'un tel combat, vous qui ressentez le besoin d'utiliser de tels rebuts de l'humanité. »

Bleu de colère, Ketil hurla : « Je me fiche de vous et de votre froideur ! Nous n'avons pas peur de lui ! »

Adhils fit signe aux femmes de se hâter d'apporter à boire. La soirée passa, sinon dans le calme, du moins dans la paix. Les berserkers grommelaient ; le reste de la maisonnée se montra plus gai. Le regard d'Yrsa ne cessait d'errer vers Svipdag, assis au bout de la grande salle, qui parlait, buvait et semblait le plus allègre sous ce toit.

On débarqua sur le javeau dans la matinée.

C'est l'usage chez les païens quand ils veulent relever un défi. Ils se rendent sur un javeau, un îlot où seuls quelques-uns peuvent les regarder et, parfois, se battre aussi. Quatre baguettes de saule délimitent un champ clos et celui qui se laisse entraîner hors des limites est déclaré vaincu. L'affaire peut aller jusqu'au premier sang, à l'abandon, ou à la mort.

Il y avait ce jour-là plus de spectateurs qu'à l'accoutumée. Le roi s'était fait emmener à la force des rames en compagnie de ses douze berserkers et, assis parmi eux sur une souche, observait le pré jalonné. De l'autre côté, sous des arbres, du fer scintillait autour d'une petite silhouette encapée de bleu. Yrsa était venue aussi, avec vingt guerriers qui se sentaient liés envers elle plus qu'envers le roi.

Svipdag, gigantesque dans sa tunique et ses pantalons, se tenait bien droit et à part ces habits ne portait que son casque. Il avait renoncé à sa broigne parce qu'on l'estimerait déloyal à l'égard de ses adversaires s'il ne témoignait pas ce courage, et à son bouclier puisque sa hache se maniait à deux mains. Quand elle vit cela, Yrsa se mordit la lèvre et baissa la tête.

Ketil vit la reine mortifiée ; il la lorgna avant de fouler l'herbe haute. Il commença d'osciller pour se forcer à la rage qui caractérise ceux de son espèce. De la bave coula sur sa barbe. Ses joues se gonflèrent, s'empourprèrent, il mordit son bouclier, brandit son épée et émit des cris de bête.

Svipdag bâilla et s'exclama : « Je n'aurais pas accepté que tu portes le premier coup si j'avais su le temps qu'il te faut pour échauffer ton cœur de jument ! »

L'autre poussa un cri et chargea. Son épée s'éleva, volta et s'abattit en sifflant. À mi-course, elle rencontra la hache de Svipdag dans un fracas de métal et une pluie d'étincelles. À son tour la hache vola en arrière, puis en avant pour s'écraser sur le bouclier du berserker qui recula, chancelant.

Yrsa joignit ses poings crispés sur sa poitrine. Son souffle se précipita.

Ketil reprit son équilibre. Il tailla de ci, de là, sans plus songer à respecter les tours, et formidables étaient ses coups. Mais toujours Svipdag parait, toujours il martelait le bouclier de son adversaire. Il tenait ferme sa hache à deux mains et la maniait avec toute la force de ses bras et de ses épaules qui avaient abattu des arbres et roulé des rocs par monts et par vaux. Le vacarme effraya des bandes d'oiseaux criailleurs qui s'envolèrent.

Tout soudain, la hache frappa de plein fouet le casque de Ketil. À moitié étourdi, le garde laissa choir son bouclier. La lame de Svipdag s'enfonça entre ses côtes avec un *flac* de viande que l'on tranche. Le berserker gémit et mit un genou à terre. Son cou s'offrait. Svipdag le lui trancha. Ketil s'étala et demeura à se regarder, bouche bée.

« Svipdag, Svipdag, oh ! Svipdag ! » Yrsa riait et pleurait à la fois.

« Par mes couilles, rugit un autre berserker, je vais te les couper pour te punir avant que tu ne meures ! » Et il se hâta de venir chercher sa vengeance.

Svipdag, bien que trempé de sueur et haletant, lui jeta un sourire et, à grands pas, s'avança à sa rencontre. Imprudent, cet homme se révéla une proie plus facile. Svipdag reprit son souffle en se jouant de lui comme des taureaux de la ferme de son père et, le moment venu, lui ouvrit le ventre. Le sang jaillit, écumeux.

Fou de rage, un troisième berserker bondit d'auprès du roi. Il prit de la vitesse tout en chargeant à travers le pré, sa hache brandie à bout de bras.

Svipdag fit un pas de côté et tendit une longue jambe. Le monstre trébucha. L'arme lui trancha net la colonne vertébrale.

Atterré, Adhils cria à ses hommes de rester où ils étaient. Un quatrième garde n'en tint aucun compte. Svipdag pivota sur ses talons juste à temps pour parer l'attaque en traître. Le berserker lui sauta dessus pour le renverser et le clouer au sol. La hache du jeune homme vola si vite qu'elle eut une queue de sang. Certes, il tomba à la renverse sous le bouclier de l'autre, mais il lui avait brisé le genou. Il se dégagea, roula sur lui-même et sauta sur ses pieds. Le dément ne sentit pas la douleur, ne sut sans doute même pas qu'il était estropié. Mais il ne put se relever, ni, dans son délire, offrir mieux qu'une pauvre défense d'unijambiste. Svipdag déjoua bientôt sa garde. À nouveau, la hache mordit. Quatre corps gisaient dans les marguerites, entourés d'un épais nuage de mouches. Yrsa poussait des vivats et des hourras.

Svipdag, éclaboussé d'écarlate, meurtri, les habits trempés et les cheveux raides de sueur, s'efforçait de reprendre sa respiration. Fou de rage, le roi Adhils se dressa pour hurler : « Tu m'as causé beaucoup de tort et à présent tu vas payer ! Mes gardes… tous ensemble… tuez-le !

— Il faudra nous marcher sur le corps ! » s'écria Yrsa. Elle s'élança. Ses gardes se précipitèrent et la dépassèrent pour protéger Svipdag du rempart de leurs boucliers joints, comme elle le leur ordonnait.

Les huit berserkers survivants leur tournèrent autour, miaulèrent, crachèrent serments et sarcasmes, et firent mine d'attaquer. Les hommes de la reine restèrent inébranlables, piques et épées levées. Derrière eux, les archers bandèrent leurs arcs et pincèrent leurs cordes ; il en résulta un son bas, comme si des guêpes approchaient. Inutile de vouloir vaincre une telle armée.

Yrsa alla vers son mari qui frémissait et maugréait, se planta devant lui et dit : « Rappelez vos chiens. Mes hommes défendront Svipdag jusqu'à ce que vous le laissiez en paix.

— Oh ! tu te réjouis aujourd'hui, hein, chienne d'Yrsa ? » répondit Adhils. Il paraissait prêt à la frapper.

Elle serra les poings, lui rendit regard pour regard. « Il n'a cherché querelle à personne. Il venait en toute bonne foi nous offrir ses services. Et ils se jettent sur lui, ces trolls ! Eh bien, vous voyez qu'il leur a montré qu'il les valait ! Vous devriez vous féliciter de ce qu'il ait purgé vos troupes de ces veaux pleins de graisse. Je dis : faites la paix ! Cet homme vous vaudra plus d'honneur que tous les berserkers qui ont jamais souillé la face de la terre !

— Que te chaut mon honneur, Yrsa ?

— Je ne m'en soucie guère, en vérité, mais c'est plus que vous, semble-t-il. »

Puis elle parla d'un ton apaisant. Les ans lui avaient donné une langue prompte à montrer où résidait la sagesse. Enfin, elle parvint à ramener la paix. Quand Svipdag revint du javeau et que les gens de la maison apprirent ce qui s'était passé, ils s'agglutinèrent autour de lui et reconnurent que jamais pareil être n'avait compté parmi leurs frères d'armes.

Néanmoins, la reine trouva une occasion de lui chuchoter : « Prends garde. Ces huit-là ne tiendront guère parole. »

Il acquiesça. La veille au soir, à cette même extrémité de la grande salle, il avait tout entendu de l'assassinat du roi Helgi neuf ans auparavant. Il avait pensé, dans l'enthousiasme de sa jeunesse, qu'on avait commis une vile lâcheté, et la femme qui en avait le plus souffert lui sauvait la vie !

« Oui, je crains de leur avoir fait moins mal que je n'aurais dû, ma dame », lui dit-il.

Ses yeux s'écarquillèrent de frayeur. « Que veux-tu dire ? Non, Svipdag ! Prends garde ! Ne reste jamais seul ! » Alors des gens s'approchèrent et tous deux durent se taire, faute de pouvoir parler en toute franchise.

À la demande expresse de la reine, Adhils attribua ce soir-là la place d'honneur, en face de lui, à Svipdag et, tant qu'on but, le traita avec courtoisie et le félicita. Les berserkers n'assistèrent pas au repas. Adhils leur avait déjà parlé loin des oreilles indiscrètes. Plus tard, il avait prétendu les avoir apaisés. Svipdag avait remarqué qu'en partant, courbés, ils affichaient un mauvais air satisfait. Le fils du franc tenancier s'était comporté comme s'il ne s'attendait à rien de fâcheux et n'avait passé l'après-midi à affûter sa hache qu'en ouvrier consciencieux. Quand le roi lui avait dit qu'il ne passerait pas la nuit sur un banc, mais dans une maison d'hôte de l'autre côté de la cour, Svipdag l'avait remercié. Puis, sans hâte, à la faveur du crépuscule, il avait transporté un ballot contenant sa broigne et sa hache non dans ladite maison, mais dans un coin du vestibule du fort.

On but à foison. Il était tard quand Adhils lui souhaita le bonsoir. Dehors, la nuit se mouillait de bruine. Le vestibule semblait un puits de douve. Svipdag s'en réjouit et put revêtir casque et broigne à tâtons sans être vu ni alerter personne.

Ferme sur ses jambes — ayant bu beaucoup moins qu'il ne l'avait laissé croire –, il traversa la cour. Près de la maison, survint ce qu'il avait attendu. Les huit berserkers surgirent de l'ombre et lui tombèrent dessus.

Il rit et, adossé au mur, les laissa venir. L'obscurité rendait la vision difficile. Lui seul se trouvait libre de frapper où il le désirait, et il était revêtu de fer.

Il en avait déjà tué un lorsque le raffut de ce qui aurait dû être un meurtre rapide et silencieux attira hors du fort des hommes titubants. Ils se hâtèrent de faire cesser le combat et pestèrent contre la honte que cela leur occasionnait.

Adhils ne put qu'approuver, puis accuser les berserkers de mensonge lorsqu'ils prétendirent qu'il les avait incités. Il les déclara hors-la-loi sur-le-champ. Sous les regards méprisants et les huées, ils partirent comme des ouragans dans la nuit pluvieuse, en jurant qu'ils reviendraient dévaster le Svithjodh tout entier.

« Cette menace ne m'inquiète guère, dit Adhils une fois de retour à l'intérieur. Tu as montré ce que valaient ces gredins.

— Je n'en suis pas si sûr, seigneur », répondit Svipdag. À présent, il osait vider un grand pichet de bière.

« Eh bien, tu dois devenir ce qu'ils étaient censés être, et me garder tout autant qu'ils le faisaient tous les douze », dit le roi avec un fin sourire. Son regard se posa sur Yrsa dont les yeux brillaient comme des soleils en observant Svipdag. « D'autant plus, ajouta le roi, que la reine souhaite que tu les remplaces.

— Acceptes-tu ? souffla-t-elle. Qu'une bonne Norne fasse que tu acceptes ! »

Svipdag garda le silence un instant. Il n'avait plus très envie de servir cet Adhils. Néanmoins, s'étant aujourd'hui fait un renom bien mérité, il pouvait espérer plus d'honneur encore, tout autant que de fortune, que ce pourquoi il était venu. Et Yrsa l'implorait..

« Oui, répondit-il. Je vous remercie beaucoup, ma dame. »

III

Hrolf Helgisson comptait à peine seize hivers lorsque les chefs le proclamèrent roi d'un Danemark brisé. Même s'ils lui avaient apporté une aide bien intentionnée, nul parmi eux ne possédait la stature d'un Regin ou d'un Sævil. Il dut avancer à tâtons pour apprendre l'art de la domination. Malgré ses aptitudes, il devait commettre des impairs. Il fit preuve de trop de douceur avec ses gardes, qui devinrent un ramassis de sauvages arrogants ; beaucoup lui reprochèrent de marcher dans les empreintes d'Adhils quand, l'un après l'autre, il prit une douzaine de berserkers à son service.

Il s'en expliqua patiemment à ceux qui exprimaient leur désaccord. « Je ressemble plus à mon oncle Hroar qu'à mon père Helgi. Je préférerais bâtir que brûler. Cependant, Hroar n'aurait pas pu être ce qu'il a été ni faire ce qu'il a fait sans son frère pour épée et bouclier. Je suis seul, les temps sont durs et, avant de pouvoir espérer la paix, nous devons abolir la violence. À cette fin, j'use des moyens disponibles. » Il avait hérité d'immenses trésors et les prodigua sans compter. Jamais les hommes d'un roi ne furent mieux nourris, logés, vêtus, armés et parés de bracelets que les siens. Ils étaient rudes, mais ils l'aimaient. L'aurait-il voulu, il les aurait conduits en Asgard la tempétueuse. (Certains parlaient avec ces mots mêmes car Hrolf, comme ses aînés, ne se montrait pas un adorateur empressé des dieux.) Il leur trouva à faire. Et, durant tout ce temps, il apprit. En quatre ans, il nettoya les bois du Sjaelland des voleurs, et les côtes des vikings. La Scanie se souleva sous l'égide du jarl Hrok. Hrolf traversa la mer et remporta une bataille qui vit tomber Hrok ; par amour pour Signy, la mère de son ennemi, Hrolf donna à celui-ci des funérailles somptueuses, mais installa sur l'île un homme de confiance. Il reconquit Mön, Langeland et quelques îles de moindre importance. De nouveau sûre, Roskilde prospéra, et le petit port de pêche sur le Sund attira tant de marchands que l'on finit par l'appeler Port-Bon-Marché. Entre ses guerres, Hrolf allait d'une Thing de comté à l'autre ou demeurait en son fort de Leidhra, écoutait avec attention, délivrait la justice et tâchait de faire admettre à tous des lois meilleures.

« Je voudrais vous voir retrouver ce que vous possédiez sous Frodi le Paisible et Hroar le Sage, disait-il, ceci dans un royaume si grand et si vaste qu'il ne céderait pas de nouveau sous vos pieds. »

Pendant ce temps, sa demi-sœur Skuld grandissait.

Quand Ingjald le Saxon renvoya Freyvar Hroarsdottir chez elle, elle épousa Ulf Asgeirsson, un puissant chef du nord du Sjaelland. Hrolf le promut du rang de shérif à celui de jarl et confia Skuld à sa garde. Ulf menant bien son district, le roi, occupé par ailleurs, avait peu d'occasions de le rencontrer. Au bout de quatre ans, le jarl envoya cependant quelqu'un à Leidhra inviter son suzerain à venir lui rendre visite après les sacrifices rituels des Moissons. Le messager ajouta à l'oreille de Hrolf : « D'après lui, c'est une affaire d'importance ; il ne m'a pas dit en quoi. »

Le roi lui jeta un regard dur. « Ne peux-tu deviner seul ? » L'homme se rembrunit. Hrolf sourit, mais sans joie. « Bon, je ne vais pas te harceler. Je me contenterai de venir. »

Quand il pénétra à cheval dans le clos d'Ulf, il était fort beau à voir. Contrairement à son père, Hrolf ne s'imposait en rien par sa stature impressionnante ; il n'était pas plus grand que la moyenne. Cela dit, il se déplaçait avec la grâce d'un chat sauvage et remportait des combats contre des hommes beaucoup plus lourds de par ses seules vitesse et adresse. Son visage, encadré par deux ailes de cheveux blond roux, était haut de pommettes et large entre ses longs yeux gris ombrés par ses sourcils à la virgule prononcée. Il avait le nez droit et un peu retroussé, la bouche aux lèvres pleines prompte à sourire. Mais sous sa douce barbe couleur d'ambre taillée de près saillait le menton des Skjoldung. Il parlait d'une voix légère, d'habitude plutôt lente et rarement forte.

Il ressemblait aussi au chat sauvage par sa propreté. Si une maison de bains se trouvait dans les environs, il allait suer dans la vapeur, plongeait dans l'eau et se récurait lui-même, et ce chaque jour. On disait en riant du roi Hrolf qu'il accueillait avec hospitalité tout le monde, sauf les puces. Il aimait les beaux habits. Ce jour-là, il portait une surcot de lin blanche, une tunique rouge cousue de fils d'or, une ceinture de cuir repoussé munie d'une grande boucle en argent, des pantalons bleus guêtrés de blanc, des chaussures en peau de phoque, des éperons dorés, une cape safran bordée de martre et retenue par une broche cloutée de grenat, de l'or autour de sa tête, de ses bras, de ses doigts et de son fourreau.

Il n'avait avec lui qu'une vingtaine de gardes. Le nord du Sjaelland étant une contrée pauvre, peu peuplée, il ne voulait pas peser comme un fardeau sur son chef. Cependant, ces jeunes hommes allaient revêtus d'un fer qui brillait et tintait, et de capes éclatantes. Comme ils approchaient du but de leur voyage, ils soufflèrent dans leur cors et partirent au galop. Ce fut un ouragan bruyant et empli d'arcs-en-ciel qui souffla en bourrasque dans le clos.

Ulf et Freyvar qui leur souhaitèrent la bienvenue formaient visiblement un couple en proie au désespoir. Lorsque Hrolf dit qu'il aimerait visiter les terres cet après-midi-là, son hôte et son hôtesse sautèrent sur l'occasion.

Ils partirent à pied, suivis de quelques hommes discrets. C'était une journée d'automne très froide. Le vent hurlait sur les chaumes et la brande grise. Les nuages se hâtaient dans le ciel pâle comme la glace où un vol de cigognes prêt à migrer montait toujours plus haut. Plus bas, quelques corbeaux noirs battaient des ailes et croassaient. D'un côté, un bois s'élevait et ses feuilles embrasées de roux, de brun, de cuivre et de bronze se détachaient et tourbillonnaient dans les rafales. Loin au nord, un reflet d'acier révélait la présence de la mer.

« De quoi vouliez-vous parler ? demanda Hrolf.

— De ta sœur Skuld », répondit Freyvar, une femme aussi svelte et gracieuse que son mari était petit et râblé. « Elle nous fait craindre pour nos propres enfants, pour ce dans quoi elle pourrait les entraîner.

— Je me méfie de ce qu'elle pourrait infliger au pays tout entier », dit Ulf. Il eut un grand geste de la main. « Voilà une terre qui, au mieux, est rude, remplie de lieux secrets, d'êtres mystérieux. Il y a des marais d'où beaucoup d'hommes, d'enfants et d'animaux ne sont jamais revenus. Il y a des collines où, le soir tombé, l'on voit des feux sans chaleur et des ombres qui marchent. J'ai moi-même souvent entendu des sabots rouler et des chiens hurler dans l'air de la nuit. Les gens avisés se tiennent à distance respectueuse de ces choses. Je crains que Skuld ne les approche.

— Elle a toujours été étrange, soupira Freyvar. Même petite, elle ne pleurait jamais, ne témoignait jamais d'amour et semblait peu désireuse d'en recevoir. Et elle se débrouillait seule. Elle se montrait volontaire, encline à de bruyants accès de colère, dédaignait les travaux des femmes, grimpait aux arbres, nageait — elle nage comme une loutre ! —, parcourait les étendues sauvages pour chasser et pêcher et, oui, pour travailler, aiguiser des couteaux…

— Je l'ai ouï dire, certes, reconnut Hrolf. Si son caractère vous paraît trop viril, rappelez-vous qui fut son père.

— Je me rappelle surtout qui fut sa mère, grommela Ulf. J'ai déjà vu des garçons manqués, mais, pour la plupart, ces filles-là changent dès que leurs seins bourgeonnent. Skuld... s'est calmée, bien qu'elle ne montre pas moins sa langue acérée et son obstination. Les serviteurs la redoutent, tant elle les traite avec méchanceté. Ce qui me tracasse le plus, c'est son attirance envers ce qui semble bien être de la magie, et pas seulement une rune gravée sur un ongle pour porter bonheur ; non, je l'ai entendue murmurer des mots et vue faire des passes que je ne connais pas, moi qui ai rencontré tant de gens différents. On l'a aperçue sur la lande, accroupie devant un dolmen, les mains tachées du sang d'un oiseau qu'elle avait démembré. Elle court dans ces bois là-bas, insouciante des loups, des hors-la-loi et des trolls. Un jour, elle est partie et, à son retour, longtemps après, elle a refusé de révéler où elle était allée et ce qu'elle avait fait. Quand son manteau a glissé de côté, nous avons vu qu'elle tenait une omoplate gravée. Je ne sais pas où elle a trouvé un pareil objet. »

Hrolf grimaça. « Ce n'est pas à moi de m'en soucier. Peut-être n'est-ce qu'un jeu pour vous taquiner. Quel âge a-t-elle à présent... douze ans ? Voyons si je ne pourrais pas gagner sa confiance et la sonder. »

Ce soir-là, il pria Skuld de s'asseoir pour boire à ses côtés sur le trône qu'Ulf lui avait donné. Elle vint de bon cœur.

À la clarté du feu, dans une pièce pleine d'odeurs de fumée, de viande rôtie et de joncs, où craquaient les flammes et résonnaient rires et discours, elle n'avait rien d'un être des ténèbres. Très belle, elle avait la minceur de son âge, sans sa gaucherie ; elle coulait plus qu'elle ne marchait. Ses cheveux libres de vierge, raides et noirs, tombaient jusqu'à la ceinture de sa robe blanche toute simple. Cette noirceur brillait ainsi qu'un lac sous les étoiles. Son visage étroit et délicatement ciselé possédait une peau d'un blanc de cygne et des lèvres d'un rouge surprenant. On voyait d'abord ses yeux immenses, ombrés de longs cils, et d'un vert changeant qui pouvait varier du presque bleu au presque doré, comme les vagues. Sa voix, rauque, prenait dans la colère un ton aigu et coupant comme une lame de scie.

Ce soir, elle souriait et leva son gobelet pour le choquer contre la corne de son frère. « Skaal, dit-elle. Bienvenue. Je t'ai trop peu vu.

— Nous allons devoir y remédier, répondit Hrolf.

— Quand ? » Tout d'un coup, elle frémissait. « Je demeure dans ce misérable étang à grenouilles, où je bâille et je couve mon ennui tandis que tu… Ramène-moi avec toi !

— Nous verrons, nous verrons. Il te reste à apprendre ce qui sied à une épouse.

— Une épouse ! railla-t-elle. Cuisiner, brasser, laver, essuyer, surveiller, attendre après une troupe de soudards ivres… Pénétrée chaque fois qu'il sied à celui d'entre eux qui me déclare sienne pour chaque année remettre ma vie en jeu dans le sang et dans l'angoisse afin de mettre bas ? Jamais !

— Tu jouiras d'un rang considérable, Skuld. Mais tu dois le mériter et cela signifie aussi le travail qui s'y rattache. Ne crois-tu pas que j'aimerais mieux courir chasser le cerf que siéger pour entendre les querelles ennuyeuses de lourdauds qu'il me faut apaiser d'un jugement ? Crois-tu qu'une guerre ou une chasse au voleur ne compte pas ses interminables voyages sous la pluie, ses campements dans la boue, sa faim, sa soif, sa vermine ou ses boyaux qui coulent ? Crois-tu…

— À d'autres ! Tu résides dans des forts, tu te divertis de tes amis et de tes amantes, tu voyages sur terre et sur mer, tu rencontres des gens nouveaux, entends des fables nouvelles, les skaldes chantent tes louanges, tu joues aux dames sur des royaumes entiers pour plateaux et avec des hommes comme pions, et, quand tu seras mort, on se souviendra de toi, tu ne pourriras pas oublié… Et *toi*, crois-tu que la fille de ton père, née d'une elfe des mers, ne veut pas d'une vie différente ?

— Bon… il faut peser le problème… » Mal à l'aise, il se rappela tout les maux qu'on avait prédits à cette jeune fille. « Dis-moi, as-tu souvenir de tes premières années ? »

Elle s'apaisa, ses humeurs étant toujours promptes ; elle regarda droit devant elle et murmura : « Je n'en suis pas sûre. S'en souvient-on ? Parfois il me semble qu'il y avait… une immense fraîcheur verte, où des formes voltigeaient et où les marées puisaient une musique… Chansons, cordes pincées et flûtes d'argent frissonnantes, ou n'étaient-ce que les oiseaux de mer, ou un rêve ? Mes rêves ne sont pas ceux des autres.

— On prétends que tu vagabondes seule. Ce n'est pas sans danger, tu sais.

— Pour moi, si.

— Où vas-tu ? »

Skuld rit, un doux bruit. « Non, frère chéri, voici venu mon tour. Parle-moi du vaste monde, de

Leidhra, de Roskilde, dis-moi ce qui est beau. Oh, parle ! »

Désireux de gagner son amitié, il obéit. Elle l'écouta, charmée, enchantée, la tête inclinée, les yeux brillants, et posa des questions intelligentes et incisives. Il pensa que son père s'était peut-être fourvoyé et qu'après tout elle ne serait pas porteuse de ruine.

Mais la lune, cette nuit, était pleine et Ulf avait raconté qu'alors Skuld s'en allait parfois après la tombée du soir. Avant que toute la compagnie n'aille dormir, Hrolf retint deux de ses meilleurs hommes. « Trouvez-vous une cachette de laquelle vous pourrez observer la cour. Veillez à tour de rôle. Si l'un de vous voit ma sœur sortir, qu'il coure me réveiller sur-le-champ.

— Réveiller le roi, seigneur ? demanda l'un d'eux d'un air dubitatif. Vous pourriez faire un rêve…

— Significatif pour le pays, acheva Hrolf. Je sais. Eh bien, ce à quoi ma sœur se prépare est peut-être plus grave. Je suspends donc la loi pour la durée de notre séjour ici. Vous me préviendrez… à la dérobée ; nul ne doit le savoir. »

Pour la même raison, il déclina l'offre d'Ulf de lui prêter une esclave et entra seul dans le lit clos. Il garda ses habits et s'en félicita lorsque, au plus noir de la nuit, le panneau glissa et une main le secoua par l'épaule.

Il suivit l'homme dehors. Là, il boucla son épée. « Elle est partie par là, dit le guerrier en désignant le bois sauvage.

— Bien. Attendez-moi ici.

— Vous n'y allez pas seul, seigneur !

— Si, j'y vais seul, et je n'ai pas le temps d'en discuter. » Hrolf quitta le clos en toute hâte.

La lune était haute, petite, mais si brillante qu'elle éclipsait la plupart des étoiles, et l'air immobile froid à pierre fendre. Le givre recouvrait le chaume et la brande au-delà. À peine Hrolf discernait-il la silhouette en robe pâle qui paraissait voltiger loin devant lui. Elle ne regardait pas derrière elle. Il estima que, si elle se retournait, il resterait invisible dans la lumière trompeuse.

Quand elle entra dans les bois, la suivre devint plus ardu. Les broussailles griffaient, les feuilles mortes bruissaient, les branches giflaient. Et le clair de lune ne faisait qu'épaissir les ténèbres. Skuld s'éloignait d'une démarche plus vive et plus silencieuse que Hrolf ne s'y était attendu.

Soudain, il sortit du bois en trébuchant et se retrouva dans une clairière. Il s'arrêta aussitôt et aspira une bouffée glacée.

Les arbres dressaient leurs têtes chenues autour de l'herbe desséchée par le gel qui luisait sous la lune. Au milieu de la clairière, un grand menhir se dressait, bloc de roc couvert de lichen planté en des temps antiques par un peuple inconnu et dédié à un dieu oublié. Le hurlement d'un loup lui parvint, réduit par la distance à un friselis, comme si le froid qui mordait sa chair avait pris la parole.

Une femme se tenait devant le menhir. Grande, accomplie, vêtue d'une robe et d'une cape luisantes, elle inspirait le respect et l'effroi. Ses cheveux plus sombres que le ciel ruisselaient sur un visage qui lui rappela celui de sa sœur. Mais, surtout, il vit ses yeux. Même dans le clair de lune blafard, ils brillaient, dorés, comme ceux d'un faucon. Ses mains levées vers le ciel portaient une épée nue.

« Voyageur, halte-là, chanta-t-elle plus qu'elle ne parla, et ne t'aventure pas plus loin avant de le devoir, lors de ta fin.

— Suis-je dans un songe et tout endormi ? » demanda-t-il. Sa voix paraissait aussi lointaine que celle du loup, et lui, tout aussi éloigné de lui-même. « Mon homme a-t-il obéi à mes ordres ?

— Que tu dormes ou que tu veilles, dis ce que tu viens chasser ici, Hrolf, fils du roi Helgi.

— Je suivais ma sœur.

— Ne la cherche plus. Tu ne trouverais que le chagrin. Il n'est donné que trop tôt à l'homme ; on ne doit jamais savoir son destin à l'avance. Rentre chez toi, roi, saisis l'aviron et gouverne de toutes tes forces. Bâtis puissamment ce dont les hommes se souviendront.

— Qui est ce Hrolf que l'on acclame ?

— Ne me le demande pas ; seuls les condamnés à mort doivent porter un nom que l'on peut crier.

— Comment es-tu venue ici et pourquoi me préviens-tu, dame de beauté ? As-tu toujours porté dans ton cœur la fille qui causera ma ruine ?

— Un serment prononcé ne peut être changé, même par les Nornes. Écoute, fils d'Helgi mon aimé : je te veux du bien. Laisse la fille, vis ta vie. Puisses-tu boire le soleil, passer chaque jour dans l'amour, te gausser des ténèbres à venir et, à la fin, te dresser pour ricaner au visage des Nornes ! Ainsi gagneras-tu la guerre que tu auras perdu.

» Vois. Cette épée se nomme Skofnung. Les nains qui me l'ont donnée me l'ont faite payer cher. Manies bien sa lame et sa renommée se répandra aussi loin que la tienne. Abat le malfaisant et protège le peuple, ô Hrolf, fils de mon aimé. »

Il s'agenouilla et reçut l'épée de ses mains ; et la femme ne fut plus là ; et il rentra.

Avec Gram, que Sigurdh brandit contre Fafnir, Tyrfing la maudite et Lövi qui vint beaucoup plus tard, Skofnung fut de ces épées magiques qui ne rouillèrent jamais et mordirent toujours. Superbe, longue et large, elle luisait tantôt marron, tantôt bleue. Sa poignée était d'un bois noir, dur et inconnu, et sur le pommeau chatoyait une pierre aux multiples facettes d'un blanc clair qui brisait la lumière en éclats aux teintes fières. Nul ne savait lire les runes gravées sur sa garde.

Hrolf n'essaya plus de découvrir ce que Skuld faisait dans le bois sauvage.

IV

Svipdag dut suivre le roi Adhils dans ses tournées, puis, plus tard, à Uppsala. Mais quand Yrsa revint en la capitale, le jeune homme se rendit souvent auprès d'elle. Le roi en fut très mécontent, mais ne put guère s'y opposer puisqu'il ne se produisait rien de fâcheux. Quand ils se fréquentaient, c'était toujours au vu de tous. Même s'ils se retrouvaient parfois loin des oreilles indiscrètes, ce que l'on surprenait de leurs propos se révélait toujours inoffensif. Svipdag parlait surtout de ce qui s'était dit et passé aux alentours du clos isolé de son père, et Yrsa du monde plus vaste qu'elle connaissait, tout en évoquant maints préceptes utiles.

Comme leur amitié grandissait, il en vint à lui confier ses espoirs et ses rêves, tandis qu'elle évoquait ses jours heureux avec le roi Helgi. Ils s'évertuèrent à éviter qu'on les entende. Mais on ne pouvait tout à fait cacher à Adhils la tournure de leur relation.

Il garda ses opinions par-devers lui et demeura égal envers Svipdag. Il tirait profit de son nouveau garde, le plus fort et le plus habile de toute la troupe, vainqueur à la plupart des sports et des jeux. Et comme il se montrait juste, poli, prêt à écouter les autres parler, et joyeux, il conserva leur amitié.

Le roi eut alors vent de la guerre. Les berserkers qu'il avait exilés étaient revenus en Svithjodh. Sur les îles de la Baltique et le long des rivages de Finlande et du Wendland, ils avaient trouvé des navires, recruté des équipages de ruffians. Depuis lors, ils écumaient le lac Mälar, pillant, tuant et brûlant tout aux alentours.

Adhils cligna de l'œil en dévisageant Svipdag. « C'est un peu ta faute, l'ami, dit-il d'un ton badin. Tu dois donc les affronter. Tu disposeras d'autant d'hommes que nécessaire. »

Le jeune homme s'empourpra. « Je ne suis pas de taille à mener une armée…

— Ni à rester calfeutré dans un chariot en attendant la mort ! poursuivit Yrsa avec chaleur.

— Non, non, voici l'occasion de prouver ta valeur. » Adhils sourit. « Tu mèneras le combat. »

Svipdag réfléchit avant de répondre. « Alors je

veux une escorte de douze hommes que je choisirai en personne. »

Adhils grimaça mais ne put que répondre : « Tu l'as.

— Prends n'importe lesquels des miens », proposa Yrsa. Svipdag rougit encore davantage en la remerciant.

Il choisit sa douzaine de compagnons avec soin, tant parmi les troupes de la reine que parmi les soutiens inconditionnels du roi : tous de solides guerriers heureux de l'accepter pour chef. Au temple, ils se jurèrent mutuellement fraternité sur un bracelet de trois gros anneaux d'or trempé dans le sang d'un bœuf et en appelant comme témoins Frey de la terre, Njörd de la mer et Thor des cieux. Puis lui et ses capitaines prirent la tête de l'armée. Le roi resta chez lui.

Svipdag avait prêté l'oreille aux hommes plus mûrs que lui l'an passé. Quand il établit son ordre de bataille et disposa ses étendards, il connaissait maints tours de guerre, comme disposer des chausse-trapes dans l'herbe haute.

Les vikings chargèrent. Le combat se fit âpre. Ils furent repoussés et ceux qui marchèrent sur les chausse-trapes s'en trouvèrent fort marris. Un berserker mourut, et avec lui un monceau d'aventuriers. Les survivants s'enfuirent vers leurs bateaux et loin de ce pays.

Svipdag revint à Uppsala porteur de ces bonnes nouvelles. Le roi le remercia d'abondance. La reine Yrsa dit, devant la grande salle bondée : « En vérité, Svipdag assis parmi nous fait un meilleur convive que vos berserkers. »

Le roi en convint avec quelque aigreur. Il donna un

festin et des présents, mais ce ne fut que broutilles en comparaison de ce qu'offrit la reine aux guerriers une semaine plus tard.

L'année tira à sa fin. Svipdag devint capitaine de la garde, ce qui lui valut moult devoirs nouveaux. De plus, il partait souvent chasser, pêcher, naviguer, nager et rendre des visites autant qu'il en recevait. Chez lui, à part les servantes, il avait une ou deux jeunes femmes enjouées, mais trouvait toujours plus d'excuses pour voir Yrsa. Son époux s'assombrit.

Pendant ce temps-là, les six berserkers survivants remâchaient leur rancune. Ils rassemblèrent une troupe plus forte encore que la précédente et, dès le début de l'été, cinglèrent vers le Svithjodh. Il leur semblait avoir commis une erreur en débarquant près d'Uppsala, où se trouvaient les troupes d'élite du roi. Cette fois, ils poussèrent leurs navires très au nord, mouillèrent sur le golfe de Bothnie et gagnèrent à pied les montagnes, puis, de là, descendirent vers le sud, jusqu'à rejoindre la contrée des hommes de l'ouest, d'où ils comptaient frapper Uppsala promptement. Sur leur passage, ils pillèrent, tuèrent, torturèrent, violèrent, massacrèrent, mais enrôlèrent dans leur bande tous les hors-la-loi et scélérats qu'ils purent trouver.

Adhils, prévenu, pria encore Svipdag d'aller les affronter. Cette fois, il aurait moins de troupes que précédemment — un tiers de moins que la horde de loups —, les berserkers ayant bien choisi leur saison : les hommes aptes, éparpillés jusque dans les régions les plus reculées, rentraient les récoltes.

« Nous prendrons un chemin différent, plus indirect, pour éviter que l'ennemi ne nous remarque, dit

Adhils à Svipdag. Nous arriverons en même temps que toi et tes troupes, car il vous faudra avancer au pas des francs tenanciers plus âgés et des garçons inexpérimentés qui figurent parmi ceux que nous pouvons lever. Attaquez l'ennemi de plein front. Quand il ne s'y attendra plus, je lui tomberai dessus par-derrière. »

Svipdag grimaça. « Mon roi, il vous sera difficile de suivre non seulement les traces des vikings, mais aussi les nôtres.

— Nous emploierons éclaireurs et coureurs », répondit son seigneur avec condescendance. Il refusa d'en démordre.

Yrsa trouva l'occasion de se promener avec Svipdag près de la rivière miroitante. Seule une vieille femme de charge sourde les surveillait. « J'ai peur pour toi, dit-elle tristement. Je le sens dans la moelle de mes os : Adhils ne crains pas que tu perdes et mordes la poussière. Il pourra alors convaincre ces déments que leur honneur est vengé, et les acheter à peu de frais, voire… » Un frisson la secoua. « … les reprendre parmi nous ».

Il baissa les yeux sur la tête courbée de la reine et répondit lentement : « Tout homme doit se porter à la rencontre de son destin. Mais ce que vous redoutez n'aura pas lieu tant qu'il me restera une dernière goutte de sang, ma dame. »

Elle lui jeta un regard qu'il avait déjà vu auparavant, dans les yeux d'un cygne pris au piège.

Malgré la gaucherie de leur armée levée à la hâte, Svipdag et ses capitaines surgirent plus tôt que les berserkers ne l'avaient espéré. Dans une vallée aux abruptes murailles rouges et aux vives cascades, sous la verdure des arbres et dans des prés fleuris, une rude bataille s'engagea.

Les berserkers, à grand renfort de fouet, avaient fait une armée de leurs partisans indisciplinés. Ils refoulèrent les Suédois peu aguerris et moins nombreux. Jamais on ne vit trace du roi ni de ses troupes bien entraînées.

On doit à présent dire de Svip le franc tenancier qu'il s'éveilla, soupira profondément et dit à Hvitserk et Beigadh : « Cruel est le besoin de Svipdag, votre frère ; il se bat non loin d'ici et a affaire à plus fort que lui. Il a perdu un œil et récolté maintes blessures. Il a abattu trois berserkers ; il en reste trois. »

Ils s'équipèrent rapidement, armèrent tous les hommes qu'ils purent trouver et se hâtèrent de rejoindre l'endroit que leur père leur avait indiqué. Quand ils atteignirent le vallon, le combat se poursuivait dans la nuit claire. Les vikings se battaient alors à deux contre un. Svipdag avait jeté toutes ses forces dans la bataille, mais il se ressentait de ses blessures et ses hommes gisaient morts en rangées comme amoncelées par le vent. Et toujours pas de roi.

Mais l'ennemi aussi était usé. Ce n'est pas mince affaire que de manier le fer heure après heure ; eux aussi avaient souffert leur content de blessures et de pertes. Le combat se divisait en grappes humaines qui titubaient, en décousaient avec des armes émoussées sur les massues ou rampaient à l'écart pour reprendre leur souffle. Alors survint une troupe réduite, mais fraîche, bien emmenée, dotée d'armes affûtées de peu et aiguillonnée par une sauvage volonté de revanche.

Les deux frères allèrent droit aux berserkers et

l'échange de coups se conclut par la mort de ces derniers. Quelques morts supplémentaires suffirent à répandre la terreur dans les rangs des hors-la-loi. Les soldats de Svipdag se regroupèrent et se joignirent aux renforts pour lancer une charge contre les brigands qui s'éparpillèrent. Ceux qui demandèrent merci se rendirent aux frères, à qui, en outre, échut un énorme butin.

Comme ils voulaient rentrer chez eux et qu'il n'y avait aucun clos alentour susceptible de les accueillir tous, les Suédois reprirent le chemin d'Uppsala. Svipdag suivait sur une litière, soigné par ses frères. Il était tombé en pâmoison et nul ne savait s'il survivrait.

Quand ils atteignirent le fort royal, ils trouvèrent Adhils de retour. Il les remercia bien haut pour ce travail d'homme, et se lamenta d'avoir perdu le contact avec les troupes enrôlées et été incapable de les retrouver à temps. Mais avant peu, la rumeur se répandait. Le roi s'était trouvé tout près du champ de bataille et avait interdit à ses troupes d'avancer davantage.

Svipdag souffrait de graves blessures dont les pires étaient deux estafilades aux bras et une entaille à la tête qui devaient être recousues. Et il lui manquait l'œil gauche. La maladie se nicha dans ses chairs. Il demeura longtemps étendu sur le lit de braises de la fièvre ; il murmurait, délirait ou dormait d'un sommeil de brute. La reine Yrsa le soigna. Sans se soucier de la puanteur et du pus, elle le lava, l'apaisa comme s'il s'était agi de son propre fils et, quand il commença d'aller mieux, lui apporta du lait, du bouillon de viande, des légumes. Elle se tenait à son chevet aussi longtemps qu'il restait éveillé.

Enfin, guéri, émacié, marchant lentement, il alla, flanqué de ses frères, se présenter devant Adhils en son fort, un soir au crépuscule. « Quel plaisir de te voir de retour parmi nous, dit le roi sans guère de conviction. Que veux-tu de moi ?

— La permission de partir. » Svipdag évita le regard d'Yrsa qui, le souffle coupé, portait la main à ses lèvres. « J'irai chercher un seigneur qui me témoigne plus d'estime que vous. Vous m'avez bien mal récompensé des victoires que j'ai dû remporter en votre nom pour protéger ce pays.

— Enfin, j'ai dit que la malchance seule m'avait empêché de te rejoindre. Restez tous les trois, cela me profitera ! Nul ne s'élèvera plus haut. »

Svipdag se retint d'accuser le roi de mensonge et Adhils ne le pressa pas vraiment de rester. Ses yeux ne cessaient de se poser, enflammés, sur Yrsa, qui demeurait abasourdie. Le souverain demanda bientôt où ils comptaient aller.

« Nous n'avons encore rien décidé, reconnut Svipdag. Je veux connaître d'autres peuples, d'autres rois, et je ne tiens pas à vieillir ici, au Svithjodh.

— Bon, dit gaiement Adhils, pour vous prouver que je ne couve pas de mauvais sentiments, je vous promets un sauf-conduit si jamais vous revenez nous rendre visite. »

Svipdag dévisagea Yrsa. « Je n'y manquerai pas. »

Au matin, les frères se préparèrent et, quand ils furent sur le départ, Svipdag alla voir la reine en sa chaumière. La pièce où elle se tenait avec ses jeunes filles s'ouvrait sur des arbres dont le bruissement volait dans un vent porteur d'une odeur de verdure et dans un ciel où erraient des nuages blancs. Elle le toisa : le visage vieilli et couturé, les os saillants sous la peau cireuse, le bandeau noir là où il y avait eu un œil. Le silence s'installa.

« J'aimerais… vous remercier… ma dame, pour l'honneur que vous m'avez témoigné, murmura-t-il enfin.

— Pauvre honneur, dit-elle d'une voix presque inaudible sous la plainte du vent. Désormais, Helgi repose en paix. Et moi, je ne suis plus obligée de voir chaque jour ses assassins autour de moi. » La quenouille chut de ses mains. Elle étendit les bras. « Oh, pourquoi dois-tu partir ?

— Cela ne vous vaut plus rien désormais, répondit-il avec difficulté. Peut-être vous ai-je délivrée, mais… j'ai bien vu que j'étais devenu une épée tirée entre le roi et vous.

— Il n'y a jamais eu grand-chose entre nous deux, dit-elle comme si ses filles n'étaient pas là.

— Je ne pourrais qu'aggraver vos tourments, ma dame. Vous pourriez même voir votre vie menacée par ma faute, en fin de compte. »

Elle acquiesça. La tristesse s'abattit sur elle. « Il semble plus probable que je précipiterais ta chute. Tu as raison, ce n'est plus un endroit pour toi. Pars donc. Puissent la chance et la joie t'accompagner. » Sa garde s'abaissa. « Te reverrai-je un jour ?

— Si tel est mon destin, et puisque tel est mon désir, je vous jure que oui. »

Ils n'échangèrent que quelques mots avant que Svipdag ne quitte la pièce. Elle entendit ses pas décroître. Ils sonnaient creux.

V

Les trois frères se rendirent tout d'abord chez leurs parents où Svipdag passa les quelques mois suivants à reprendre des forces et à apprendre comment bien assener ses coups malgré son œil unique. Il était moins allègre que par le passé.

Mais il était jeune, et le monde s'offrait à lui. Il retrouva, avec la pleine forme, son impatience. Hvitserk et Beigadh, aussi désireux de partir, demandèrent à Svip où aller.

« L'honneur le plus grand, la meilleure chance de gloire et de fortune, se trouvent auprès du roi Hrolf, au Danemark, et de ses guerriers, répondit le franc tenancier. On raconte que les meilleurs combattants des pays nordiques affluent là-bas.

— Où crois-tu qu'on m'assoira ? » voulut savoir Svipdag.

Son père haussa les épaules. « Cela dépend de toi. On m'a dit de Hrolf qu'il n'a pas son pareil. Jamais il ne ménage son or ni ses objets précieux à celui qui les accepte de sa main. Il est de maigre stature, mais grand par la pensée et le savoir, dédaigneux envers ceux qui négligent la douceur, mais facile à vivre et amical à l'égard des petites gens et de ceux qui ne se mettent pas en travers de son chemin. Un pauvre homme ne rencontre pas plus de difficultés pour le voir et repartir avec un mot gentil qu'un riche. En même temps, il soumet peu à peu tous les rois alentour. Certains lui jurent fidélité en toute liberté, car il règne en paix et avec des lois justes. Oui, tant que le monde vivra, son nom demeurera. »

Svipdag acquiesça. Il en avait entendu autant à Uppsala. « Après ce que tu nous apprends, dit-il tandis que ses frères se hâtaient d'acquiescer avec vigueur, je crois qu'on devrait aller trouver le roi Hrolf, s'il veut bien de nous.

— Vous devez voir cela par vous-mêmes », répondit Svip. Tout triste, il ajouta : « Moi, je préférerais que vous restiez. »

Comme il l'avait prévu, ils refusèrent d'en entendre parler. Avant peu, ils dirent au revoir à leurs père et mère. Plus tard, elle frappa dans ses mains. « Couver des aigles et ne pouvoir voler… Bon ! il nous reste nos filles et nos petits-enfants. »

Du trajet, il n'y a rien à dire. Parvenus au Sund, les frères payèrent le passage pour eux et leurs montures, puis, de Port-Bon-Marché, traversèrent le Sjaelland pour gagner Leidhra.

Roskilde avait attiré la plupart de ses habitants de naguère. Hrolf, comme Helgi avant lui, avait pensé qu'il valait mieux tenir ses soudards à l'écart de la ville. De plus, Leidhra était l'antique capitale des rois danois, fondée par Dan lui-même et sanctifiée par le souvenir de Skjold, l'Enfant à la Gerbe. Mais ce n'était pas un simple fortin. Sa palissade enclosait de grandes demeures aussi bien que le fort royal, de petites maisons, des remises, des bains, des granges, des étables, des écuries, des chenils et des ateliers qui emplissaient l'air diurne d'un fracas métallique. Malgré tout, bien des membres de la maison du roi s'étaient répandus dans des foyers épars sur cette terre de fermes et de bosquets qui roule sa verdure de Leidhra jusqu'à l'horizon.

Du nord, du sud, de l'est et de l'ouest, quatre grand-routes bien entretenues couraient jusqu'aux portes du bourg. Roues, sabots et pieds les usaient. Hors les murs, il y avait toujours des baraques ou des tentes que les négociants dressaient pour quelques jours de marchandages avant de repartir : une ronde de costumes chatoyants, un brouhaha de voix et de rires et parfois un rugissement quand deux hommes commençaient une bagarre entre leurs étalons. La fumée des foyers rendait l'air doux-amer par-dessus les odeurs mûries par le soleil de l'été : odeurs de rôti, de foin, de poix, de crottin, de sueur, de planches de pin. Un char à bœufs cahotait bruyamment, un guerrier marchait dans un tintamarre de ferraille, un forgeron martelait son enclume, la scie d'un charpentier découpait, *rrr-rrr*, des enfants tout nus gambadaient dans la poussière des rues parmi les chiens qui aboyaient, une femme tirait de l'eau au puits qui captait le ruisseau voisin, et une jeune fille battit des cils à l'intention des trois grands nouveaux venus. « Cette ville est plus petite qu'Uppsala, jugea Hvitserk.

— Oui, on voit que la majeure partie du commerce se tient ailleurs, dit Beigadh. Voilà une cité de chefs.

— Tu ne m'as pas laissé finir ma phrase : son cœur paraît plus grand, toutefois.

— Son fort aussi », intervint Svipdag en le désignant. Car l'an passé, le septième de son règne, Hrolf en avait bâti un neuf, à tous les égards aussi splendide que celui de son oncle, jadis. Il n'avait renoncé qu'aux bois dorés, de peur qu'ils n'attirent une malchance semblable ; mais de fines sculptures couraient sur les pignons et les extrémités des poutres. « À côté de cette cave obscure où Adhils se tapit… quel éclat ! » ajouta Svipdag quand ils y pénétrèrent.

Le roi se trouvait là. Il jouait à un jeu de société avec un homme plus âgé. Quand les frères le saluèrent, il se redressa sur son banc, sourit et leur demanda leurs noms. Ils les déclinèrent avant d'ajouter que Svipdag avait passé un temps auprès du roi Adhils.

Hrolf se rembrunit et demanda d'une voix douce : « Alors, pourquoi venir ici ? Il n'y a pas d'amitié entre Adhils et moi.

— Je le sais, seigneur, dit Svipdag. Néanmoins, j'aimerais devenir ton homme si possible, et mes frères aussi, bien que tu puisses voir qu'ils ne sont guère accoutumés à ces choses.

— Attend ! » Le roi se redressa tout à fait. « Svipdag… Tiens, oui, j'ai entendu parler de toi, si tu es celui… À vous trois, vous avez tué les berserkers et accompli d'autres actes de bravoure.

— Nous sommes ceux-là », déclara Svipdag. Il ajouta avec moins d'impudence : « Ta mère, la reine Yrsa, me témoignait de l'amitié. »

Le visage de Hrolf s'éclaira. Il les pria de s'asseoir et cria qu'on amène à boire. Ils devisèrent sans relâche. Ce soir-là, le roi les installa près du trône et, une fois les gardes entrés, proclama qui ils étaient. « Je n'avais jamais pensé faire mes camarades de gens ayant servi le roi Adhils, dit-il. Mais puisqu'ils sont venus me trouver, je les enrôle et je crois que nous nous en trouverons bien, car je vois qu'il s'agit de valeureux compagnons.

— Où nous assiérons-nous ? » demanda Svipdag avec une pointe de raideur dans la voix.

Hrolf pointa son doigt vers la droite, où une longueur de banc restait vide avant le premier rang de guerriers. « À côté de cet homme, qui s'appelle Starulf ; mais laissez de la place pour douze. »

C'était une place honorable. Ici, après tout, les trois frères n'avaient pas encore fait leurs preuves. Quand il s'installa, Svipdag demanda pourquoi douze places devaient demeurer inoccupées. Starulf dit qu'elles revenaient aux berserkers du roi qui guerroyaient au loin. Svipdag fronça les sourcils.

Hrolf était resté célibataire, car il n'avait pas encore trouvé de maison avec laquelle il aurait souhaité nouer de solides liens. Cependant, de deux filles de francs tenanciers, il avait eu deux filles, Drifa et Skur. Elles étaient très jeunes, mais assez âgées pour servir dans la grande salle, jolies toutes deux et toutes deux attirées par les frères du Svithjodh, aussi leur témoignèrent-elles beaucoup de bienveillance.

Les gardes les imitèrent lorsque les amitiés mûrirent. L'année suivante, dirent-ils, le roi entrerait en campagne, au lieu d'expédier quelques navires. Il se disposerait à reprendre la Fionie, la seconde des îles danoises. Il y aurait donc plus d'une occasion pour un guerrier de gagner la gloire. D'ici là, ce serait la tranquillité, la gaieté, la tournée des Things, la chasse, les banquets, le sport, une vie chaleureuse au service d'un seigneur généreux. Svipdag, Hvitserk et Beigadh admirent qu'ils avaient trouvé là un bon port d'attache.

L'été devint automne et les berserkers revinrent.

Svipdag se hérissa de voir entrer ces balourds échevelés, armés comme pour la bataille et tellement semblables à ceux qui avaient affligé Yrsa. On l'avait prévenu de leur coutume. Ils allèrent d'homme en homme et leur chef demanda tour à tour à chacun s'il s'estimait aussi bon qu'eux. Le roi lui-même n'y coupa pas. Désireux de maintenir la paix avec ces hommes-bêtes qui s'avéraient fort utiles au combat, il avait pour habitude de répondre quelque chose comme : « Difficile à dire. Vous avez acquis une telle gloire au combat et versé tant de sang parmi de si nombreux peuples, au nord comme au sud, que vous devez être sans peur. » Les autres soldats parlaient de même, en tâchant de trouver des mots différents qui ne paraîtraient pas trop lâches. Mais il était facile de percevoir la honte et la peur dans leurs voix.

Un géant barbu, menaçant, se pencha sur le Suédois au bandeau et cracha sa question. Svipdag se leva d'un bond. Son épée siffla en quittant son fourreau. (Hrolf permettait à ses hommes de porter leurs armes dans le fort, disant qu'il se refusait à les déshonorer par manque de confiance.) « En aucune façon je ne m'estime inférieur au moindre d'entre vous ! » hurla-t-il.

La surprise répandit le silence le long des feux qui craquaient et ondoyaient. Les berserkers restèrent bouche bée jusqu'à ce que leur chef se secoue et lance son défi : « Frappe mon casque ! »

Svipdag s'exécuta. Le métal résonna. Sa lame ne mordit ni le casque, ni la maille que ces hommes portaient malgré leur nom. Les berserkers braillèrent, tirèrent leurs épées et se placèrent en carré pour combattre. Hvitserk et Beigadh s'emparèrent prestement de leurs armes.

Le roi Hrolf accourut. Il bondit entre eux pour s'interposer, manquant se faire hacher menu. « Je vous l'interdis ! cria-t-il. Nous avons trop d'ennemis pour dilapider le sang des uns et des autres. À dater d'aujourd'hui, Agnar, Svipdag, vous serez considérés pareillement, et tous deux mes bons amis. »

Les hommes grondaient, se jetaient des regards assassins. Mais leur roi se tenait sur leur chemin et prononçait des paroles sévères et apaisantes à la fois. Il y avait eu trop d'échauffourées dans cette troupe, il ne le tolérerait plus. Ils étaient tous forts et lui ne pouvait se permettre de pertes. Mais quiconque s'aviserait d'agresser son frère d'armes, que ce soient ces trois du Svithjodh qui avaient tué les douze guerriers d'Adhils — sur quoi les berserkers prirent un air pensif, du moins ceux qui en étaient capables — ou quelqu'un de plus ancien ici et de plus honoré, serait déclaré hors-la-loi au Danemark et banni à jamais. Qu'ils fassent la paix !

À la fin, Hrolf prévalut et, dès lors, on regarda ce nouveau venu borgne avec un effroi respectueux.

VI

Au retour du printemps, le roi des Danois réunit une armée pour une expédition en Langeland. Là-bas, ils se rendirent maîtres du Turö, puis de toute la moitié sud de la Fionie. La victoire les suivait partout. Tous les rois soumis par Hrolf durent jurer fidélité et payer tribut. Sa troupe grossissait au fil des semaines, car les hommes voulaient rejoindre celui qui était renommé pour son impartialité et sa générosité, au contraire d'autres seigneurs. Il put ainsi se montrer exigeant dans le choix de ceux qu'il enrôla.

Il connut un seul échec. Svipdag lui rappela les trésors que son père, le roi Helgi, avait reçus du roi Adhils. Ce dernier les avait accaparés après la mort d'Helgi. « Pourtant, ils vous reviennent de plein droit. Votre honneur exige que vous les réclamiez. Et, à la façon dont vous brisez les anneaux, vous aurez vite besoin de tout ce sur quoi vous pourrez mettre la main. »

Hrolf eut un petit rire, mais envoya bientôt des messagers à sa mère, la reine Yrsa, pour demander qu'on lui restitue ce trésor

Elle répondit que son devoir serait d'y veiller si elle le pouvait, mais qu'il lui était impossible d'agir sans aide. « Le roi Adhils, fort cupide, ne fait rien volontiers pour m'être agréable. Dites à mon fils que s'il vient en personne quérir ces biens, je l'aiderai de mes conseils et de toutes les façons possibles. » Les messagers crurent l'entendre souffler : « Et je te reverrai, Hrolf », mais sans en être sûrs.

Ils rapportèrent ses paroles au roi là où il avait établi son camp. Ayant tant à faire, il décida de différer cette quête.

Il venait d'entamer de délicates négociations consécutives à la mort du vieux roi d'Odense qui avait rompu avec Leidhra. Son fils Hjörvardh lui avait succédé, mais s'avérait plutôt faible. Même s'il était capable de lever davantage d'hommes alentour que Hrolf n'en pouvait transporter à travers le Belt, il offrit de discuter la paix. Hrolf le reçut bien et ils négocièrent. Les Danois en avaient assez de cette expédition, de toute façon. Quand ils tinrent bien en main ce qu'ils avaient conquis en mettant en place des hommes de confiance, jarls et shérifs, la saison des moissons approchait.

Hrolf continua d'exiger que Hjörvardh devienne son vassal, même si ce dernier atermoyait et préférait parler d'alliance. Skuld, la sœur de Hrolf, n'était-elle pas en âge de se marier ? En fin de compte, lorsqu'ils se séparèrent, ils semblaient bons amis et Hrolf invita Hjörvardh à lui rendre visite l'année suivante.

Ce qui fut fait. Hrolf accueillit avec tout l'honneur dû à son rang le roi Hjörvardh venu accompagné d'une suite qui fit forte impression. Skuld se trouvait à Leidhra. Elle avait à présent dix-sept ans.

Quand Hjörvardh la découvrit, il eut le souffle coupé. Le sang lui monta aux joues. C'était un jeune homme rouge de santé, au nez camus et dont la chevelure brune s'amenuisait tandis que son ventre s'épaississait. Dans l'ensemble, il avait belle allure, car il gardait sa barbe et ses ongles bien taillés et ne portait que les plus beaux atours. « Je… j'avais ouï dire que votre peau était claire, ma dame, balbutia-t-il. Je n'avais rien compris… Elle est plus que claire.

— Basanée, peut-être ? » Skuld eut un sourire moqueur et ses doigts coururent dans ses tresses couleur de nuit. La clarté et la blancheur de sa peau, le vert orageux de ses yeux n'en ressortaient que mieux. Son visage fin avait perdu tout caractère enfantin. Son corps, sous sa robe somptueuse, était mince, mais d'une féminité accomplie. Elle se mouvait d'une démarche silencieuse et coulée qui en inquiétait certains

D'autres hommes l'auraient bien courtisée déjà, n'eût été le malaise qu'elle soulevait autour d'elle. Elle avait appris à adoucir sa langue et à paraître supplier tout en obtenant ce qu'elle désirait. Mais elle restait dure envers les humbles, sujette à des accès de hurlements, avide d'or et peu prodigue. Chacun savait qu'elle pratiquait la sorcellerie ; nul ne savait à quel point elle y était versée ni ce qu'elle faisait quand elle s'en allait seule.

On resta stupéfait de ce que Skuld, qui raillait toujours lorsque l'on parlait mariage, se montre soudain toute douceur pour un homme qu'elle savait caresser l'espoir de faire sa conquête. « Je pourrais souhaiter ma peau plus claire dans l'espoir de vous plaire, roi Hjörvardh, murmura-t-elle en lui prenant la main.

— Je ne… ne… ne veux pas vous voir différente de ce que vous êtes.

— Venez, asseyons-nous et buvons de concert », proposa-t-elle. Et dès lors, chaque soir, on les vit côte à côte, discutant si ardemment qu'ils ne prenaient garde à personne d'autre.

Svipdag s'adressa à ses frères d'une voix traînante. « Vu ce que je sais d'elle, elle cherche à devenir reine. Et pas la femme d'un vassal. J'imagine qu'elle affermira Hjörvardh dans son intention de refuser son serment à Hrolf…

— Et *comment* l'affermira-t-elle ? demanda Hvitserk qui partit d'un gros rire.

— S'il ne cède pas, ce sera la guerre, dit Beigadh, car derrière lui marche la moitié restante de la Fionie. Hrolf est résolu à regagner tout ce que possédaient ses ancêtres.

— Si ces rois se séparent ennemis, s'interrogea

Hvitserk, comment Skuld sera-t-elle mariée ? » Son père mort, c'était à son frère de décider qui l'aurait et selon quelles conditions. Chez les païens, une femme peut choisir seule son mari et les suivants en cas de veuvage ou de divorce ; pour son premier mariage, ses parents vont rarement à l'encontre de ses vœux.

Svipdag répondit donc : « Je la crois capable de s'enfuir avec Hjörvardh. Mais je ne l'espère tout de même pas. Notre Hrolf est un malin et il combine quelque plan. »

Ce plan étonna le monde quelques jours plus tard. Les deux rois étaient partis chasser à la tête d'une forte troupe. Les cors sonnaient allègrement, et allègrement jappaient les chiens le long des couloirs feuillus de la forêt ; les cerfs bondissaient au loin, leurs robes rousses mouchetées de soleil doré, jusqu'à tomber face à des arcs dont les cordes vibraient. Un sanglier se retourna, chargea et la terre trembla lorsqu'il rencontra la pique ; quand la compagnie fit halte dans une clairière pour se reposer, chacun était heureux et tranquille.

Hrolf se leva, déboucla le ceinturon de son épée. « Veux-tu me la tenir ? » demanda-t-il à Hjörvardh. Le Fionien hocha la tête et saisit la garde. Le fourreau glissa et Skofnung, nue, brilla dans sa poigne. Hrolf sourit. « Peu importe, dit-il en baissant ses pantalons. Elle est facile à manier, non ?

— Magnifique ! » s'exclama l'autre, et il la brandit avant de la rengainer dans le fourreau que Hrolf lui avait tendu.

Ayant fini d'uriner, le roi des Danois reprit son arme, la rattacha et dit d'une voix haute et claire : « Comme nous le savons tous deux, celui qui tient l'épée d'un homme tandis que ce même homme ôte sa ceinture de sa culotte devient dès lors son vassal pour toujours. À présent, tu seras mon vassal et tu exécuteras mes ordres comme les autres. »

Un silence stupéfait tomba. Hjörvardh bredouilla que cela n'avait aucun sens : oui, en effet, en prêtant serment on prend en main l'épée du chef, mais pas ainsi, et puis il n'avait rien juré et… Avec douceur, parfois même en lui souriant et en lui tapotant l'épaule, Hrolf lui dit son désir de rester bons amis, d'épargner à leurs deux pays une guerre ruineuse et de réaliser l'union. En tant que vassal, Hjörvardh jouirait d'une renommée et d'une fortune bien plus grandes qu'auparavant, dans un royaume lui aussi plus riche, plus puissant, d'autant plus que Skuld…

Le marchandage dura des jours, souvent en termes acides, et les hommes gardèrent leurs armes à portée de main. Mais à l'issue de tout cela, Hjörvardh se reconnut l'homme de Hrolf et épousa Skuld lors d'un banquet débordant de splendeur.

« J'estime que notre seigneur ne lui a pas joué de tour, l'autre jour, dans la clairière, dit Svipdag à ses frères. Il avait déjà dû faire comprendre à Hjörvardh qu'il pouvait l'écraser. Mais cela nous aurait valu de lourdes pertes. Hjörvardh peut sauver la face en se disant dupé ; et, pour s'assurer de lui, on lui donne la femme qu'il désirait.

— Je crois pourtant qu'il garde une dent contre quelqu'un, estima Hvitserk.

— Et moi que Skuld en garde plus d'une », dit Beigadh.

Svipdag acquiesça. « Oui. Seul, ce couard ne représenterait aucun danger réel. Mais sa femme… Nous n'avons pas vu la queue de cette louve. »

Skuld et son mari se rendirent en leur fort d'Odense, payèrent tribut à Hrolf, envoyèrent des guerriers à sa requête et gouvernèrent leur pays selon ses lois. Ou *elle* fit tout cela, car elle ne tarda pas à gouverner Hjörvardh en tout. Elle lui menait la vie dure, et se révéla stérile, mais il n'osa jamais coucher avec une autre, ni lui interdire de recevoir des sorciers finnois et de partir quand et où elle le voulait.

Un pêcheur raconta à voix basse que, poussés par le vent loin des flots qu'ils connaissaient, ses fils et lui avaient pu échouer leur bateau sur la côte désolée du Hindsholm. Il avait laissé l'esquif sous leur garde tandis qu'il partait en quête d'eau potable, leur réserve étant épuisée après ces longs jours de tempête. Au crépuscule, ayant aperçu, sur une haute falaise escarpée qui dominait la mer, une silhouette noire devant les nuages gris fer, il avait soupesé sa hache et résolu d'aller voir s'il s'agirait d'une bonne âme qui les aiderait. De derrière un fourré noueux, il avait reconnu la reine Skuld, qu'il avait vue lorsqu'il était allé à Odense sacrifier à la chance. Sa robe et ses mèches libérées flottaient dans le vent sauvage. Elle avait dressé un poteau sur lequel elle avait cloué un crâne de cheval, la pire espèce de mauvais sort, dont les orbites vides fixaient l'est, vers le Sjaelland. Et quant à Skuld, pleurant de rage, le poing brandi dans la même direction, elle hurlait des malédictions.

CHAPITRE CINQUIÈME

LE DIT DE BJARKI

I

À l'ouest du pays des Hommes de l'ouest, au Svithjodh, les montagnes s'élèvent toujours plus hautes, toujours plus escarpées, jusqu'à ce que le voyageur atteigne les hautes terres de Norvège. Là, le roi s'appelait Hring. Seul un de ses fils, Björn, vécut. Comme ce garçon paraissait prometteur, le peuple ne voulut pas risquer de voir la maison royale issue de Thor périr avec lui et, quand la reine mourut, estima avec le roi que c'était une grave perte, au point de le presser de se remarier. Malgré son âge assez avancé, il finit par se laisser convaincre. Il envoya des hommes vers le sud avec pour mission de lui trouver une épouse digne. À leur tête allait un capitaine des gardes qui se nommait Ivar le Mince.

Ils descendirent à cheval les vallées qui les conduisirent à l'Oslofjord où ils prirent trois vaisseaux et mirent le cap sur le Jutland. À peine entraient-ils dans le Skagerrak que se leva une tempête terrifiante. Ils écopèrent, ramèrent, essayant de s'arracher à ce rivage sous le vent et, enfin, doublèrent le bout de la Norvège. La tempête persistait. Les équipages ne purent que fuir devant elle en remontant au nord. Chaque fois qu'ils croyaient le temps apaisé et relevaient les rames, ils croisaient de forts vents contraires, puis d'autres bourrasques venues des mers inconnues au-delà de l'Irlande.

Deux navires coulèrent. La corne des mains des hommes d'Ivar s'usa ; leurs paumes et leurs doigts à vif, leurs bras vidés de leur force ne pouvaient plus manier les rames. Il dut dresser le mât, mettre à la voile et la tenir ferme pour rester à l'écart des récifs et des falaises sur lesquels il entendait, dans le vent qui charriait de la neige fondue, mugir le ressac.

Après des nuits et des jours, il parvint enfin, en louvoyant entre des îles, à gagner un fjord poignardant des montagnes casquées de glace et où il échoua son embarcation. Elle faisait eau de tous ses joints ; il n'osait plus se fier aux agrès ; l'eau infiltrée avait gâté ou éventré la majeure partie des provisions ; la saison était bien entamée et des vents capricieux ne cessaient de miauler dans des cieux ténébreux. Il ne leur restait plus qu'à hiverner, chasser, saler la viande, tanner du cuir et à fabriquer des cordages de fibres végétales en guise de réparations. « Si on les trouve, on pourra peut-être négocier avec les Finnois, dit-il. Nous sommes sûrement sur leurs terres. » Son rire gloussa. « À moins qu'un sorcier ne nous envoie des vents favorables ficelés dans un sac ! »

Ses équipiers se pelotonnèrent, frissonnants, sous leurs grandes capes. Des brumes s'effilochaient tout autour d'eux, des escarpements s'enténébraient au-dessus ; trempés, transis et affamés, ils étaient pitoyables.

On dressa le camp. Ivar prit une demi-douzaine d'hommes et s'enfonça vers l'intérieur des terres pour reconnaître les alentours. Ils gravirent des hauteurs rocheuses pour parvenir dans un bois de pins. Un humus brun et doux murmurait sous leurs pas et, entre les troncs, ils aperçurent la lueur d'un glacier. À l'approche du crépuscule, ils découvrirent une maison de rondins, petite mais solidement bâtie. Des rennes se tenaient dans un enclos. Un chien noir comme le charbon, l'œil brillant, vint à leur rencontre. Il n'aboya pas, ne grogna pas davantage, mais ils ressentirent l'étrangeté de l'endroit et frappèrent à la porte avec beaucoup de retenue.

Une jeune servante les fit entrer. Deux autres femmes étaient assises sur la pierre du foyer. L'une, bien habillée, se laissait regarder sans déplaisir, malgré les années qui l'avaient marquée. Le groupe d'Ivar n'eut d'yeux que pour sa compagne. Elle avait, elle aussi, un type finnois prononcé : petite, le corps tout en riches rondeurs, le visage aux hautes pommettes, les cheveux d'or, les yeux bleus bridés ; ils n'avaient jamais entendu vanter un si beau visage. Elle sourit et leur souhaita la bienvenue dans la langue norroise comme si trois femmes seules n'avaient rien à craindre d'hommes en armes. Ivar se dit que tel devait être le cas. Sur les murs, il vit des os et des bâtons runiques, des couteaux de silex, des sachets de poussières aux étranges senteurs, un trop gros chaudron, toutes choses qui dénotaient la sorcellerie.

Pourtant, lui et les siens furent accueillis avec gentillesse, on leur donna à manger, à boire et d'utiles conseils pour savoir où chasser ce dont ils manquaient. Ivar raconta leur errance et leurs voyages, puis demanda pourquoi des femmes aussi belles et blondes vivaient dans une pareille solitude.

La plus âgée répondit dans l'obscurité tremblotante : « À chaque chose sa raison, compagnons. Le motif de notre présence ici, c'est qu'un roi puissant courtisa ma fille, qui ne voulut pas de lui. Il menaça de venir la prendre de force. Son père est à la guerre, au loin, depuis bien longtemps déjà. J'ai cru bon de la cacher ici.

— Qui est son père ? demanda Ivar.

— Elle est la fille du roi des Finnois et de sa concubine, moi.

— Puis-je connaître vos noms ? » Les Finnois répugnent souvent à les donner aux étrangers, de peur qu'un ennemi n'en use pour ses charmes.

« Je me nomme Ingebjörg et ma fille Hvit. »

Ivar conçut un doute, car c'étaient là des noms norvégiens. À l'époque, toutefois, des hommes de ce peuple effectuaient déjà des voyages en Finlande ; ils commerçaient, lançaient des raids, rançonnaient des tribus en cuir et en fourrures ; les divers établissements qui s'implantaient toujours plus au nord repoussaient peu à peu les nomades. Les métis, et bon nombre d'autres gens, connaissaient les deux langues.

Ce n'était pas le cas de la domestique, mais Ingebjörg parlait couramment le norvégien et Hvit mieux encore, les rares fois où elle ne se contentait pas de sourire avec douceur. Ivar, cette nuit-là, dormit comme un loir sur le sol jonché.

Au fil des mois suivants, on l'invita souvent à la

maison. Comme cadeaux, il amena de la viande, puis, enfin, de l'or. En parlant d'abondance avec Ingebjörg et autant que possible avec Hvit, il se convainquit que cette dernière était bel et bien la fille d'un chef puissant, même si un habitant des hautes terres ne l'avait pas reconnu pour un véritable roi. Et sans conteste elle était belle ; il rêvait d'elle tout éveillé, il la désirait. On ne l'avait pas instruite de ce qui fait une reine, mais elle paraissait avoir l'esprit vif. De toute manière, les hautes terres n'étaient pas un royaume danois, ni suédois, ni götar. Ses habitants n'auraient pas compris des façon trop hautaines. Il pourrait s'avérer favorable de nouer un lien avec la Finlande, pensait Ivar. Leur foyer se trouvait bien loin au sud, mais il arrivait que des commerçants du nord quittent l'Oslofjord en emmenant des hommes des hautes terres...

Il n'appréciait pas tout chez elle. C'était une sorcière, de toute évidence. Où étaient-elles donc allées, elle et sa mère, la nuit de Noël, comment avaient-elles pu partir sur la neige ? Certes, elles avaient des skis, comme tous ces Finnois. Ivar s'était pourtant demandé, sans pouvoir répondre, pourquoi on ne voyait nulle trace alentour. Auraient-elles pu s'enfoncer loin dans les terres, jusqu'à ces trois rochers surplombant une rivière où les Finnois accomplissaient leurs sacrifices ? Les rocs s'érigeaient à l'endroit même, au nord, où l'on pouvait voir le soleil toute la journée au cœur de l'été et jamais au cœur de l'hiver. Les voyageurs juraient que les sorciers, au lieu d'accueillir le soleil en le bénissant, le maudissaient et le renvoyaient au loin.

Ce n'était peut-être pas vrai. Et Hvit était très belle,

et Ivar était épuisé, et il avait le mal du pays, et il désirait moins que tout reprendre la mer cette année.

À l'orée du printemps, quand son navire fut presque réparé, il demanda à Hvit si elle aimerait partir avec lui pour épouser le roi Hring.

Elle baissa les yeux sur son giron. Après un long moment, elle murmura : « Laissons ma mère en décider. »

Ingebjörg fronça les sourcils avant de répondre : « Comme dit le vieux dicton, on doit toujours faire contre mauvaise fortune bon cœur. Je n'aime pas que son père ne soit pas le premier consulté. Les gens de votre peuple ne se sont jamais bien entendus avec les nôtres… Toutefois, je me risque à accorder ma permission afin d'assurer ses lendemains. »

Ivar se dit qu'il y avait là quelque chose qui n'allait pas, surtout quand il vit la mère rester en arrière. Elles auraient dû lui dire oui sur un ton plus gai ou lui opposer un non franc. Mais les arbres bourgeonnaient, il mourait d'envie de partir et Hvit était très belle.

Elle vint donc. Ils eurent la meilleure des traversées jusqu'à l'Oslofjord. De là, ils chevauchèrent jusqu'au fort de Hring et lui présentèrent la jeune femme. « La voulez-vous ? » demanda Ivar. « Ou devons-nous la ramener d'où elle est venue ? »

Le roi était un homme grand et fort qui s'était émacié et avait grisonné. Il avait lui aussi passé un hiver de chagrin. Il tomba bientôt éperdument amoureux de Hvit et l'épousa, contre le vœu de certains de ses conseillers. Sa pauvreté n'avait pas la moindre importance, dit-il. Elle était belle.

Lui… il vieillissait. La nouvelle reine s'en aperçut vite.

II

Non loin de là vivait un franc tenancier appelé Gunnar. Il avait passé toute sa jeunesse à la guerre, mais il y avait gagné butin et renommée. Établi, marié, il n'eut qu'un enfant qui vécut, Béra, une fille. L'héritier de Hring, Björn, garçon du même âge, avait su trouver son chemin à travers des milles de bois, de collines et de gués gelés pour devenir l'ami de Béra. Des années durant, ils avaient joué ensemble, heureux. Par la suite, ils avaient couru les forêts verdoyantes et les pinèdes, ri à perdre le souffle en grimpant au-dessus des bois jusqu'aux clairières mouchetées de fleurs que ceignaient des pics enneigés, passé dehors ces belles et tièdes nuits d'été qui semblent un rêve rémanent du jour, ou, dans le froid cristallin de l'hiver, regardé flamboyer les étoiles du septentrion qui emplissaient la moitié du ciel.

Et, un jour qu'ils se déshabillaient pour prendre un bain de vapeur, Béra soudain rougit et ses mains virevoltèrent sur son corps. Björn détourna les yeux, plus rouge et plus embarrassé qu'elle. Après cela, ils furent toujours unis comme les deux doigts de la main. Leurs parents sourirent, hochèrent la tête et se mirent tout tranquillement à parler de fiançailles pour dans quelques années.

Les enfants grandirent, devinrent jeune homme et

jeune fille, tous deux grands et beaux. Lui, blond, s'illustrait dans chaque compétition mettant en jeu la force et l'adresse ; elle, brune, douce, savait être opiniâtre quant à ce qui lui importait vraiment. Le père de Björn prit femme pour la deuxième fois.

Comme il fallait guerroyer contre les hommes des bois et les roitelets du voisinage, Hring passait souvent de longues semaines loin de chez lui. La reine Hvit gouvernait alors le pays. On la détestait, car elle se montrait vaniteuse, froide et autoritaire envers tout le monde, sauf Björn. Par chance, bon nombre d'habitants des hautes terres habitaient des domaines disséminés, à l'écart de tout, et de minuscules hameaux, aussi n'avait-on guère besoin de lui prêter la moindre attention.

Vint le temps où le roi Hring s'apprêta à une nouvelle expédition. Björn se réjouissait d'y participer. Ce serait son premier aperçu du combat ! La reine, seule avec son mari, lui dit que son fils ferait mieux de rester en arrière pour l'aider. Il en convint bientôt, car elle avait fait de cet homme fort un poisson ferré à sa ligne. Björn tempêta en vain : face à lui, Hring pouvait encore montrer sa fermeté passée. En fin de compte, l'héritier regarda l'armée s'ébranler sans lui.

Luttant contre ses larmes, il alla droit s'allonger sur le lit de sa chambre mansardée. Il était étendu depuis un moment, le regard dans le vide, à ruminer d'amères pensées, lorsque quelqu'un ouvrit la porte, la referma et la verrouilla. La reine Hvit était entrée. Sa mise était celle d'une femme légère. Elle avait dénoué ses cheveux. Elle vint à lui, lui toucha le front et chantonna : « Pauvre Björn. Pauvre cher Björn. Ne te désole pas. Ton chagrin est mon chagrin.

— Alors, pourquoi t'es-tu arrangée pour me retenir ici ? » demanda-t-il d'une voix sourde.

Elle sourit et fit voler ses mèches. « Je t'ai vu lutter, courir, manier les armes, aller à la rencontre du sanglier et de l'élan. Tu n'as pas à guerroyer pour prouver ta virilité. Mais en ce qui concerne l'art du gouvernement et… d'autres matières… il te reste un monde à apprendre. Voici venue ta chance, hors de l'ombre de ton père. À présent réjouis-toi, laisse-moi te réjouir, mon petit ours adoré. »

Car « Björn », cela signifie « ours ».

Il s'assit. « Va-t-en ! cria-t-il. Dehors ! »

Elle partit, sans se fâcher. Mais, les jours suivants, elle ne cessa de lui rendre visite. Enfin, elle lui chuchota de venir la voir dans sa chaumière avant le coucher du soleil — en secret, car elle avait une chose importante à lui dire. Il obéit, bien que de mauvaise grâce.

Il n'y avait aucune femme de la suite de la reine dans la chambre crépusculaire. Hvit se jeta sur lui, gémissant son amour, s'efforçant de l'entraîner sur son lit. « Regarde-moi, mon ours, moi si jeune, si vive, enchaînée à ce bâton sec de Hring ! Oh viens, viens, je te montrerai la plénitude de la vie, je te ferai vivre ! »

Cloué sur place par la surprise, il demeura un instant abasourdi. Puis la colère l'enflamma. Sa paume s'écrasa sur la joue de la reine qui recula en titubant. « Immonde salope, hurla-t-il, ne t'ai-je pas dit de me laisser en paix !? »

Elle respira profondément avant de répondre d'une voix de vipère : « Tu as été stupide. Je n'ai pas l'habitude qu'on me frappe, ni qu'on me chasse. Tu crois préférable d'entourer de tes bras une fille de franc tenancier plutôt que d'avoir mon amour et mon bon vouloir ? Comme tu veux, Björn. Pour ton cœur de pierre et ta balourdise… reçois ta récompense ! »

Saisissant un gant en peau de loup, elle le gifla. « Tu t'es comporté envers moi comme un ours, Björn ; tu n'es pas plus qu'un ours, tu ne seras jamais plus qu'un ours, non, car tu en deviendras un, un ours sinistre et enragé qui n'aura d'autre nourriture que les vaches de ton père. Tu en tueras davantage que jamais auparavant et jamais tu ne seras libéré de cette métamorphose. Et le pire de tout, ce sera de le savoir. »

Il hurla de terreur, ce jeune homme bâti en force, il se retourna, il fuit. À peine traversait-il la cour qu'il commença de traîner les pieds. Le rire félin de Hvit le poursuivit dans le point du jour.

On ignore ce qu'elle fit ensuite. Nul ne savait où Björn était parti, ni ce qu'il lui était advenu. Certains craignirent qu'il n'ait été emporté par ce gigantesque ours gris qui se mit à dévaster les troupeaux royaux. Il massacrait le bétail telle une belette dans un poulailler mais seuls l'aperçurent de loin quelques témoins apeurés. Des chasseurs, rares, en temps de guerre, partirent à sa recherche. Plus rusé que de raison, l'ours se tapit pour les attendre, les attaqua par-derrière, les tua ou les estropia et mit les survivants en fuite. Ils virent bien qu'on ne pourrait rien faire avant le retour du roi et de ses guerriers.

Béra pleura son bien-aimé.

L'été déclinait. Un jour, sur la fin de la saison, elle alla cueillir des baies. Alors qu'elle rentrait, dans la bise et sous un ciel couvert, elle s'arrêta au beau milieu du chemin, laissa tomber son panier et gémit. Des fourrés venait de surgir la bête au pelage de fer.

Elle regarda frénétiquement alentour, en quête de secours, d'un arbre où grimper, de n'importe quoi. L'ours se contenta de rester où il était, à quelques mètres. Elle l'entendit émettre un son qui semblait plus un ronronnement qu'un grognement. Pas à pas, lentement, en s'arrêtant à chaque enjambée comme s'il avait peur, il s'approcha. Elle comprit soudain qu'elle assistait à un miracle. Elle fortifia son âme et tint bon. L'ours arriva près d'elle. Elle tendit une main tremblante. Il la lécha. Elle le regarda droit dans les yeux et crut, dans un vertige, reconnaître ceux de Björn, le fils du roi.

L'ours se détourna et s'éloigna au trot. Elle s'élança à sa poursuite à l'aveuglette. Ils gravirent une haute montagne sur laquelle des fourrés de chênes noueux se tordaient parmi des herbes blafardes et où l'œil planait d'une vallée aux ombres bleutées jusqu'à des pics enneigés qui paraissaient flotter en plein ciel. Ce soir-là, elle ne vit que ténèbres glacées et sifflantes, une caverne près d'une source, une forme près de l'entrée. L'ours se cabra… L'ours, vraiment ?

Elle courut dans les bras de Björn.

Un peu plus tard, il dit qu'il devait passer des vêtements. Riant, pleurant et hoquetant à la fois, elle l'étreignit et promit de lui tenir chaud. Quand il pénétra dans la caverne, elle le suivit. Sur le sol sableux, un lit de braises rougeoyait. Il le garnit de bois et elle dit en claquant des dents que c'était son travail, à elle. Quand les flammes s'épanouirent, elle vit un tas de peaux et de foin où dormir et se coula contre Björn.

« Tu dois partir, balbutia-t-il. Ce n'est pas convenable. Tu ne peux pas rester. Je ne suis un homme que la nuit. L'aube me change en bête.

— Il me faut… d'autant plus… rester ici… mon amour », sanglota-t-elle doucement.

Elle vécut là des semaines. Quand il rentrait au coucher du soleil, elle nettoyait ses crocs dégouttants de sang, mettait à cuire les côtes et les cuissots qu'il avait arrachés et rapportés, puis attendait qu'il redevienne Björn. Le matin, elle brossait son manteau de rudesse, embrassait la terrible tête et agitait la main en guise d'au revoir tant qu'elle le voyait descendre le versant à pas lourds. Le reste du temps, elle se retrouvait seule avec le soleil, les nuages, la pluie, le vent, les faucons. Elle dormait, ramassait du bois et des noix en prévision de l'hiver, tâchait de rendre la caverne plus confortable, pleurait parfois un peu mais, le plus souvent, chantait.

Par la suite, elle ne dit rien de plus de sa vie sur les hauteurs. Il est bien possible que l'ours ne soit pas toujours allé se repaître chez les hommes.

Chevaucha-t-elle sur son dos avec allégresse, comme la gamine qu'elle était encore, quelques étés auparavant ? Entraîna-t-il les abeilles à lui apporter du miel qui regorgeait comme son amour, tissa-t-elle des guirlandes pour lui passer autour du cou ?

L'emmena-t-il avec lui, rendre visite aux elfes ? Car, à la lumière de ce qui se produisit plus tard, on peut affirmer qu'il les connaissait. À moitié en dehors du monde des hommes, il était aussi à moitié dans le Hors-Monde. Le charme devait aussi toucher Béra, quoique d'une manière plus spirituelle. Rit-elle des gambades d'un nixe, ou s'enfuit-elle lorsqu'un nicor épouvantable creva la surface d'un lac sous le clair de lune ? S'assit-elle aux pieds d'un nain, vieux, tordu et coriace comme les chênes, pour entendre devinettes et souvenirs ? Courut-elle pour échapper au pas d'un troll faisant trembler la terre ? Entendit-elle la Chevauchée d'Asgard des morts crier taïaut dans le ciel nocturne, vit-elle le lancier borgne monté sur un cheval à huit pattes conduire leur chasse ?

Rencontra-t-elle les elfes ? Ils sont grands et graves, même si d'une gaieté espiègle, parfois ; ils viennent de leurs forts aux toits hauts bien cachés ou encore de chez les dieux qu'ils doivent servir, pour danser au clair de lune dans des cercles de menhirs dressés jadis ; ils sont horribles et beaux, et leur œuvre change le monde d'étrange façon. Une des leurs parla longtemps à Björn de ce qui avait été et de ce qui serait au loin dans un pays appelé le Danemark. Après, il eut besoin de tout le réconfort que Béra put lui prodiguer.

Elle le serra dans ses bras pour repousser l'aube détestable.

À l'automne, Hring revint de la guerre et ses hommes lui apprirent ce qui était arrivé ou ce qu'ils croyaient être arrivé. Quand il apprit que son fils était porté disparu et sans doute mort, dévoré par cette bête qui dévastait ses troupeaux de préférence aux autres, il se couvrit le visage de ses mains. Il resta longtemps assis avant d'aller se coucher seul. Plus tard, la reine le pressa fermement de rassembler assez d'hommes et de chiens pour dépister ce monstre et s'en débarrasser. Il lui jeta un regard oblique et dit que cela pouvait attendre.

Il se comporta devant tout le monde comme si l'ours ne lui importait guère. Mais Hvit revint sans cesse à la charge, tout comme Gunnar, son ami, dont la fille unique avait elle aussi disparu, comme les familles qui avaient perdu des êtres chers par la faute de la bête et comme tous ceux qui la craignaient. Enfin, Hvit le railla. « Ta virilité est-elle si racornie *aussi* en ce qui concerne la sûreté du pays ? Alors je devrai m'établir ailleurs, car un roi pareil ne nous amènera que mauvaises récoltes, à moins qu'on le pende haut et court en sacrifice aux dieux. » Il grogna et se détourna. Le lendemain matin, il dépêchait des messagers pour rassembler tous les chasseurs alentour. Quelques nuits plus tard, le lit bruissa sous Björn lorsqu'il s'éveilla, se retourna et attira Béra à lui.

Elle posa une oreille sur son cœur, l'écouta battre, sentit le foin, les peaux et sa chaleur adorée. Dans les ténèbres et le vent, elle l'entendit murmurer : « Mon rêve est venu. Demain sera le jour de ma perte. Ils vont venir ici pour me tuer. » Elle éclata en sanglots. Il l'apaisa d'un baiser et poursuivit de ce murmure pesant : « Ma foi, je ne suis pas très heureux moi-même, sauf quand on est ensemble, et cela doit prendre fin. Chut… Je te donne l'anneau qu'il y a sous mon bras gauche. Demain, quand je serai mort, va au roi et demande-lui de te donner ce qui se trouvera sous l'épaule gauche de la bête. Il le fera. La reine, sans doute, devinera ce que tu trames et te proposera de la chair d'ours à manger. Tu ne dois pas…

— Je ne pourrai jamais !

— Tu es enceinte, tu sais. Tu auras trois garçons ; cette nourriture leur nuirait gravement, car la reine est la plus rusée des sorcières. Non, retourne chez ton père et ta mère, donne naissance à nos enfants. Tu en préféreras un, et pourtant ce sera dur de s'occuper d'eux. Quand tu ne le pourras plus, ramène-les ici, dans cette caverne. Tu trouveras un coffre muni de trois serrures. Les runes te diront qui doit ouvrir quelle serrure. Il y aura aussi trois armes fichées dans la montagne et chaque garçon devra recevoir celle que par ma prémonition je lui ai destinée. »

Il essaya de tarir ses larmes à force de baisers. « Donne de bons noms à nos fils, Frodi au premier, Thori au second, Bjarki au troisième, car on s'en souviendra longtemps. » Elle se colla à lui et crut entendre ses derniers mots murmurés : « Mais le signe de la Bête restera sur chacun d'eux. Même celui qui paraîtra épargné, à la fin il sera… » Il s'interrompit et la réconforta du mieux qu'il le put.

À l'aube, la forme de l'ours vint sur lui. Il sortit et elle le suivit dans la pâle lumière. En regardant vers un bruit qui enflait, elle aperçut cent hommes qui gravissaient la colline. Devant eux, des meutes de chiens aboyaient et bondissaient.

Chiens et chasseurs marchèrent sur lui. La lutte fut longue et acharnée. Il tua presque tous les chiens — il les éventra de ses griffes, leur brisa l'échine, les déchira en deux moitiés sanglantes — et ne meurtrit pas moins d'hommes, mais piques et flèches le transpercèrent tant et si bien qu'il n'était plus gris, mais rouge. Les guerriers l'encerclant, il se rua en avant. Partout des boucliers, du métal affûté. Il trébuchait sur les hampes et les boyaux qui pendaient de son ventre. Aucune échappatoire ne s'offrait. Il se retourna vers le roi et frappa l'homme qui se tenait à côté de lui, le mettant en pièces.

Mais l'ours était si fourbu et vidé qu'il se laissa glisser à terre. Son souffle bruissait à cause du sang qui s'y mêlait. Les piques plongèrent, les haches se levèrent et retombèrent, les hommes s'agglutinèrent autour de lui et le tuèrent.

Tandis qu'ils se relevaient, réjouis et fanfarons, Béra alla au roi Hring. Son visage était résolu et sa démarche assurée. Il la reconnut. « Tiens, Béra, ma chérie, où étais-tu donc ?

— Peu importe, seigneur, répondit-elle. Pour l'amour des jours enfuis, me laisserez-vous ce qui se trouve sous l'épaule de votre proie ? »

Il la considéra un moment avant de hocher sa tête chenue et de parler fort pour que ses hommes l'entendent. « Bien sûr. Tu dois être affamée d'avoir erré si longtemps. Il ne peut rien y avoir ici, sauf ce que je ferais mieux de te laisser prendre. »

Telle une statue, Béra les regarda écorcher et dépecer la carcasse, puis elle alla fouiller dans la dépouille désormais informe. Nul ne la vit en retirer un anneau d'or qu'elle cacha entre ses seins.

Poussant des cris de joie, la troupe prit le chemin du clos du roi. Il aurait semblé bizarre qu'une jeune fille tout juste revenue des étendues sauvages ne les accompagne pas, ni ne vienne au fort partager l'allégresse générale.

Hvit, très gaie, circula parmi les hommes, leur souhaita la bienvenue et donna l'ordre de cuire la chair de l'ours pour le banquet. Quand elle avisa Béra recroquevillée dans un coin, malheureuse, la reine s'arrêta, les doigts soudain crochus. Faisant volte-face, elle s'en fut dans un tourbillon de jupes. Les guerriers avaient à peine commencé de boire vraiment quand elle revint, beaucoup plus tôt que prévu. Elle ramenait une tranche de viande rôtie à la broche.

Elle alla droit à Béra et dit à la cantonade :

« Comme je suis heureuse de te savoir en vie ! Ma pauvre, tu dois mourir de faim ! Je ne le permettrai pas un instant de plus ! Mange. »

La jeune fille recula sur son banc. « Non », supplia-t-elle.

Hvit se raidit. Elle parut effrayante dans sa robe blanche de spectre qui luisait parmi les ombres ainsi que ses yeux et ses dents. « Voilà qui est inouï. Tu repousses la nourriture que la reine te fait l'honneur de t'amener en personne ? Prends-la sur-le-champ, ou tu n'auras que les pires restes ! »

Elle tira son couteau et coupa un gros bout de chair qu'elle força entre les lèvres de la jeune fille. Épuisée, transie de douleur, terrifiée pour ses enfants à naître, Béra ne sut que faire. On la regardait. S'ils apprenaient la vérité, que feraient-ils, *eux* ? Elle ferma les yeux, serra les poings de toutes ses forces. Le morceau de viande lui brûlait la bouche. Son odeur de sang brûlé ronfla dedans sa tête. Elle l'avala tout entier.

La reine s'esclaffa. « Alors, ce n'était pas trop mauvais, petite Béra ? » Et elle lui enfourna un autre bout de chair.

Il se coinça contre sa langue. Béra retrouva quelque force, une vaguelette, pas plus ; elle le recracha, sauta sur ses pieds et hurla : « Assez, ou il faudra me torturer ou me tuer ! »

Hvit s'esclaffa de nouveau. « De toute façon, il se pourrait que ce morceau suffise. » Et elle en brandit un troisième.

Béra évita la reine d'un bond et s'enfuit du fort. Hvit elle-même ne pouvait se permettre de voir les gens se poser des questions. « Bon, bon, quelle susceptibilité pour une fille de franc tenancier ! dit-elle. J'essayais juste de l'égayer. »

Béra rentra chez ses père et mère, ployée sous son fardeau. Ils furent les seuls à qui elle raconta ce qui s'était passé.

III

Hvit n'essaya pas de causer davantage de tourment à la jeune fille, soit qu'elle n'ose point, soit qu'elle juge qu'elle en avait fait assez pour se frotter les mains. Car lorsqu'elle accoucha, Béra mit d'abord au monde un enfant horriblement malformé. Le haut était humain, mais en dessous du nombril, c'était un élan. Quand Gunnar voulut exposer le petit être sur le flanc d'une colline pour qu'il braille jusqu'à ce qu'il meure ou qu'un loup le découvre, elle prononça, malgré ses douleurs et ses suées : « Non, c'est le fils de Björn. Il a voulu qu'on l'appelle… Frodi. »

Ensuite elle donna naissance à un autre garçon, qui avait des pieds de chien, mais qui, par ailleurs, s'avéra fort beau ; lui, elle le nomma Thori.

Puis elle eut un troisième enfant en lequel il n'y eut aucun défaut. Ce fut Bjarki, qu'elle en vint à préférer.

Il y a peu à dire des années qui suivirent. Au début, on dut éviter cette maison du malheur. Toutefois, Gunnar était riche et estimé ; il avait bâti un sanctuaire dédié à Thor où souvent il allait sacrifier ; ses cultures et ses vaches prospéraient. Lui et les siens ne devaient donc pas subir la colère des dieux ou des êtres de la terre. Et après tout, les monstres n'étaient pas inconnus, quoiqu'on les abandonne, d'habitude. Sous peu, la vie reprit son cours, sauf que l'amitié intime qui avait lié Gunnar et le roi Hring n'était plus. Le caractère malfaisant de la reine, à présent pire que jamais, avait poussé la plupart des hommes à se tenir le plus possible à l'écart du fort.

Gunnar et sa femme jugèrent bon de rester cois sur l'identité du père de leurs petits-enfants. Béra dit à tous qu'ils étaient les bâtards d'un vagabond rencontré dans la montagne où elle s'était perdue. Ce genre de choses était assez banal. Gracieuse, robuste, sûre d'apporter une dot importante, elle eut des prétendants, mais n'en élut aucun.

Les garçons poussèrent comme herbe dans un champ. Frodi l'Élan, ses sabots cliquetant, oscillait sur ses longues jambes et devait, pour marcher, aller très lentement. Courbé lorsqu'il courait, il distançait tout le monde, sauf son frère Thori Pieds de Chien, qui savait bondir comme se déplacer à pas feutrés. À mesure qu'il grandit, nul ne put lui résister tant à la lutte qu'au combat avec les armes d'exercice en bois.

Gigantesque, fruste, bourru, Frodi ne s'entendait qu'avec ses frères, garçons de la meilleure apparence. On ne pouvait guère les différencier que par leurs pieds. L'aîné des deux était le plus hargneux ; Bjarki avait un cœur d'or.

Néanmoins, à force de côtoyer les deux autres, il voyait leurs façons déteindre sur lui. Plus ils grandissaient, plus ils devenaient bruyants et turbulents. Quand ils jouaient avec les gamins du voisinage, ils se montraient sans cœur et obstinés ; plus d'un passa un mauvais quart d'heure entre leurs mains.

Le pire de tous, Frodi l'Élan était à douze ans aussi large et lourd qu'un adulte, et aurait été aussi grand si ses pattes ne l'avaient pas forcé à se courber. Il commença à fréquenter le clos du roi et à défier les gardes en combat singulier. Il en jeta certains au tapis de si vicieuse façon qu'ils en restèrent infirmes. Quand la rage le prenait, il déchirait de son sabot tranchant ou abattait son poing tel un marteau. Des hommes moururent.

Cela coûta à Gunnar plusieurs wergelds et conduisit à des échanges de dures paroles entre le grand-père et le petit-fils.

À la fin, Frodi alla voir Béra de sa lourde démarche et déclara qu'il souhaitait partir. « Je ne veux rien avoir à faire avec les gens des environs, grogna-t-il. Ce sont des poules mouillées qui se blessent dès qu'on les approche. »

Elle soupira et reconnut avec un sentiment de culpabilité que c'était de joie. « Cela vaudrait mieux. D'abord, pourtant, viens prendre ce que ton père t'a laissé. »

Ensemble, ils sortirent et gravirent la montagne. Béra n'y avait pas mis les pieds depuis la mort de Björn, écorché vif. Les herbes qui s'inclinaient sous la caresse du soleil, les fleurs qui s'agitaient au gré de la brise, les arbres qui murmuraient, le faucon qui planait haut parmi les nuages qui semblaient s'être détachés de ces neiges, là-bas, la grive qui brillait et le lièvre qui filait, aucun d'eux ne le lui rappelait. Une fois dans la caverne, ils découvrirent un coffre de bronze à trois serrures, superbe et d'un dessin non humain. Elle avait passé beaucoup de temps à apprendre à lire les runes. Celles gravées sur le coffre lui parlaient à présent. Quand elle les effleura, les serrures s'ouvrirent d'un seul coup. À l'intérieur, luisaient de magnifiques cottes de maille, de beaux atours, des bracelets d'or et des joyaux. Les runes disaient que Frodi l'Élan ne devrait pas en prendre beaucoup.

« Alors je prendrai ce qui me revient », ricana-t-il, et il voulut s'emparer d'un casque. Ses doigts glissèrent. Il ne put rien saisir qui ne lui soit destiné. « Bon, je gagnerai ce qui me revient, et que l'Enfer te prenne, *toi* ! » brama-t-il. Quelques larmes coulèrent-elles ?

Louchant sur des ombres au fond de la caverne, il vit luire l'acier et alla y voir de plus près. Fichées dans le granit qui formait la base de la roche plus douce étaient trois armes : une épée, belle et robuste, une grande hache de guerre et une courte dague à la lame incurvée. « Ah ! » s'écria-t-il, et il agrippa la garde de la première. Il eut beau tirer à en prendre une suée, il ne put la bouger, pas plus que la hache.

Frodi l'Élan dit alors : « Peut-être celui qui a placé ceci voulait-il qu'on traite les armes comme les autres biens ? » Il prit la dague par sa poignée et elle se libéra aussitôt.

Il l'examina un moment. « Celui qui a divisé le trésor en trois s'est montré bien injuste. » Hurlant son ire, il abattit la dague à deux mains sur la montagne. Il ne la brisa pas, non, au contraire, elle tinta en taillant dans le granit.

Il l'examina davantage. Enfin, il dit : « Quelle importance que j'emporte cette arme troublante ? Nul doute qu'elle mord sans peine. »

Il se retourna, s'empara du reste de ce qui lui revenait et galopa vers le lointain. Il ne dit pas au revoir à sa mère, et elle ne le revit jamais.

La nouvelle n'arriva que plusieurs mois plus tard. Frodi l'Élan s'était établi dans le Keel, une région sauvage qu'une seule route traversait. Il avait bâti sa hutte et vivait désormais en ruffian. Il fallait, pour le décourager, plus de quelques hommes. Si le groupe de voyageurs était réduit, il dérobait leurs biens ; s'ils résistaient, il les laissait morts ou meurtris.

Le roi Hring l'apprit et se dit qu'il distinguait bien quelle sorcellerie se cachait là-dessous. Toutefois, il se borna à dire qu'il ne croyait pas de son devoir d'assurer la sécurité d'une route de commerce menant en Gothie.

Leur frère parti, Thori Pieds de Chien et Bjarki adoptèrent une meilleure attitude. Mais ils ne tenaient toujours pas en place et, au bout de trois ans, Thori demanda à sa mère la permission de s'en aller.

Elle l'emmena voir la caverne et les objets qui lui étaient destinés. Sa part fut plus importante. Il essaya aussi de tirer la belle épée, et il échoua aussi. La hache se nicha dans sa main et c'était là une arme solide. Il se prépara, salua sa mère et ses grands-parents, et prit à cheval la direction de l'est.

Les trois frères étaient fins chasseurs. Quand Thori devina des traces trop légères pour d'autres yeux et qui quittaient la route de Gothie, il les suivit. Au sommet d'un promontoire rocheux ombré par des sapins, il trouva une hutte de rondins au toit de mottes. Il rentra l'unique chaise à l'intérieur et rabattit son chapeau sur ses yeux. Vers le soir, un énorme fracas de sabots retentit, le sol de terre battue frémit sous une lourde masse et Frodi l'Élan arriva, sept pieds de haut et une largeur plus que comparable. Il lança un regard furieux à ce nouveau venu qu'il discernait mal dans la pénombre, tira sa dague et scanda :

La dague qui sourit
sort du fourreau ;
elle se rappelle
l'œuvre de Hild.

Hild est une Walkyrie, son œuvre la guerre et le massacre. Frodi planta sa lame dans un banc, écuma et gronda.

Thori prit la parole :

Je peux aussi
laisser ma hache
chanter pour toi
pareil refrain.

Et il découvrit son visage. Frodi, à sa façon bourrue, fut ravi de le voir, ayant si longtemps vécu sans amitié. Il le pria de rester et lui offrit la moitié du butin déjà amassé.

Thori répondit qu'il n'en voulait pas. Il resta quelques jours, puis dit qu'il allait bientôt repartir.

Frodi l'Élan soupira. « Je ne suis pas une femme pour te retenir, n'est-ce pas ? À peine une partie d'homme. Comme tu voudras, frère. Entends mon conseil, cependant… Car je reçois quelques nouvelles de ceux que j'assaille mais que j'épargne. Continue jusqu'en Gothie. Sur les berges du lac Vener vivent les Götar de l'ouest qui paient tribut au grand roi Bjovulf. Leur propre roi est mort et ils ont appelé à une assemblée pour le solstice d'été afin d'en choisir un nouveau. Voici comment ils procèdent. Ils placent au beau milieu du site de la Thing un fauteuil d'un genre tel que deux hommes ordinaires ne le peuvent remplir ; et celui qui peut s'y asseoir tout à son aise sans laisser de place pour un autre, celui-là est le roi. Je pense que tu as déjà la bonne stature.

— Étrange coutume. »

Frodi éclata de rire. « Pour moi, cela a autant de bon sens que tout ce que font les hommes. Ainsi, ils obtiennent soit un géant qui les mène droit à la victoire, soit un bonhomme trop gros pour vouloir guerroyer.

— On prétend que Bjovulf est un bon suzerain. Je te remercie d'avoir si bien agi à mon encontre.

— J'aurais voulu... pouvoir faire davantage... oh ! va-t'en donc, si tu le dois ! » Frodi détourna sa tête grossière.

Thori se rendit donc chez les Götar de l'ouest, où un jarl le reçut bien. On admira sa force et sa beauté. Quand la Thing se tint, l'homme de loi estima qu'il convenait le mieux du monde, et en conséquence les francs tenanciers l'acclamèrent et le proclamèrent roi.

Nombreux sont les contes qui évoquent le roi Thori Pieds de Chien. Il s'attira de nombreuses amitiés, parmi lesquelles celle du jarl dont il épousa la fille, et celle de son suzerain. Quand Bjovulf, bien plus tard, tomba lors d'un combat contre un dragon, le désordre se répandit chez les Götar. Thori soutint Vigleik que le vieux roi avait voulu pour successeur et remporta la victoire dans la plupart des batailles.

Pendant ce temps, Bjarki était resté chez lui. Trois années avaient encore passé.

Sa mère se plaisait en sa compagnie. Il était bon,

généreux, mais demeurait intrépide à la chasse et dans tous les sports de casse-cou. S'il ne luttait plus, ne courait plus, ne se mesurait plus par jeu avec ses compagnons, c'était parce que personne n'avait la moindre chance contre lui et que tout le monde le savait. Il dominait le plus grand d'une bonne tête. Il était si large et si épais qu'il ne paraissait pas si gigantesque vu de loin ; pourtant, il distançait chevaux et cerfs sans même s'essouffler et sa souplesse était celle d'un brin d'osier. De stature comme de figure, il sortait du même moule que son frère Thori : beau, avec ses épais sourcils, son nez épaté, ses taches de son, ses cheveux roux et ses yeux bleus comme le feu. Mais il ne gambadait pas ainsi qu'un chien, non ; il marchait à grands pas, tel un homme

Joyeux, au début, il finit par broyer du noir à son tour. Béra l'observa avec un désarroi grandissant, aussi ne fut-elle pas stupéfaite lorsque enfin il la pria de venir marcher seule avec lui dans la forêt. Là, il lui demanda qui était son père. Il avait peu à peu grignoté le fil blanc de son conte et refusait qu'on lui en couse un nouveau.

Dans un mélange de crainte et de joie, elle lui dit Björn et elle, et la façon dont la belle-mère de son aimé l'avait perdu.

Bjarki claqua sa paume contre son poing, et des oiseaux s'envolèrent de leurs branches. « Cette trolle mérite une belle récompense ! s'écria-t-il.

— Prends garde à elle », le supplia sa mère. Elle lui apprit comment elle avait été forcée de manger de la chair de l'ours. « Et cela a fait effet sur tes frères, Thori et Frodi. »

Bjarki dit entre ses dents : « J'aurais cru que Frodi

aurait d'autres ambitions pour venger notre père que d'amasser un trésor à voler et tuer des innocents. Quant à Thori, étrange qu'il soit parti sans donner son bon souvenir à cette vieille harpie.

— Ils ne savaient rien, murmura Béra.

— Bien. » Bjarki eut un rictus de loup. « Mieux vaut que je règle nos comptes avec elle au nom de tous. »

Elle le mit en garde contre la sorcellerie de Hvit. Il promit qu'il ferait attention et passa quelque temps à se préparer.

Le grand-père Gunnar était affaibli par l'âge. Bjarki et sa mère se rendirent donc seuls, par les bois, au fort de Hring. Ils trouvèrent le clos mal tenu : la peinture s'écaillait sur les murs, les mauvaises herbes poussaient à foison dans la cour et il n'y avait guère de gens alentour, hormis quelques gardes et serviteurs dépenaillés. Ils ne rencontrèrent aucun obstacle pour parler au roi dans une pièce sise sur la droite du fort. Il avait mal vieilli, aussi. Contrairement au franc tenancier, il ne lui restait nulle morgue ; ses mains tremblaient sans répit.

Béra s'avança, son fils derrière elle, et lui raconta toute l'histoire. En guise de preuve, elle possédait l'anneau pris sur l'ours mort.

Le roi le retourna entre ses doigts crayeux, l'examina de ses pauvres yeux larmoyants et chevrota : « Oui, oui, oui, je le reconnais, je l'avais donné à mon petit Björn et... et... oh ! je m'en doutais, je n'étais pas aveugle, mais je me suis tu, car... car je l'aime tant, elle. »

La jeune voix profonde de Bjarki roula sous les chevrons. « À présent, qu'elle parte, ou je me vengerai. »

Frissonnant, bien que la journée soit d'une clarté estivale, Hring le supplia. Il rembourserait avec des biens, promit-il, avec de l'or, toutes sortes de richesses, amoncelées aussi haut que l'on voudrait, pourvu que cette affaire repose en paix. Il donnerait à son petit-fils un comté à gouverner, oui, et le titre de jarl sur-le-champ, et toutes les hautes terres sur lesquelles régner une fois lui, Hring, parti, ce qui ne saurait tarder. Hvit ne lui avait pas donné d'enfant. Mais, oh ! qu'elle vive…

« Je n'en éprouve pas la moindre envie, dit Bjarki, surtout s'il me fallait appeler ce démon ma reine — et vous, vous êtes trop ferré pour gouverner de bon droit votre royaume et vos esprits. Jamais la meurtrière de mon père ne sera bien reçue sur les hautes terres ! »

Hring s'affala et parut se déliter. Il aurait pu appeler les gardes. Savait-il que Bjarki, qui avait vaincu chacun d'entre eux par jeu, se serait ouvert un chemin dans le rempart de boucliers qu'ils auraient pu dresser ? Ou craignait-il qu'ils se détournent de cette reine qu'ils haïssaient ? Dans sa jeunesse impitoyable, Bjarki traversa la cour et arracha la porte de la chaumière des dames.

Servantes et suivantes poussèrent des hurlements et prirent la fuite comme une volée de moineaux. Hvit s'accroupit en crachant devant lui. Il distingua un visage hagard qui cachait une âme plus affamée qu'aucune chair ne le serait jamais ; mais déjà il lui fourrait la tête dans un sac en peau de phoque dont il serra les cordelettes à l'étouffer.

Aveuglée, elle ne pouvait plus user de ses sortilèges sur lui. Elle le griffa et il entendit sa voix assourdie : « Ah, je te reconnais, je te reconnais et je dis que l'heure viendra où une autre sorcière sera ton fléau… »

Il la gifla. La tête encapuchonnée craqua en partant de côté. La femme tomba. « Pour mon père ! » hurla-t-il en la remettant debout. Et, coup après coup : « Pour ma mère ! Pour Frodi l'Élan ! Pour Thori Pieds de Chien ! » Quand elle fut morte, il lui lia les chevilles et la traîna par terre afin que chacun puisse la voir. Après, de peur qu'elle ne se relève, il lui coupa la tête et la brûla.

Ainsi mourut Hvit, fille du roi des Finnois, séparée de sa terre natale par des lieues et des années de distance. Dans la maison du roi, on dit que sa fin n'avait pas été trop dure.

Plus tard, Béra montra la grotte à Bjarki. Il prit le reliquat des trésors, soit la plus grande part ; et, pour lui, l'épée quitta le rocher sans effort.

Les runes gravées sur sa lame disaient qu'elle se nommait Lövi et figurait parmi les meilleures armes, car elle n'avait pas été forgée de main d'homme. Elle ne devait jamais être soumise à personne, ni posée sur sa poignée ; il n'était pas nécessaire de l'affûter plus de trois fois durant la vie de son propriétaire. Une fois tirée, elle donnait la mort, du premier coup. Sur le conseil de sa mère, qui se souvenait des elfes, Bjarki lui fabriqua un fourreau en écorce de bouleau.

Le vieux roi Hring ne survécut guère à sa femme. Quand il tomba malade pour mourir, les hommes acclamèrent Bjarki comme son successeur.

Il gouverna trois ans et soigna bien le mal qu'avait fait la reine sorcière. Mais, tout comme ses frères avant lui, il ne put tenir en place. Les hautes terres n'étaient pas un endroit pour un jeune homme tel que lui. Il y avait là de hautes montagnes giboyeuses, mais c'était tout. Les hommes se racornissaient dans leurs fermes disséminées. Au mieux ils partaient comme marchands ou vikings. Pourquoi ne pas chercher ailleurs ce que cette contrée ne pourrait jamais offrir ?

Il se soucia tout d'abord du bien-être de sa mère. Le jarl Valsfeif était veuf, et Béra en était venue à apprécier cet homme important. Bjarki les maria et aida à conduire le futur marié à la promise. Puis il convoqua une Thing, dit aux gens réunis qu'il les quittait et leur fit choisir un nouveau roi.

Enfin, il se trouva libre de prendre sa monture et de partir.

Son cheval était de taille à le porter ; il ne voulut pas d'autre compagnie. Il laissa quantité d'or et d'argent, mais se munit d'armes et de vêtements en abondance.

Il chevaucha, donc, et soudain, après cette longue période, il put laisser éclater sa joie. Tout là-haut dans le ciel, les alouettes l'entendirent chanter.

On ne sait rien de son voyage avant qu'il ne parvienne, comme Thori avant lui, devant le repaire de Frodi l'Élan. Il mena son cheval dans la partie de la maison qui tenait lieu d'étable et s'installa. Il reconnut certains des objets qu'il vit entassés dans le trésor — car semblables à ceux qu'il avait pris dans le coffre des elfes — et se sentit le droit d'utiliser ce dont il eut besoin.

À la tombée du soir, Frodi rentra chez lui et regarda de travers le nouveau venu assis sur sa chaise, chapeau baissé pour masquer son visage. Mais même pour lui, l'invité restait l'invité, et donc sacré. Il mena son propre cheval à l'étable, et découvrit qu'il ne s'entendait pas avec l'autre.

Se retournant, il dit : « Eh bien, c'est un froussard et un beau malotru, celui qui ose s'asseoir ainsi sans permission. »

Bjarki garda son chapeau baissé et ne répondit pas.

Cherchant à l'effrayer pour qu'il s'en aille, Frodi tira sa dague du fourreau, si vite qu'elle hurla, et ce par deux fois. Bjarki n'y prit pas garde.

Le voleur tira sa lame une troisième fois et se rua dans la maison. Bjarki avait beau être gigantesque, Frodi l'Élan le surpassait en taille comme en poids. Mais l'invité resta assis tout tranquille. Frodi grogna et bava. « Aimerais-tu lutter ? » parvint-il à dire. Il avait l'intention, à ce jeu, de briser le cou de l'inconnu et de pouvoir ainsi le jeter dehors.

Bjarki éclata de rire, sauta sur ses pieds et saisit Frodi par la taille, couverte de poils rudes. Rude fut le combat, aussi, et les prises et les piétinements ébranlèrent les murs.

Le chapeau roula à terre. Frodi reconnut son frère, lâcha prise et jeta d'une voix âpre : « Bienvenue, parent ! Pourquoi ne disais-tu rien ? Nous avons lutté trop longtemps.

— Oh, inutile d'arrêter si tôt ! » répondit Bjarki, malgré son souffle court et ses habits collés par la sueur.

Frodi l'Élan se rembrunit. « Tu n'aurais pas eu beaucoup de chances si nous nous étions vraiment battus, grommela-t-il. Je ne peux que me réjouir de m'être aperçu à temps de… Viens. » Il serra son frère dans ses bras ; son odeur d'homme des bois emplit les narines de Bjarki. « Buvons, mangeons, et, oh ! oui, raconte-moi tout ! »

Bjarki s'attarda quelques jours. Quand ils n'allaient

pas à la chasse, ils parlaient. Frodi lui proposa de rester ici et de partager sa fortune. Bjarki refusa ; il n'aimait pas l'idée de tuer pour gagner son bien.

Frodi soupira dans la pénombre éclaircie par le feu. « J'ai fait grâce aux petits et aux faibles.

— Je me réjouis de l'entendre, répondit Bjarki. Pourtant, il vaudrait mieux que tu laisses chacun passer son chemin en paix, même si tu comptes y gagner en le trucidant.

— Mon sort est funeste à bien des égards. » Frodi l'Élan laissa passer un temps avant d'ajouter : « Quant à toi, ma foi, je sais un peu de ce qui se passe dans le monde, en dépit de ma solitude. Les voyageurs et… d'autres… me le rapportent. Si tu cherches richesse et renom, va donc voir le roi Hrolf de Danemark. Les meilleurs guerriers le rejoignent, car c'est le plus hardi, le plus sage, le plus précieux et le plus magnifique des rois des pays du nord. »

Il lui fallut en dire bien plus avant que Bjarki n'opine.

Le lendemain matin, Frodi accompagna son frère sur une courte distance, faisant de son mieux pour parler, à sa façon maladroite. Enfin, ils durent se saluer. Bjarki descendit de cheval pour qu'ils se serrent la main sur un pied d'égalité. Frodi le poussa fort et il recula en trébuchant. Un sourire erra sur les lèvres épaisses du voleur. « Tu ne sembles pas aussi fort que tu devrais l'être », dit-il.

Tirant son couteau, il entailla sa cuisse d'élan. « Bois ce sang », intima-t-il, désignant le fluide qui sourdait. Comme dans un rêve, Bjarki s'agenouilla, but. « Lève-toi », ordonna Frodi. Une fois Bjarki debout, il le poussa de nouveau. Cette fois, l'homme, son cadet d'une heure, resta campé dans ses empreintes de pied.

« Je crois que ce breuvage t'a profité, dit Frodi. À présent, tu devrais surpasser la plupart des hommes, comme je te le souhaite de tout mon cœur. »

Il enfouit son pied dans le talus à côté de lui, creusa parmi les fougères et la terre jusqu'au roc, jusqu'à ce que le sabot disparaisse complètement. Le retirant, il dit : « Chaque jour, je viendrai à cette trace et je regarderai dedans. Si tu meurs de maladie, il y aura du moisi, et de l'eau si tu te noies en mer. Mais si tu succombes par le fer, il y aura du sang, et alors je viendrai te venger… toi qui m'es le plus cher d'entre tous les hommes. »

Et Frodi s'en fut sur la route sauvage.

Bjarki se secoua pour se libérer de son chagrin et repartit à cheval. Il ne lui arriva rien qui vaille la peine d'être raconté avant qu'il ne traverse les prairies du lac Vener. Thori Pieds de Chien était à la guerre ou à la chasse, on ne sait. On s'étonna de le voir rentrer seul — car, chaussé et monté, il ressemblait trait pour trait à Bjarki.

Incertain de la conduite à tenir, ce dernier jugea préférable de jouer la comédie jusqu'à ce qu'il puisse découvrir ce qu'il advenait. Il se laissa emmener au fort du roi, servir sur le trône et, la nuit venue, conduire au lit par la reine.

Quand ils se retrouvèrent seuls, Bjarki lui dit : « Je ne dormirai pas sous la même couverture. » Elle le regarda, bouche bée, mais il lui exposa la situation. À ce moment, elle aussi trouva plus sage de simuler ; il pouvait y avoir une sorcière ou une Norne là-dessous.

On en resta là pendant un certain temps. Et s'ils ne furent pas amants, Bjarki et la reine devinrent amis.

Quand Thori finit par rentrer chez lui et qu'il y retrouva son frère, ce fut un véritable spectacle d'embrassades. Une fois au courant de l'histoire, le roi déclara qu'il n'y avait pas d'autre homme au monde auquel il aurait fait confiance pour dormir aux côtés de sa femme. Il voulut que son frère reste avec lui pour tout partager.

Bjarki répondit que telle n'était pas sa volonté.

Thori lui offrit des hommes pour le suivre où qu'il aille. Bjarki refusa de même. « Je suis en route pour aller voir le roi Hrolf de Danemark, afin de découvrir si tout ce que l'on m'a rapporté est vrai, à savoir que l'on gagne plus comme un de ses hommes que comme roi ailleurs.

— Possible », dit Thori. Sèchement : « Mais je resterai là où je suis. » Et, avec gravité : « Souviens-toi, les oiseaux qui volent le plus haut sont les plus vulnérables au faucon.

— Mieux vaut cela que d'être une taupe », répliqua Bjarki.

Thori commença de répondre, mais se contint. Pour leurs adieux, il accompagna son frère sur quelque distance. Ils se séparèrent bons amis, même si chacun garda ses opinions par-devers soi.

Une fois encore, il y a peu à dire, sauf que Bjarki parvint au Sund, paya sa traversée et, enfin, n'eut plus beaucoup de chemin à parcourir pour atteindre Leidhra.

IV

L'automne venu, chaque jour était plus court et plus froid que le précédent. Alors que Bjarki approchait de la fin de son voyage, la pluie tomba de l'aube jusqu'au crépuscule sans donner la moindre impression de vouloir cesser. Dans son impatience, il poursuivit son chemin malgré tout et, au soir, se retrouva, trempé jusqu'aux os, sur une lande déserte. Son cheval, sous lui, semblait rudement las, qui glissait dans la boue où il enfonçait jusqu'aux fanons. Le déluge glacial faisait toujours rage, dans une obscurité qui s'épaississait à chaque instant. Finalement, Bjarki perdit son chemin.

Un peu plus tard, sa bête broncha devant ce qui semblait un monticule. Bjarki sauta à terre, avança à tâtons et comprit qu'il y avait là une maison, une de ces pauvres masures en tourbe et en gazon qui recouvrent une fosse creusée dans la terre. Le trou d'aération était recouvert, mais de la lumière rougeoyait par les interstices autour de la porte. Il frappa.

Un homme entrouvrit l'huis. En haillons, grisonnant, il tenait une serpe. Le Norvégien se demanda ce qu'il aurait pu y avoir dans ce trou pour attirer les voleurs. Même la femme n'était pas bien fameuse à contempler à la lueur de la lampe en argile sur laquelle elle se penchait, en quête de chaleur.

« Bonsoir ; dit Bjarki. Puis-je m'abriter ici pour la nuit ? »

Le fermier, dont la gorge s'était serrée lorsqu'il

avait vu sa taille, parut soulagé et répondit : « Oui. Je ne te renverrais pas par ce temps pourri et dans cette obscurité, bien que je devine à t'entendre que tu es étranger. » Il aida Bjarki à déharnacher puis à attacher son cheval, qui dut demeurer dehors, car il n'y avait plus de place dans l'étable abritant une seule vache. Bjarki se vit attribuer une cape élimée dans laquelle se draper après avoir ôté ses habits détrempés, une assiette de racines et de biscuit et une place sur les joncs où s'étendre dans cette pénombre malodorante. Tout le monde s'endormit bientôt.

Au matin, la femme, Gydha, lui donna la même nourriture pour tout déjeuner : ils n'en avaient pas d'autre. Tandis que Bjarki se restaurait, Eilif, l'homme, lui réclama les nouvelles. À son tour, Bjarki s'enquit du roi Hrolf, de ses guerriers, et demanda s'il lui restait une longue route à parcourir pour les rejoindre.

« Non, dit Eilif, juste une courte distance. Tu vas là-bas ?

— Oui, telle est mon idée. Je veux voir s'il me prendra dans sa maison.

— Cela te conviendrait bien, oui, oui, approuva le fermier, à voir ta taille et ta force. » Sa voix semblait pleine d'une étrange tristesse ; soudain, Gydha fondit en larmes.

« Qu'y a-t-il, pourquoi pleures-tu, bonne femme ? voulut savoir Bjarki.

— Mon homme et moi… nous avons un seul fils, dit-elle en sanglotant. Nous l'avions appelé Hott. C'était une vie trop misérable pour lui, ici, et l'an dernier, quand on a perdu notre troupeau… Eilif et moi pouvions à peine subsister sur ce qui restait…

Alors Hott est parti à la forteresse du roi pour voir s'il pouvait trouver du travail — et ils l'ont pris comme aide-cuisinier, mais... » Elle dut s'interrompre pour dominer son chagrin. « Les hommes du roi se moquent de lui. Il doit aider au service et... quand ils s'assoient à table, dès qu'ils ont mangé toute la viande sur un os, ils le lui jettent... et s'il le reçoit, il est meurtri, il ne sait pas s'il va vivre ou mourir, mais où pourrait-il aller ? » Elle se pencha en avant dans la pénombre de la hutte et dit d'une voix plus ferme : « Comme récompense pour t'avoir abrité, je te demande de ne lui jeter que de petits os, pas des gros, s'ils ne l'ont pas déjà expédié en enfer.

— Je serai heureux d'agir comme vous le souhaitez, mais je trouve inhumain de jeter des ordures à quiconque et de mal se comporter à l'égard des enfants et des faibles.

— Alors tu es bon, dit la femme en prenant ses mains dans ses doigts usés, car tu parais très fort. Mon Hott ne pourrait jamais endurer tes coups. »

Bjarki salua le vieux couple et chevaucha en suivant le chemin qu'ils lui avaient indiqué. La pluie avait cessé. Sous le ciel aveuglant, le soleil étincelait sur les flaques dans la terre brune et sur les branches mouillées où quelques feuilles flamboyaient encore. Les étourneaux passaient en volées, des rouges-gorges sautillaient dans les champs et des courlis sifflaient gaiement dans une brise humide. Bjarki n'y prenait pas garde. Il avait le front maussade. Il ne s'était pas attendu à trouver les hommes du roi se comportant comme des trolls.

Landes et marais firent place à une contrée plus riche où abondaient les fermettes et où les bestiaux couleur de rouille s'assoupissaient derrière leurs barrières. Beaucoup de gens allaient et venaient. Bjarki s'arrêta pour se renseigner. Des pucelles sourirent au géant aux cheveux roux, mais il n'était pas d'humeur, ce jour-là. Les questions qu'il posait avec son accent épais des hautes terres avaient trait au roi Hrolf et à la maison royale.

Oui, répondit un franc tenancier, c'était un bon roi, un roi sage, juste et qui savait user de la force pour repousser les vagabonds étrangers ou traquer les hors-la-loi et les pendre… Eh bien, oui, ses troupes étaient indisciplinées ; il aurait dû les contenir, mais sans doute avait-il trop de choses en tête… Cet été, il était absent. Deux ans plus tôt, il avait soumis le roi Hjörvardh de Fionie et (ah !) mis sa sœur sous ledit Hjörvardh. Protégé sur ses arrières et avec toutes les îles à sa botte, il visait maintenant les royaumes jutes. Une fois ceux-là conquis de la même manière, un honnête homme pourrait labourer ses champs sans craindre d'attaque étrangère. Bien sûr, le roi devait d'abord reconnaître les rivages du Jutland. Il n'avait emmené que quelques bateaux avec lui cette saison. Les autres soldats étaient restés à Leidhra et, oui, dans leur oisiveté se prenaient pour davantage qu'ils n'étaient… Le roi n'allait plus tarder ; les tempêtes d'automne approchaient. Peut-être était-il déjà revenu. Un franc tenancier ne savait pas ces choses-là. Les francs tenanciers avaient leur travail… l'abattage, et ainsi de suite. Que les grands s'occupent de leurs affaires, hein ?

Bjarki suivit le ruisseau. Dans l'après-midi, Leidhra se dressa devant lui.

À cette époque de l'année, comme on voyageait

peu, la forteresse était paisible derrière sa palissade, portes ouvertes laissées sans surveillance. On voyait en abondance femmes, enfants, esclaves et artisans, mais de guerriers, point. Bjarki supposa qu'ils étaient à la chasse, ou ailleurs… Son cheval le mena par des passages boueux jusqu'aux murs escarpés, en bois richement ouvré, du fort royal. Les pavés de la cour sonnèrent sous ses sabots. Bjarki mit pied à terre devant les écuries. « Mets le mien près du meilleur coursier du roi, dit-il à un palefrenier, donne-lui de l'avoine et de l'eau, étrille-le et range mon harnachement dans un coin propre jusqu'à ce que je l'envoie quérir. » L'homme le regarda s'éloigner, ébahi.

Vêtu d'habits coûteux, son couteau et son épée Lövi à la ceinture, Bjarki pénétra sans se presser dans la grande salle du fort. Même si elle lui parut enfumée et obscure lorsqu'il entra, après la clarté du ciel bleu, il la vit plus ensoleillée et mieux aérée qu'il l'aurait imaginé. Des boucliers éclatants, de longues cornes, de belles peaux, des appliques de bougies et des lambris en bois de bouleau tapissaient les murs. Les dessins des panneaux et des piliers représentaient des bêtes, des pampres et des héros ; il ne vit aucun dieu. Les montants du trône montraient Skjold et Gefion. Quelques travailleurs passaient, piétinant les rameaux de genévrier qui répandaient leur fraîcheur dans l'atmosphère ; quelques chiens dormaient. Autrement, la salle semblait vide. Le Norvégien s'assit sur un banc près de la porte et attendit qu'il se passe quelque chose.

Il perçut bientôt un bruit de ferraille dans un coin éloigné. Ses yeux s'étant habitués à la pénombre, il distingua un tas d'os là-bas. Une main venait d'émerger au sommet. Bjarki se leva et s'approcha à grands pas. La main, vit-il, était noire de crasse. Il fronça le nez devant l'odeur de viande pourrie qui stagnait. « Qui est là-dessous ? » appela-t-il.

Une voix de jeune garçon, grêle, effrayée, répondit. « Je… je… je m'appelle Hott, mon bon seigneur.

— Que fabriques-tu ?

— Je me b-bâtis un rempart de b-boucliers, seigneur…

— Un rempart ? Affligeant. » Bjarki tendit la main, trouva un bras et, à grand fracas, tira le garçon accroupi derrière la pile de boucliers.

Une forme maigrichonne frémissait, impuissante, sous la poigne du géant. La voix geignit : « Vous allez me tuer ! Ne faites pas ça, pas maintenant que j'ai tout bien arrangé ! Vous avez renversé mon rempart… »

Bjarki le détailla. Hott devait avoir quinze ans. Sa grande taille n'égalait que sa maigreur pitoyable. Ses cheveux étaient si emmêlés et si graisseux que l'on avait peine à voir qu'ils étaient blonds ; son visage ne semblait qu'un nez pointu et deux yeux immenses ; il tremblait dans sa tunique. « Je le dressais autour de moi pour me garder des os que vous me lancerez, gémit-il. Il était presque f-fini.

— Tu n'en auras plus besoin. »

Hott se ratatina. « Vous voulez… me tuer… tout de suite, seigneur ?

— Ne pleurniche pas si fort », dit Bjarki. Il dut lui donner une ou deux calottes avant que l'affamé ne se calme. Il prit dans ses bras le corps que la terreur rendait flasque et le porta dehors. Il y avait non loin de là une porte dans la palissade. À quelque distance, le ruisseau s'évasait pour former un bassin. Nul ne remarqua leur passage.

Bjarki dépouilla le garçon de ses hardes souillées, le jeta dans le bassin et l'étrilla jusqu'à ce qu'il ressorte plus rouge et plus propre qu'un homard bouilli. Puis il se releva, désigna la tunique du pouce et lança : « Lave ce chiffon. »

Hott obéit et le suivit tout en s'égouttant lorsqu'il regagna le fort. Bjarki reprit sa place sur le banc. Il assit le garçon à côté de lui. Hott ne pouvait aligner deux mots cohérents. Il frissonnait de tous ses membres, bien qu'il se rende compte, dans la brume de sa terreur, que l'étranger voulait l'aider.

La nuit vint. Les guerriers du roi commencèrent à rentrer, nonchalants. Ils virent le nouveau venu et le saluèrent, car la maisonnée se targuait de son sens de l'hospitalité. L'un d'eux lui demanda pourquoi il était là. « Je compte me joindre à votre troupe, si le roi m'accepte, répondit le Norvégien.

— Tu as de la chance, dit le garde, il est rentré ce soir. Comme il est fatigué, il dîne dans sa tour avec quelques bons amis. Tu le verras demain et je ne doute pas qu'il engagera un homme robuste comme toi. » Il lorgna du côté de Hott qui tremblait. « Écarte ce gnard d'un bon coup de pied, avisa-t-il. Tu es bien imprudent de permettre à ce… à cette chose… de s'asseoir avec les hommes. »

Bjarki lui jeta un regard noir. Le garde pesa sa corpulence, élut de ne pas insister et s'éloigna d'un air plastronneur. Hott se leva. Bjarki abattit sa main sur son poignet. « Reste là.

— M-mais ils me tueront pour sûr, dès qu'ils seront saouls si jamais.. j'ose m'asseoir ici, sanglota le gringalet. Je dois m-m-m'en aller et… laissez-moi reconstruire mon rempart de boucliers !

— Reste là », répéta Bjarki. Et il laissa sa main sur son poignet. Autant pour Hott essayer de déplacer une montagne.

Les feux sacrés furent regarnis, la table dressée sur ses tréteaux, la nourriture entassée sur les tranchoirs et les cornes remplies. Bjarki et Hott restèrent assis, seuls, aucun homme ne voulant de cet objet de mépris pour voisin de banc. Plus ils buvaient, plus ils lui lançaient des regards furieux, tout comme les serviteurs qu'il était censé aider.

À la longue, les guerriers se mirent à jeter des osselets dans sa direction. Bjarki fit mine de les ignorer. Hott était trop terrorisé pour prendre ni viande ni hydromel. Bjarki, qui pouvait désormais le lâcher puisqu'il n'oserait pas se risquer à découvert, mangea et but pour deux.

Dominant le crépitement des feux, le murmure des voix augmenta de plus en plus. Les chiens aboyaient et grognaient dans l'atmosphère enfumée. Soudain un reflet rouge brilla sur un énorme fémur projeté à travers la salle. Un os pareil pouvait tuer.

Bjarki l'attrapa en plein vol, à quelques pouces du crâne de Hott qui hurlait déjà, se leva, visa celui qui l'avait lancé et le lui renvoya. L'os alla droit à la tête de l'homme. Il y eut un *crac !* et le garde tomba raide mort.

Un cri de rage emplit la salle. Les hommes empoignèrent leurs armes et se ruèrent sur Bjarki qui poussa Hott derrière lui. Il ne tira pas son épée Lövi, mais laissa sa main sur sa poignée, étendit de son poing les premiers assaillants et tonna qu'il voulait voir le roi.

On prévint Hrolf dans sa chambre de la tour. C'était une grande pièce aux murs revêtus de panneaux en bois divers, qui s'ouvrait sur une galerie surplombant la cour, et meublée avec moins d'ostentation qu'on n'aurait pu en attendre d'un aussi riche seigneur. Ayant mangé, il était assis à boire et à bavarder tranquillement avec Svipdag, Hvitserk, Beigadh et certains de ceux qui l'avaient accompagné dans l'expédition estivale.

Deux soldats haletants toquèrent à la porte et dirent qu'un guerrier bâti comme un ours, à peine arrivé au fort, avait tué l'un des leurs. Devaient-ils le pourfendre sans jugement ?

Hrolf lissa sa barbe courte d'un or cuivré. « A-t-il tué cet homme sans motif ? demanda-t-il.

— Oui… oui, pour ainsi dire », répondit le rapporteur.

Du même ton léger, le roi Hrolf s'enquit de ce qui s'était passé exactement. La pleine vérité surgit.

Alors il s'assit droit sur son banc, l'hiver envahit ses yeux et ils se souvinrent que cet homme petit, à la voix douce, était le fils d'Helgi l'Intrépide. « Vous n'avez pas ma permission, en aucune façon. » Ils tressaillaient davantage à chaque mot. « Ici, vous avez cru bon de vous livrer à cette vile habitude de jeter des os sur des innocents. C'est un déshonneur pour moi, et pour vous la pire des hontes. Souvent, je vous ai réprimandés, mais vous n'en avez tenu aucun compte. Par la tête coupée de Mimir, il est plus que temps de vous donner une bonne leçon ! Amenez-moi cet homme ! »

Entouré d'acier hérissé, Bjarki entra. Il ne paraissait pas décontenancé le moins du monde. « Salut, seigneur », lança-t-il fièrement.

Hrolf le considéra un moment. « Quel est ton nom ?

— Vos gardes m'appellent Bouclier de Hott, dit le Norvégien en riant, mais je m'appelle Bjarki, fils de Bjorn qui était fils du roi des hautes terres.

— Qu'estimes-tu me devoir pour le partisan que tu as tué ?

— Rien, seigneur. Il est mort par sa faute.

— Hum ! *Moi*, je dois m'entendre avec sa famille.. Bon, veux-tu devenir l'un de mes hommes et prendre sa place ?

— Je ne refuse pas, seigneur. Toutefois, Hott et moi, nous ne devons pas nous retrouver séparés et nous devrons aussi nous asseoir plus près de vous que l'autre bonhomme. Sinon, nous partirons. »

Le roi fronça les sourcils. « Je ne vois pas ce qu'il y a à gagner avec Hott », dit-il. Après avoir examiné une nouvelle fois le visage sur lequel il levait les yeux, il concéda : « Mais il peut toujours manger ici. »

Bjarki prêta aussitôt serment sur l'épée Skofnung. Nul ne voulut rabaisser une telle circonstance en demandant à Hott de l'imiter. Le Norvégien revint dans la grande salle, fit signe au jeune garçon de le suivre et chercha une place assise. Il ne choisit ni la meilleure, ni la pire non plus. Parvenu plus près du trône royal qu'on n'avait projeté de l'installer, il jeta trois dormeurs à bas de leur banc et s'assit là avec Hott. Sous les injures, il haussa les épaules. « J'ai vu les bonnes manières que l'on pratique ici. » Le roi Hrolf s'adressa à ses hommes dans le même esprit, ajoutant qu'ils ne pouvaient guère se plaindre de se voir malmenés à leur tour.

Bjarki et Hott demeurèrent ainsi quelques semaines au fort. Nul n'osa tenter quoi que ce soit à leur encontre et, peu à peu, le garçon prit du poids et cessa de tressaillir à tout propos. Mais nul, non plus, ne devint leur ami.

V

À l'approche de Noël, les gens paraissaient de plus en plus apeurés. Bjarki demanda à Hott d'où cela venait.

Hott frissonna. « De la bête.

— Arrête de claquer des dents. Parle comme un homme. »

L'histoire se dévida, heurtée. « Depuis deux hivers, à cette époque de l'année, une grande et horrible bête vient ici, une créature ailée, qui vole. Elle dévaste tout, elle massacre les troupeaux de bétail, la volaille ; nul ne construit plus d'étable pour abriter le peu qu'il gardera peut-être. C'est elle qui a fait la ruine de mes parents et m'a envoyé ici.

— Ce fort n'est pas aussi bien armé que je le croyais, si une seule bête met à mal en toute liberté le royaume et les possessions du roi.

— Les hommes ont essayé de la tuer, mais leurs armes ne mordent pas dans sa chair. Certains des meilleurs ne sont pas revenus. Ce n'est pas une bête, pas vraiment, croyons-nous. C'est un troll. » Hott jeta un coup d'œil alentour et approcha ses lèvres de l'oreille de Bjarki. « J'ai entendu Svipdag et ses frères se demander si elle n'était pas envoyée par la reine sorcière Skuld. On dit qu'au lac d'Odin, où l'on noie des esclaves pour honorer le Borgne, elle rumine son amertume d'avoir épousé un simple vassal, même roi. »

Apeuré à l'idée d'en dire davantage, il fila à son travail. Devenu le palefrenier du Norvégien, il le récurait aussi et jouait même le rôle de bonne à tout faire. Entre ses diverses tâches, il récoltait des bleus en s'exerçant à la pratique des armes, qu'il détestait et cherchait en vain à éviter.

La veille de Noël, on servit mal les sacrifices car nul n'osait quitter l'abri d'un toit après le coucher du soleil. Le banquet au fort fut lugubre. Le roi Hrolf se leva et dit : « Écoutez-moi ! Je veux que ce soir chacun reste silencieux et tranquille. Je défends d'attaquer ce démon. Qu'il tue des vaches si le sort en décide ainsi ; mais je ne veux plus perdre un seul d'entre vous.

— Oui, sire, oui, oui », répondirent des voix soulagées. Bjarki, qui se tint coi sur son banc, passa inaperçu.

Les feux crachotèrent en diminuant. Le roi se rendit dans sa tour avec son amante d'alors. Les gardes se drapèrent dans leurs couvertures et s'étendirent sur des bancs. Ils avaient beaucoup bu pour noyer leur angoisse. La pénombre retentit bientôt de leurs ronflements.

Bjarki se releva. Il poussa du pied Hott qui dormait par terre sous un banc.

« Suis-moi », chuchota-t-il.

Il avait repéré l'emplacement de son attirail de bataille dans le vestibule et alla le chercher dans l'obscurité. Dehors, la nuit étendait son manteau de froid, de silence, de clarté et d'étoiles, tandis qu'une lune crochue jetait une pâleur triste sur la gelée blanche et sur la vapeur de leurs souffles. Bjarki posa sa cotte de maille et son rembourrage de protection sur les pavés. « Aide-moi à enfiler ça », ordonna-t-il.

Hott étouffa une plainte. « Maître, vous n'allez pas...

— Je vais faire des nœuds à tes omoplates si jamais tu réveilles quelqu'un. Cesse tes jérémiades et aide-moi ! »

Quand Bjarki eut enfin revêtu son armure, Hott était trop effrayé pour marcher. « Vous... vous allez risquer ma vie.

— Allons, ce ne sera peut-être pas si terrible. Avance. »

Le jeune homme en restait incapable. Bjarki l'attrapa, le jeta sur son épaule et quitta le clos à grands pas. Trouver un cheval aurait fait trop de bruit.

Ils entendirent bien assez de raffut lorsqu'ils eurent franchi l'une des portes du bourg. Dans une des prairies du roi, à guère plus d'un mille de là, des vaches meuglaient de terreur. Bjarki partit d'un trot soutenu sur la terre gelée, le long du ruisseau qui luisait d'un éclat sombre. Près de la prairie, le cours d'eau s'élargissait en un semblant de marécage où de roides roseaux morts pointaient hors de la glace.

Au-dessus de l'enclos, une ombre buvait les étoiles. Un bruissement de cuir et un rugissement pareil à celui de vents déchaînés couvraient les clameurs du bétail. « La bête ! La bête ! hurla Hott. Elle va me dévorer ! Oooh...

— Arrête ces geignardises, corniaud ! » jeta Bjarki. Il détacha les doigts crochetés à ses mailles et projeta son fardeau dans le marécage. Hott fracassa la glace et se blottit dessous, dans l'eau et la boue.

Le Norvégien se saisit du bouclier qu'il portait en bandoulière et se porta à la rencontre de la bête.

Elle le vit, s'éleva dans les airs et se prépara à piquer : une chose sans plumes aux ailes immenses comme des faux, au bec et aux crocs cruels, à la queue telle un fouet qui lui servait de gouvernail, à la crête squameuse au-dessus d'une paire d'yeux de serpent. Bjarki se campa ferme sur ses pieds et posa sa main sur la garde de son épée.

La lame refusa de quitter son fourreau.

« Sorcellerie ! » gronda-t-il. La bête, en sifflant, traversa le pont au pâle éclat. Ses ailes claquèrent ; elle plongea. « Épée des elfes... » Il tira sur Lövi jusqu'à ce que le fourreau crisse. Et elle se libéra, étincelante sous les étoiles.

Le troll était presque sur Bjarki. Une odeur de pourriture submergea ses poumons. Il brandit son bouclier et porta son coup abrité derrière lui. Le lourd corps frappa, il y eut un son mat, un bruit de métal, l'air rugit et un sifflement s'échappa des mâchoires grimaçantes armées de dents pointues. Bjarki recula, titubant. Un autre aurait été aplati, les os brisés. Mais sa lame avait déjà mordu. Elle s'enfonça au défaut de l'aile et de la jambe, tailla dans le cuir, la chair et les os pour aller droit au cœur.

Le monstre broncha et s'écrasa sur le sol. Il battit des ailes un moment et la terre frémit sous ses coups, mais quand il eut versé son sang froid sur le givre, il mourut.

Bjarki souffla et partit chercher Hott.

Il retira du marais le pauvre hère aveuglé par la

peur, qui tremblait et gémissait, le porta jusqu'où la bête gisait, encore secouée de convulsions, et le déposa par terre. Désignant la blessure de laquelle sourdait un sang noir, il dit : « Bois.

— Non, oh, non, je vous en supplie. » Hott pleurait comme un veau.

« Bois, j'ai dit ! Ne t'ai-je pas raconté ce que Frodi l'Élan, mon frère, a fait pour moi ? Quiconque a invoqué ce monstre, de quelque enfer que ce soit, l'a voulu fort. »

Hott rampait et pleurnichait. Bjarki lui flanqua un coup de poing et lui promit pire s'il n'obéissait pas. Le garçon ferma les yeux et posa ses lèvres sur la coupe ouverte par l'épée. Ignorant ses haut-le-cœur, Bjarki le força à avaler deux longs traits du breuvage. Là-dessus, le Norvégien découpa le cœur de la bête, le lui tendit et dit : « Prends-en une bouchée. »

Hott s'exécuta. Il ne tremblait plus. Quand il eut mâché la viande, il sauta en l'air. « Mais… » Il parcourut les alentours d'un regard émerveillé. « Mais le monde est beau !

— Tu te sens mieux, hein ? lança Bjarki en rengainant son épée elfe dans son fourreau d'écorce de bouleau.

— Je me sens… comme éveillé de la mort. »

Bjarki tâta les bras de Hott. « Je savais que tu possédais de bons muscles depuis que je t'avais nourri correctement. Tu avais juste besoin de les endurcir. » Il déboucla son baudrier. « Voyons ce que tu vaux. »

Longtemps ils luttèrent avant que Bjarki ne force Hott à ployer ; Svipdag avait cédé plus vite. Tout content, il releva l'autre et lui dit d'une voix essoufflée : « À présent, tu as un peu de force. Je ne crois pas que tu doives encore craindre les gardes du roi Hrolf. »

Hott leva les bras au ciel et s'écria dans toute la flamme de sa jeunesse : « À dater de cette nuit, je ne les craindrai plus jamais, ni toi, ni rien, ni personne !

— Bien, Hott, mon ami. Je crois avoir payé une mienne dette. » Il sourit. Ce n'était pas lui non plus un vieillard. « Aide-moi à relever cette carcasse de manière à ce qu'elle ait l'air bien vivante. »

Ce qu'ils firent en riant comme des ivrognes. Puis ils regagnèrent le fort à pas de loup et se couchèrent comme si de rien n'était.

Dans la matinée, le roi demanda si on avait vu quelque trace de la bête ou si elle s'était montrée durant la nuit. On lui répondit que le cheptel aux environs du fort paraissait indemne. « Cherchez plus loin », ordonna-t-il.

Les gardes obéirent. Avant peu, ils revenaient pantelants souffler qu'ils avaient vu la bête et qu'elle se trouvait par là.

Les guerriers saisirent leurs armes à grand fracas. Le roi leur enjoignit de se montrer braves et de combattre de leur mieux pour ôter la vie à cette chose. Il prit la tête de la ruée. Mais lorsqu'ils aperçurent la grande forme brune perchée sur ses ailes raidies dans l'aube hivernale, ils se blottirent les uns contre les autres derrière le rempart de leurs boucliers joints et le silence tomba sur eux.

Après un temps, le roi parla, lentement. « Je ne crois pas qu'elle bouge. Qui gagnera une récompense pour aller voir ce qu'il en est ? »

Bjarki prit la parole d'une voix forte. « Ce serait un bel exploit à accomplir devant témoins pour un intrépide ! » Il tapa dans le dos du jeune homme qui l'avait suivi. « Hott, mon compagnon ! s'écria-t-il. Voici ta chance de te laver de ces calomnies que l'on répand, comme quoi tu n'aurais ni force, ni courage. Va donc occire ce fléau ! Tu vois bien que nul n'en a le cœur. »

Les regards convergèrent sur la tête aux cheveux blonds qui prenait soudain un port si altier. « Oui. J'y vais. »

Le roi haussa les sourcils. « Je vois mal d'où tu tiens cette hardiesse, Hott. Tu as beaucoup changé en peu de temps.

— Je n'ai pas d'arme. » Désignant l'une des deux épées de Hrolf, Hott ajouta : « Donne-moi Gardedor. Je jetterai bas ce monstre ou je rencontrerai mon destin. »

Hrolf le toisa un moment. « Il ne convient pas que cette épée soit portée par autre qu'un homme brave et loyal.

— Vous verrez vite que je suis cet homme-là. »

— Qui sait s'il n'y a pas eu en toi plus de changements que nous ne le croyions ? Tu me parais tout à fait différent… Bon ! prends cette épée. Et si tu peux accomplir ce haut fait d'armes, je te considérerai désormais digne de la porter. »

Peu avaient suivi ce dialogue, conscients qu'ils étaient de l'abomination devant eux. Mais tous virent Hott dénuder l'acier et se ruer à l'assaut. D'un coup, il renversa la bête.

« Voyez, mon roi ! cria Bjarki. Quel exploit formidable ! »

D'abord abasourdis, les guerriers se répandirent soudain en vivats, brandirent leurs armes, martelèrent leurs boucliers de leurs lames, puis coururent serrer Hott sur leur cœur et le porter en triomphe sur leurs épaules. Hrolf resta en arrière, avec Bjarki. Le roi murmura : « Oh, il a changé ! Néanmoins, il n'a pas occis la bête tout seul. Je gage que c'était toi. »

Le Norvégien haussa les épaules. « Cela se pourrait. »

Hrolf hocha la tête. « Je l'ai vu dès ton arrivée ici : peu te valent. Mais je crois que ta meilleure action aura été de faire un homme de ce malheureux Hott. »

La troupe approchait. Il haussa le ton. « Je ne veux plus qu'on lui donne ce nom d'esclave. Qu'il soit nommé d'après l'épée qu'il a méritée. » Hrolf se tourna vers le jeune guerrier tout empourpré. « Désormais, tu t'appelles Hjalti. »

Cela signifie « garde » d'épée et il devint bien la garde de la maison du roi, comme Bjarki en était la lame et Svipdag le bouclier.

VI

Dès lors, Bjarki et son ami bénéficièrent du bon vouloir ou du respect absolu des gardes. Au début, on vit peu le garçon au fort. Après avoir amené des biens à ses parents pour les aider, il rattrapa le temps perdu en moissonnant toutes les femmes disponibles à des milles à la ronde. Bjarki resta plus sérieux. Il gagna l'amitié du roi, qui le couvrit de cadeaux, et de Svipdag, l'homme au bandeau. Tous trois évoquaient à l'envi de la manière d'élargir et de renforcer le royaume, et de ce qu'il faudrait accomplir pour le bien public.

Bjarki se mit aussi à fréquenter l'aînée des filles de Hrolf, Drifa, qui devenait une belle dame. Et, plus présent parmi les guerriers que le roi ne le pouvait — il devait aller aux Things, écouter les querelles et les problèmes, délivrer ses jugements, jouer les hôtes pour ses visiteurs, gérer ses vastes domaines personnels et ainsi de suite –, Bjarki s'efforça d'amener la troupe à s'amender.

« Je crois nos douze berserkers à la racine de ce mauvais comportement, lui dit Svipdag. Ils rudoient les hommes qui doivent alors passer leur ire sur quelqu'un de plus faible. Je voudrais pouvoir nous en débarrasser et je suis sûr que le roi le souhaite aussi, malgré leur utilité au combat. Mais ce sont ses partisans jurés et ils ne lui ont pas donné de motif pour les renvoyer.

— Où se trouvent-ils en ce moment ?

— À la tête d'une troupe qui dévaste les terres saxonnes. Le roi ne veut pas soumettre les Saxons, ils ont trop de liens au sud. Mais ils nous ont créé des ennuis, poussés par le jarl suédois d'Als, je crois. Et on ne parviendra pas à ramener les Jutes sous la couronne danoise, comme on l'espère, si on ne met pas de force dans la tête des Saxons qu'ils feraient mieux de nous laisser en paix. Nos pillards ont décidé d'hiverner là-bas. Ils reviendront avec le printemps. »

Plus tard, Bjarki interrogea Hjalti sur ce que l'on pouvait attendre de ces berserkers. Son cadet lui raconta la coutume qu'ils avaient dès leur arrivée d'étreindre chacun dans le fort et de lui demander s'il s'estimait aussi vaillant qu'eux. « Ils ont appris à n'en faire qu'un symbole avec le roi et les trois frères du Svithjodh ; mais les autres doivent s'humilier.

— C'est un bien petit nombre de preux qui suivent le roi, s'ils acceptent les remarques méprisantes des berserkers. »

Le temps passa. Vint le matin où, alors que la maisonnée s'attablait pour le repas, la porte s'ouvrit à la volée et douze gaillards gigantesques entrèrent, revêtus de fer gris, un fer poli à vous éblouir tel un champ de glace.

Bjarki chuchota à Hjalti : « Oserais-tu te mesurer à l'un de ces hommes ?

— À l'un, ou à tous. »

La douzaine de berserkers s'avança jusqu'au trône d'un pas lourd et posa à Hrolf la question coutumière. Il répondit de façon à préserver sa fierté tout en maintenant une paix délicate. Puis ils longèrent les bancs. Un par un, d'une voix chargée de haine, chaque guerrier reconnut son infériorité.

Agnar, le chef des douze, avait vu Bjarki et pensé qu'il ne s'agissait pas là d'un garçonnet. Néanmoins, il pencha sa carcasse sur le Norvégien et grogna : « Eh bien, Barberouge, tu t'estimes mon égal ? »

Bjarki sourit. « Non, roucoula-t-il, non. Je m'estime ton supérieur, sale fils de jument. »

Il sauta sur ses pieds, empoigna la ceinture du berserker, le souleva et le jeta si fort par terre que l'on entendit l'écho du fracas. Hjalti fit de même avec le suivant.

Des exclamations fusèrent. Les berserkers hululèrent. Bjarki maintint Agnar sous son pied, un couteau à la main. Hjalti avait tiré son épée Gardedor et, de derrière sa lame, souriait à la dizaine d'hommes-bêtes qui grouillaient et grommelaient devant lui.

Hrolf bondit de son trône et se précipita. « Attends ! cria-t-il à Bjarki. Ne vous battez pas.

— Seigneur, répondit le Norvégien, ce coquin perdra la vie s'il ne se reconnaît pas le plus faible. »

Le roi contempla les deux berserkers qui gisaient étourdis sous les deux amis.

« Rien de plus facile », dit-il sans parvenir à garder tout à fait son sérieux.

Agnar marmonna quelque chose. Bjarki le laissa se lever, tout comme Hjalti avec l'autre. Chacun reprit sa place, les berserkers le cœur lourd.

Hrolf, debout, s'adressa à ses soldats avec sévérité. Ce soir, leur dit-il, ils avaient vu que nul n'était si hardi, si fort et si grand qu'il ne trouve son égal. « Je vous défends d'attiser de nouvelles querelles sous mon toit. Peu importe qui passera outre mon interdit, cela lui coûtera sa tête. Contre mes ennemis, vous pourrez vous déchaîner tant que vous le voudrez, cela ne vous vaudra que plus d'honneur et de gloire. Devant une troupe de guerriers aussi considérable que la vôtre, je n'ai nul besoin de me taire. Je vous le dis : montrez-vous dignes de vous ! »

Tous louèrent les paroles du roi et se jurèrent amitié mutuelle.

Ce n'était guère qu'une attitude de surface de la part des berserkers. Ils nourrirent leur haine pour Bjarki et Hjalti sans perdre une occasion d'en médire, ni leur adresser une parole qui ne soit revêche. Mais ils n'osèrent pas créer de véritables problèmes. Une fois qu'ils cessèrent de harceler et d'humilier les autres, ceux-ci perdirent leurs manières outrecuidantes. En quelque temps, non seulement les laquais, mais aussi les esclaves proclamaient que le clos du roi Hrolf était un endroit où il faisait bon vivre.

Les guerriers n'y demeuraient guère, car, en ces temps-là, Hrolf soumettait les Jutes. Grands furent les exploits accomplis sur les grèves, les collines et les landes, dans les bois et dans les marais ; et rusées, aussi, les intrigues ourdies par Hrolf. Le récit de sa guerre serait beaucoup trop long, car il ne s'agit que du récit de ses victoires.

Chez lui, il vivait avec faste. Voici comment il asseyait ses hommes : à sa droite, il y avait Bjarki, reconnu comme le meilleur d'entre tous et donc leur capitaine. On en était venu à l'appeler Bodhvar-Bjarki, Bjarki la Bataille, ce qui lui seyait si bien qu'aujourd'hui, pour parler de lui, on l'appelle souvent Bodhvar, comme si c'était le nom que son père lui avait donné. Mais Bjarki lui sied tout autant, et plus d'un lai appelant les hommes au combat s'intitule un Bjarkamaal. Pour terrible qu'il ait été à la guerre, c'était un esprit gai et généreux qui laissait toujours la vie sauve aux ennemis qui demandaient grâce, ne prenait jamais une femme contre sa volonté et adorait faire rire les petits enfants.

À sa droite était Hjalti le Généreux. Le roi lui avait trouvé ce surnom car, tous les jours, il se retrouvait parmi les gardes qui lui avaient témoigné tant de rudesse et refusait de prendre sa revanche sur eux, alors qu'il était le plus fort et que Hrolf l'aurait sans doute pardonné s'il avait distribué quelques horions en guise de souvenirs.

Après lui s'asseyaient plusieurs de ceux que l'on considérait comme les meilleurs : Hromund le Rude,

Hrolf Qui Vient Vite, homonyme du roi, Haallang, Hrefill le Rude, Haaki le Hardi, Hvatt le Bien Né et Starulf.

À la gauche du roi étaient ceux qui ne le cédaient en rien à personne, Bjarki et Hjalti exceptés : Svipdag, Beigadh et Hvitserk. D'ombrageux convives, mais leur force leur valait cet honneur. De toute façon, les frères du Svithjodh n'étaient pas très ouverts. Svipdag, surtout, ruminait beaucoup, comme s'il se rappelait un visage emporté par les ans.

Ailleurs, des deux côtés, la grande salle était remplie de combattants choisis dont le nombre se montait à trois bonnes centaines. Ils formaient une bruyante compagnie, une troupe joyeuse et intrépide ; quand ils rugissaient, le fort rugissait avec eux, et de même toute la campagne alentour.

Il y avait aussi des employés de maison, en nombre encore plus important, et, en temps ordinaire, des invités. Comme la renommée du roi Hrolf croissait et que les eaux et les grand-routes danoises se voyaient nettoyées des voleurs, les navires jetaient l'ancre à Roskilde, Port-Bon-Marché et d'autres ports, chargés de marchandises qui venaient aussi bien de Finlande que de la mer Glacée, d'Irlande, de Russie ou du cœur de la Saxe que de plus loin encore. Pour leurs échanges, les Danois avaient le poisson et l'ambre qu'ils tiraient de la mer et la viande, le beurre, le fromage, le miel qu'ils tiraient de leurs riches fermes, mais ils lançaient toujours davantage de bateaux et tournaient toujours plus de proues vers le large.

Vivre comme le roi Hrolf s'avérait ruineux, car il se montrait le plus généreux des donneurs de cadeaux. Mais la fortune qui affluait à mesure que s'étendait sa paix suffisait et permettait même d'épargner. En plus des tributs de ses vassaux, il possédait de riches arpents et une flotte maritime aventureuse. Il n'avait pas besoin d'imposer de lourdes taxes aux pêcheries, aux fermes ni aux négoces ; et quand la guerre cessait faute d'ennemis, le butin habituel ne lui manquait pas.

Tenir ses hommes au repos paraissait plus ardu. La plupart du temps, il trouvait une solution. Chacun possédait terres ou navires dont il fallait s'occuper. Chacun avait une maîtresse pour lui tenir chaud et beaucoup dormaient à présent dans leurs propres demeures sises près du fort. Le roi les poussait à pratiquer toutes sortes de jeux et de métiers, qu'ils finirent par effectuer avec habileté et fierté.

Quoi qu'ils entreprennent, Bjarki excellait. Il devint le meilleur ami du roi qui, au fil du temps, lui donna douze fermes disséminées de par le Danemark — et, enfin, sa fille Drifa en mariage. Ils formaient un couple heureux, le barbu roux et la majestueuse jeune femme aux cheveux blonds ; on disait qu'ils ressemblaient à Thor et Sif.

Hrolf, quant à lui, resta célibataire. Bjovulf mort, la Gothie dévastée par les troubles, il ne voyait plus de parti dans tous le Nord — sauf peut-être en Svithjodh, où le roi Adhils ne le laisserait guère conclure une telle alliance. « De plus, confia-t-il un jour à Bjarki, j'ai trop à faire pour qu'une femme me soit davantage qu'une compagne de lit. » Le capitaine des gardes se dit qu'il entendait là la vraie sagesse.

Rien ne se fait en une nuit. Cela prit cinq ans, à dater du jour où Bjarki franchit la porte de Leidhra pour la première fois ; et les épées ne chômèrent pas !

Vers la fin, les choses allèrent plus vite. Les roitelets et chefs de clan jutes ne virent plus d'espoir de résister. De plus, eux et ceux qu'ils menaient comprirent que quiconque se soumettait à la suzeraineté du roi Hrolf recevait beaucoup plus qu'on ne lui en demandait.

Ils connurent la paix. Les chefs voisins renoncèrent tous à venir tuer, incendier, piller, violer et asservir. Des étrangers paraissaient-ils représenter une menace ? Le Grand Roi de Leidhra pouvait réunir plus de guerriers, plus expérimentés, plus meurtriers, que quiconque avait envie d'en affronter. Au début, les corbeaux se rassasièrent des hors-la-loi pendus et les mouettes des vikings rejetés sur la grève. Par la suite, ils crièrent famine. Le fermier et le pêcheur moissonnaient sans peur ; le marchand qui projetait une entreprise et le colon une exploration osaient tirer leurs plans.

Le Grand Roi était juste. Une aïeule pouvait s'adresser à lui lorsqu'il parcourait le Danemark qu'il avait bâti, sûre de trouver une oreille attentive. Un vassal arrogant, qu'il soit jarl ou shérif, devait répondre du moindre méfait. Mais Hrolf n'était pas plus dur que nécessaire. Lorsqu'il débrouillait une dispute, il essayait, autant que faire se peut, de rapprocher les adversaires. « Si vous cédez peu et gagnez autant, disait-il, cela ne vous désigne pas comme le plus faible. Cela signifie plutôt qu'après votre mort, on se réjouira de se rappeler votre nom et de sacrifier sur votre tombe. »

Le commerce se répandit tel un paisible incendie. Tout îlien, Scanien ou Jute pouvait se rendre sur les marchés et marchander ce que les capitaines apportaient : marchandises, mais aussi arts, techniques, savoirs jusqu'alors inconnus, nouvelles, sagas, poèmes et chansons de l'étranger destinés à élever l'âme au-dessus des enclos étroits de son chez-soi.

Quand Hrolf Helgisson eut trente-cinq ans, il gouvernait un royaume qui ne le cédait qu'au Svithjodh en superficie, mais bien plus riche, heureux et tourné vers l'extérieur. Aussi formidable qu'un ciel d'été, sa paix recouvrait ce royaume d'un bon toit ; il ne donnait de motifs de chagrin à personne, sinon les quelques-uns qui le haïssaient encore et une femme d'Uppsala, au loin, qui l'aimait

CHAPITRE SIXIÈME

LE DIT D'YRSA

I

La dernière année que Hrolf consacra à bâtir son royaume, tout alla comme pour une charpente. D'aucuns se plaignirent de l'inaction. Bjarki n'était pas de ceux-là, n'ayant nul besoin de prouver sa virilité ni d'amasser plus de butin. Néanmoins, il devint pensif, surtout après qu'il fut rentré chez lui.

Le banquet de Noël à Leidhra fut gigantesque. Le fort retentissait des voix sonores des guerriers et des nombreux invités : vassaux, jarls, shérifs et francs tenanciers venus de tout le royaume, mais aussi étrangers, de passage à Roskilde pour l'hiver. Fermiers, mendiants et vagabonds trouvèrent là une meilleure chère que dans une importante maison dont ils auraient été les chefs. Hrolf conçut beaucoup de chagrin de l'absence de son beau-frère Hjörvardh et de sa sœur Skuld. Sinon, il se laissa envahir par le bonheur et la fierté.

Les skaldes chantèrent leurs vieux lais sur ses aïeux, leurs nouveaux sur lui, et il se montra prodigue en anneaux pour les récompenser, ainsi qu'en belles armes et précieux habits pour ses amis. Les feux sacrés bondissaient, grondaient, les mèches de jonc des chandelles flambaient clair, emplissant l'air de chaleur, de la douce odeur des rameaux de genévrier et délustrant l'or, l'argent, le cuivre et le fer poli. Les figures sculptées sur les piliers et les panneaux frémissaient, comme prêtes à quitter leurs ombres pour se joindre à l'allégresse générale. Les voix, les rires, le bruit des cornes et des coupes entrechoquées, tout cela roulait sous le toit telle une vague. Les bancs ployaient, surchargés de seigneurs et de dames, arc-en-ciel de couleurs, scintillement étoilé de joyaux. Les serviteurs couraient en tout sens, esquivant les chiens qui musardaient en mâchant des os et en remuant la queue. On avait levé et emporté les tables. Bœufs, cerfs, sangliers, moutons, cygnes, grouses, perdreaux, baleines, phoques, thons, flets, morues, huîtres, homards, pain, beurre, fromage, saucisses, poireaux, pommes, miel, noisettes, ces mets et bien d'autres n'étaient plus que ventres pleins et souvenirs de saveurs. Et on buvait : bière et ale brunes ou blondes ; hydromel, épais et doux, ou léger et acide ; vin, de baies danoises ou de raisins du sud. Le crâne de certains résonnait déjà autant que la grand-salle. On ne parlait jusque-là qu'en toute amitié, cependant.

Rayonnant, le roi Hrolf regarda de droite puis de gauche et dit : « Quelle puissance réunie dans un seul fort ! » Il se pencha vers Bjarki, d'un calme inhabituel, son épouse Drifa près de lui. (À côté d'elle, Hjalti et la fille sur ses genoux se prenaient joyeusement de bec.) « Dis-moi, mon ami, connais-tu un roi tel que moi qui règne sur des hommes pareils ?

— Non, je n'en connais point. Jamais votre œuvre ne sera oubliée. » Il ajouta, lentement : « Mais je crois, et du fond du cœur, qu'il subsiste une souillure à votre honneur royal. »

Pris à rebrousse-poil, Hrolf voulut savoir de quoi il pouvait s'agir.

Bjarki soutint son regard et répondit en martelant ses mots. « Ce qui vous rabaisse, seigneur, c'est que vous n'exigez pas d'Uppsala l'héritage de votre père, ce trésor que le roi Adhils garde illégalement par-devers lui. »

Svipdag, assis à gauche du trône, se pencha devant la concubine du roi. Son œil unique s'enflamma dans son visage émacié, couturé de cicatrices.

Hrolf ne pouvait dénier qu'un tel traitement l'humiliait et, donc, le menaçait. « Il serait difficile de s'en emparer, dit-il d'une voix forte. Adhils est tout sauf un homme d'honneur. Il est habile sorcier, méchant, sournois, déconsidéré… C'est le pire adversaire que l'on puisse rencontrer.

— Quand bien même, seigneur, dit Bjarki, il conviendrait de réclamer votre dû et de rendre un jour visite au roi Adhils pour connaître sa réponse. »

Hrolf garda le silence, puis il répondit : « Belle ambition que tu fixes là, car j'ai mon père à venger. » Il jeta un regard à Svipdag. « Adhils est le plus cupide et le plus fanatique des rois, aussi devons-nous prendre garde. »

Bjarki gloussa, ou grogna-t-il ? « Je ne dédaignerais pas d'apprendre un jour quel homme il est. »

Svipdag poussa un soupir. « À mon départ, j'ai promis de retourner les voir. La reine nous aiderait, seigneur.

— Nous en reparlerons », trancha Hrolf. Et durant tout le reste de la soirée, il dut s'efforcer de paraître gai.

« Vous irez, murmura Drifa à l'oreille de Bjarki. Je le sais.

— Je le crois », approuva-t-il, plus détendu à présent.

Elle lui saisit le bras. « Toujours vous partez, vous autres, les hommes. Rappelle-toi ma mère… Mon père a veillé à la marier avec un franc tenancier auquel elle a donné un fils. Quand il est tombé en combat singulier, et qu'elle l'a mis en terre, il lui semblait l'avoir couché au berceau la veille. » Elle courba sa tête ornée d'or. « Tu dois partir, Bjarki, puisque tu le veux. Mais reviens ! Je ne t'ai pas eu bien longtemps… »

Le roi, bien qu'occupé, passa beaucoup de temps au cours des semaines suivantes à conférer en secret avec des hommes bien informés, à tirer des plans et à se préparer. « Si nous tardons, Adhils aura sans doute vent de nos intentions et tout le temps voulu pour nous concocter quelque saleté. Si nous nous déplaçons pendant l'hiver, nous rencontrerons peu de voyageurs et pourrons peut-être éviter que l'on nous signale.

— Pourquoi ne pas prendre la mer ? » demanda Bjarki. Hrolf fronça les sourcils. « Elle fut pour mon père la route de la malchance.

— À cette époque de l'année, longer une côte semée d'îles et de récifs innombrables présente un trop grand danger, dit Svipdag. Une tempête imprévue nous drosserait sur le rivage. Je ne parierais pas qu'Adhils soit incapable d'en lever une. »

Hrolf n'effectua donc qu'une traversée, celle du Sund, afin de gagner la Scanie. Il prétendit vouloir parcourir la région et voir de ce qu'elle devenait. Pour accréditer cette explication, se déplacer vite et laisser son royaume fraîchement bâti gardé par une force suffisante, il ne réunit qu'une petite troupe : ses douze capitaines, ses douze berserkers et cent gardes.

Ils partirent sur les meilleurs chevaux, emmenant montures de rechange et bêtes de somme en abondance. Pour parer au froid, ils revêtirent d'épais habits taillés dans les plus belles fourrures et les tissus les plus gais. Hrolf et ses capitaines portaient tous sur l'épaule un faucon si bien dressé que, pour former un défilé plus superbe encore, on pouvait lui retirer capuchon et lacets. Celui du roi, Culotte, un gerfaut grand et fougueux, avait des yeux comme ces boucliers en or dont on disait qu'ils éclairaient les châteaux des dieux de la guerre. Aux côtés de Hrolf bondissait Gram, un chien roux géant qui avait vaincu et culbuté sangliers, loups, élans et hommes.

Là où la Scanie touche la Gothie, les Danois s'enfoncèrent vers le nord. Accidentée, rocailleuse, la contrée des Götar de l'ouest était aussi dénudée que déserte. Il leur fallut souvent dormir à la dure, roulés dans des sacs, sur des branchages. Pour aller bon train, ils évitaient de chasser et vivaient sur leurs provisions de nourriture séchée. Ils trouvaient cela tout naturel et de leur voyage il n'y a rien à dire avant le soir où ils arrivèrent en vue du clos isolé d'un franc tenancier.

II

Ce fut une surprise. Ils n'avaient vu aucune trace de labour dans les environs. Un glacis de neige parait une clairière aux murs d'arbres verdoyants et au toit de nuages bas. La maison aurait dû être plus visible. Elle semblait s'engloutir dans une ombre profonde et irradier une obscurité informe. Une chape d'air glacé étouffait le martèlement des sabots, les voix, les cliquetis de métal, les crissements de cuir et les soupirs des bêtes fourbues. Les respirations volaient en vapeur légère.

On voyait mieux l'homme debout dehors, à part sa figure qu'un chapeau à larges bords laissait dans l'obscurité. Très grand, il se drapait dans une cape bleue et tenait une pique.

Hrolf tira sur ses rênes. « Salut, compagnon. Ne crains rien si nous campons sur ta terre. Nous venons chez toi en paix.

— Inutile de dormir dans le mauvais temps, répondit une voix de basse. La nuit paraîtra plus confortable sous mon toit.

— Ma dignité m'interdit de me désolidariser de mes gens.

— Je voulais dire tous. »

Hrolf plissa les yeux de stupéfaction. « Quelle hardiesse ! Peux-tu vraiment te le permettre ? Nous sommes nombreux, et ce n'est pas à un petit propriétaire de nous accueillir. »

Le franc tenancier eut un rire qui rappelait le hurlement des loups. « Certes, seigneur. Mais il m'est déjà arrivé de recevoir autant d'hommes. Vous ne manquerez ce soir ni de boisson, ni de tout ce que vous pourrez désirer.

— Nous te faisons confiance », dit le roi, qui sentait qu'il n'aurait pas été convenable d'en douter.

« En vérité, vous êtes les bienvenus. Suivez-moi. »

Il les précéda derrière la maison où se trouvait un bâtiment en bon bois, et de taille à abriter leurs bêtes. À part le foin et les abreuvoirs, il était vide. Le vieil homme dit qu'il faisait trop sombre à l'intérieur pour qui ne connaissait pas les lieux, qu'il mettrait lui-même les chevaux dans leurs stalles et qu'il s'en occuperait. Ce fut fait avec une étrange célérité.

« Qui es-tu, franc tenancier ? demanda le roi.

— Certains m'appellent Hrani. »

Hrolf s'en étonna ; il ne s'agissait pas d'un nom répandu. Son oncle Hroar en avait usé pour se cacher du roi Frodi. Son étonnement grandit encore lorsqu'il pénétra dans la maison qu'il n'avait pu distinguer qu'à grand-peine. Passé le seuil, la salle paraissait aussi longue et aussi brillamment éclairée que celle d'un fort, mais aussi abandonnée que l'étable. Les murs portaient des runes gravées.

« Il y a du mystère ici », murmura Bjarki à Hjalti.

Le jeune homme haussa les épaules. « C'est toujours mieux que dehors. »

Hrani les pria de s'asseoir. Les tables étaient-elles déjà dressées sur leurs tréteaux, les tranchoirs déjà remplis de viande de porc fumante, les coupes déjà pleines d'hydromel ? Hrani les servit-il lui-même sans ôter son chapeau et aussi prestement qu'il avait fourbi les chevaux ?

Dans leur esprit, par la suite, cette soirée prit un

tour très étrange : celui d'un songe. Les hommes furent bientôt saouls et joyeux, jurèrent qu'ils n'avaient guère connu d'endroits plus agréables et oublièrent leurs interrogations.

Hrani et Hrolf, assis côte à côte, parlèrent ensemble et avec ceux qui les entouraient. Le roi se nomma et expliqua la raison de son expédition. Le franc tenancier approuva et les conseilla quant au meilleur chemin pour rejoindre Uppsala. Svipdag lui demanda comment il le connaissait, car les petits propriétaires s'éloignaient rarement de leur lieu de naissance. « Malgré mon âge avancé, je voyage beaucoup, dit Hrani.

— Comment pouvez-vous vivre seul dans cette demeure ? s'enquit Bjarki.

— Je ne suis pas seul, ce soir, hein ? répliqua l'autre avec son rire de loup. J'ai des invités plus souvent que vous ne le pensez, ainsi que de robustes fils qui se trouvent être absents. Quant à votre trajet… » Poursuivant ses discours, il leur apprit des choses qu'ils n'avaient jamais sues sur ce pays et ceux qui y vivaient. De là, il en vint à parler d'événements du passé. Jamais ils n'avaient entendu d'histoires mieux contées, et nombreux furent les sages dictons et les stances vibrantes qu'il jeta. Il leur parut qu'ils avaient là un malin compagnon.

Mais ils avaient chevauché toute une rude journée durant. Bientôt, la fatigue vint à bout de leur résistance, aidée en cela par le noble hydromel qu'ils avaient bu. Hrani les pria de s'étendre sur les bancs et par terre. Il quitta la pièce. Les feux moururent.

Le roi et ses hommes se réveillèrent au milieu de la nuit. Il ne restait dans le fossé que des monceaux de braises offrant une lueur rouge à peine suffisante pour se diriger à tâtons. Si vif était le froid qu'on claquait des dents. Ils se levèrent d'un bond, défirent les ballots qu'ils avaient déchargés des bêtes de somme et enfilèrent tous les habits qu'ils purent trouver, Hrolf et ses capitaines se contentant de ce qu'ils portaient déjà. Tous se gelèrent jusqu'à la venue de l'aube et de Hrani, lequel apportait du bois mort pour jeter sur les braises.

« Avez-vous bien dormi ? leur demanda le franc tenancier.

— Oui », grogna Bjarki.

Leur hôte posa sur le roi un œil plus sombre que la nuit d'hiver et dit seulement : « Tes gardes ont eu froid ici, cette nuit. S'ils le prennent si mal, inutile qu'ils se croient capables d'endurer les épreuves auxquelles Adhils les soumettra chez lui. » Il ajouta, sévère : « Si tu veux sauver ta vie, renvoie la moitié de tes partisans en leurs foyers, car ce ne sera pas par la quantité que vous vaincrez Adhils.

— Tu n'es pas n'importe qui pour me dire ceci, murmura Hrolf. Je suivrai ton conseil. »

Après qu'ils se furent restaurés, il sut trouver des paroles apaisantes pour persuader les cinquante guerriers qui avaient le plus grelotté de s'en retourner. Par la suite, nul ne put se rappeler la teneur de son discours ni pourquoi personne ne le prit pour une insulte. Quand les guerriers restants furent prêts à partir, ils remercièrent le franc tenancier et lui souhaitèrent une vie heureuse.

Ils franchirent des collines où s'élevaient des pinèdes et des vallons dans lesquels une épaisse couche de neige s'était amoncelée. Une fois les idées plus claires, ils évoquèrent leur hôte et ses motivations. À la fin, Bjarki prit un ton bourru pour dire : « J'ai de bonnes raisons de savoir qu'il n'erre pas que des hommes et des animaux dans les coins reculés. Ces créatures ne se montrent pas forcément hostiles… Toutefois, ajouta-t-il en jetant un regard sur le casque du roi devant lui, conserver leur amitié peut se révéler plutôt délicat. »

Au soir, ils parvinrent dans une nouvelle clairière où se dressaient un clos et un grand vieillard en chapeau à larges bords et cape bleue. Sa demeure, elle aussi, se discernait mal dans l'ombre. Une rumeur nerveuse courut les rangs. Hrolf tira sur ses rênes et claqua sa main sur l'épée Skofnung.

« Salut, seigneur ! s'esclaffa le franc tenancier. Pourquoi venir si souvent ? »

Le roi lui répliqua d'un ton résolu : « Nous ne savons pas quel tour tu as mis en œuvre. Tu es un homme singulier.

— Je ne vous recevrai pas plus mal que l'autre fois. »

Hrolf se retourna pour considérer sa troupe. « Mieux vaut rester, puisqu'on nous le propose. La nuit tombe vite. »

Une fois à l'intérieur, nul ne s'étonna guère, l'hospitalité étant fort agréable. Avant peu, on s'étendait pour dormir.

Chacun fut tiré du sommeil par une soif telle que sa langue collait à son palais. Il y avait un baril d'hydromel à un bout de la salle. Tous allèrent boire à grands traits, sauf le roi et ses douze capitaines.

Le matin, le franc tenancier dit : « Prête-moi de nouveau l'oreille, seigneur. Selon moi, la hardiesse n'étouffe pas ceux qui ont bu cette nuit. Ils devront supporter bien pire lorsqu'ils se retrouveront devant le roi Adhils. »

On ne pouvait rien faire sur-le-champ car le blizzard s'était levé. Sa blancheur aveugle hurlait tout autour de la maison. Ses murs devaient être solidement boisés pour ne pas gémir sous les coups d'un tel vent. On s'assit pour écouter Hrani dévider de si merveilleux récits que le jour parut court...

« Comme si nous avions cavale hors du temps », gronda Svipdag à l'adresse de ses frères.

Au soir, la tempête cessa. Il était tombé moins de neige qu'on ne s'y serait attendu ; le lendemain, le voyage devrait être possible. Hrani rapporta du bois. Le feu s'embrasa avec une étrange rapidité, monta haut, plus haut, tourbillon rouge et bleu sur un lit de braises blanc de chaleur, et rugit aussi fort que la tempête passée. La chaleur roula ses vagues sur les hommes assis qui reculèrent loin. Le roi Hrolf se rappela le vœu qu'il avait prononcé, étant enfant : ne jamais fuir fer ni feu. Il resta à sa place, ainsi que ses capitaines, quand bien même la sueur ruisselait sur eux et il leur semblait que leurs yeux allaient bouillir.

Une unique lueur brillait sous le chapeau de Hrani. « Une fois de plus, tu vas devoir choisir tes partisans, seigneur. Je te conseille de continuer seul avec tes douze capitaines. Alors, il se pourrait que vous rentriez chez vous ; autrement, non. »

Abruti de chaleur, Hrolf tâcha de garder une voix ferme. « J'ai une telle opinion de toi, franc tenancier, que j'estime devoir tenir compte de tes paroles. »

Aussitôt, les flammes s'apaisèrent. Cette nuit-là, on dormit bien, à part des rêves agités.

Au matin, Hrolf renvoya au logis les cinquante hommes restants, ainsi que ses douze berserkers. De nouveau, nul ne contesta cet ordre avant longtemps — plus tard, bien trop tard. Une fois en selle, il s'adressa au franc tenancier. « Il se peut que je te doive un grand merci.

— Il se peut que vous puissiez me le rendre un jour.

— D'ici là, adieu », dit Hrolf. À la vue de deux corbeaux dans le ciel, son faucon battit des ailes ; son chien gronda en réponse au hurlement d'un loup tout proche. En un instant, le clos se dissimulait sous la neige et dans le silence des bois.

Ils continuèrent : Hrolf, roi de Danemark, en route pour réclamer les richesses qui lui rendraient son honneur et, du moins l'espérait-il, vengeraient son père ; Bjarki, le fils de l'ours-garou ; Hjalti, qui tirait sa virilité du sang et du cœur d'un troll ; Svipdag, dont l'œil regardait depuis les ans passés jusqu'aux jours à venir ; Hvitserk, Beigadh, Hromund, l'autre Hrolf, Haaklang, Hrefill, Haaki, Hvatt, Starulf, tous hommes dont ni dieu ni bête ne pouvait infléchir la droiture ; chacun portait son faucon sur l'épaule et semblait ne plus avoir toute sa tête. Leurs casques et les pointes de leurs lances brillaient devant le ciel blafard, leurs capes chatoyantes se détachaient sur les branches vert sombre et la neige aux ombres bleues ; à peine sentaient-ils le froid glacial dans lequel leurs souffles s'embuaient et leurs selles crissaient. Mais ce n'était guère là forte troupe à opposer au roi de Svithjodh et aux arts occultes qu'il maîtrisait. Une fois dans ce pays de vastes champs où abondaient fermes et hameaux et où il fallait parfois prendre le bac, il était normal qu'on les remarque. Même s'ils turent leurs noms, la rumeur de leur passage les précéda, et Adhils devina la vérité, à moins qu'il ne l'ait lue dans la vapeur ou entendue dans le bouillonnement d'un de ses chaudrons. Un soir, il dit à la reine, assez fort pour que chacun l'entende : « J'apprends que Hrolf est en route pour nous rendre visite. »

Yrsa haleta avant de cacher son visage dans ses mains. « Tout va bien, tout va bien, cracha Adhils avec un sourire. Lorsque nous nous séparerons, il aura été si bien dédommagé pour s'être dérangé que l'on en parlera partout. »

III

Enfin, le roi Hrolf et ses guerriers parvinrent sur les hautes plaines de la Fyris, des prés striés de vieille neige poudreuse, brune et durcie par le gel, sur laquelle les sabots rendaient un son mat. La rivière coulait non loin de là et sur sa rive ouest, plus haute, se dressait Uppsala, couronnée par le temple dont les toits superposés s'élevaient dans un ciel blanc taché par les arbres du bosquet sacré, nus tels des squelettes. Quelques corbeaux claquaient des ailes et croassaient dans la bise.

Hrolf porta à sa bouche le cor pendu à son épaule et sonna trois coups bas et longs, pareils au défi d'un aurochs. D'un coup d'éperons, il partit au galop. Ses hommes le talonnaient dans un miroitement de cottes de mailles et de fers de lance tel le flux des vagues et dans une envolée de capes rouges, bleues et fauves qui tranchaient sur le paysage hivernal. Ils martelèrent les planches du pont dans un bruit de tonnerre.

On s'attroupa en haut des tours de guet et des chemins de ronde de la palissade pour admirer un spectacle si peu banal. Les portes restèrent ouvertes ; nul n'avait motif à redouter treize étrangers, si bien armés qu'ils soient. Hrolf comprit qu'il ne devait en aucun cas, ne fût-ce que l'espace d'un clin d'œil, paraître intimidé par cette ville vaste et fort peuplée. Et ce fut à toute allure qu'il gravit la route, franchit les portes et suivit les ruelles, qui n'étaient guère que des ornières entre les murs. Hommes, femmes, enfants, charretiers, pourceaux, chiens, poules, tous durent se bousculer pour s'ôter de son chemin. Des cris de colère le poursuivirent. Mais personne n'osa projeter sa lance vers lui, surtout lorsqu'il apparut qu'il se dirigeait droit vers le fort.

Les portes de cette enceinte étaient grandes ouvertes, elles aussi. Des gardes l'emplissaient qui débordaient sur la cour, champ d'écus éclairé par la lune. Mais nul ne tira son arme ; et les gens de la maison attendaient dans leurs beaux atours, de larges sourires plaqués sur leurs bouches.

Les Danois tirèrent sur leurs rênes. Leurs chevaux se cabrèrent, leurs faucons déployèrent leurs ailes, le chien Gram jappa une fois. « Dites au roi Adhils qu'il y a là Hrolf Helgisson, roi des Danois, qu'il faut accueillir ! cria Svipdag.

— Bienvenue à vous », dit le porte-parole des Suédois. La nouvelle ne paraissait pas l'étonner outre mesure. « Je suis honoré de saluer un homme aussi fameux, et ses partisans. » Il laissa son regard errer sur eux. « Le roi Adhils sera sans doute aussi contrit que moi de vous voir amener si peu d'hommes sous son toit.

— Nous en avons amené assez.

— Ah ! Svipdag Svipsson... Oui. Vous êtes revenu, hein ?

— Ne l'avais-je pas dit ?

— Voulez-vous me suivre, alors ? »

Ils poussèrent leurs chevaux parmi les diverses bâtisses jusqu'aux étables, où des palefreniers prirent leurs brides. « Vous autres, assurez-vous de bien peigner les crinières et les queues de nos montures, dit Bjarki en mettant pied à terre. Qu'ils aient de bonnes stalles et qu'ils ne se salissent pas. »

Le porte-parole s'empourpra — que l'on puisse imaginer qu'on ne disposait pas du meilleur en tout, ici ! — et fit signe à un garçon qui déguerpit aussitôt. Puis il retint les Danois pour les entretenir, et s'inquiéter de leur voyage. Pendant ce temps, le garçon pénétrait dans le fort et rapportait au roi Adhils ce qu'il advenait jusque-là.

Le seigneur de Svithjodh tapa du poing sur le bras de son trône. « Que leur outrecuidance et leur condescendance sont donc pénibles ! Instruis le palefrenier de mes ordres et veille qu'il les exécute. Coupez les queues de ces chevaux au ras de la croupe, et leurs crinières, que l'on voie le cuir ! Mettez-les dans les pires stalles, et laissez-les à peine survivre. »

Le garçon s'inclina et s'éclipsa. Adhils se rencogna dans son trône. Il frissonnait, comme frissonnèrent les tapisseries que l'on pendit plus tard aux murs.

Bientôt l'on conduisit les Danois au fort. Personne ne les attendait à sa porte, semblable à la gueule d'une caverne, pour les accueillir comme il aurait convenu. Leur guide eut un sourire narquois. « Le roi vous attend à l'intérieur », dit-il, et il les laissa.

Hjalti claqua sa main sur son épée. « Ils osent traiter ainsi notre seigneur ! »

Hrolf regarda de l'autre côté de la cour. Les gardes, eux aussi, s'étaient retirés, mais restaient en rang le long de la palissade, équipés de leurs cottes de mailles. « Ne tentez rien, souffla-t-il. Notre venue ne crée pas la surprise escomptée. »

Svipdag tirailla sa moustache tombante. « Non. J'en avais bien peur. Laissez-moi entrer le premier. J'ai connu cette demeure autrefois et je nourris un vil soupçon sur la façon dont ils entendent nous recevoir. À présent, écoutez : quoi qu'il arrive, nul ne doit révéler lequel d'entre nous est le roi Hrolf. Cela le désignerait comme cible pour les lames et les pointes si jamais les choses devaient en venir là, mais aussi pour toute sorcellerie qu'Adhils aura pu concocter. »

Le roi soupira. « Je suppose que je devrais me réjouir de n'avoir pas vu ma mère. Malgré les ans, elle m'aurait peut-être reconnu. » Il se redressa. « Bien, assez lanterné, ou ils penseront que nous avons peur. »

Svipdag mit sa hache sur son épaule droite — son faucon occupait la gauche — et passa d'un grand pas entre les deux idoles grimaçantes qui ornaient les montants de la porte. À sa suite entrèrent ses frères Hvitserk et Beigadh, puis Bjarki et Hjalti, puis les autres confondus.

Le vaste vestibule était plongé dans la pénombre. Svipdag passa dans la grand-salle. On avait l'impression de franchir le seuil de la nuit, tant il faisait sombre. Il ne remarqua guère de changements. Les fossés à feu béaient, vides et froids. Les bougies fichées sur de rares appliques répandaient une lueur vacillante qui révélait de lourdes tapisseries. Par ailleurs, la pièce était vide et silencieuse. Dans l'obscurité glaciale, elle paraissait immense, comme si les rangées de flammèches bleues tremblotantes se perdaient au bord du monde.

Il s'avança résolument, un reflet de métal, suivi de près par ses amis. Des bruits ténus coururent le silence environnant. Tout d'un coup, Svipdag recula en chancelant : « Une fosse ! J'ai failli tomber dedans. »

Sondant l'obscurité avec leurs armes, ils constatèrent que, bien qu'occupant toute la largeur de la salle, le piège n'était pas si large qu'on ne puisse le sauter. Ils continuèrent.

Ensuite, il leur parut que des toiles d'araignées s'abattaient alentour. Ils s'empêtrèrent dans d'invisibles filets, gluants, et solides comme des câbles. Un rire retentit. « Frappons », dit Svipdag. Le fer froid trancha les fils, qui s'évanouirent.

Vers eux s'avança alors une chose à l'apparence d'une géante morte — ils virent la moisissure du tombeau et les yeux éteints — dont la peau remuait sur les os et dont les mains se tendaient pour les étrangler. Le rire de Svipdag retentit. « Il a de moins en moins à nous offrir, ce bon Adhils ! » Il voulut la frapper ; sa hache ne rencontra que le vide. La créature avait disparu.

Quelques mètres plus loin, une nouvelle silhouette apparut. Penchée sur son trône, se déployait la forme grossière du roi des Suédois. Ils pouvaient à peine le distinguer, au loin, dans le noir, flanqué d'ombres monstrueuses. Svipdag leva le bras. D'autres fosses semblaient s'ouvrir devant eux.

Les yeux d'Adhils, voilés dans son visage flou, pouvaient mieux percer l'obscurité qu'il avait créée. Il lança, moqueur : « Bon ! te voilà revenu, hein, Svipdag, mon ami ? Hum, hum, que cherche ce guerrier ? Je vois un cou fléchi, un œil absent, un front ridé et des mains couturées de cicatrices, non ? Et Beigadh, ton frère, ne claudique-t-il pas des deux jambes ? »

Svipdag se raidit. Il savait qu'il faisait plus que son âge ; et Beigadh avait reçu de si graves blessures au service de Hrolf qu'il marchait plus difficilement que la plupart des gens. Il répliqua donc d'une voix aussi âpre que forte. « Comme vous me l'avez promis, roi Adhils, je réclame la sécurité pour les douze hommes qui m'accompagnent.

— Ils l'ont. Venez maintenant d'un cœur plus prompt, plus viril et plus léger que vous ne l'avez montré jusqu'ici.

— Ne te laisse pas pousser à l'imprudence, souffla Hrolf.

— Apprêtez-vous à former un rempart de boucliers, ajouta Bjarki, car il me semble que ces tapisseries saillent, comme s'il y avait des hommes en armes tapis derrière. »

Les Danois avancèrent donc avec précautions et tombèrent sur une nouvelle fosse qu'ils durent franchir d'un bond. Ils se retrouvèrent alors près du trône. Les runes ondulèrent sur les lourdes étoffes quand un guerrier en armure surgit de derrière chacune d'elles.

« Formez le cercle ! » rugit Bjarki. Il n'en avait nul besoin, chacun sachant quoi faire. Boucliers joints, ils s'apprêtèrent à affronter un ennemi en nombre trois fois supérieur.

Hrolf projeta sa lance. Un Suédois la reçut dans le cou et trébucha. D'autres piques volèrent avant que les assaillants se rapprochent. On entendit alors siffler les épées : Skofnung, Lövi, Gardedor et leurs sœurs. Svipdag brandit haut sa hache au-dessus de sa tête, la fit tournoyer et l'abattit par-dessus l'épaule de Hromund qui l'abritait de son bouclier. Le métal sonna comme une cloche. Le bras engourdi, un Suédois laissa échapper son bouclier. La hache pivota et son talon lui défonça la tempe.

Un géant se rua sur Bjarki qui tendit son bouclier pour crocheter et écarter celui de son adversaire. Sa lame s'insinua par la brèche ménagée dans la garde de l'autre et frappa ; une tête roula au sol.

La lame de Hjalti tintait et jetait des étincelles contre une autre. Coup après coup, il écarta l'épée, vit l'ouverture, tailla vers l'intérieur et mutila un poignet. Comme l'homme hurlait et reculait en titubant, Hjalti l'occit. Pendant ce temps, le roi Hrolf s'accroupissait, le bouclier levé, et tranchait la jambe d'un assaillant. Ses hommes frappaient, ferraillaient, d'estoc et de pique. Les faucons s'étaient perchés sur les chevrons, mais Gram déchiquetait les chairs de ses crocs, trop vif pour récolter une blessure.

À grand bruit les Danois repoussèrent les Suédois. Comme ces derniers refluaient dans le désordre le plus total, les treize autres adoptèrent une formation en coin et chargèrent. Les armes dansaient telles des flammes. Les morts et les estropiés jonchaient le sol, l'obscurité retentissait des râles de douleur. Hrolf et les siens ne portaient guère de traces du combat.

« Tuez-les ! aboya Bjarki. Taillez-les en pièces comme les chiens qu'ils sont ! »

Le roi Adhils se leva d'un bond et, du haut de son dais, hurla : « Quel est ce raffut ? Arrêtez ! Arrêtez, vous dis-je ! »

Le combat cessa peu à peu et le silence régna, que seules troublaient les plaintes des blessés et le souffle court des rescapés. Les yeux et le fer scintillaient parmi les ombres. Adhils abreuva ses gardes d'invectives. « Quels pleutres vous faites d'attaquer ces hommes d'exception… nos invités, par-dessus le marché ! Partez ! Débarrassez-moi le plancher ! Ramenez des serviteurs et… et de la lumière — mais partez, bandes de loups ! Je m'occuperai de vous plus tard. »

Les guerriers s'entre-regardèrent. Mais ils comprirent ce que le roi avait en tête et ne voulurent pas aggraver leur échec en le contredisant. Ils s'en furent à la dérobée en aidant ceux de leurs blessés capables de marcher.

« Pardon ! lança Adhils. J'ai des ennemis, je craignais une trahison… Quand vous êtes entrés en armes, alors que telle n'est pas la coutume ici… Quelques-uns de mes partisans ont fait preuve d'un peu trop de zèle, sans mon accord… Mais je vois bien que vous êtes en vérité le roi Hrolf, mon parent, et ses fameux champions, comme vous l'avez dit au portier. Asseyez-vous, prenez vos aises et réjouissons-nous.

— Tout cela ne vous portera pas chance, roi Adhils, gronda Svipdag. Et votre honneur n'en sort pas grandi. »

Ils considérèrent le seigneur de Svithjodh. Il avait grossi. Il était chauve. La barbe qui s'épandait sur sa panse richement parée paraissait plus grise que blonde. Seuls son nez en lame de couteau, resté maigre, et ses petits yeux qui louchaient et clignaient étaient les mêmes.

Esclaves et laquais se hâtèrent d'emporter morts et blessés, d'éponger le sang, de jeter des rameaux frais, d'amener des lampes et de bâtir des feux. Avec eux arrivèrent de nouveaux gardes ; d'autres devaient grouiller dehors. Il ne servirait plus à rien de se ruer vers le dais pour tenter de tuer Adhils. Et cela aurait terni le nom de Hrolf après que son hôte lui avait adressé d'aimables paroles, aussi vides de sens soient-elles.

« Asseyez-vous, asseyez-vous. Venez me donner la main, mon parent de Danemark.

— Vous n'êtes pas encore mûr pour savoir lequel d'entre nous il est », riposta Svipdag.

Hjalti ricana. « Oui, ce serait tout à votre… déshonneur… si certains de vos hommes se montraient encore… trop zélés.

— Vous vous méprenez, vous vous méprenez à mon égard », haleta le gros homme. Mais il n'osa insister, de peur de rappeler son humiliation à tout le fort. Il ne put que se laisser retomber dans son fauteuil et railler : « Comme vous voudrez. Si vous n'êtes pas, hum, hum, assez hardi pour vous montrer, Hrolf, hum, à votre gré. » Il s'interrompit, et reprit : « Je vois que vous ne voyagez pas en terre étrangère comme tout homme bien né. Pourquoi mon parent n'amène-t-il pas de troupe plus importante ?

— Puisque vous n'escomptez trahir ni le roi Hrolf ni ses hommes, dit Svipdag, peu importe, au fond, qu'il vienne ici avec beaucoup d'hommes ou pas. »

Adhils essuya l'insulte et ordonna qu'on apporte un banc au pied du dais pour ses invités. Bien que la salle se soit éclaircie et animée, il s'établissait là un cercle de prudence irritée. Le regard d'Adhils ne cessait d'errer sur ces guerriers en dessous de lui. Lequel de ces hommes qui lui renvoyaient tous des regards indomptables pareils à ceux des faucons revenus se percher sur leurs épaules, lequel était le roi Hrolf, fils de cet Helgi qu'il avait occis et de sa propre épouse Yrsa qui le détestait, lui, Adhils ?

Il y en avait dix qu'il ne connaissait pas ; et il ne pouvait s'éclipser pour concocter un sort qui aurait pu les identifier. Sans doute le géant à la barbe rouge qui ressemblait à un ours n'était-il pas Hrolf, que l'on disait svelte et de taille normale. Mais cette description convenait-elle à l'individu soigné aux cheveux d'or roux assis à côté de lui, ou au jeune homme blond qui portait une épée à la garde en or, ou au petit qui avait l'air sombre, mais vif et adroit aussi, ou au maigre qui avait causé des ravages avec sa terrible hallebarde, ou… Ou bien tout était-il truqué ? En ville habitaient des marins qui avaient vu le roi des Danois. Il les convoquerait demain, car les envoyer quérir sur-le-champ aurait semblé hâtif et aurait pu dévoiler d'autres chausse-trapes. Pourtant il lui *fallait* une certitude aussi vite que possible afin d'établir des plans pour contrer Hrolf avant qu'il ne mène à bien ce qu'il entendait accomplir pour venger son père — Hrolf qui, au contraire de son oncle Hroar, n'avait jamais prêté le serment de paix… Yrsa reconnaîtrait-elle son fils, bien qu'elle l'ait quitté alors qu'il était encore enfant ? Cela expliquait-il pourquoi elle n'avait pas quitté sa chaumière ?

« Allumons les feux sacrés pour nos amis, lança Adhils, et témoignons-leur notre amitié la plus chaleureuse, comme nous l'avons toujours voulu ! »

Ses conseillers, capitaines et intendants le rejoignirent. « Pardonnez-moi, parent, dit-il, d'évoquer, hum ! un secret devant vous. Je disais avoir des ennemis forts et sournois qui en veulent à ma vie. Ne pensez-vous pas qu'il n'est ni viril, ni poli de, hum ! garder vos secrets par devers moi ?

— Nous ne cachons pas le motif de notre venue, répliqua Svipdag. Nous voulons les trésors du roi Helgi qui reviennent légalement au roi Hrolf.

— Bon ! cela se discute. » Adhils se détourna et s'adressa dans un murmure à son intendant en chef qui acquiesça et tira le capitaine des gardes par la manche. Ils passèrent sur les planches jetées sur les culs-de-basse-fosse et disparurent.

Se frottant les mains, soufflant des nuages de buée, le seigneur du Svithjodh reprit la parole. « Oui. Nous pouvons discuter. Nous pouvons nous asseoir et boire en frères. Car en vérité, Hrolf, je ne vous reproche point le complot que votre père a tramé contre moi alors qu'il était mon invité et je ne vous tiens pas rigueur de votre, hum ! méfiance à mon endroit. Je veux vous témoigner mon estime. Aussi, puisque vous ne me révélez pas votre visage, ce qui vous attribuerait pourtant la place d'honneur en face de moi, je vais descendre vous parler d'égal à égal. Il fait diantrement froid ici, vous ne trouvez pas ? Je ne devrais pas vous laisser grelotter sous mon toit. Venez, asseyons-nous près du feu. »

Les partisans de Hrolf échangèrent des regards, mais ne purent que suivre Adhils quand il les dépassa en se dandinant. Ils se retrouvèrent bientôt rangés sur un banc tout près d'un des foyers, tandis qu'Adhils et les capitaines de sa maison s'asseyaient en face d'eux. Briser la règle voulant qu'on ne porte que des couteaux de table en ces lieux aurait semblé une traîtrise trop ouverte. Les hommes de Hrolf gardèrent leurs armes sans que nul n'en dise quoi que ce soit.

On amena les cornes. Adhils but à leur santé et devisa gaiement de petits riens. On avait de plus en plus de mal à le distinguer ou à l'entendre, car ses hommes — des gardes, vu leur allure, même s'ils avaient revêtu des tuniques de laquais — ajoutaient de la tourbe et du bois sec sur le feu.

Les flammes tourbillonnaient toujours haut, rouges, bleues, jaunes. L'œil ne pouvait s'égarer sur des braises aussi ardentes. Le fracas s'amplifia, vrillant les crânes. Le plafond était un ciel d'orage de fumée rousse. La chaleur tournoyait. Les faucons s'envolèrent, le chien s'enfuit.

Adhils sourit. « On n'a pas exagéré votre courage et votre volonté, guerriers du roi Hrolf. Il me semble que vous valez mieux que quiconque. Ce que l'on m'a rapporté est vrai. Eh bien, ravivons le feu, car j'aimerais vraiment savoir lequel est votre roi. Vous, vous ne fuirez jamais devant un tel brasier. Mais pour moi qui ne me suis pas exposé à l'air hivernal aujourd'hui, je commence à avoir un peu chaud. »

À son signal, ses hommes reculèrent leur banc loin en arrière. Les chauffeurs coururent en tous sens pour rapporter plus de combustible. De sous la suie qui les recouvrait, ils lorgnaient les nouveaux venus.

La maille et la bourre amplifiaient la chaleur cruelle. La sueur bouillonnait sur les Danois, elle piquait leurs yeux qui leur semblaient cuire, empuantissait leurs narines, s'évaporait sur les étoffes qu'elle collait à leur peau. Leurs lèvres se craquelaient. Leur langue leur paraissait une de ces bûches que les Suédois transportaient comme s'ils travaillaient pour Surt en personne. « La chaleur était moindre chez Hrani. » Hjalti avait la voix âpre. « Que cherche-t-il donc ?

— À connaître le visage du roi Hrolf, en escomptant qu'il ne supportera pas le brasier aussi bien que nous, répondit Svipdag. À la vérité, il veut la mort de notre roi.

— J'ai juré de ne jamais fuir fer ni feu », parvint à dire Hrolf d'un murmure altéré qu'on entendit à peine dans les rugissements et les crépitements.

Bjarki se pencha, plaçant son bouclier de manière à abriter quelque peu son seigneur. Hjalti l'imita de l'autre côté. Mais ils n'osèrent pas l'assister davantage de peur de le trahir.

En louchant pour percer l'éclat aveuglant, ils purent tout juste discerner qu'Adhils et ses hommes s'étaient retirés le plus loin possible. Sans doute le roi des Suédois souriait-il.

« Ses belles promesses ne valaient rien, gronda Starulf. Il veut nous griller tout vifs. »

Hjalti fixa ses genoux. « Mes braies commencent à fumer, dit-il. Si on reste là, on sera cuits... et bien cuits ! »

Trois chauffeurs coururent jeter un nouveau rondin dans le fossé. Des étincelles rejaillirent. Les chauffeurs firent demi-tour pour aller chercher d'autre bois. Ils riaient.

Bjarki regarda Svipdag. La même pensée leur venait. Le Norvégien hurla la moitié d'une strophe :

« Que le feu soit nourri dans ce fort, ici ! »

Lui et son ami suédois sautèrent sur leurs pieds. Chacun se saisit d'un chauffeur et le jeta dans le feu.

« Goûtez la chaleur pour laquelle vous vous êtes évertués ! s'écria Svipdag. Nous, nous sommes à point. » Hjalti l'imita avec le troisième. Les autres durent s'échapper. Il n'a pu s'agir d'une mort aussi horrible qu'il y paraît : on ne survit pas plus d'un battement de cœur dans pareille fournaise.

Le roi Hrolf se leva. Il prit son bouclier et le lança dans le foyer en criant :

« Il ne fuit pas le feu, non, il le franchit d'un bond ! »

Ses hommes comprirent tout de suite son idée. Jetant leurs boucliers, ils refroidirent le brasier et purent le franchir.

Adhils et ses gens entendirent des cris vite étouffés, virent des corps partir en fumée — et, comme autant d'ouragans, treize hommes surgirent des flammes. Ils n'avaient plus leurs boucliers, mais gardaient leurs casques et leurs cottes, ils étaient noirs de suie et trempés de sueur, mais plus assoiffés de sang que d'eau, leurs habits étaient roussis et leurs joues cloquées, mais leurs armes brillaient comme ce feu.

D'horreur, les soldats suédois s'enfuirent en déroute face à cette bande qui avait étripé leurs camarades portant broignes et épées. Et sans doute beaucoup se dirent-ils que combattre pour un seigneur qui essayait d'assassiner ses invités ne leur porterait pas chance. « Me voici, parent ! » rugit Hrolf, et il se rua sur le roi. Au-dessus de sa tête, son épée Skofnung virevoltait avec son rire.

Adhils prit la fuite. Un des piliers du toit portait la figure sculptée d'un dieu appuyé sur son écu. Cet écu se révéla une petite porte par laquelle le roi se glissa avec force contorsions avant de la claquer et de la verrouiller derrière lui.

« Enfoncez-la ! lança Hjalti.

— Non, dit Hrolf. Il doit ramper le long de quelque tunnel. Ferons-nous les vers, comme lui ?

— Il pourrait bien nous réserver quelques pièges si nous essayions, renchérit Svipdag.

— Nous n'en avons pas fini avec ce sorcier. »

Et Adhils put se faufiler dehors. Il sortit de terre derrière la chaumière des dames où il entra. Yrsa s'y trouvait, assise. Ses femmes se ratatinèrent à la vue de ce roi hébété, couvert de sueur et de crasse. « Partez, dit-il. Je… veux parler… avec la reine.

— Non, restez, répondit Yrsa. Je veux des témoins pour éviter qu'il puisse après mentir sur ce qui aura été dit. »

Les femmes se blottirent dans un coin. Adhils les oublia. « Votre espèce de fils… Hrolf le Danois… il est ici, dit-il en haletant. Il s'est jeté sur moi… il tient le fort… »

Yrsa poussa un soupir de joie. « Il ne vous en a pas chassé sans raison, dit-elle d'une voix tremblante.

— Allez le voir. Faites la paix entre nous. Il entendra vos suppliques.

— J'irai, mais pas pour vous. D'abord, vous avez ordonné que l'on tue le roi Helgi, mon mari, par traîtrise ; puis vous avez gardé ce qui revenait à ces gens de bien. Et maintenant, pour couronner le tout, vous voudriez tuer mon enfant ? Oh ! mais je ferai tout mon possible pour aider Hrolf à s'emparer de l'or et le seul fruit que vous récolterez sera empoisonné ! Et vous l'aurez bien mérité. »

Le roi Adhils se redressa. À cet instant précis, il n'était plus tout à fait un gros bonhomme grisonnant chassé de sa demeure. « Il paraît qu'il ne peut plus y avoir de confiance, ici, dit-il avec calme. Vous ne me reverrez jamais plus. » Il se détourna et sortit dans le soir. Elle l'entendit bientôt mener ses gardes hors du clos.

IV

Sur ces entrefaites, la reine Yrsa se rendit au fort. Elle trouva les Danois fous de joie, hurlant aux serviteurs apeurés qui restaient de leur apporter de la viande et de la bière. Mais quand ils la virent entrer, vêtue de sa robe blanche, de sa cape bleue et de son lourd collier d'ambre, le silence tomba sur eux. Elle parcourut toute la salle jusqu'au banc où le roi Hrolf était assis ; plus personne ne dissimulait son identité ! Ils échangèrent un long regard à la lueur du feu qui flambait toujours clair.

Le dos d'Yrsa restait droit et son corps souple, même si ses pieds ne dansaient plus comme ceux de la jeune mariée d'Helgi. La peau de son visage large au nez pentu était claire, mais marquée de rides, sa chevelure de bronze givrait, et on lisait une fatigue infinie dans ses yeux gris. On voyait ses traits dans ceux de son fils, qui portait avec aisance sur ses épaules la broigne éclaboussée d'écarlate dans laquelle il avait remporté la victoire. Svipdag s'avança d'une démarche saccadée. Ses joues décharnées semblaient humides sous son bandeau et sa cicatrice palpitait sur son front. « Ma dame... »

Elle garda son regard fixé sur Hrolf.

« Tu es la reine Yrsa ? demanda le roi. Je pensais te voir plus tôt. » Elle restait interdite. « Sous ton toit, reprit-il, j'ai déchiré ma chemise. » Il leva son bras droit dont la manche avait été fendue par une pique. « Veux-tu me la recoudre ?

— Que signifie... ? » souffla-t-elle.

Hrolf soupira. « Il ne peut s'établir d'amitié sans que la mère nourrisse le fils ni que la sœur couse pour le frère. »

Svipdag les fixa d'un regard stupéfait.

« Es-tu fâché que je ne t'aie pas accueilli plus tôt ? » Yrsa ravala ses larmes. « Écoute, je savais qu'Adhils complotait ta mort. Nuit après nuit, il travaillait sur son tabouret de sorcier avec ses bouilloires, ses bâtons runiques, ses ossements. Sans doute, ai-je pensé, sans doute escompte-t-il... que la mère serrera son fils dans ses bras... que la sœur prendra la main de son frère... C'était assurément tissé dans ses charmes.

— Alors, en fin de compte, elle s'est tenue à l'écart, ajouta Svipdag, la sorcellerie s'est délitée, et Adhils a dû imaginer autre chose au dernier moment. »

Hrolf se leva d'un bond. « Oh ! pardonne-moi ! s'écria-t-il, tout près des larmes lui aussi. Je n'avais pas compris ! »

Ils se jetèrent dans les bras l'un de l'autre, riant aux éclats, se reculèrent en se tenant par les mains pour se mieux voir, le souffle court, et bafouillèrent. Ensuite, ils se reprirent. Elle offrit aux guerriers un accueil majestueux, pria les serviteurs de préparer le repas et les quartiers des invités, puis s'assit près de Hrolf pour parler avec passion de sa vie qu'ils avaient presque toute entière à rattraper.

Svipdag prit quelque recul. « Comme elle a vieilli durant ces douze ans », murmura-t-il, la gorge serrée. « Vivre avec ce troll… » Il se secoua. « Mais ce soir, bien sûr, elle est plus qu'heureuse de revoir son fils. »

La boisson coula à flots et la gaieté les prit. Il était rare que treize hommes s'emparent d'un fort royal ! À la longue, le sommeil alourdit leurs paupières. Yrsa fit quérir un valet qui veillerait à leurs désirs. « Il s'appelle Vögg, dit-elle à Hrolf. Il est un peu simplet, mais il a bon cœur et il est alerte. »

Le gamin arriva : petit, maigrichon, nez en bec de corbeau, menton inexistant sous sa tignasse décolorée, pauvrement vêtu, mais sautillant et rieur. « Voici ton nouveau seigneur », lui dit la reine.

Vögg le regarda de ses yeux de grenouille. « C'est ça votre roi, à vous autres Danois ? s'exclama-t-il de sa voix grêle de garçonnet. Lui, le grand roi Hrolf ? Tiens, il est presque aussi maigre que moi — un vrai kraki, oui ! »

Bon, un kraki n'est jamais qu'un tronc d'arbre auquel on a coupé les branches en ne laissant que les moignons afin d'en faire une sorte d'échelle. Mais dans la joie où les mettaient la bière et le feu de leurs exploits du jour, le jugement de Vögg parut aux guerriers la chose la plus amusante qu'ils aient jamais entendue. Même Svipdag pouffa et joignit sa voix aux hurlements : « Kraki, kraki, oui, vive le roi Hrolf Kraki ! »

Le roi rit lui aussi et dit au gringalet : « Tu m'as donné un surnom qui pourrait bien me rester pendu aux basques. Que m'offres-tu comme cadeau de baptême ?

— Je… je… je n'ai rien, bredouilla Vögg, je suis pauvre.

— Dans ce cas, c'est le nanti qui doit combler l'autre », dit Hrolf. Au cours de la soirée, il s'était fait apporter plusieurs bracelets d'or pris dans ses bagages avec l'idée qu'il voudrait peut-être récompenser quelqu'un. Il en ôta un et le tendit au garçon.

Vögg pépia un remerciement, passa l'objet à son bras droit et se pavana comme un coq, levant la torsade pour qu'elle brille à la lueur du feu. Elle glissa jusqu'à son coude. Le roi désigna le bras gauche que le garçon dissimulait derrière son dos. « Pourquoi fais-tu cela ?

— Oh ! le bras nu, de honte, doit se cacher.

— Il faut y remédier sans délai. » Hrolf voyait bien que sa mère avait de l'affection pour l'innocent. Il lui tendit un autre bracelet.

Vögg manqua en tomber à la renverse. Quand il recouvra l'usage de la parole, il glapit : « Merci mille fois, seigneur ! Quelle merveille ! »

Le roi sourit. « Il en faut peu à Vögg pour se réjouir. »

L'autre sauta sur un banc et leva les bras vers les poutres. « Seigneur, s'écria-t-il, je jure que si jamais, moi vivant, vous êtes vaincu par des hommes, je vous vengerai !

— Je t'en remercie », dit le roi. Ses hommes approuvèrent, sans se soucier de cacher leurs sourires. Sans doute, le gamin ferait de son mieux pour tenir sa parole, mais comment ce pauvre diable pourrait-il jamais accomplir quoi que ce soit ?

Un moment plus tard, Yrsa les conduisait dans la maison d'hôte. Quoique beaucoup plus petite que le fort, elle n'en était pas moins confortable, claire et dépourvue des résidus de sorcellerie qui traînaient encore dans la demeure. Gram, le chien, les accompagnait ; on avait déjà mené les faucons aux écuries. Dans le froid, sous le regard pénétrant des étoiles innombrables, Yrsa prit une fois de plus les mains de son fils dans les siennes. « Bonne nuit, bon repos, mon chéri, lui dit-elle. Mais prends garde. Le mal rôde alentour.

— Ne devrions-nous pas veiller sur vous, ma dame ? demanda Svipdag.

— Je te remercie, mon vieil ami, mais c'est inutile. C'est après vous qu'il en a.

— Tous les dieux nous défendent de vous laisser exposée au danger.

— Bonne nuit. » Yrsa et ses femmes s'en furent.

À l'intérieur, un feu sur la pierre de l'âtre et des lampes aux murs dispensaient lumière et chaleur, mais enfumaient la pièce. Vögg leur montra leurs possessions bien rangées et les bancs disposés pour la nuit. Bjarki les mit en garde. « Ici, nous pouvons nous sentir à notre aise, oui, et la reine ne nous veut que du bien. Cependant, elle a raison : le roi Adhils nous fera tout le mal possible. Il m'étonnerait fort qu'on nous laisse poursuivre ce que nous avons entrepris. »

Vögg frémit et traça des signes. « Le roi Ad-d-dhils est horrible, il pratique des… des sacrifices sanglants. Et il n'a pas son pareil. Oooh ! souvent, la nuit, j'ai entendu les cordes crisser sous leur fardeau dans le bosquet, ou, le jour, les corbeaux noyer le vent de leurs cris ! Mais il ne donne que le nécessaire aux vrais dieux ! Non, son adoration va vers un énorme et horrible s-s-sanglier… » Il s'entoura de ses bras. Il claquait des dents. « Tout est trop paisible », reprit-il, abattu. « Prenez garde, prenez bien garde ! Il est sournois et de triste renom, et il fera tout son possible pour disposer de… nous… par tous les moyens.

— Je ne crois pas que nous aurons besoin de monter la garde cette nuit, fit remarquer Hjalti. Vögg n'est pas prêt de s'endormir. »

Les guerriers eurent des rires ensommeillés et s'étendirent sur les bancs pour trouver le repos. Ils avaient ôté leur attirail de combat. Les feux s'éteignirent. Seul Vögg resta tristement éveillé, son bonheur précédent enfoui sous sa terreur.

À minuit, tous furent tirés du sommeil pour retrouver le froid et la nuit. Dehors, entre les murs du clos, résonnaient des grognements et des hurlements épouvantables. Quelque chose cogna si fort contre les cloisons que la chaumière se balança, comme au gré des vagues. « À l'aide ! gémit Vögg. Le sanglier est dehors, le dieu sanglier du roi Adhils ! Il l'a envoyé se venger… et *personne* ne peut vaincre ce troll ! »

L'huis grinça et ploya sous les coups. L'arme de Bjarki scintilla. « Reprenez votre fer, mon seigneur, mes amis, dit-il. Je vais essayer de retenir la chose. »

La porte se fracassa. Au-delà, c'étaient dalles gelées, murs noirs, crêtes de toits, étoiles dans le ciel… Mais la vue était bloquée en grande partie par la forme dont la hure remplissait l'encadrement. La faible clarté révélait ses soies rudes et les défenses dardant telles deux épées courbes. Une odeur moisie de pourceau emplit leurs narines. Le grognement paraissait le tonnerre d'un tremblement de terre.

« Hé ! ha ! » hurla Bjarki. Sa lame tournoya, s'abattit, et rebondit si haut qu'elle faillit lui échapper. Pour la première fois, Lövi, qui avait occis le monstre ailé, refusait de mordre.

Gram, le chien, gronda en montrant les dents et s'élança.

Ses crocs se refermèrent et le sanglier hurla, un son qui déchira la chair telle une scie. Les deux bêtes se traînèrent dans la cour. Bjarki les suivit. Si son épée ne tranchait plus, elle saurait encore assommer. Le sanglier fit volte-face et le chargea, mais le poids de Gram le ralentit et Bjarki l'esquiva. Le sanglier secoua la tête, projetant le chien en tous sens, mais Gram tint bon.

Terrible fut la bataille pendant que les hommes du roi s'équipaient à la hâte. Mais, soudain, le souffle de forge du sanglier devint un râle. Gram chut sur le flanc, avec entre ses crocs une oreille et une bajoue sanglantes. Le troll, comme si une seule blessure lui avait suffi, tomba mort. Le sol trembla. Gram releva la tête et jappa à tous les échos.

Bjarki ne se mêla pas aux hourras de ses amis.

« Mieux vaut que je revête ma cotte de maille, dit-il. Et traînons ce que nous pourrons en travers de la porte. La nuit n'est pas finie.

— Vous… vous… avez terrassé la créature qui a bu tant de vies, bégaya Vögg. Oh ! Comment pourrai-je jamais être autre que brave ? »

Les autres ne lui prêtèrent aucune attention. Ils écoutaient la rumeur au-delà du clos : sonneries de trompes, cris de guerre, fracas de ferraille et pieds martelant la pierre.

Toute la troupe d'Adhils, renforcée des gardes de

la ville, fit irruption dans la cour et la remplit d'un mur à l'autre. Une lune bossue qui se levait sur un pignon sculpté en forme de dragon faisait reluire les mailles et le métal poli, changeait les souffles en lambeaux de brouillard, mais laissait les visages dans l'ombre. Le roi des Suédois devait avoir utilisé des espions, car ses gens ne perdirent pas de temps pour encercler la maison d'hôte.

« Que voulez-vous ? cria Bjarki de derrière le seuil.

— Tu vas voir, toi qui as tué mon frère ! » répondit-on. Après quelques battements de cœur, ils entendirent crépiter le chaume. Des flammes naquirent. On incendiait la maison.

« Nous ne souffrirons bientôt plus du froid, dit Hjalti.

— Si nous brûlions là-dedans, ce serait une bien vilaine façon de mourir, lança Bjarki. Une fin regret table pour le roi Hrolf et ses guerriers. Pour ma part je préférerais tomber les armes à la main sur un champ de bataille. »

Svipdag scruta la haie de piques qui les attendait. « Cette porte est trop étroite. Ils nous embrocheront tels des cochons si nous sortons par un ou par deux.

— Oui, dit le Norvégien. Je conseille d'abattre un mur et de se frayer un passage tous ensemble, si possible. Une fois au corps à corps, que chacun prenne un de leurs hommes et ils perdront vite courage. » Il leva la tête. « Vous entendez les voix aiguës qu'ils ont pour nous héler ou nous railler ? Je connais cette note. Notre exploit de ce jour et le trucidage du dieu d'Adhils les ont secoués.

— Un bon conseil, dit Hrolf. Je crois qu'il nous servira. »

En guise de béliers, ils prirent les bancs, mais ce ne fut pas un jeu d'enfant que de briser les planches. Ils s'escrimèrent, encore et encore. Le toit flambait, les braises pleuvaient sur eux, les flammes tonnaient, la fumée mordait… Puis, dans un bruit de tonnerre, le mur céda. Ils saisirent leurs boucliers récupérés dans les magasins d'Adhils, bondirent dehors et s'abattirent sur les Suédois.

Les épées sifflèrent, les haches cognèrent, les hommes jetèrent malédictions et hurlements sous le regard de la lune. Les Danois disposés en coin taillèrent dans le vif des troupes adverses comme une pointe de flèche. Une fois au cœur des rangs, ils formèrent le cercle. Non, en fait, c'était plutôt une roue cerclée de lames qui roulait, implacable, qui déchirait et détruisait tout ce qui essayait de lui résister.

La lune s'élevait, et avec elle le tumulte et l'incendie. Le sauvage combat se poursuivit. Toujours Hrolf et ses amis se ruaient à l'assaut, laissant derrière eux une route pavée de blessés, de morts, d'hommes fixant, incrédules, leur sang chaud qui coulait à flots sur le givre. Ils s'échappèrent bientôt du clos et se retrouvèrent en ville. Les rangs des combattants adverses s'étaient amenuisés, car les Danois, même meurtris et blessés, savaient à merveille se défendre et nul n'était si robuste qu'il ne doive battre en retraite sous leurs coups.

Des ailes bruissaient dans le ciel. Culotte, le faucon du roi Hrolf, s'éleva au-dessus de la forteresse, vira, piqua et se posa sur l'épaule de son maître. Il paraissait tout fier de lui. « Il se tient comme s'il avait accompli un exploit glorieux », haleta Bjarki. L'oiseau refusait de prendre son essor pour éviter les armes qui menaçaient son maître.

À la longue, le combat s'acheva. Malgré leur supériorité numérique, les Suédois ne purent résister aux treize Danois dans les venelles étroites. Comme Bjarki l'avait perçu, dès le début, ils étaient secoués. Le peu de cohésion qu'ils avaient se défit. Aucun ne tenait à sacrifier sa vie pour un roi qu'on ne voyait nulle part. Et les plus avisés d'entre leurs chefs en vinrent à craindre que les Danois se ruent dans une maison, prennent un tison dans le foyer et allument à leur tour un incendie qui pourrait dévorer Uppsala tout entière.

L'un après l'autre, ils crièrent merci. La volonté de paix les emporta tous comme une avalanche. Hrolf leur fit quartier et demanda où était Adhils. Nul ne le savait.

Leurs lames nues, le sang essuyé pour qu'elles miroitent dans la nuit, Hrolf et ses hommes revinrent au clos d'un pas lourd. Ils trouvèrent les gens de la maison occupés à peiner sur le feu pour le circonscrire. « Cela paraît en bonne voie, dit-il. Mais je crois que nous allons devoir user de la demeure du roi, après tout. » Il les emmena à l'intérieur et réclama des lumières, de la bière et des bancs pour dormir. « Où nous assiérons-nous en attendant ? demanda Bjarki.

— Sur le dais royal, dit Hrolf. Moi, je prends le trône. »

Après avoir bu, Hjalti le Généreux dit : « Ne vaudrait-il pas mieux que quelqu'un aille voir nos chevaux et nos faucons, après tant de remue-ménage ?

— Tout de suite, tout de suite », jacassa Vögg, et il partit.

Il revint en larmes pour leur détailler la honteuse manière dont on avait traité les malheureuses montures. Les Danois rugirent de colère et maudirent Adhils de toutes les façons possibles. « Va donc voir les oiseaux », ordonna Hrolf, tandis que Culotte déployait ses ailes au-dessus de sa tête.

Cette fois, Vögg parla d'un miracle. « Dans les écuries… tous les faucons du roi Adhils… morts… déchiquetés à coups de bec et de serre ! »

Culotte se lissa les plumes. Les hommes l'acclamèrent, retrouvant ainsi la joie de leur victoire.

V

Au matin, la reine Yrsa se présenta devant le roi Hrolf et le salua, solennelle. « Parent, tu n'as pas été reçu ici comme je l'aurais voulu et comme il était de ton droit de l'escompter. » Elle trébuchait quelque peu sur ses mots. « Mais, mon fils, tu ne peux demeurer plus longtemps dans un endroit aussi vil. Adhils, sans nul doute, rassemble une armée pour te tuer.

— Cela prendra du temps, Mère, répondit-il. Nous n'allons pas détaler comme des voleurs. Non, nous allons rassembler ce qui nous appartient, avec ton aide ; entre-temps, nous nous reposerons et nous festoierons. »

Le sourire d'Yrsa vacilla. « Je devrais te contredire, mais je ne le peux. Pas lors d'une rencontre qui sera sans doute la dernière que nous aurons jamais. » Se détournant, elle se hâta de quitter le fort.

« Seigneur, dit Svipdag d'une voix dure, nous ne pouvons faire autrement que la protéger.

— Elle a ses propres guerriers.

— Néanmoins, nous devons lui témoigner notre estime pour ce qu'elle a accompli. »

Le roi fixa l'œil unique de Svipdag d'un air grave avant d'acquiescer. « Agis comme tu le penses convenable. »

Le Suédois posa sa hache sur son épaule et suivit la reine. Elle s'était arrêtée dans la cour, près du tas de cendres et de charbon de bois qui étaient les seuls vestiges de la maison d'hôte, et tournait le dos au monde. Des ouvriers passaient. Une douzaine de guerriers attendaient à quelques foulées de là. Ils saluèrent Svipdag, qui supposa qu'ils ne figuraient pas parmi ses ennemis de la veille. La matinée était aussi froide que claire. Les pas, les mots, les animaux qui s'ébrouaient et piaffaient, la pie qui jacassait, tous les bruits qu'il percevait lui paraissaient aussi coupants que les rayons du soleil.

Il s'immobilisa derrière Yrsa et s'éclaircit la gorge. Elle lui montra son visage, à présent qu'elle avait repris contenance. « Salut à toi, dit-elle.

— Je pensais que nous pourrions causer, ma dame.

— Comme au bon vieux temps ? Non, les années mortes ne revivent pas plus que les hommes morts. Mais, bien sûr, je serai ravie de ta compagnie. Descendons marcher au bord de la rivière. »

Les soldats les suivirent de loin. Nul ne parla tandis qu'ils se frayaient un chemin dans le remue-ménage, le bavardage et les regards par vingtaines des habitants d'Uppsala. Une fois les portes franchies, Yrsa longea la rive en direction du nord. Bien que le sentier soit durci par le gel, la glace sur la rivière se disloquait en plaques grises qui flottaient au gré du courant brun qui murmurait. Au-delà s'étendaient les hautes plaines de la Fyris, presque désertes sauf pour deux fermes dont la fumée s'élevait dans l'air immobile et glacé. À leur droite, sur les pentes envahies de broussailles et couronnées de taillis, toutes les feuilles étaient tombées.

« Ma dame… » dit enfin Svipdag. Il déglutit. « Ma dame, nous vous ramenons chez vous… n'est-ce pas ? »

Elle se détourna. Il l'entendit à peine répondre : « Non.

— Mais c'est de la folie. Adhils…

— Je ne le crains pas. » Elle chercha son regard, saisit son bras. « Hrolf, par contre… Svipdag, ne peux-tu, *toi*, lui faire comprendre que vous devez par tir ? S'il le faut, Adhils lèvera chaque comté du Svithjodh et les magies les plus noires afin de vous défaire Tu n'imagines pas la force de sa haine ! »

Les jointures du Suédois blanchirent sur le manche de sa hache. « Devrais-je… Votre fils devrait-il vous laisser seule pour affronter pareille tempête ?

— J'ai mes hommes. » Elle inclina la tête en arrière. « Pas seulement ceux-là. D'autres, en nombre suffisant. Peut-être ne m'ont-ils pas ouvertement juré fidélité, mais ils ont une dette envers moi et la reconnaissent. J'ai aidé une famille à supporter la famine, ou adouci un jugement, ou libéré un esclave quand j'ai vu ses yeux suivre le vol d'un aigle… tu sais ce que les puissants peuvent faire. » Sa voix se teinta d'une sagacité qu'il avait souvent entendue dans la bouche de son fils et frère. « L'intérêt personnel de nombreux chefs et francs tenanciers respectés me sert aussi. Ils connaissent la cruauté et la cupidité du roi. Je représente un contrepoids ; ils le savent. Adhils n'ose pas me toucher. Il vit dans la crainte qu'une terrible maladie me frappe, qui paraîtrait issue de sa sorcellerie. Ses jours seraient comptés ! » Un rire fragile. « Svipdag, tu ne croyais pas la fille et la femme du roi Helgi le Skjoldung capable d'apprendre à se protéger seule ? »

Ils poursuivirent leur marche en silence, et puis il reprit la parole. « Quand bien même, plus rien ne vous retient ici. On vous témoignerait beaucoup plus d'estime en Danemark et… et d'amour, partout autour de vous. »

Les doigts de la reine se mêlèrent aux siens en une caresse. « Je sais, cher vieux vengeur. Oh ! je le sais ! Mais j'ai mon travail. Si je les abandonnais, que deviendraient ceux qui ont placé leur foi en moi au cours de ces années ? Et que dire de la guerre que l'on vous déclarerait sans délai si je ne pouvais plus prodiguer mes conseils ni tisser ma toile ? » Elle pointa le doigt. « Et mon Helgi ? Là-bas, à quelques milles, il gît avec les siens dans le vallon où ils sont tombés. Moi partie, qui sacrifierait sur sa tombe ? Qui l'entretiendrait… » Elle frissonna. « … et qui empêcherait Adhils de le déshonorer, lui, oui, de déterrer son crâne pour s'en faire une coupe et ses épaules pour y graver des runes ensorcelées ? »

Svipdag la prit par le coude. « On dit, poursuivit-elle après un temps, que jadis, sur cette terre, sous le règne de Domald Vibursson, les récoltes dépérirent.

Pour regagner l'amitié des dieux, les Suédois leur sacrifièrent de nombreux bœufs ; en vain, car l'année suivante fut pire. Alors, ils sacrifièrent des hommes ; la famine s'aggrava. La troisième année, ils tuèrent le roi Domald et inondèrent de son sang l'autel et les idoles. S'ensuivirent de merveilleuses saisons et une paix durable.

— Je vois. Vous êtes une reine, Yrsa.

— Et toi l'ami de mon fils et frère, à la vie et à la mort. » Ils continuèrent jusqu'au tertre d'Helgi et y demeurèrent un bon moment avant de rentrer.

Ce soir-là et les deux qui suivirent, Yrsa partagea le trône avec Hrolf. Si elle souriait peu, nul ne vit de chagrin dans son attitude. Les guerriers se réjouissaient. Ils appelaient souvent le roi par son surnom, Kraki. Alors, Vögg virait à l'écarlate et trottinait çà et là pour s'enquérir de leurs désirs. Comme sa vie serait en danger s'il restait et qu'il rêvait de partir, Yrsa convainquit son fils d'emmener le jeune innocent.

Durant ces journées, elle s'occupa de préparer le voyage de retour de Hrolf. Par ailleurs, elle passa le plus clair de son temps à ses côtés, l'écoutant raconter ce qu'il était advenu depuis le temps où il était un garçonnet ébouriffé à qui elle souhaitait la bonne nuit d'un baiser.

Le matin de son départ, les gens, venus de loin à la ronde, se rassemblèrent. Ils remplissaient Uppsala et bourdonnaient comme une ruche tout en attendant au-dehors du clos pour voir passer les Danois. Derrière la palissade, les gardes et les travailleurs de la maison formaient la haie autour de la cour. Le temps restait clair et froid, même si la brise apportait les premières bouffées, un peu humides, du printemps.

Le roi Hrolf et ses hommes se tenaient au milieu de la cour, vêtus des plus riches étoffes, revêtus de la plus belle maille, les pointes de leurs lances scintillant sur le ciel — tout cela cadeau d'Yrsa pour remplacer ce que le feu avait souillé. Pour accroître la renommée de Hrolf, elle tint à ce que tous voient ce qu'il emportait d'autre. En premier, bringuebalait un chariot tracté par huit chevaux que conduisait Vögg, un chariot sur lequel s'amoncelaient de fastueux trésors en or, argent, pierres précieuses, ambre, ivoire, fourrures, tissus, gobelets, armes, monnaies et marchandises étrangères. Tous en eurent le souffle coupé. Puis les palefreniers amenèrent douze grands chevaux bais du sud qui portaient bride, selle et maille, et un destrier blanc comme neige pour le roi.

Puis, la reine, vêtue avec éclat, sortit d'entre ses guerriers. À deux mains, elle tenait un cor en argent long comme le bras sur lequel étaient moulés des dieux, des bêtes et des héros. Parvenue devant son fils, elle prit la parole pardessus le « oouuhh » du vent. « Prenez ce qui est vôtre. »

Devant tous ces témoins, afin que nul ne puisse par la suite remettre cela en question, il lui demanda d'une voix forte : « M'as-tu à présent donné tout ce que je possède de plein droit et qui avait appartenu à mon père ?

— Cela dépasse de beaucoup ce sur quoi tu avais un droit, répondit-elle avec fierté. En outre, toi et tes hommes vous en retournez couverts d'honneurs. »

Elle leva le cor. « Quant à ceci, je te le donne en sus. Dedans sont les plus beaux anneaux du roi

Adhils, dont celui que l'on appelle le Cochon des Suédois et que l'on tient pour le plus beau du monde. » Elle le sortit. Devant son éclat, la foule se répandit en murmures et acclamations. Ce n'était pas une banale torsade, mais un bracelet large et épais, clouté de gemmes et gravé de l'image d'un sanglier, coursier de Frey.

« Je te remercie beaucoup, madame ma mère », dit Hrolf. Il donna le cor à porter à Beigadh. Bjarki hocha la tête. Il lui semblait juste que ce symbole de gloire accompagne celui que le service du roi avait rendu boiteux.

« À présent, parez-vous du mieux que vous le pourrez, afin que nul ne puisse vous chercher noise, leur dit Yrsa, car vous traverserez maintes épreuves. »

Elle n'avait pu retenir cette dernière, inutile mise en garde. Elle avait supplié Hrolf d'emmener avec lui quelques-uns de ses hommes à elle. Il avait estimé qu'elle en aurait davantage besoin. De plus, ceux qui laissent leurs familles derrière eux ne font pas de bons combattants.

« Oh ! que la chance soit avec toi, murmura-t-elle. Je ferai des offrandes au temple et sur la tombe de ton père... »

Il contempla ce visage qui était le sien pour moitié, posa ses mains sur ces frêles épaules. « Rien ne vaut ton vœu, ma sœur. Le trésor ne vaut pas la redécouverte de ton amour, ma mère. » Le faucon de Hrolf déploya ses ailes au-dessus d'elle et Gram lui lécha les doigts.

« Que tu sois venu à moi vaut tous les cadeaux que je pourrai jamais te faire, dit-elle.

— Les hommes cherchent la gloire pour éviter que

leur souvenir périsse avec eux. Au Danemark, Yrsa, ton souvenir durera éternellement.

— À cause de toi et d'Helgi.

— Non, à cause de toi. »

Ils se turent, car tout le monde entendait leurs voix brisées. Après un instant, Yrsa alla parmi les hommes du roi, prit la main de chacun et lui dit adieu de la même façon qu'à ses compagnons. Elle étreignit brièvement Hrolf, puis se recula tandis qu'il se hissait en selle. Il tira son épée et l'embrassa tout en regardant sa mère, sa sœur. Elle agita la main lorsque lui et ses hommes franchirent le portail.

Son fils disparu, elle dit au capitaine des gardes : « Nous ferions mieux d'évoquer le maintien de la paix dans le royaume. Mais d'abord, je dois voir l'intendant en chef pour quelques affaires concernant cette maison. »

Les Danois quittèrent Uppsala plus lentement qu'ils n'y avaient pénétré, car le chariot du trésor ne pouvait rouler vite. Pour la plupart, ils éprouvèrent leurs nouveaux chevaux fougueux, qui se cabrèrent et caracolèrent. Hjalti ne cessait de héler les filles qu'il avait rencontrées. Autrement, les citadins se réjouissaient sans doute de se voir débarrassés de ces dangereux invités. Mais aucun cri hostile ne fut proféré. On se pressait dans les ruelles, aux fenêtres et sur les murs de la ville. Un jour, les grands-pères raconteraient à leurs petits-enfants ce qu'ils avaient vu lorsqu'ils étaient petits.

Le pont sonna sous les sabots et craqua sous les roues. La rivière traversée, le roi Hrolf mena le train droit au sud par les hautes plaines de la Fyris. Ce ne serait pas une mince affaire que de ramener chez eux cet énorme butin. Il comptait emprunter le plus loin possible cette route qui traversait des champs et où la neige ne s'attardait plus qu'en plaques qui alternaient avec des flaques d'eau.

Uppsala s'évanouit ; la dernière vision qu'il en eut fut celle des corbeaux tournoyant au-dessus du bosquet du temple. Le jour s'étira jusqu'à midi passé. Le paysage se mit à moutonner, les bouquets d'arbres se firent plus fréquents et plus épais. Ici, nulle ferme, mais des alpages pour le bétail et des hêtres pour les porcs. Le vent forcit, jouant de la cape de Hrolf comme d'une flamme ; il dut plisser les yeux, et son faucon s'arc-bouter, les serres agrippées aux mailles de sa cotte. Il sentait l'humidité, sans la froidure de l'hiver, ce vent qui chassait de longs nuages blancs dont les ombres couraient sur la terre.

Le roi chevauchait, d'humeur sombre, les yeux rivés au sol. Tout d'un coup, un nuage moucha le soleil et une lueur apparut dans le chemin creusé d'ornières, devant lui. Les hommes la virent eux aussi, et poussèrent des cris. Là gisait un lourd anneau d'or, qui tinta sous le sabot du destrier royal.

Hrolf tira sur ses rênes. « Il fait ce bruit parce qu'il n'aime pas gésir ainsi, tout seul. » Il en ôta un de son bras et le jeta près de l'autre. « Je m'abstiens de ramasser cet or bien qu'il se trouve sur la route, dit-il à ses guerriers. Que nul n'ose le contraire, car on l'a jeté là pour nous empêcher de poursuivre notre chemin.

— Nous vous le promettons, seigneur, répondit Svipdag. La main d'Adhils s'étend loin. »

La troupe avait fait halte. Vögg, sur son chariot, essayait de ne pas trembler. Chacun se rembrunissait. Dans ce silence, tous entendirent le mugissement porté par le vent. Bjarki leva le bras. « Chut. » Puis : « Oui, des lurs. La main d'Adhils n'était peut-être pas si lointaine, après tout.

— Au galop ! ordonna Hrolf. Fouette tes chevaux, Vögg. »

Le chariot roulait pesamment, tanguait, cliquetait, grinçait. Avant peu, les Danois virent derrière eux une armée. Ce ne fut d'abord qu'une ombre sur les faîtes ; bientôt, ce furent bannières, armes entrechoquées, coups de trompe, sabots qui martelaient le sol et clameurs de colère.

« Des cavaliers, dit Svipdag. C'est ainsi qu'Adhils a pu les rallier si vite.

— Deux ou trois cents, il semble, ajouta Hjalti. On dirait qu'un après-midi chargé nous attend. »

Bjarki lissa sa barbe rousse. « En effet, ils se rapprochent à vive allure, grommela-t-il. J'aimerais les voir gagner quelque chose pour s'être dérangés.

— Ne nous tourmentons pas pour eux, dit Hrolf. Sans doute seront-ils eux aussi empêchés. »

Il reprit à Beigadh la corne qu'Yrsa lui avait donnée. « Ho ! ha ! » cria-t-il à son cheval blanc. Il galopa d'un mille vers la droite, puis vers la gauche. Tout en cavalant, il puisait dans le cor et en jetait le contenu à poignées. Il semait des anneaux d'or à tous vents sur les hautes plaines de la Fyris.

« Serions-nous moins prodigues que notre seigneur ? lança Bjarki. Une part de ce trésor nous revient. » Il se dirigea vers un chariot, puisa dans les richesses, en prit deux poignées et imita le roi ; ses compagnons firent de même. L'or et l'argent scintillèrent dans l'air du soir comme autant d'étoiles filantes jusqu'à ce que tous les sentiers en rutilent.

Puis la petite troupe se hâta de repartir. Quand les soldats suédois virent ces richesses briller devant eux, ils sautèrent à bas de leurs montures et entamèrent une course effrénée pour savoir qui serait le plus vif à les ramasser. D'un coup d'œil en arrière, Hrolf et ses hommes virent les rixes se déchaîner ; les Danois éclatèrent de rire.

Le roi Adhils rattrapa son armée. Malgré sa masse, c'était un amoureux des chevaux, un bon cavalier, même si sa lourdeur le freinait. Son visage avait pris la couleur d'une crête de coq et sa barbe s'écoulait en boucles de lutin sur sa panse serrée dans une broigne. « Quoi ? s'égosilla-t-il en découvrant le désordre invraisemblable. Vous vous croyez des hommes ? Vous glanez la paille et laissez la poutre s'envoler ! » Il leur distribua des coups avec le manche de sa pique. « Écoutez, espèces de cruches ! Arrêtez, écoutez votre roi ! Votre honte sera connue du monde entier… car, aussi innombrables que vous soyez, vous laissez douze hommes vous échapper ! Douze hommes qui ont tué vos parents ! »

Peu à peu, lui et quelques têtes froides en ramenèrent à la raison qui, à leur tour, en battirent et en admonestèrent davantage. À la fin, la moitié de l'armée peut-être reprit la poursuite. Les autres se chamaillaient sur le butin. Plusieurs, déjà, avaient trouvé la mort, et les querelles nées de ce jour allaient faire rage des années durant.

À présent le soleil était bas, le vent froid et strident, les ombres s'allongeaient et les freux regagnaient leurs nids en vols bruyants dans un ciel verdâtre. Quelques milles plus loin se dressait une pinède, puis des collines escarpées s'élevaient parmi lesquelles des troupes entières pouvaient espérer semer leurs poursuivants.

« Cavalez, croqueurs de charbon ! » criait Adhils, penché sur sa selle comme pour devancer l'animal qu'il éperonnait et fustigeait. Les sabots martelaient le sol, le métal ferraillait, casques et piques flamboyaient au crépuscule. « Cavalez ! Cavalez ! Oh ! que n'ai-je mon balai ! Que n'ai-je le temps d'invoquer mes trolls ! »

Hrolf regarda devant lui, puis derrière. « Nous ne nous mettrons jamais à couvert si nous gardons pareille allure, dit-il. Qu'importe le trésor ! Nous n'en avons pas besoin : l'avoir gagné nous suffit ! Videz le chariot ! »

De nouveau, les hautes plaines de la Fyris flamboyèrent de l'éclat de l'or. Bjarki trancha le licol d'un cheval de trait que Vögg monta à cru.

Quand les Suédois virent cette fortune éparse, la cupidité les terrassa. Ils se jetèrent sur les anneaux, sur les pièces et sur les joyaux comme ils se seraient jetés sur des femmes. Adhils et ses rares fidèles ne prirent pas le temps de les morigéner ; au contraire, ils forcèrent l'allure. Il leur restait un avantage de trois ou quatre contre un sur les Danois.

Le roi Hrolf puisa dans le cor d'argent, par ailleurs vide, et, alors que son beau-père galopait cent yards en arrière, en sortit l'anneau Cochon des Suédois et le jeta sur la route. Le bijou reflétait la lumière comme un autre soleil.

Adhils arrêta sa monture si brutalement qu'elle cracha le sang et hurla. Peut-être Hrolf avait-il plus de droits sur cet anneau que lui ; mais c'était là l'objet le plus sacré du pays.

Ses partisans le dépassèrent au grand galop. L'épée de Hrolf jaillit. « À l'attaque ! » Lui et ses douze champions se ruèrent à la rencontre de leurs ennemis.

Les Nordiques n'ont pas coutume de combattre à cheval. Ils ne possèdent ni la maîtrise, ni les montures requises. Mais les meilleurs guerriers avaient afflué à Leidhra, qui voulaient non seulement exceller aux arts virils répandus partout, mais qui en inventaient sans cesse de nouveaux, et les mettaient à l'épreuve sans répit. Ils savaient presser leurs bêtes autour de celle d'un adversaire et combattre sans se soucier des rênes ni des étriers.

Les épées chantaient, les haches martelaient, les piques retrouvaient leurs propriétaires, quoique par le mauvais bout — n'oubliez pas qu'elles avaient été prises dans les magasins d'Adhils ! Les faucons piquaient crever les yeux des Suédois, le chien Gram harcelait leurs coursiers. Aucun partisan du roi Adhils n'en réchappa.

Quant à lui, il n'osait mettre pied à terre. Tandis que son cheval frétillait, apeuré par le fracas et l'agitation, il essayait de ramasser l'anneau en l'enfilant sur sa pique ; mais le bijou se dérobait, glissait sur la pointe de l'arme. Frappant sa bête comme une brute, Adhils l'immobilisa, se pencha le plus bas possible et chercha le bijou à tâtons.

Hrolf venait d'occire un homme menaçant Vögg désarmé, quand, d'un regard, il vit ce qu'il advenait. Ses guerriers l'entendirent s'esclaffer. « Voilà maintenant le seigneur des Suédois qui s'abaisse à faire le porc ! » Il lança l'étalon qu'Yrsa lui avait donné.

Adhils avait presque enfilé le Cochon sur sa pique. Hrolf fila comme l'éclair, son épée Skofnung s'éleva, retomba : la plainte du vent, le son mat du tranchoir du boucher. Le sang gicla. Adhils gémit, les fesses fendues jusqu'à l'os.

« Endure cette honte quelque temps, cria le roi des Danois, et sache qui est celui que tu as cherché si longtemps ! »

Adhils dégringola de sa selle. Hrolf l'évita. Se penchant, au petit galop, un pied à l'étrier, il attrapa l'anneau. Cela lui permettrait de dire qu'il avait récupéré son héritage. Et il avait mieux vengé le roi Helgi qu'en trucidant son meurtrier.

Ceux qui se chamaillaient sur le trésor disséminé virent ce qui était arrivé. Frappés d'horreur, certains remontèrent à cheval et galopèrent aider Adhils, tombé en pâmoison à cause de la perte de sang. Ils n'eurent que le cœur d'étancher sa blessure et de l'emporter. Nul ne suivit Hrolf et ses hommes qui poursuivaient leur chemin.

Depuis lors, les skaldes ont souvent baptisé l'or « graine de Kraki » ou « semailles des hautes plaines de la Fyris ». Et si Hrolf abandonna des richesses, il acquit une gloire qui ne sera jamais oubliée.

VI

Le roi Hrolf et ses douze compagnons pénétrèrent dans les bois. Les pins poussaient haut et dru ; les rayons de soleil qui filtraient entre les troncs ne faisaient qu'épaissir l'ombre qui régnait. L'air était trop glacial pour garder une douce senteur. La piste, que ni la neige, ni les branches abattues par le vent n'encombraient, disparaissait sous une couche d'humus; les chevaux fourbus allaient dans un étrange silence, trébuchant souvent. Leurs cavaliers ressentaient la même fatigue.

La sente les conduisit alors dans une clairière. Ils purent voir une maison sous les arbres, mais sans discerner sa taille ni sa forme. Un grand vieillard vêtu d'une cape bleue et d'un chapeau à larges bords se tenait devant appuyé sur un bâton.

Le roi fit halte. « Bonsoir, Hrani.

— Bonsoir, Hrolf Kraki, répondit le franc tenancier.

— Comment sait-il ce surnom ? chuchota Vögg. Et j'ai… j'ai déjà emprunté ce chemin… Il n'y a jamais eu de clos ici.

— Silence, ordonna Hvitserk le Suédois. Nous avons déjà rencontré cet être… quel qu'il soit.

— Soyez les bienvenus sous mon toit, dit Hrani.

— Tu es trop aimable, répondit le roi.

— Je suppose que votre voyage n'a pas différé de ce que j'avais prévu.

— C'est vrai. Tu n'étais pas aveuglé par la fumée. »

Le franc tenancier mit les chevaux à l'étable et mena les hommes dans la longue salle de feu et d'ombre dont ils se souvenaient. Ils prenaient de nouveau les événements tels qu'ils se présentaient, comme dans un rêve; mais, pour hospitalier que semble leur hôte, ils ressentaient l'impression confuse de se mouvoir dans un cauchemar.

Hjalti en toucha deux mots à Bjarki. Le Norvégien hocha la tête. « Oui, moi aussi, murmura-t-il à l'oreille de son ami. Après ce que nous avons vécu au fort d'Adhils, méfions-nous de ce qui vient de par-delà les murs de notre monde. »

Hrolf lui-même dut se contraindre à la politesse. La main osseuse de Hrani serrait son coude tandis qu'il le guidait vers une table. Dessus se trouvaient une broigne, une épée et un bouclier, noirs et d'étrange facture.

« Seigneur, voici les armes que je t'offre », dit Hrani.

Hrolf fronça les sourcils. « Ce sont là des horreurs, franc tenancier », répliqua-t-il.

Hrani le lâcha. Sous le chapeau, son œil reflétant la lueur sanglante et vacillante du feu jeta un éclair. Dans la longue barbe grise, sa bouche s'étrécit pour ne former qu'un trait. « Qu'entends-tu par là ? dit-il d'un ton sec.

— Je ne voudrais pas faire preuve de grossièreté à l'égard de mon hôte…

— Mais tu juges mon présent indigne de toi ? »

Hrolf leva les yeux sur la face à demi dissimulée, fortifia son âme et dit : « Nous quittons un nid de sortilèges et de trolls. Nous pourrions encore être sous l'emprise de charmes, ou de pièges nous réservant un destin funeste. L'épée Tyrfing erre de par le monde et chacun de ses détenteurs reçoit la victoire, mais il devient un scélérat et à la longue son arme le mène à sa ruine.

— Tiens-tu ces armes pour des objets maudits que j'aurais forgés ?

— Je ne sais. Je ne peux donc pas les prendre. »

Les paroles de Hrani sifflèrent tel un vent gelé issu de la Glace Noire. « Tu ne m'honores guère, à mépriser mes cadeaux. J'estime quant à moi que ton funeste sort sera aussi terrible que l'humiliation que tu me fais.

— Je ne voulais rien dire de tel, mon ami. » Hrolf essayait de sourire.

Le franc tenancier l'interrompit. « Ne m'appelle plus ainsi. Roi Hrolf, tu n'es pas aussi avisé que tu le crois... » Et son regard fouailla chaque homme jusqu'à la moelle des os. « ... et aucun de vous n'est aussi chanceux qu'il le pense.

— Mieux vaut que nous partions, il semble.

— Je ne vous retiens pas », répondit Hrani.

Il ne dit plus mot. Il leur ramena leurs chevaux, sellés, harnachés, prêts à partir, et s'appuya sur sa pique, dans l'ombre. Sous ses sourcils, son air était sinistre. Les hommes jugèrent qu'ils ne gagneraient rien à le saluer. Ils se mirent en selle et s'en furent au trot pour mettre le plus de distance possible entre eux et lui avant la pleine nuit.

À peine avaient-ils parcouru un mille, le temps pour le brouillard dans leurs têtes de se dissiper, que Bjarki s'arrêta. Les autres l'imitèrent. Il leur dit, vague silhouette dans le crépuscule : « Les imprudents comprennent trop tard. Il en est ainsi avec moi. J'ai l'impression que nous n'avons pas agi sagement en disant non là où il fallait dire oui. Nous avons peut-être invité la victoire à nous quitter.

— Je commence à penser de même, dit Hrolf. Ç'aurait pu être le vieil Odin. En vérité... car je ne sais qu'à présent ce que j'ai vu... c'était un borgne. »

La lueur unique du regard de Svipdag miroita. « Hâtons-nous d'y retourner, dit-il, et de découvrir ce qu'il en est ».

Ils trottèrent sous les pins dressés comme des fers

de lances et sous les premières étoiles blafardes. À part le bruit mat des sabots, le cliquetis du métal, le crissement du cuir et la plainte sourde que Vögg ne pouvait tout à fait réprimer, ils allaient en silence. Pour sombre qu'ait été le sentier, ils reconnurent l'endroit quand ils l'atteignirent. Clos et franc tenancier avaient disparu.

Le roi Hroif soupira. « Inutile de le chercher, c'est un spectre coléreux. »

De nouveau, ils firent demi-tour et à la longue trouvèrent un pré où camper. Nul ne voulut manger ni boire, et il faisait trop sombre pour ramasser du petit bois et des branches afin de bâtir le feu. Ils dormirent mal, ou ne dormirent pas.

Le matin venu, ils repartirent. On ne dit rien d'eux avant leur retour au Danemark.

Mais ils ne tardèrent sans doute guère à se réchauffer le cœur. C'étaient des guerriers intrépides revenant d'exploits grandioses. Quant à leur fin, ils n'avaient jamais cru pouvoir lui échapper, quelque forme qu'elle prenne et où qu'elle les trouve. En attendant, feuillu, fleuri, dans le chant des oiseaux et dans le regard brillant des pucelles qu'ils approchaient, le printemps renaissait.

Mais, à Leidhra, le roi Hrolf et le capitaine Bjarki parlèrent longuement entre quatre yeux. Ce fut Bodhvar-Bjarki qui lui conseilla d'éviter les batailles. Tous deux pensaient que nul n'attaquerait les Danois s'ils demeuraient en paix. Toutefois, le Norvégien reconnut qu'il craignait que le roi ne vainque plus comme par le passé si jamais la guerre venait à lui ; car Odin est le Père des Victoires.

« Seul son destin dirige la vie d'un homme, répondit Hrolf, et non ce revenant.

— Si chacun déterminait sa route, tu serais le dernier à te perdre, dit Bjarki. Mais je garde le pénible sentiment qu'il va nous arriver malheur. »

Ils mirent alors fin à leur discussion, mais restèrent tous deux bien pensifs par après.

Pourtant, leur gloire était immense. Ils avaient rabaissé le meurtrier du roi Helgi. Le troll qu'il servait et les meilleurs de ses hommes avaient trouvé la mort. Le trésor qu'il avait détourné lui avait échappé, glané sur les hautes plaines de la Fyris et emporté dans cent fontes de selle. Humilié, estropié, plus solitaire qu'un naufragé sur un récif, la nuit, dans son fort désert, le roi Adhils pleurait.

CHAPITRE SEPTIÈME

LE DIT DE SKULD

I

Sept années durant, il n'y eut de guerre ni en Danemark, ni au-dehors. Cela ne signifie pas que tout fut paisible.

Quand il rentra chez lui, Bjarki se vit fêté par sa femme Drifa — qui avait un petit garçon à lui présenter — et par les gens qui vivaient sur ses terres, ainsi que par d'autres, venus des alentours. Ils savaient qu'en tant que bras armé du roi, il était leur défenseur contre les hors-la-loi et les étrangers. Les gardes qu'on avait renvoyés chez eux étaient malheureux ; ils estimaient que leur honneur avait souffert. Hrolf sut trouver les mots pour les apaiser : de mystérieuses puissances avaient agi, aussi leur virilité n'était-elle pas remise en cause, car les Nornes n'avaient pas gravé de runes sur leurs berceaux pour leur permettre un jour de quitter le bailliage de l'humanité. Puis il leur donna de telles quantités d'or et d'argent que tout le royaume sut le bien qu'il pensait d'eux. Entre-temps, la joie simple de Bjarki leur avait rendu le sourire.

Mais douze refusèrent de se calmer : les berserkers. Par ailleurs trop stupides pour saisir qu'un homme ne vaut pas pour toutes les tâches, ils s'impatientaient. Pour eux, il n'y avait d'autres activités envisageables que se battre, bâfrer, boire et besogner. Ils se lassaient des trois les plus pacifiques, et Hrolf Kraki ne les envoyait plus à la guerre.

Un soir de fin d'été, au fort de Leidhra, leur chef, Agnar, s'emporta contre Bjarki. Hrolf coupa court à la querelle et, devant toute la compagnie, réprimanda le berserker qui sortit ruminer de sombres pensées. À la fin, il retourna voir le roi, traînant des pieds. Pour l'humiliation qu'il venait d'essuyer, aucune excuse ne conviendrait, sauf son mariage avec Skur, la fille de Hrolf, et la dot qui lui revenait.

Horrifiée, la jeune fille s'enfuit chez sa sœur. Drifa la réconforta et parla à son mari. Bjarki courut voir le roi. Pour Hrolf, le dilemme était cruel : maintenir la paix sans briser les serments faits à ses hommes, et, de l'autre côté, tenir ce balourd à l'écart de sa fille. « Seigneur, lui dit le Norvégien, vous avez à juste titre interdit les combats de troupes. Mais vous n'avez rien dit des combats singuliers, n'est-ce pas ? Je préférerais mourir que d'avoir ce fils de jument comme beau-frère ! Et sans doute voudra-t-il m'obliger, lui aussi. »

Agnar brailla. Hrolf essaya de combler la brèche, surtout par crainte de perdre son capitaine, mais rien n'y fit. Si bien qu'Agnar et Bjarki ramèrent jusqu'à un javeau sur lequel ils plantèrent les piquets.

Le berserker obtint de porter le premier coup. Son épée, qu'il appelait Höking, s'écrasa sur le casque de Bjarki, brisa les rivets et fit hurler à l'unisson les plaques de fer. Elle faillit lui défoncer le crâne, et du sang s'écoula du nasal. Höking n'était pas retirée que déjà l'autre lame s'élevait, tandis que Bjarki serrait son poignet droit dans sa main gauche et posait son pied sur une souche pour donner plus de force au coup.

Lövi frappa. Plus tard, Bodhvar-Bjarki composa ce poème.

Je vous le dis pour vrai, j'ai frappé un mâle sauvage
dans un combat fou avec ma longue et fine épée Lövi
et gagné une fière renommée le jour où je l'ai tué,
Agnar, le fils d'Ingjald ; qu'on acclame nos noms !
C'est son Höking qu'il lève et abat sur mon casque,
sa lame est émoussée, elle ne me blesse pas !
Elle me mordra, cruelle, si l'acier repasse ;
vite je virevolte, mon épée le découpe,
sa main part à droite, son pied à gauche, tranchés ;
dans le tourbillon, elle arrache les racines de son cœur.
Au vrai, jamais je n'ai vu homme mourir si vaillamment.
Il tombe, mais ne se pâme, il s'appuie sur son coude,
dans un éclat de rire il laisse fuir sa vie,
car son mépris de la mort est indemne.
Il voyage joyeux aux pays des héros.
Hardi le cœur qui sourit à l'ombre qui approche.
Je crois qu'il fut bien marri, dans son cœur et son âme,
de ne m'avoir point battu ; mais, touché à mort,
il riait encore.

Bjarki veilla à ce qu'Agnar reçoive une sépulture décente. Malgré tout, les autres berserkers l'assaillirent alors qu'il rentrait chez lui, après l'enterrement où Hjalti et Svipdag l'avaient accompagné en tant que témoins. Si bien que deux nouveaux berserkers perdirent la vie et qu'aucun des autres n'en sortit indemne.

Pour leur tentative, le roi Hrolf les déclara hors-la-loi. Ils partirent en beuglant des serments de vengeance. Mais, contrairement à ceux qui avaient été chassés d'Uppsala, ils ne trouvèrent nulle part où quérir de l'aide, si forts étaient la paix en le Danemark de Hrolf et le respect au-dehors. Chacun admit que le fort royal, certes, mais aussi le pays tout entier se porteraient mieux sans eux.

Par la suite, Skur épousa Svipdag. Elle fut, dit-on, assez heureuse, pour austère qu'il ait été.

L'année suivante, Hrolf reçut de grandes nouvelles : le roi Adhils était mort.

Il dirigeait les sacrifices printaniers, voués aux Puissances femelles, et faisait le tour de leurs autels ensanglantés quand son cheval trébucha. Désormais incapable de bien tenir en selle, Adhils fut projeté à terre et sa tête heurta un roc. Le crâne éclata, la cervelle jaillit. Les étranges déités qu'il avait adorées ne s'étaient pas montrées tendres avec les Yngling.

Les Suédois lui élevèrent un tumulus et prirent pour roi Eystein, le fils qu'il avait eu d'une concubine des années plus tôt. Mais le peuple, comme son nouveau roi, aimait encore la reine Yrsa ; n'était-elle pas la sœur et la mère du Grand Roi des Danois ? Elle siégea donc dans les conseils du pays et mena beaucoup d'hommes au doigt et à l'œil. Elle aurait volontiers rendu visite à Hrolf, mais l'âge commençait à l'affaiblir. Quant à Hrolf, il ne voulut pas se jeter dans les bras du nouveau seigneur de Svithjodh, car cela aurait paru plus arrogant qu'amical. Aussi Yrsa et lui ne cessèrent-ils de remettre leur rencontre à plus tard.

Une des affaires qui préoccupait le roi Hrolf était de mettre un terme aux sacrifices. « Odin est devenu notre ennemi. Je n'ai jamais apprécié de voir pendre ou noyer des innocents et je n'ai donc offert que des animaux. Quant à ces derniers, leur abattage n'a point servi le roi Adhils, il me semble. » Au début, le peuple craignit la famine, et pire quand son roi se refusa même à entrer dans un temple. Il dut apaiser nombre de ses porte-parole. Mais une bonne année suivit l'autre, le commerce s'accrut, s'étendit ; la paix semblait inébranlable.

Chacun put agir ainsi qu'il l'entendait. À part des présents déposés sur les tombes de leurs ancêtres ou donnés aux petits farfadets qui hantaient leurs maisons ou leurs parcelles, le roi et ses hommes négligeaient d'invoquer les Puissances ; ils se fiaient à leur propre force.

Bien sûr, il n'en alla pas de même avec tous ses vassaux, dont Hjörvardh du Lac d'Odin, l'époux de Skuld, sœur de Hrolf et Fille d'Elfe.

Après le mariage, ils passèrent quelques années solitaires. Une fois que Bjarki eut tué la bête qui dévastait le bétail, Hjörvardh parut tout particulièrement désireux de témoigner de son bon vouloir. Il participa aux guerres du Jutland durant quelques saisons et ne manqua jamais de payer son tribut, qu'il soit en hommes, en or ou en marchandises. Par ailleurs, il administrait ses propriétés et la Fionie du Nord. Quelque peu fainéant, ravi que l'on accomplisse le travail à sa place, il aurait pu finir ses jours heureux, sans sa reine.

Dans tout ce qui importait, cet homme grassouillet qui perdait ses cheveux se voyait dominé par cette femme mince à la chevelure de jais dont les yeux miroitaient comme de changeants lacs verts sur un champ de neige. Elle durcissait les jugements qu'il délivrait et les gens du peuple surent vite que protester leur était aussi peu favorable qu'aux esclaves de Skuld. Ceux qui donnaient du fil à retordre à la reine ou à son époux s'attiraient la malchance : une maladie, le croup sur leur bétail, la rouille sur leurs récoltes, un incendie, ou pire. Elle ne faisait pas mystère de la sorcellerie qu'elle pratiquait, encore que nul n'ait pu l'épier lors de ses sorties dans les bois ou sur les landes. Certains murmuraient l'avoir vue, de nuit, chevaucher une cavale efflanquée qui galopait plus vite qu'aucun animal, suivie d'une troupe de formes et d'ombres contrefaites.

Pourtant, Hjörvardh et elle devaient s'attirer les faveurs des dieux car ils se montraient fort prodigues envers eux. Aux époques sacrées, ils donnaient à chacun des Douze les vies qui leur étaient dédiées : Thor recevait ses chèvres, Frey ses porcs, Freyja ses chats, Heimdal ses taureaux et ainsi de suite jusqu'à Odin. Lui, il avait des hommes.

Ils prospéraient, entretenaient un grand fort, disposaient d'une maison complète et possédaient des coffres bourrés à craquer. S'ils ne témoignaient de la splendeur d'un Hrolf Kraki, c'était davantage par ladrerie de la part de Skuld que par manque des ressources nécessaires.

Elle détestait amèrement la vassalité de son époux vis-à-vis de son frère. Chaque année, lorsque le tribut partait pour Leidhra, on aurait dit que son propre sang se trouvait dans la cargaison.

Elle ne cessait de reprocher sa bassesse à Hjörvardh. Ses récriminations s'envenimèrent encore lorsque le Grand Roi revint d'Uppsala pour cesser de guerroyer et de révérer les dieux. « Cela ne peut plus durer », dit-elle.

Hjörvardh, couché près d'elle, soupira. « Il vaut mieux, pour nous comme pour les autres, souffrir cela et laisser les choses en l'état.

— Tu n'as vraiment guère de virilité, cracha-t-elle dans le noir, à voir comment tu acceptes l'humiliation que tu subis !

— Il n'est pas sage de braver Hrolf. Personne n'ose lever un seul bouclier contre lui.

— *Toi*, tu n'oses pas ! Avec tes pauvres forces, bien sûr… Qui ne risque rien n'a rien ! Qui peut savoir, avant même d'essayer, si nul ne peut vaincre Hrolf et ses guerriers ? Je crois que la victoire l'a délaissé pour de bon et qu'il le sait, aussi reste-t-il chez lui. Eh bien, allons à lui !

— Skuld, c'est ton frère..

— Ce n'est pas une raison pour le ménager.

— Contente-toi de ce que nous avons, ma douce. » Il partit à sa recherche à tâtons, sentant la douceur froide de sa peau, respirant l'été de ses cheveux. Elle le repoussa et lui tourna le dos. Hjörvardh n'essaya pas de la prendre. Il savait depuis longtemps qu'il ne le pouvait contre son gré et qu'elle le chevauchait alors plus souvent que lui.

Elle négligea le sujet pendant un certain temps, mais son acariâtreté s'accrut. Renverser le roi Hrolf n'était pas projet à entreprendre à la légère. Quatre années durant, elle s'occupa d'approfondir sa connaissance des arcanes de la sorcellerie.

« Méfie-toi de ces sorts, suppliait Hjörvardh. Le roi Adhils était un grand sorcier, mais cela ne lui a rien valu de bon. »

Le rire de Skuld le glaça. « Adhils ? Ce pauvre hère ? Il *croyait* s'y connaître, mais peu de créatures prenaient garde à lui. J'ai des tuteurs… » Elle s'interrompit et n'en dit pas plus.

Puis vint un Noël dont elle passa la nuit dehors, selon sa coutume. On l'aperçut de loin, montée sur l'horrible vieille carne qu'on lui connaissait à pareille période, et les épaules drapées dans sa chevelure et une cape de la même couleur. Elle n'avait pour toutes armes qu'un poignard et un bâton runique, mais elle n'avait rien à craindre des hommes. Elle s'évanouit dans le crépuscule et ceux qui l'avaient vue passer se hâtèrent de regagner le coin du feu.

À quelques milles d'Odense, sur le rivage de la baie, une colline s'élevait, au pied de laquelle poussaient des arbres tordus par le vent et des broussailles à présent effeuillées par l'hiver. Ajoncs et brande la couvraient jusqu'au sommet sur lequel un dolmen s'accroupissait. Les chutes de neige avaient été rares cette année ; le pays s'étendait, obscur, les taillis ricanant de la complainte du vent du nord. Dans le ciel, des nuages passaient, filtrant la lune crochue qui dessinait sur eux son cercle pâle. Les vagues qui s'écrasaient sur la grève entrechoquaient les galets. L'air vif était relevé d'un goût de sel et de la puanteur du cadavre d'un phoque rejeté sur la grève. À l'intérieur des terres, les loups donnaient de la voix.

Skuld mit pied à terre et entra dans le dolmen, où

elle avait une bouilloire et du bois sec pour ses sorts. Quelqu'un, ou quelque chose, s'était déjà chargé de remplir le récipient ; elle n'eut pas non plus à s'escrimer avec du silex et des brindilles pour allumer le feu. Ses flammes courtes et bleues ne chauffèrent qu'à peine l'eau, ne réchauffèrent point la peau, et animèrent des ombres si monstrueuses sur les parois de roc que les ténèbres, au lieu de reculer, se rapprochèrent.

Accroupie dans ce réduit étroit, Skuld brandit son bâton runique au-dessus du brouet et cria certains mots.

Un bruit naquit — de succion, semblait-il. Elle sortit. Un autre cheval que le sien aurait hurlé et détalé, voyant les flots bouillonner et un monstre émerger pour gagner le rivage. La terre trembla sous le poids de ses pas lents. Ce qui gravissait la colline répandait une eau qui luisait, blanche et glacée. Le froid sourdait de sa peau humide, ainsi qu'une odeur fétide de poisson et de plaines sous-marines. Tel le varech étaient ses cheveux et sa barbe, telles des lampes ses yeux.

« Tu dois être hardie pour m'avoir appelé », susurra-t-il.

Elle le toisa. « J'ai besoin de ton aide, parent. »

Il attendit.

« Je sais convoquer des êtres d'au-delà du monde humain, reprit-elle, mais ils me déchireront, à moins qu'une puissance telle que la tienne ne leur ordonne de rengainer leurs crocs.

— Pourquoi devrais-je te protéger ?

— Afin de briser la paix du Grand Roi.

— Que représente-t-elle pour moi ?

— Des navires ne fendent-ils pas tes eaux, chaque année plus nombreux, sans jamais nourrir tes congres d'un sacrifice humain ? Des marins ne partent-ils pas en campagne, chaque année plus nombreux, pour assommer tes phoques, harponner tes baleines, dévaliser les nids de tes cormorans et de tes fous, relever leurs filets regorgeant de tes poissons et briser la solitude vêtue de ciel de tes îles les plus reculées ? Je te le dis, moi qui ne suis qu'à demi humaine, je te le dis : l'homme est l'ennemi de la Vieille Vie, qu'il le sache ou l'ignore, et à la fin ses œuvres recouvriront le monde, qui plus jamais ne connaîtra la liberté, ni la magie sauvage, à moins que nous ne l'abattions et que nous ne le ramenions, avant qu'il ne soit trop tard, au sein de la fraternité de la Bête, de l'Arbre et des Eaux. Pour ton bien, aide-moi !

— Ne remplaceras-tu pas simplement un roi par un autre ?

— Tu sais que non. Pas vraiment. *J'utiliserai* les gens. »

Il la considéra longtemps, là dans l'ombre venteuse, si bien qu'elle-même s'effraya, et enfin il rit, d'un rire de mouette, aigu, incongru dans une gorge si vaste. « Marché conclu ! Tu sais que l'autre terme n'attend pas.

— Je sais. »

Après avoir ôté ses habits et suivi l'être dans le dolmen, elle dut se mordre les lèvres pour supporter son poids, ses écailles, sa puanteur, sa froideur, sa terrible froideur, et serrer les poings pour endurer l'immensité qui l'écartelait jusqu'au sang. Elle savait que cela se reproduirait souvent.

Mais il l'appuierait lorsqu'elle invoquerait les horreurs d'outre-monde.

À l'approche de l'aube, elle rentra chez elle. Les nuages avaient fini d'ensevelir le ciel. Son cheval trébuchait dans la pénombre. De la neige balayait le sol. Tremblante de froid, le corps las et endolori, elle tenait néanmoins sa tête haute par une fierté qu'aucun faucon n'aurait égalé.

Tout soudain, un bruit de sabots retentit. Ils n'étaient pas amortis, ils sonnaient clair et allaient plus vite que des rayons de lune. Le coursier qui la rattrapait avait la couleur du lait, de l'argent, et sa beauté n'était pas de ce monde. Non plus que la femme qui le montait. Vêtue de robes qui luisaient et scintillaient, comme tissées d'arcs-en-ciel, elle avait le visage de Skuld, les cheveux de nuit de Skuld, mais ses yeux étaient dorés et ses traits chagrins.

« Ma fille, sanglota-t-elle, attends ! Écoute ! Tu ne sais pas ce que tu fais… »

D'autres sabots — trop nombreux — tonnèrent dans le ciel où des chiens aboyaient, des cors sonnaient, du fer miroitait. Le meneur de cette troupe montait un étalon à huit pattes, et portait un chapeau à larges bords qui cachait son œil unique. Il leva sa pique comme pour la projeter vers la femme. Elle gémit, tourna bride et s'enfuit, en pleurs. Skuld demeura où elle était, regarda filer la Chasse Sauvage et éclata de rire.

Au matin, alors qu'elle et son mari se préparaient pour les sacrifices de Noël, elle renvoya ses serviteurs. Elle traversa la chambre à grands pas pour saisir le poignet de Hjörvardh. Le sang perla sous ses doigts. Il la regarda : épuisée, les yeux caves cernés de noir, et néanmoins flamme revêtue de chair.

« Écoute ! » Sa voix, pourtant basse, l'ébranla. « Je t'ai dit ton inanité à ployer sous le joug de Hrolf Kraki. Mais il n'est pas besoin que cela continue, et cela ne continuera point.

— Que… que… À quoi penses-tu ?

— J'ai reçu des signes qui nous promettent la victoire.

— Mes serments…

— La nuit passée a entendu d'autres serments. Hjörvardh, tu es mon homme. Tu dois donc te montrer assez viril pour te venger du tour mesquin que t'a joué mon frère… et surtout, monter sur le trône du Danemark. » Il ouvrit la bouche. Elle le fit taire d'un doigt sur ses lèvres, sourit et ronronna : « J'ai élaboré un plan qui devrait réussir. Écoute.

» Forte est la maison de Hrolf, mais nous pouvons lever plus de guerriers et, si nous le prenons par surprise, il n'aura pas le temps de tirer sa flèche de guerre pour appeler à lui les francs tenanciers. Tu te demandes comment rassembler une troupe pareille sans qu'il l'apprenne ? Ma foi, nombreux sont ceux qui n'éprouvent aucune espèce d'amour envers lui : les chefs qu'il a humiliés, les berserkers qu'il a renvoyés, les hors-la-loi qui rôdent affamés, les Saxons, les Suédois, les Götar, les Norvégiens, même les Finnois qui se réjouiraient de le voir jeter bas, et. d'autres, que je connais.

» Cela va nous coûter une fortune de payer les pots-de-vin et les armes étrangères, que nous passerons en contrebande. J'ai découvert un moyen d'obtenir, ou plutôt de garder, ce qui nous revient de droit. Nous allons demander à Leidhra la permission de suspendre le paiement de notre tribut pendant trois ans et de le verser tout entier à la fin de cette période.

— Pourquoi ? voulut savoir Hjörvardh.

— Nous expliquerons avoir besoin d'acheter bateaux et provisions afin de développer notre commerce extérieur. Il devrait apprécier cela. Et cela nous permettra de faire passer nos allées et venues dans les environs pour inoffensives.

— Mais… mais…

— Où est le risque ? Au pire, il refuse et nous renonçons. Mais je ne le crois pas. Si nous conservons cette fortune, nous avancerons à l'estime, n'agirons qu'une fois assurés de l'étape suivante et ne le combattrons qu'une fois levés tous nos doutes sur nos possibilités de l'écraser. »

Hjörvardh restait réticent, mais Skuld le harcela jour après jour et nuit après nuit. À la longue, il finit par accepter et des messagers traversèrent le Grand Belt.

Ils revinrent porteurs de la nouvelle que le roi Hrolf se réjouissait de laisser son beau-frère suspendre ses paiements aussi longtemps que demandé et lui souhaitait tout le succès possible dans ses entreprises.

Puis Hjörvardh rechercha tous ceux qui gardaient rancune à leur suzerain, et toutes sortes de scélérats Encouragée par Skuld, son avidité crut avec sa force. Pour sa part, elle trouva d'habiles ruses pour dissimuler à Leidhra ce qui se tramait. Si un loyal sujet de Hrolf Kraki s'étonnait de voir qui rejoignait Odense, et si la fable qu'on lui servait ne le tranquillisait pas, elle avait des sorts pour aveugler et éblouir.

Elle n'importuna plus son époux. Au contraire, elle l'aima si tendrement qu'il l'adorait tel un chiot. Même alors, il ne trouva jamais le courage de lui demander ce qu'elle faisait lors de ces nuits qu'elle passait seule hors le fort.

Trois années s'écoulèrent ainsi.

Quant au roi Hrolf et à ses hommes durant cette période, que dire d'autre qu'ils vécurent heureux et le royaume aussi ? Du bien-être et de la sécurité du peuple, des lois justes et des sentences équitables, des récoltes généreuses et des marchés prospères, de la croissance des villes et du défrichage des champs, de l'homme en paix avec son voisin, il n'y a rien à raconter. Après, bien sûr, tout n'est plus que souvenirs.

Sans doute les soldats eurent-ils beaucoup à faire. En sus du service du roi, ils avaient leurs navires et leurs fermes à surveiller. Nul doute que Bjarki retourna sur les hautes terres saluer sa mère et son beau-père et leur apporter de beaux cadeaux, que Svipdag alla en Finlande en quête de fourrures, que Hjalti cingla vers l'Angleterre pour voir ce qu'il pouvait voir et que, peut-être, ils remontèrent les rivières de Russie, ou le Rhin jusqu'aux contrées franques. En tout cas, ce fut comme négociants. Puissants et armés comme ils l'étaient, nul ne tenta de les attaquer.

Chez eux régnait la joie. Chaque nuit un festin au fort du roi les réunissait, où les tables gauchissaient presque sous le poids de la viande et où les cornes s'emplissaient sans répit ; les skaldes chantaient, les vagabonds dévidaient leurs récits de voyage et Hrolf Kraki le briseur d'anneaux ne lésinait sur rien. Il y avait chaque jour la pratique des armes, l'entretien de l'acier et de semblables corvées ; mais il y avait aussi la chasse, la pêche, le gibier à plumes, les rencontres de lutte, les courses à pied, à cheval ou de bateau, les combats d'étalons, les jeux comme les dames ou les osselets, les longues conversations nonchalantes, les vadrouilles et les bavardages avec les francs tenanciers, les projets, les rêveries ; et quelque part, dans Leidhra ou au-dehors, chaque guerrier avait au moins une femme et tombait donc dans ces liens que tissent les mains des petits enfants. Il n'y a rien à dire de ces sept années de paix, si ce n'est que le Danemark ne les a jamais oubliées.

À la fin, le roi Hjörvardh et la reine Skuld envoyèrent un message à leur parent, le roi Hrolf. Ils viendraient passer Noël chez lui en apportant le tribut qu'ils lui devaient.

Aux messagers, Hrolf répondit : « Dites-leur que j'en suis très heureux et qu'ils seront les bienvenus. »

II

La semaine du solstice d'hiver était une époque de festins, de feux, de rencontres joyeuses et amoureuses, une pause au milieu d'une saison dont les jours n'étaient guère qu'une lueur dans la nuit. Et jamais il n'y eut plus de joie et de joie plus honnête qu'au fort de Hrolf Kraki.

La veille de Noël, les flammes brillaient, cornes et coupes s'entrechoquaient, rires, discours et chansons déferlaient et les murs renvoyaient leurs échos. Vêtu d'une tunique ourlée de martre et brodée de rouge et de bleu, de pantalons de lin blanc, les bras, le cou et le front surchargés d'or, le roi, assis sur son trône, rayonnait. Le chien Gram haletait à ses pieds, le faucon Culotte se perchait sur son épaule et ses guerriers de compagnons se tenaient auprès de lui tandis que, plus loin, se trouvaient les meilleurs hommes et les meilleures dames de l'immense royaume qu'il avait forgé. Il souriait, ravi d'un tel bonheur. Mais il sentait la piqûre du chagrin, aussi dit-il à Bjarki : « *Pourquoi* Hjörvardh et Skuld ne sont-ils pas des nôtres ? Auraient-ils fait naufrage ?

— J'en doute, seigneur ; le voyage est court et le temps clément, répondit le Norvégien. Ils auront été retenus par un événement imprévu, échoué leur bateau sur la côte ouest du Sjaelland et mouilleront demain dans le port de Roskilde.

— À moins qu'elle ait des ennuis à cause de ces histoires qu'elle ne cesse de chercher », grommela Svipdag. Il n'avait jamais aimé la sœur du roi ni ses pratiques ténébreuses.

« Ohé ! Quel entrain ! » Bjarki vida un gobelet de bière en argent, s'essuya la moustache pour en ôter la mousse et cria qu'il voulait encore à boire.

Vögg s'empressa d'obéir. Le garçon d'Uppsala devenait un jeune homme. La différence était minime ; il restait petit et décharné, et son menton minuscule imberbe ; ses cheveux s'emmêlaient, rebelles à tous ses efforts, et les soldats avaient renoncé à tâcher d'en faire un guerrier. Faible, lent et gauche à la pratique des armes, il ne récoltait que plaies, bosses et, parfois, fractures. Mais ils l'aimaient bien (ses yeux pâles les considéraient avec un respect réel), lui parlaient gentiment et veillaient à ce qu'il soit bien nourri et bien habillé. En retour, il s'épuisait dans son ardeur à les servir. Son plus beau titre de gloire, qu'il proclamait partout, était son rang d'échanson du roi et des douze grands capitaines.

« Merci », dit Bjarki. Il essaya de percer la fumée tiède à l'odeur de genévrier qui tournoyait dans la salle et ajouta, dans le chahut général : « Te voilà si trempé de sueur que tu ressembles à un églefin frais péché. Assieds-toi, mon garçon, prends un pichet et laisse les femmes servir seules un instant.

— M-m-mon honneur est de vous servir, moi, et au doigt et à l'œil », bégaya Vögg. Il tourna la tête comme un oiseau pour détailler leurs rangs. « Un de... de mes seigneurs en veut-il d'autre ?

— Oui, tu peux remplir ceci », dit Hjalti, et il lui tendit une corne d'aurochs cerclée d'or. Comme Vögg filait, balançant ses bras et ses jambes comme des fléaux, Hjalti éclata de rire. « Vous savez, son problème, je crois, c'est qu'il a besoin de baiser. Moi aussi, d'ailleurs.

— Tu as une maîtresse belle comme un cœur, dit le roi. Pourquoi ne l'as-tu pas amenée, ce soir ?

— Elle avait trop peur de rentrer chez elle toute seule la nuit de Noël. Et il aurait pourtant bien fallu qu'elle rentre ! Ce n'est pas un endroit où la prendre, avec tous ces invités serrés comme des sardines dans un baril ! » Contrairement à Bjarki et aux autres gardes de haut rang, Hjalti ne possédait aucune demeure dans Leidhra, ni à proximité. Il préférait s'épargner ce problème et aller chasser ou pêcher.

Vögg revint et mit un genou à terre pour lui présenter la corne pleine. Hjalti tirailla sa courte barbe blonde — il n'avait pas encore trente hivers — et dit :

« Bien sûr, nous avons des bottes de foin. Vögg, mon ami, aimerais-tu comme cadeau de Noël que je désigne une esclave pour te divertir ? »

La mâchoire du jeune homme se décrocha. Un moment, il ne sut que rougir, bafouiller et se dandiner avant d'enfin parvenir à répondre : « Je... je... je vous remercie, seigneur, m-m-mais... non, si... si elle ne voulait pas... » Il s'inclina brusquement et prit la fuite.

Hjalti gloussa et haussa les épaules. Bjarki jeta au roi un regard plus grave. « Mon seigneur, commença-t-il, je vous en ai déjà parlé, mais puisqu'on me le rappelle... Vous n'avez que des filles pour enfants.

— Et je devrais engendrer un fils, de préférence avec une femme que j'aurais épousée ?

— Oui. Un héritier que nous porterons sur un bouclier, afin que le Danemark vous survive.

— Il y a de beaux partis à trouver au Svithjodh depuis que le roi Adhils s'est tué », remarqua Svipdag.

Hrolf Kraki acquiesça. « Vous avez tous deux raison. J'ai attendu trop longtemps. Il y a bien eu une fille, jadis... » Le chagrin fêla sa voix. « Elle est morte. Je devrais me libérer de son fantôme. Nous en reparlerons un jour prochain. »

On apporta le Sanglier d'Or. Bien que le roi et ses hommes n'aient plus grand-chose à faire avec les dieux, ils n'avaient pas abandonné l'antique usage des vœux de Noël. Hrolf, le premier, se leva, posa sa main droite sur l'idole, prit de la gauche une coupe de vin et répéta son vœu coutumier : « Je ferai tout mon possible pour être le Père... de tous. » Sa voix, quoique basse, porta d'un bout à l'autre de la grand-salle. Les hommes restèrent silencieux tandis qu'il vidait sa coupe, puis ils laissèrent libre cours à leur amour par leurs acclamations.

Peu après, Hjalti demanda la permission de se retirer. Plusieurs milles l'attendaient avant qu'il ne puisse apaiser ses ardeurs. Un palefrenier ensommeillé et transi lui amena dans la cour son cheval tout harnaché. Sa cotte de maille et son bouclier étaient pendus à la croupière et il portait une pique, une épée et un poignard. Mais il doutait d'avoir à s'en servir tant la paix royale était réelle. Il se hissa en selle. Les sabots de sa monture claquèrent sur les dalles, martelèrent les ruelles qu'elle descendit, longeant les falaises des maisons, franchirent les portes et laissèrent le bourg derrière eux.

Il prit la direction du nord à vive allure. La nuit était calme et glaciale : le souffle de l'homme et de l'animal produisait une buée blanche, le fer se couvrait de givre et le *clop* ! d'un caillou bousculé résonnait loin sur les prairies grises de gel et sur les formes sombres des fermes blotties les unes contre les autres. Dans le ciel s'allumaient maintes étoiles et le fragile faisceau d'une aurore boréale d'où des rayons rouge blafard et vert glacier se déployaient à travers la moitié des cieux. Le Pont scintillait, le Chariot roulait, dans son infini voyage tout autour de l'année. Un hibou passa sans un bruit. Hjalti pensa aux mulots recroquevillés par la peur de ses ailes… comme les hommes par la peur des Puissances ?

Il releva la tête. Pas lui !

Thyra, sa concubine, habitait seule une hutte, petite mais solide, qu'il avait achetée à l'usage des femmes qu'il trouvait parmi les esclaves ou les fermières. Quand leur ventre s'arrondissait d'un enfant ou qu'il se lassait d'elles, il avait coutume de les renvoyer avec assez d'or — et libres, si elles ne l'étaient pas auparavant — pour qu'elles puissent faire un mariage décent. Parfois, néanmoins, elles pleuraient.

Il mena son cheval à l'écurie, à tâtons, et frappa à la porte de la maison. « Qui est là ? » demanda, derrière les volets, une voix tremblante.

Hjalti décida de la taquiner. « Qui crois-tu que ce soit ?

— Je… je ne t'attendais pas…

— Oui, mais me voilà et j'ai grand besoin de chaleur ! »

Ayant laissé une lampe en terre cuite brûler, elle débloqua la porte et le fit entrer tout de suite. Ses mains errèrent sur le corps de la femme à la lueur de la mèche et des braises d'un foyer couvert. Thyra était grande, jeune, blonde, ronde de poitrine et plutôt agréable à contempler.

Elle se blottit contre lui, l'agrippant de ses doigts dont la tension semblait vouloir démentir ses formes pleines. « Oh, je suis contente, si contente, murmura-t-elle. J'avais peur. Je ne cessais de faire d'horribles cauchemars, de me réveiller, de fuir le sommeil, mais les rêves revenaient sans répit… »

Il se renfrogna ; l'étrangeté rôde partout, la veille de Noël. « Quels cauchemars ?

— Des aigles qui déchiquetaient des cadavres, les cadavres d'hommes taillés en pièces, c'était atroce… et des corbeaux survolaient le carnage, il y avait des ténèbres qu'illuminaient des éclairs pareils à ces lumières, là dehors… Quand j'étais petite, nous avions pour voisin un vieillard qui appelait les aurores boréales la Danse des Morts… Et puis il y avait cette voix, dans mes rêves, cette voix incessante, comme si elle et moi tombions dans une déchirure infinie du monde, mais je n'arrivais pas à comprendre ce qu'elle me criait… »

L'espace d'un battement de cœur, Hjalti demeura interdit. Se rappelant les pensées qui lui étaient venues alors qu'il chevauchait, il sourit enfin. « Je crois avoir ce qu'il faut pour te débarrasser de ces frayeurs, ma douce. »

Ils se jetèrent sur le lit et il lui fit l'amour trois fois en un rien de temps. Ils s'endormirent dans les bras l'un de l'autre.

Mais les rêves vinrent le visiter à son tour : cavalcades et hurlements qui traversaient un ciel venteux, bruissements d'ailes, becs et serres cruelles, et le sentiment d'une perte indéfinissable et irréparable…

Il lutta pour s'éveiller. « Je ne me déroberai point ! » dit-il à voix haute. Thyra gémit. Ne percevait-il pas un autre bruit qui sourdait de la nuit épaisse dans laquelle il gisait ?

Oui, dans les solitudes, à des milles de là, quelque chose se déplaçait, avec un bruit strident. Hjalti se faufila hors des couvertures. Le froid mordit sa chair nue à belles dents tandis qu'il traversait la pièce à tâtons et atteignait une fenêtre dont il rabattit les volets.

La contrée, vide, glacée, s'étendait sous les flèches de lumière qui jaillissaient, mettant les étoiles en déroute. Ici et là, les arbres ressemblaient à des squelettes noircis. Masquant le bord du monde, du Fjord de Roskilde jusqu'à Leidhra, une armée s'avançait.

Hjalti avait des yeux perçants ; et il ne savait que trop ce que signifiaient ce reflet de métal, cette foule d'hommes massés par centaines, le bruit étouffé des sabots et les cahots bruyants des chariots chargés des attirails de combat. Il n'y avait pas là que des humains : des ailes noires déchiquetées bruissaient dans le ciel et des monstruosités informes filaient, rampaient et se tortillaient aux côtés des guerriers.

La vérité lui apparut dans tout son éclat. Il hurla de rage.

Thyra s'éveilla en sursaut. « Que se passe-t-il ? gémit-elle.

— Viens ici, répondit-il d'une voix rauque. Regarde. » Il désigna l'armée. « Des amis ne voyageraient pas ainsi, dit-il. Je comprends trop tard ce qui retenait le roi Hjörvardh et la reine Skuld. Ils ont rassemblé des guerriers en Fionie, abordé sur un rivage désert et maintenant... et maintenant... Cela ne peut être qu'eux ! Qui d'autre que cette sorcière invoquerait de pareilles créatures... et elle a suspendu le paiement du tribut... Ô, dieux ! »

On a coutume, dans le Nord, de se venger par un supplice que l'on appelle « l'aigle de sang ». On maintient l'homme couché sur le ventre et une lame lui détache les côtes de l'épine dorsale si bien qu'elles se déploient comme des ailes. Eh bien, ce traitement n'aurait pas arraché à Bjarki le cri que sa maîtresse l'entendit proférer cette nuit-là.

« Moins nombreux, sans méfiance... », gronda-t-il. Il cria de nouveau : « De la lumière ! Allume la lampe, fainéante ! Je dois me préparer et prévenir mon roi ! »

Peut-être fut-elle blessée de cesser d'exister à ses yeux et voulut-elle lui revaloir cela pour se rappeler à lui. Ou peut-être, futile de caractère, ne comprit-elle pas qu'un danger menaçait le roi Hrolf qui, aussi loin que ses jeunes souvenirs remontaient, avait toujours été tout-puissant. Espérait-elle encore éclaircir l'humeur sombre de son amant par une plaisanterie ? Elle est morte il y a des centaines d'années et ne peut donc pas nous répondre. Toujours est-il que, comme Bjarki, après avoir revêtu sa cotte et son casque, sortait son cheval de l'écurie, Thyra vint sur le seuil de sa porte. La lampe qu'elle tenait posait une lueur dorée sur la cape jetée sur ses épaules et sur sa fière beauté. Elle sourit et lança, mais d'une voix tremblante : « Si tu tombes au combat, quel âge devra avoir mon époux ? »

Hjalti s'arrêta, comme gelé sur pied sous les étoiles. « Que préférerais-tu, demanda-t-il enfin d'une voix grinçante, deux compagnons de vingt ans ou un de quatre-vingts ?

— Oh, les deux jeunes hommes. » Elle eut un petit rire incertain, et elle aurait sans doute ajouté une phrase comme : « Non qu'ils te remplacent jamais, mon amour ».

... mais il hurla : « Tu vas regretter ces paroles, putain ! » Il se jeta sur elle, son poignard flamboya, il l'attrapa par les cheveux et lui trancha le nez.

Elle recula en titubant. Sa lampe se fracassa sur le sol et s'éteignit. Du sang coula entre les doigts dont elle couvrait son visage. « Souviens-toi de moi s'il en vient par ici courir le jupon, railla Hjalti. Mais je ne crois pas qu'il y en aura beaucoup pour te trouver à leur goût. »

Trop étourdie par la douleur pour pleurer, elle dit, d'une voix naguère douce mais à présent plate et étranglée : « Tu as mal agi envers moi. Je n'aurais jamais cru cela de toi. »

Le poignard glissa des doigts de Hjalti et tinta sur le sol. L'homme demeura un moment immobile ; il s'avisait que la terreur répandue au service de son seigneur et avec ses frères d'armes avait fait de lui un berserker. Il se pencha, ramassa l'arme, dont il pourrait avoir besoin, et la rengaina toute maculée de rouge qu'elle soit.

« On ne peut pas penser à tout », dit-il, éperdu de chagrin.

S'il essaya de l'embrasser, elle se détourna avec horreur. Et… à Leidhra, tout le monde dormait. Il se hissa en selle.

L'armée ennemie progressait vite et avait pris beaucoup d'avance sur lui. Il galopa. Le vent rugissait dans ses oreilles, dans ses os, dans son sang. Il lui semblait que les aurores boréales emplissaient son crâne. Il gardait bien en tête qu'il devait effectuer un large détour pour éviter de se faire repérer par ses ennemis ou, pire encore, par cette nuit faite chair qui marchait et voletait auprès d'eux. Il atteignit la palissade de la forteresse de Leidhra avec un peu d'avance sur eux au moment même où son cheval crevait sous lui.

Il se dégagea, roula sur le sol, se releva et hurla à l'adresse des cieux : « Prenez-le donc, si vous le voulez ! »

Il bouscula les guetteurs assoupis et pénétra dans le fort paisiblement endormi. Prenant un tison dans un fossé qui ne brûlait plus guère, il l'agita pour le raviver, attendit que les flammes s'élèvent et cria son avertissement.

Puis il se rua dans les maisons et appela tout homme

qui avait jamais juré fidélité au roi Hrolf à se lever et à s'armer. Un vieux Bjarkamaal lui prête ces mots :

Réveillez-vous, guerriers, aidez donc votre roi !
Tous ceux qui volontiers aiment leur seigneur
savent que désormais il nous faudra combattre.
Hrolf, je vous le dis, voici venir l'armée
de nos ennemis ; leurs armes sont affûtées
et pour encercler nos maisons, ils tirent leurs épées.
Je crois que le tribut que gardait votre sœur
n'a pas acheté d'or pour revêtir ses murs ;
il sert à raviver le combat contre les Skjoldung.
Ce félon de Hjörvardh vient en campagne
pour vous déposséder, poussé par sa compagne.
Nous serons bientôt tous promis à la mort
si à cette vipère nous ne faisons son sort.
Nobles, levez-vous, honorez vos serments,
vous qui juriez si bien quand la bière vous rendait hardis !
Dans la brise ou la bise, soutenez le seigneur
qui n'a jamais gardé son butin à son heure,
mais nous a abreuvés d'or et puis d'argent.
Luttez avec les épées qu'il vous a données,
avec ses piques, avec ses casques et ses hauberts ;
que flamboient les boucliers qu'il partage avec tous :
nous mériterons ainsi la fortune qu'il nous fit.
Notre virilité veut que nous réclamions
les biens que nous eûmes dans des temps plus cléments.
Tendresses et festins, cela touche à sa fin.
Nous levions haut nos cornes pour boire à nos santés ;
grivois et hâbleurs nous étions, et nos repas voyaient
ployer nos longues tables sous la chère engloutie ;
Sur nos bancs, jeux de main, filles sans lendemain ;
les pucelles se réjouissaient de notre passage
qu'elles marquaient des capes colorées
que le roi nous donnait.
Laissez là vos maîtresses ! Notre roi veut des lames
qui, au jeu que mène Hild, sauront bien repousser
cette armée qui menace et sa gorge et les nôtres.
Il n'a point besoin de peureux pour le suivre ;
nous n'en rallierons pas ; nous préférons les intrépides

qui ne s'enfuiront pas face aux haches et aux flèches
et dont l'œil regarde en face les lames froides
comme glace.
Si ses champions sont les garants de son honneur,
mieux vaut qu'il ne s'avance qu'avec des hommes sans
peur ; épaule contre épaule, ils sauront l'abriter.
Le manant devra, lui, tenir ferme sa garde
et tuer son ennemi de son épée tirée
ou de sa hache ; qu'il lui perce bien le sein !
N'hésitez pas, même si nos chances sont incertaines.
Le noble qui s'en remet au sort capricieux
devient un mauvais homme et ne vit pas bien vieux.

Ils bondirent : Hromund le Rude, Hrolf Qui Vient Vite, Svipdag, et Beigadh, et Hvitserk le cinquième, Haaklang le sixième, Hrefill le Rude le septième, Haaki le Hardi le huitième, Hvatt le Bien Né, Starulf le dixième, et au premier rang Bodhvar-Bjarki et Hjalti le Généreux et puis beaucoup, beaucoup d'autres hommes, si bien que la forteresse s'emplit de leurs appels et du fracas de leurs armes.

Entre-temps, l'armée de Hjörvardh et de Skuld encerclait Leidhra. Elle comptait tant d'hommes qu'elle s'étendait plus loin que l'œil, dans l'obscurité, ne le pouvait deviner. Parmi ces soldats, certains préparaient des béliers afin d'abattre la palissade, quoiqu'ils aient préféré combattre en plein champ pour épargner la ville, si les défenseurs acceptaient. Au loin, on voyait des torches mettre le feu aux maisons. Des vols singuliers froissaient le ciel et, dans la rumeur et le vacarme humains, des grondements inhumains s'élevaient. On avait dressé des tentes noires aux formes grossières ; les feux qui luisaient dedans étaient des feux magiques.

« À présent, le roi Hrolf a bien besoin de compagnons sans peur, dit Bjarki. Ceux qui ne se cacheront pas derrière son dos doivent avoir de la hardiesse au cœur.

— Tu parles d'une bien étrange façon, mon vieil ami », lui dit le roi.

Bjarki s'ébroua. Debout, tout voûté, sur une tour de guet, sa gigantesque silhouette semblait plutôt appartenir à un ours qu'à un homme. « L'air de la nuit empeste les charmes, marmonna-t-il. Je sens... comme un enthousiasme ? Quelque chose que mon père connaissait avant que je naisse et dont son spectre se rappelle... ? » Il rentra dans le fort, traînant les pieds.

Le roi Hrolf s'assit sur son trône et reçut les messagers de Hjörvardh et de Skuld. Ils lui dirent, avec des mines sévères que démentait l'hésitation dans leurs voix, que, s'il voulait sauver sa ville, il devrait se constituer prisonnier auprès de son beau-frère.

La crinière d'or roux de Hrolf Kraki flamboya dans les ombres que le feu animait. « Jamais. Je dois trop à ceux qui m'ont accordé leur confiance. Prêtez l'oreille et rapportez fidèlement l'ordre que je donne à mes gardes. » Il éleva la voix. « Buvons nos meilleures réserves ! Réjouissons-nous et voyons quel genre d'hommes nous avons ici. Battons-nous pour la seule cause valable, le souvenir de notre courage indomptable — car voici bien réunis les plus braves et les plus forts guerriers du monde. » Aux messagers : « Dites à Hjörvardh et Skuld que nous allons boire tout notre content avant d'aller chercher leur tribut. »

Quand on rapporta ses paroles à la reine qui, assise sous une tente sur son tabouret de sorcière, surveillait un feu sur lequel un chaudron bouillonnait, elle garda le silence un long moment. Enfin, elle souffla : « Le roi Hrolf, mon frère, est sans pareil. Quelle honte... » Son chagrin fut soufflé comme la flamme d'une chandelle et elle reprit son ton glacial. « Néanmoins, nous allons en finir. »

Les hommes du roi s'assirent pour partager amitié et bonne chère. Quoique pour des motifs différents, Bjarki, Hjalti et Svipdag laissaient voir une tristesse qu'ils tâchèrent de dissimuler. Les autres évoquèrent les jours anciens, se vantèrent des exploits qu'ils allaient accomplir et louèrent leur roi, qui fut sans conteste le plus joyeux de tous. L'aube d'hiver recouvrit le pays. Hrolf Kraki et ses hommes prirent leurs armes, sortirent, et franchirent les portes de Leidhra.

III

À quelque distance de la palissade, le paysage, d'un brun grisâtre strié de fines traînées blanches, moutonnait sous un ciel terne, couvert, couleur de fer mat. L'air était glacial mais il n'y avait pas de vent, pas plus que de couleurs parmi les troupes du roi Hjörvardh. Même ses bannières paraissaient sombres. Sa troupe disparate comptait aussi bien des voleurs que des assassins, de tristes figures sous les casques qu'il leur avait distribués. Par contre, la troupe du roi Hrolf s'enroulait dans des capes aux couleurs éclatantes ; celle de Hrolf était une flamme rouge. Des oiseaux et des animaux s'ébattaient sur les étendards multicolores de ses capitaines, répartis tout au long des rangs des combattants et encadrant son frêne vert sur champ doré.

« En avant ! » cria-t-il. L'épée Skofnung s'envola, libérée. Ses partisans lui répondirent d'une rumeur sourde, les lurs chantèrent, les chiens de guerre jappèrent. Les combattants de la forteresse s'avancèrent vers leurs ennemis comme un seul homme. Même s'ils n'avaient pas l'avantage du nombre, et de loin, leurs rangs étaient considérables. On y voyait l'ondulation des champs de seigle quand souffle le vent. Cela témoigne d'un entraînement sans égal.

Les flèches sifflèrent. Les lances prirent leur lugubre essor. Les pierres projetées par les frondes frappèrent les boucliers avec un bruit mat. Hrolf, qui marchait, allongea le pas, puis courut. Sa troupe le suivit comme un seul homme.

Ils s'abattirent sur les lignes ennemies. Le fer chanta. Un ennemi porta un coup de hallebarde à Hrolf. Le roi était moins grand, plus svelte que lui, et ce n'est pas ainsi que l'on arrête un roi. Il encaissa le coup terrible sur son bouclier tandis que sa lame bondissait avec un cri strident. L'homme tomba. Hrolf sauta par-dessus son corps et s'enfonça dans les rangs adverses en taillant un chemin sanglant. La Gardedor de Hjalti ferraillait sur sa droite, la hache de Svipdag tonnait sur sa gauche. Gram déchiquetait les jambes des ennemis ou leur sautait à la gorge. Dans le ciel, Culotte s'élançait sur ses ailes chatoyantes.

Les coups succédaient aux coups, résonnaient sur les casques, les écus, les hauberts, s'enfonçaient dans la chair, brisaient les os. Lances et flèches tombaient dru. Les rebelles s'effondraient, transpercés, démembrés, crachant le sang, et se faisaient piétiner par les guerriers de Leidhra dans leur avance inexorable. Sur les flancs, les cavaliers de Hjörvardh cherchant un point faible où attaquer ne rencontraient qu'un ouragan humain, ou leur mort.

Hjalti le Généreux clamait, joyeux : « Maintes broignes sont en lambeaux, maints casques fendus et maints hardis cavaliers, poignardés, ont mordu la poussière. Et notre roi a le cœur réjoui, il est aussi gai que lorsqu'il buvait l'ale, tout à l'heure, et il assène de formidables coups. Au combat, nul autre roi n'est son égal, car il semble qu'il possède la force de douze hommes et il a déjà occis maints êtres intrépides. Et voilà que le roi Hjörvardh voit l'épée Skofnung mordre et chanter fort dans la poitrine de ses guerriers. »

Hrolf Kraki, éclaboussé d'écarlate mais guère meurtri, rit, appela ses hommes et mena un assaut irrésistible. Les lignes ennemies s'ouvrirent devant lui, les guerriers se dispersèrent, qui à sa droite, qui à sa gauche, et ils churent, ou s'enfuirent. La lutte fut âpre. Si les armées avaient été égales en nombre, le combat se serait achevé là, sur l'instant.

Mais le seigneur de Leidhra n'avait pas assez d'hommes pour terrasser l'armée ennemie. Ses troupes avaient beau s'enfoncer en son mitan, les flancs rebelles, eux, demeuraient indemnes et, guidés par les bannières et les coups de cor de leurs capitaines, parvinrent à s'écarter sans trop se disperser.

Les gens de Hrolf ne purent que reprendre leur souffle et attendre un nouveau combat. Svipdag retint d'un rugissement des combattants trop téméraires : « Regagnez vos rangs ! Ils *veulent* que nous nous épuisions à les poursuivre !

» Cependant, si nous ne pouvons bientôt effectuer une percée, ajouta-t-il d'une voix âpre à l'adresse de son maître, si nous ne parvenons à ces tentes sous lesquelles la reine Skuld brasse ses sortilèges, il nous faudra combattre pire que des hommes. Ces choses trolles que nous avons entrevues craignent peut-être le jour, mais, si nous lui en laissons le temps, elle saura bien trouver une parade, cette sorcière. » Son œil unique, où couvait la haine, courut sur les vilains cadavres et sur les blessés qui se tordaient et gémissaient, et s'arrêta enfin sur les lignes ennemies qui se reformaient en vue de la prochaine bataille.

Hjalti essuya la sueur qui ruisselait sur son visage, regarda autour de lui et dit avec stupéfaction : « Où est donc Bjarki ? Je pensais… Il devait nous ancrer à main droite… Voilà sa bannière, ses hommes, mais je ne le vois nulle part. » Toute joie déserta le roi. Il se retourna et plissa les paupières en apercevant le petit Vögg. Le jeune Suédois avait déniché un pourpoint de cuir, une vieille marmite rouillée dont il s'était affublé en guise de casque, et un fendoir de boucher. Ses genoux s'entrechoquaient et du sang s'écoulait de ses lèvres, qu'il mordait. « Viens ici ! » lui cria Hrolf. Vögg obéit. « Tu aurais dû rester en arrière, mon garçon, lui dit le roi.

— Je… je suis votre homme, moi aussi, seigneur. Je suis votre homme !

— Bon, tu peux donc être mon coureur. Va voir ce qui est arrivé à Bodhvar-Bjarki. A-t-il été tué, capturé, que sais-je ? Quelqu'un aura bien aperçu un homme de sa stature, ou sa barbe rousse… »

Vögg déguerpit. Hrolf le regarda s'éloigner. « Je ne

crois pas qu'il tremble de peur, murmura-t-il. Cette frêle poitrine abrite un cœur véritable. »

Hjalti mordit sa moustache, tapa des pieds et battit des bras pour tâcher de se tenir chaud pendant cette attente qui parut infinie. Le combat reprendrait-il jamais ? Le premier assaut avait duré une bonne partie du jour le plus court de l'année. Le soleil se cachait derrière des masses grises.

Vögg revint. « Seigneur », dit-il, haletant, « personne n'a vu Bjarki. Aucune nouvelle depuis qu'on a quitté le fort.

— Comment cela se peut-il ? tonna Hjalti. Comment peut-il se ménager et délaisser le roi ? Lui que nous croyions le plus courageux de nous tous ! »

Le roi Hrolf lui tapa sur l'épaule. « Il doit se trouver là où son aide nous sera la plus profitable. Je ne doute pas de lui. Votre honneur vous réclame, allez de l'avant et ne méprisez pas Bjarki ; aucun d'entre vous ne peut se mesurer à lui. Je ne dis du mal de personne, se hâta-t-il d'ajouter. Vous êtes tous des guerriers d'exception. »

Hjörvardh et ses capitaines avaient de leur côté harangué leurs soldats et leur avaient redonné une meilleure cohésion. Ils se ruèrent en masse sur les défenseurs de Leidhra. Hrolf jeta un nouveau cri et mena ses troupes à leur rencontre.

De nouveau, on entendit siffler les flèches et les lances ; de nouveau, on entendit les chocs, les coups ; de nouveau, on entendit les chevaux hennir de douleur. Ces troupes presque fraîches auraient pu mettre les gens de Leidhra en difficulté. Pourtant, ils se frayèrent un chemin, frappant, taillant, sans rencontrer de résistance.

Car, à la pointe de la formation en coin qu'ils avaient adoptée, près de leur roi, allait un immense ours rouge. Chaque coup de ses griffes expédiait un cadavre à terre ; ses mâchoires broyaient les os et, une fois dressé, il mettait à bas les cavaliers ou tuait leurs montures ; les lames refusaient de mordre sa chair.

Peu d'hommes le voyaient, dans un camp ou l'autre, tant les rangs des combattants étaient serrés. Les gens de Hrolf, qui ne souffraient pas de la bête, savaient seulement que les ennemis perdaient du terrain, et ils moissonnaient avidement, sans se soucier du reste. La terreur se répandait déjà dans la troupe de Hjörvardh. Celui-ci, qui s'était retiré quelque peu à l'écart sur son cheval pour embrasser l'étendue du champ de bataille, vit ce qu'il advenait, et il fit sonner la retraite à ses capitaines avant la déroute.

Même Hjalti n'avait guère eu conscience de la présence de la bête, trop occupé qu'il était à parer et frapper. Dans ce tourbillon d'armes, d'écus, de casques et de visages haineux, il ne put distinguer ce que l'animal faisait. Il le crut envoyé par la reine Skuld et incapable d'aider leurs ennemis pendant le jour.

La plupart du temps, sous les cris et les coups, il ruminait d'amères pensées à l'égard de Bjarki, cet homme qui lui était plus que son père, et de l'éternelle infamie qui le souillerait de ne pas avoir été là pour cette bataille.

Quand l'ennemi se dispersa de nouveau et qu'il vit que le combat allait connaître une autre accalmie, Hjalti bondit. Il partit vers le fort, sauta par-dessus morts et mourants, atterrit dans des mares de sang qui fumaient encore, effraya les charognards attablés sur leurs arrières. Il franchit les portes ouvertes, courut le long des rues désertes, laissant derrière lui les portes verrouillées et les fenêtres fermées à l'abri desquelles femmes et enfants se recroquevillaient de terreur, et il atteignit la demeure de Bjarki.

Il n'y avait pas de loquet pour l'arrêter. Il ouvrit la porte à la volée et se rua dans la pièce, froide et sombre comme l'hiver, qu'un petit foyer éclairait à peine. Il discerna la femme de Bjarki, Drifa, fille de Hrolf Kraki, dans les ombres qui peuplaient l'un des angles. Ses enfants l'entouraient. L'homme qui gisait sur le lit portait une broigne, mais son épée était au fourreau et il fixait le plafond.

La femme poussa un cri et s'avança pour barrer la route à Hjalti. Il l'ignora, la poussa de côté, saisit l'une des larges épaules du gisant, la secoua et hurla : « Allons-nous encore devoir attendre longtemps le premier des guerriers ? C'est inouï : tu n'es pas debout à te servir de tes bras d'ours ! Debout, Bodhvar-Bjarki, mon maître, debout, ou je mets le feu à ta maison et tu brûleras avec ! Pour l'amour de toi, sache que la vie du roi est en péril ! Veux-tu souiller le beau nom que tu portes depuis si longtemps ? »

Le Norvégien remua. Il se retourna, s'assit, puis se mit debout devant son ami. Il poussa un profond soupir avant de répondre : « Inutile de me traiter de lâche, Hjalti. Je n'avais pas peur. Jamais je n'ai fui fer ni feu, et tu verras aujourd'hui que je sais encore me battre. Le roi Hrolf m'a toujours considéré comme son meilleur homme. Je lui dois beaucoup, car il m'a donné sa fille en mariage, douze riches clos et toutes sortes de trésors en sus. J'ai fait campagne contre des vikings et des voleurs ; j'ai guerroyé aux quatre coins de ce Danemark cimenté de notre sang ; je me suis battu contre Adhils. J'ai tué Agnar, et beaucoup d'autres... »

Il avait fredonné, comme perdu dans un rêve, mais alors il s'interrompit. Son regard dur se posa sur Hjalti qui se sentit transpercé d'un frisson. Le débit de Bjarki s'accéléra. « Mais aujourd'hui, nous avons affaire à une sorcellerie bien pire que tout ce que nous avons connu auparavant. Et tu n'as pas rendu au roi le service que tu crois ; à présent, le combat ne va plus tarder à s'achever. » Avec une note de gentillesse, il ajouta : « Oh ! je sais que tu ne l'as pas fait exprès, que tu ne voulais pas de mal au roi. Et toi et lui êtes les seuls qui pouviez me parler sur ce ton ; un autre serait déjà mort. » Il conclut, avec chagrin : « Les choses doivent désormais suivre leur chemin. Il n'y a plus d'issue possible, et je ne pourrai pas aider autant le roi Hrolf qu'avant ta venue. »

Hjalti courba la tête, serra ses poings et dit à travers ses larmes : « Bjarki, toi et lui avez toujours été mes modèles. Il est dur de savoir ce que l'on doit faire ! »

Le Norvégien mit sa coiffe puis son casque sur sa tête. Drifa vint à lui et il prit ses mains dans les siennes. « Cela me peine de ne plus pouvoir m'occuper de toi, dit-il. Prends bien soin de nos enfants.

— Avec un tel père, ils n'auront guère besoin d'aide. »

Il les serra dans ses bras, eux aussi. Puis, un bouclier au poing et un autre pendu dans le dos pour s'en servir lorsque le premier serait réduit en miettes, il sortit à la suite de Hjalti.

Le jour s'assombrissait. Bjarki s'avança jusqu'à

Hrolf. « Salut, mon seigneur. Où puis-je me rendre le plus utile ?

— Là où tu le décideras. »

— Ce sera à vos côtés. » L'épée Lövi lança un éclair.

Un coureur quitta la tente de la reine Skuld pour se présenter devant le roi Hjörvardh, qui tâcha de percer la pénombre du crépuscule et ne vit plus l'ours roux ; d'ailleurs, on ne le revit jamais. Encouragé, il ordonna à ses capitaines de lancer leurs troupes au combat.

Les restes de son armée s'ébranlèrent. Ils avaient essuyé des pertes effrayantes, bien supérieures à celles des forces de Leidhra, dont la fierté n'était en rien amoindrie. Toutefois — peut-être parce qu'ils craignaient la sorcière encore plus —, les rebelles retournèrent se battre.

Seule, sans pourtant l'être vraiment, la reine Skuld jeta ses runes et psalmodia. Le feu grandit ; des choses tremblèrent dans la fumée et dans la vapeur qui s'échappait du chaudron.

Un sanglier hideux surgit des rangs du roi Hjörvardh. D'un gris de loup, de la taille d'un taureau, il marchait et la terre tremblait sous ses sabots. Ses défenses flamboyaient comme des épées. Au bruit de ses grognements, de ses cris perçants, la peur se nicha au creux des âmes les mieux trempées.

Les chiens de Leidhra, en jappant, en aboyant, se jetèrent sur lui et l'encerclèrent. De son groin, il frappa, à gauche, à droite. Tailladés, brisés, les chiens de guerre girent bientôt en monceau tout autour de lui. Gram se pendit à sa gorge ; il n'y resta qu'un moment. Le sanglier finit par le projeter en l'air et, quand il retomba, l'éventra.

Puis la bête se rua en avant. Ses soies se changèrent en flèches meurtrières qui s'envolaient et que nul bouclier ne pouvait arrêter. Devant ce chant de mort, les gardes du roi Hrolf se couchèrent comme blé fauché. Des trous apparurent dans leurs lignes qu'on ne parvint pas à combler.

Svipdag fit tournoyer sa hache. « Sus ! beugla-t-il. Attaquons ce troll avant qu'il ne s'en prenne au roi ! »

Il s'élança. Culotte, le faucon, piqua à sa suite. Une flèche transperça l'épaule gauche du guerrier, mais il ne la sentit même pas. La bête lancée au galop était presque sur lui. Gardant son arme en mouvement, il s'apprêta à fendre sa tête sinistre. Deux corbeaux s'en prirent à Culotte, qui se défendit des serres et du bec. Indemnes, ils le piquèrent à mort. Svipdag vit la scène, du coin de l'œil, mais assez pour se laisser distraire du pourceau tout proche qui planta ses défenses dans sa broigne et ses entrailles. Projeté en l'air dans un nuage de sang, le corps de Svipdag mit longtemps à retomber.

Le sanglier percuta la formation emmenée par Hrolf Kraki. Il s'y enfonça, déchirant les chairs, broyant les membres, bousculant les hommes en tous sens et les éventrant de ses défenses.

Mais il ne pouvait être partout à la fois. S'il anéantit une des ailes, l'autre résista. Ainsi que le milieu, où flamboyaient les épées du roi, de Bjarki et de Hjalti.

Bientôt, la pression du combat faisait éclater les lignes des combattants des deux camps. L'affrontement se mua en une lutte d'homme à homme, de rempart de boucliers contre rempart de boucliers, et les guerriers se déchaînèrent, frappèrent, tourbillonnèrent, haletèrent et s'effondrèrent sur cette terre durcie par l'hiver et rougie par le sang tandis que, peu à peu, le crépuscule et le froid recouvraient tout.

Bodhvar-Bjarki rugissait plus fort que la bête. Son épée grinçait, tonnait, sonnait, martelait. Ici, une tête tombait, ou une main, ou un bras ; là un bouclier cédait, avec les os qu'il protégeait ; il abattait un adversaire après l'autre. Les bras couverts de sang jusqu'aux épaules, il ne voulait rien d'autre que d'en occire le plus possible avant de tomber à son tour.

Hrolf Kraki ne riait plus. Il frappait. Hjalti le côtoyait pour tâcher de parer les coups destinés à son roi. Ses partisans survivants ne combattaient pas avec moins de fougue.

Mais tandis que l'obscurité tombait, il apparut que leur carnage ne réduisait pas le flot de leurs ennemis. Bjarki reconnut un guerrier qu'il avait connu longtemps auparavant, quand le royaume était un, et qui combattait désormais pour Hjörvardh, contre lui. Épuisé par ses blessures, le Norvégien se garda mal. Il sentit une pique, comme au loin, dans le vague, se frayer un chemin par une déchirure de sa broigne. Son épée coupa un bouclier en deux. Pendant un moment, lui et l'autre échangèrent des coups. Bjarki trancha un bras, un pied et d'un revers perça le sein de son adversaire qui tomba si vite qu'il n'eut pas le temps de pousser son dernier soupir.

Le combat se poursuivait. Les guerriers de Hrolf Kraki étaient inexorablement repoussés. Bjarki retrouva l'homme qu'il avait tué. La chose lui sourit ; ses yeux étaient vides ; elle frappait sans répit. Bjarki lui résista vaillamment jusqu'à ce que les vagues de la bataille les séparent. Mais ce ne fut pas la seule fois qu'il combattit de telles créatures.

Les derniers capitaines de Hrolf sonnèrent du cor. Leurs partisans encore en état de le faire se regroupèrent devant les portes de Leidhra. Là, pendant un court instant, ils réussirent à tenir ferme, taillant tant et si bien que l'armée ennemie finit par leur laisser un répit qu'ils mirent à profit pour se reposer pendant l'espace de quelques souffles.

Bjarki reconnut Hjalti dans la pénombre et lui parla d'une voix rauque. « Notre ennemi est puissant. Je crois que les morts se rassemblent pour marcher de nouveau sur la face de la terre, et qu'il est inutile de les combattre. Où est l'homme de Hrolf Kraki qui m'a traité de couard ?

— Tu dis vrai, et sans mépris. Devant toi se tient celui qui répond au nom de Hjalti, et la distance qui nous sépare n'est pas bien grande. Je ressens un besoin d'amis sans peur, car mon bouclier, ma broigne et mon casque m'ont été arrachés, ô mon frère par le serment. Et bien que je tue autant que d'habitude, je ne peux pas me venger des blessures que je reçois. Nous devons nous épargner moins que jamais. »

Les derniers des gens de Leidhra franchirent les portes en un grand flot, emmenés par le roi et par quelques autres — jusqu'à ce que le troll sanglier entre en scène. Ses coups enfonçaient les boucliers entre les côtes ; certains s'effondraient, d'autres s'écartaient en titubant. Bjarki alla à la rencontre de la bête. Lövi, son épée, flamboya comme une étoile filante. Le sanglier tomba mort. Mais il avait d'abord planté sa défense dans la cotte de maille du capitaine.

« Immense est ma peine, dit ce dernier d'un ton précipité, de ne pouvoir aider mon seigneur… »

Hjalti lui donna son bras pour s'appuyer. Bjarki fit

neuf pas chancelants avant de s'affaisser. Les boucliers entourant le roi Hrolf refluèrent derrière la palissade. Leurs ennemis les suivirent. Une forme mince s'élança. « Je les retiens ! » hurla Vögg. Un guerrier aboya un rire fou et balança sa hache. Elle ne fendit pas la marmite dont le garçon s'était affublé, mais Vögg n'en bascula pas moins, assommé.

La lutte se poursuivait toujours. Le Bjarkamaal prête ces mots à Hjalti :

Perdue est notre vie, vidé notre dernier cor.
La mort s'en vient ici, l'espoir s'en va là-bas…
Aucun d'entre nous ne verra le soleil se lever…
à moins qu'oublieux de sa condition d'homme,
quelqu'un ne s'apeure, et ne fuie la bataille
ou, pour ne pas mourir aux pieds de son seigneur,
ne rampe lâchement quémander un pardon.
La forteresse est violée et l'ennemi la dévaste,
le vacarme des haches résonne sur nos portes ;
mordues, nos broignes pendent en lambeaux,
dénudant nos poitrines aux coups bien trop nombreux.
Nos boucliers sont brisés, nos épaules tailladées.
Le chant des armes qui s'entrechoquent est sauvage.
Qui est si dépourvu de cœur qu'il veuille s'enfuir ?
Je vois des hommes étendus sur le pré,
les os de leurs mâchoires sont meurtris et brisés ;
leurs dents brillent dans le sang qui s'écoule,
tels des cailloux au fond du ruisseau qui les baigne.
Rares sont les gens que j'ai laissé derrière moi,
mais je ne m'éloignerai guère de mon roi.
Malgré notre besoin, l'aide n'arrive pas.
De nos boucliers, mâchés, il ne reste que poignées,
nos armes sont émoussées et nous, bien épuisés.
Cerclons donc nos poignets de ces bracelets d'or
que notre seigneur offrait en des temps plus propices
afin que cette fortune prête force à nos coups !
Avec lui nous avons partagé bonheur et malheur,
et même jusqu'en enfer nous garderons l'honneur.
Mourons en combattant, prouvons-lui notre amour ;

et que la peur elle-même coure, effrayée par nos cris;
laissons les armes peser la valeur du guerrier.
Notre vie est perdue, mais ceci nous survivra:
la mémoire ne tombe pas en poussière.
Et jusqu'à la Fin du Monde, protégé de l'oubli,
dressé dessous les cieux, le nom du héros vivra.

Bjarki, mourant, gisait sur la terre gelée. Hjalti tomba à genoux près de lui. Le capitaine fixait le ciel. Il marmonna : « Ils sont si nombreux que nous n'avons plus d'espoir de les contenir. Je n'ai pas vu Odin. Il doit rôder alentour, ce fils de troll sans foi ni loi. Si seulement je savais où le trouver, le misérable rentrerait chez lui tout marri d'une blessure qui le ferait hululer, pour lui revaloir ce qu'il a fait à notre roi.

— Il n'est pas facile d'infléchir son destin, dit Hjalti, pas plus que de s'opposer à une puissance surhumaine. » Après un moment, il ferma les yeux de Bjarki et se leva, raidi, pour aller à la rencontre de sa mort.

Les derniers guerriers du roi Hrolf formaient le cercle autour de lui. Skuld elle-même était sortie dans la nuit. Frappée de folie, elle appelait, de ses hurlements, monstre après monstre. Sous le choc de ces vagues de sorcellerie dont ils n'apercevaient, sans la reconnaître pour telle, qu'ombres et puanteurs atroces, que grondements et crocs, les gardes et les grands capitaines tombèrent. Hrolf Kraki quitta l'abri précaire du rempart de boucliers qui s'effondrait. Il alla à grands pas, trucidant un homme après l'autre. Il n'y en eut pas un pour le tuer; ils durent s'y mettre à tous.

Une fois sûre de sa victoire, Skuld se hâta de renvoyer ses trolls d'où ils étaient venus et de laisser ses morts gésir en paix. Ensuite, elle chercha son mari à la lueur des torches et le proclama Grand Roi du Danemark en quelques mots sans force ; tous deux étaient trop épuisés pour se réjouir. Ils allèrent s'abriter dans le fort. L'obscurité et le silence prirent possession de Leidhra, sauf à l'endroit où Vögg se réveilla, tout seul, et pleura.

CHAPITRE HUITIÈME

LE DIT DE VÖGG

I

Il neigea, cette nuit-là, ainsi que toute la journée et la soirée du lendemain. La neige murait le monde, unissait le ciel et la terre, emplissait l'air d'un silence absolu. La neige pesait sur chaque toit, sur le sol piétiné et ensanglanté, et sur les monceaux de cadavres qui le jonchaient, comme si elle voulait les dissimuler aux corbeaux.

Les femmes de Leidhra sortirent dans le matin pâle, menées par Drifa Hrolfsdottir. Elles portaient des capuches qui cachaient leurs visages. Munies de balais de bouleau pour découvrir les morts de leur linceul de neige, elles partirent à la recherche de leurs hommes et, au fur et à mesure qu'elles les retrouvaient, s'entraidèrent pour les ramener chez eux. Le roi Hjörvardh donna des ordres afin qu'on les laisse en paix ; c'était inutile. Le plus sauvage des pillards, montant la garde appuyé sur sa pique, ressentit un effroi mêlé de respect face à ces formes muettes qui se déplaçaient dans l'éclat aveuglant de la neige. Il s'était produit trop d'horreurs la veille. Le coût de la victoire était trop élevé : elle avait un goût de cendres.

Ceux qui, vers le soir, virent la reine revenir de sa tente se sentirent encore plus mal à l'aise. Elle marchait telle une somnambule, ses yeux verts fixant le vide, les traits pincés. La neige qui poudrait ses cheveux la vieillissait.

Au fort, son mari l'entraîna dans un coin à l'écart de la maisonnée qui allait abattue, traînant les pieds. « Alors, quels signes as-tu obtenus ? chuchota-t-il en crochetant sa cape.

— De mauvais signes », répondit-elle d'une voix atone, le regard au loin. « J'ai jeté les runes sans répit. Elles ne m'ont montré que l'horreur. Quand j'ai regardé dans le chaudron, je n'ai rien vu ni entendu sauf que… sauf qu'au loin, sur une haute terre, quelqu'un a meuglé si fort que les montagnes ont résonné des échos de son chagrin et de sa colère ; et il n'était pas humain… Je crois qu'on nous a utilisés, toi et moi. » Elle se secoua. Ses yeux s'éclaircirent. Elle releva la tête. Sa morgue reprit possession d'elle. « Nous sommes le roi et la reine du Danemark. Que le monde entier le sache ! »

Hjörvardh dut tenir un banquet à la tombée du soir, pour remercier ses guerriers et les combler de cadeaux. Ce fut une triste fête. Le fort paraissait vide et creux. Les feux les plus hauts ne parvenaient pas à éloigner la nuit ni à meubler le silence que des conversations chagrines échouaient à parer. Bien que les invités de Hrolf ne puissent rentrer chez eux par un temps pareil, ils avaient tous trouvé à se loger, qui chez la veuve d'un de ses hommes, qui chez un parent qui pleurait son roi, et n'étaient donc pas là. À part les esclaves, il n'y avait pas de femmes pour s'asseoir sur les bancs ou porter à manger et à boire. Les ombres qui remuaient paraissaient les fantômes des occupants passés, réunis pour effrayer leurs assassins épuisés et blottis les uns contre les autres. Le feu qui crépitait semblait un écho de leur rire. L'air était froid et rance, comme à l'intérieur d'un tumulus.

Hjörvardh tremblait et buvait. Et venaient devant lui, pour recevoir leur salaire en or et en terres, tous ces laquais, ces étrangers, ces hors-la-loi, ces traîtres danois, et il devait les remercier, les louer, tout en se rappelant les autres guerriers. La joie criarde de la reine Skuld n'éveillait en lui aucun écho.

Quand il eut accompli ce qu'il devait, et écouté le skalde qu'il avait amené déclamer quelques stances boiteuses en son honneur, il était tout à fait saoul. Soudain, il se remplit les poumons et s'écria :

« Vous avez bien œuvré, mes guerriers, oui, oui, bien ! Mais je suis surpris qu'aucun des nombreux partisans du roi Hrolf n'ait sauvé sa vie en s'enfuyant ou en se rendant ! Pas un. J'ai raison ? Voyez leur amour pour leur roi… ils n'ont pas voulu lui survivre. Hein ? Je suis bien malchanceux… oh ! je ne dis rien contre vous, mes amis, pas un mot, ne vous méprenez pas… mais je suis bien malchanceux… Cela ne détournerait-il pas le sort funeste… si un seul de ces preux vivait et devenait mon loyal féal ? Je veux être un roi juste… Reste-t-il un homme de Hrolf Kraki vivant, et viendra-t-il se ranger sous ma bannière ? »

Skuld se rembrunit. Les occupants des bancs échangèrent d'aigres murmures.

« Oui, mon seigneur. J'ai survécu à la journée

d'hier », lança une voix fêlée. De l'antichambre, surgit clopin-clopant un jeune garçon fluet, meurtri à la tête et vêtu d'un pourpoint de cuir souillé de crasse et de sang coagulé. Il traversa toute la grand-salle d'un pas hésitant et se tint devant le trône.

Le reine Skuld durcit son regard. « Toi, un des hommes de mon frère ? dit-elle. Qui es-tu ?

— Je me nomme Vögg, mon seigneur et ma dame. Je… J'avoue que je ne suis… que je n'étais pas le meilleur d'entre eux. Mais je les ai aidés quand ils ont combattu le roi Adhils et je… j'étais là hier, et ne suis vivant aujourd'hui que parce que l'on m'a assom-m-mé.

— Deviendras-tu mon homme ? demanda Hjörvardh.

— Je n'ai nulle part où aller et… et puis vous avez gagné, mon seigneur.

— Voyons, c'est un signe d'espoir ! » Hjörvardh avait une épée sur ses genoux. Il la brandit. « Oui, un signe, n'est-ce pas, Skuld chérie ? Ce qui fut ne fait pas toujours la guerre à ce qui est. Ah ! » Il acquiesça, très ému par ses sages dires. « Eh bien, Vögg », poursuivit-il avant que sa femme puisse intervenir, bien qu'elle essaye de lui couper la parole, « tu es le bienvenu, et j'espère que tu feras mieux avec moi qu'avec mon beau-frère. Oui. » Il tendit la lame. « Jure-moi fidélité sur cette mienne épée, et tu sauras alors, euh, l'étendue de ma bonté. »

Le nouveau venu carra ses épaules étroites, « Seigneur, je ne le peux. Nous ne jurions pas sur la pointe de l'épée, mais sur la garde. Le roi Hrolf avait coutume de tendre son épée à ses hommes et de les laisser la tenir tandis qu'ils lui prêtaient serment.

— Hein ? Euh… Bon…

— Non ! » commença Skuld. Mais Hjörvardh se penchait déjà et Vögg recevait l'épée de ses mains.

« Maintenant, prête serment, dit Hjörvardh.

— Oui, seigneur, dit Vögg d'une voix ferme. Le voici. »

Il se fendit. La pointe perça le sein du roi. L'espace d'un clin d'œil, Hjörvardh, éberlué, regarda son sang couler à gros bouillons. Puis il parut se chiffonner. Il roula, s'affala et s'étala de tout son long sur le sol.

Skuld poussa un cri perçant. Les gardes hululèrent, tirèrent leurs lames. Vögg bondit à leur rencontre. Tandis qu'ils le taillaient en pièces, il riait et lançait le nom de Hrolf Kraki.

II

Grimpant les hauteurs du Keel, courant les bois, traversant des champs où les paysans frissonnaient à sa vue, plus rapide qu'un chien de guerre, ainsi allait la silhouette disgracieuse et démesurée de Frodi l'Élan. Congères, blizzards ne pouvaient l'arrêter ; sa dague tranchait ce qu'il mangeait ensuite, sans cesser de courir. Il se reposait rarement, et jamais longtemps. En quelques jours, il atteignait le fort, en Gothie de l'ouest, où résidait le roi Thori Pieds de Chien.

Les guerriers pointèrent leurs lances et leurs arcs sur cette horreur qui galopait à leur rencontre. Frodi s'arrêta et rugit qu'il devait voir son frère. Le roi sortit. « Bjarki est mort… on l'a tué, lui dit Frodi. Du sang a rempli les empreintes que j'avais laissées en guise de marque pour lui. »

Thori resta pétrifié avant de dire, sous le ciel hivernal : « Il va me falloir des semaines, à cette époque de l'année, pour réunir des hommes afin de le venger. Entre-temps, nous allons prendre des nouvelles. »

Parmi les éclaireurs et les messagers qu'ils dépêchèrent, il y en eut un qui se rendit à Uppsala, au Svithjodh. La reine Yrsa, apprenant sa venue, l'accueillit et lui répéta ce qu'elle savait de la mort du roi Hrolf. « Fixez un jour et un lieu, promit-elle, et vous y trouverez une mienne armée qui vous attendra ». Elle s'assit un moment, et compta sur ses doigts que l'âge commençait de nouer. Enfin, elle hocha la tête. « Oui, mon Hrolf a vécu moins d'années que mon Helgi, mais il a œuvré davantage. Les Skjoldung, décidément, ne sont pas d'une espèce à longue vie. Ils vont trop loin. »

L'armée se rassembla sur la frontière avec la Scanie. Quand elle la franchit, les Danois la rejoignirent en masse. Skuld régnait avec dureté et insouciance ; ils voulaient s'en débarrasser.

Il y avait une chose qu'elle n'avait pas osée : empêcher son peuple d'enterrer le roi Hrolf. Ils l'avaient étendu à bord d'un bateau et tiré celui-ci au sommet d'un cap qui dominait ce Kattegat qu'il avait protégé pour eux. Son épée Skofnung reposait à son côté, ainsi que ses hommes, tous pareillement armés et parés. On amoncela des trésors autour d'eux, et au-dessus on éleva un tumulus aussi haut qu'une colline qui resterait un point de repère éternel. Les bûchers funéraires brûlèrent, les femmes chantèrent leurs mélopées, et autour du tombeau chevauchèrent les chefs. Ils martelaient lentement leurs écus de leurs épées, pour saluer le seigneur qui avait offert au Danemark la bonne fortune et les jours heureux.

Ils refusèrent d'aider la reine. Elle dut se tourner vers les ruffians qui l'avaient hissée au pouvoir et les récompenser en lésant les autres. La haine à son égard grandit. Bientôt, d'un bout à l'autre du pays, le coq rouge chantait sur les toits de ses jarls. Ses vassaux reprenaient tributs et serments ; quand ils montaient sur les rocs des Things, les francs tenanciers les proclamaient libres seigneurs ne devant rien à personne.

Les runes qu'elle jetait, les créatures qu'elle invoquait, ne parlaient que de malheur. Nul ne pouvait ou ne voulait lui dire comment se préparer. Ailleurs, une étrangeté différente œuvrait à l'encontre de ses sorts et lui cachait les lendemains.

« Je crois, cria-t-elle un jour à celui qui sortait de la mer, qu'Odin ne s'est servi de moi que pour assouvir son dépit.

— Crois-tu qu'il ne s'agissait que de dépit ? répliqua-t-il. Le Père des Victoires devait jeter bas quiconque pourrait entraîner un arrêt des guerres. Peut-être a-t-il accueilli avec joie Hrolf Kraki et ses hommes pour qu'ils festoient en sa compagnie jusqu'à la Fin du Monde. Que cela soit vrai ou non, il est certain que leurs noms survivront.

— Et le mien ?

— Le tien aussi, à sa façon. »

Skuld se rendit sur la tombe de son époux. Cet homme qu'elle avait humilié et tourné en dérision alors qu'il l'aimait de son amour modeste lui manquait désormais plus qu'elle ne s'y serait attendue.

Les esclaves qu'elle avait désignés pour entretenir son tertre avaient mal travaillé.

Au tout début du printemps, l'armée du roi Thori et de la reine Yrsa franchit le Sund. Skuld en avait infesté les eaux de nixes et de krakens. Ils s'agglutinèrent autour de la flotte de navires, virent Frodi l'Élan à la proue du premier dragon et s'enfuirent dans leurs tanières. Les trolls et autres monstres postés pour garder le Sjaelland ne firent pas autrement. La puissance de Frodi était plus sinistre encore que les leurs. Il mena l'assaut sur Leidhra, dévasta les rangs des combattants affaiblis par la peur et fit irruption dans le fort de Skuld. Il la saisit dans ses mains grossières, enferma sa tête dans un sac en peau de phoque et serra les cordelettes. « Je ne serai pas né pour rien », dit-il. Son frère à ses côtés, ils mirent ensemble à mort Skuld la reine sorcière.

Pendant le combat, le feu se déclara et réduisit le fort en cendres. « Bon, dit Thori Pieds de Chien, ce sol est purifié. »

Les vengeurs partagèrent les restes du royaume entre les deux filles de Hrolf. Puis chacun retourna chez soi : Thori et ses Götar à leurs vallons, les Suédois à la vieille reine Yrsa, et Frodi l'Élan à sa solitude.

Drifa et sa sœur étaient très aimées, mais des femmes ne pouvaient régner alors que tout partait à vau-l'eau, et leurs fils étaient trop jeunes. Avant peu la souveraineté passait, dans la sagesse et l'amitié, au petit-fils d'Helgi par une concubine. Il sauva quelque chose du naufrage. Il se passerait de longues années, de longs siècles avant que le Danemark se retrouve uni. On voyait de nouveau brûler les feux au sommet des tours de guet prévenant de l'approche d'un ennemi. Vikings, hors-la-loi et coureurs des bois harcelaient les habitants des pays du Nord. Mais ils ne firent pas plus de mal que les rois, innombrables et indomptés : revint le temps des torches, des épées, des hommes et femmes libres réduits en esclavage, des hommes aux aguets et des femmes en pleurs. Il ne resta rien qu'un conte de ces jours enfuis.

Ici s'achève la saga de Hrolf Kraki et de ses guerriers.

DU MÊME AUTEUR

Aux Éditions Denoël

LES CROISÉS DU COSMOS (Folio Science-Fiction n° 170)

LE MONDE DE SATAN

Aux Éditions du Bélial'

LA SAGA DE HROLF KRAKI (Folio Science-Fiction n° 238)

TROIS CŒURS, TROIS LIONS

LA PATROUILLE DU TEMPS :

LA PATROUILLE DU TEMPS

LE PATROUILLEUR DU TEMPS

Aux Éditions de l'Atalante

AGENT DE L'EMPIRE TERRIEN

FLANDRY DÉFENSEUR DE L'EMPIRE TERRIEN

Aux Éditions Calmann-Lévy

LE ROI D'YS :

ROMA MATER

LES NEUF SORCIÈRES

Aux Éditions J'ai lu

LA REINE DE L'AIR ET DES TÉNÈBRES

Aux Éditions Pocket

TEMPÊTE D'UNE NUIT D'ÉTÉ

LE BARDE DU FUTUR

Dans la même collection

153. M. John Harrison — *Le Signe des Locustes*
154. Walter Tewis — *L'homme tombé du ciel*
155. Roger Zelazny et Jane Lindskold — *Lord Démon*
156. M. John Harrison — *Les Dieux incertains*
157. Kim Stanley Robinson — *Les menhirs de glace*
158. Harlan Ellison — *Dérapages*
159. Isaac Asimov — *Moi, Asimov*
160. Philip K. Dick — *Le voyage gelé*
161. Federico Andahazi — *La Villa des mystères*
162. Jean-Pierre Andrevon — *Le travail du Furet*
163. Isaac Asimov — *Flûte, flûte et flûtes !*
164. Philip K. Dick — *Paycheck*
165. Cordwainer Smith — *Les Sondeurs vivent en vain* (Les Seigneurs de l'Instrumentalité, I)
166. Cordwainer Smith — *La Planète Shayol* (Les Seigneurs de l'Instrumentalité, II)
167. Cordwainer Smith — *Nostrilia* (Les Seigneurs de l'Instrumentalité, III)
168. Cordwainer Smith — *Légendes et glossaire du futur* (Les Seigneurs de l'Instrumentalité, IV)
169. Douglas Adams — *Fonds de tiroir*
170. Poul Anderson — *Les croisés du Cosmos*
171. Neil Gaiman — *Pas de panique !*
172. S. P. Somtow — *Mallworld*
173. Matt Ruff — *Un requin sous la lune*
174. Michael Moorcock — *Une chaleur venue d'ailleurs* (Les Danseurs de la Fin des Temps, I)
175. Thierry di Rollo — *La lumière des morts*
176. John Gregory Betancourt — *Les Neuf Princes du Chaos*

177.	Donald Kingsbury	*Psychohistoire en péril*, I
178.	Donald Kingsbury	*Psychohistoire en péril*, II
179.	Michael Moorcock	*Les Terres creuses* (Les Danseurs de la Fin des Temps, II)
180.	Joe Haldeman	*Pontesprit*
181.	Michael Moorcock	*La fin de tous les chants* (Les Danseurs de la Fin des Temps, III)
182.	John Varley	*Le Canal Ophite*
183.	Serge Brussolo	*Mange-Monde*
184.	Michael Moorcock	*Légendes de la Fin des Temps* (Les Danseurs de la Fin des Temps, IV)
185.	Robert Holdstock	*La forêt des Mythagos*
186.	Robert Holdstock	*Lavondyss* (La forêt des Mythagos, II)
187.	Christopher Priest	*Les Extrêmes*
188.	Thomas Day	*L'Instinct de l'équarrisseur*
189.	Maurice G. Dantec	*Villa Vortex*
190.	Franck M. Robinson	*Le Pouvoir*
191.	Robert Holdstock	*Le Passe-broussaille* (La forêt des Mythagos, III)
192.	Robert Holdstock	*La Porte d'ivoire* (La forêt des Mythagos, IV)
193.	Stanislas Lem	*La Cybériade*
194.	Paul J. Mc Auley	*Les conjurés de Florence*
195.	Roger Zelazny	*Toi l'immortel*
196.	Isaac Asimov	*Au prix du papyrus*
197.	Philip K. Dick	*Immunité*
198.	Stephen R. Donaldson	*Le miroir de ses rêves* (L'appel de Mordant, I)
199.	Robert Charles Wilson	*Les fils du vent*
200.	Greg Bear	*La musique du sang*
201.	Dan Simmons	*Le chant de Kali*

202.	Thierry Di Rollo	*La profondeur des tombes*
203.	Stephen R. Donaldson	*Un cavalier passe* (L'appel de Mordant, II)
204.	Thomas Burnett Swann	*La trilogie du Minotaure*
205.	Jack Vance	*Croisades*
206.	Thomas Day	*L'homme qui voulait tuer l'Empereur*
207.	Robert Heinlein	*L'homme qui vendit la lune* (Histoire du futur, I)
208.	Robert Heinlein	*Les vertes collines de la Terre* (Histoire du futur, II)
209.	Robert Heinlein	*Révolte en 2100* (Histoire du futur, III)
210.	Robert Heinlein	*Les enfants de Mathusalem* (Histoire du futur, IV)
211.	Stephen R. Donaldson	*Le feu de ses passions* (L'appel de Mordant, III)
212.	Roger Zelazny	*L'enfant de nulle part*
213.	Philip K. Dick	*Un vaisseau fabuleux*
214.	John Gregory Betancourt	*Ambre et Chaos*
215.	Ugo Bellagamba	*La Cité du Soleil*
216.	Walter Tevis	*L'oiseau d'Amérique*
217.	Isaac Asimov	*Dangereuse Callisto*
218.	Ray Bradbury	*L'homme illustré*
219.	Douglas Adams	*Le Guide du voyageur galactique*
220.	Philip K. Dick	*Dans le jardin*
221.	Johan Héliot	*Faerie Hackers*
222.	Ian R. MacLeod	*Les Îles du Soleil*
223.	Robert Heinlein	*Marionnettes humaines*
224.	Bernard Simonay	*Phénix* (La trilogie de Phénix, I)
225.	Francis Berthelot	*Bibliothèque de l'Entre-Mondes*

226.	Christopher Priest	*Futur intérieur*
227.	Karl Schroeder	*Ventus*
228.	Jack Vance	*La Planète Géante*
229.	Jack Vance	*Les baladins de la Planète Géante*
230.	Michael Bishop	*Visages volés*
231.	James Blish	*Un cas de conscience*
232.	Serge Brussolo	*L'homme aux yeux de napalm*
233.	Arthur C. Clarke	*Les fontaines du Paradis*
234.	John Gregory Betancourt	*La naissance d'Ambre*
235.	Philippe Curval	*La forteresse de coton*
236.	Bernard Simonay	*Graal*
237.	Philip K. Dick	*Radio Libre Albemuth*
238.	Poul Anderson	*La saga de Hrolf Kraki*
239.	Norman Spinrad	*Rêve de fer*
240.	Robert Charles Wilson	*Le vaisseau des Voyageurs*
241.	Philip K. Dick	*SIVA* (La trilogie divine, I)
242.	Bernard Simonay	*La malédiction de la Licorne*
243.	Roger Zelazny	*Le maître des rêves*
244.	Joe Haldeman	*En mémoire de mes péchés*
245.	Kim Newman	*Hollywood Blues*
246.	Neal Stephenson	*Zodiac*
247.	Andrew Weiner	*Boulevard des disparus*
248.	James Blish	*Semailles humaines*
249.	Philip K. Dick	*L'invasion divine*
250.	Robert Silverberg	*Né avec les morts*
251.	Ray Bradbury	*De la poussière à la chair*
252.	Robert Heinlein	*En route pour la gloire*
253.	Thomas Burnett Swann	*La forêt d'Envers-Monde*
254.	David Brin	*Élévation*
255.	Philip K. Dick	*La transmigration de*

Timothy Archer (La trilogie divine, III)

256. Georges Foveau — *Les Chroniques de l'Empire,* I — *La Marche du Nord — Un Port au Sud*
257. Georges Foveau — *Les Chroniques de l'Empire,* II — *Les Falaises de l'Ouest — Les Mines de l'Est*
258. Tom Piccirilli — *Un chœur d'enfants maudits*
259. S. P. Somtow — *Vampire Junction*
260. Christopher Priest — *Le prestige*
261. Poppy Z. Brite — *Âmes perdues*
262. Ray Bradbury — *La foire des ténèbres*
263. Sean Russell — *Le Royaume Unique*
264. Robert Silverberg — *En un autre pays*
265. Robert Silverberg — *L'oreille interne*
266. S. P. Somtow — *Valentine*
267. John Wyndham — *Le jour des triffides*
268. Philip José Farmer — *Les amants étrangers*
269. Garry Kilworth — *La compagnie des fées*
270. Johan Heliot — *La Lune n'est pas pour nous*
271. Alain Damasio — *La Horde du Contrevent*
272. Sean Russell — *L'île de la Bataille*
273. S. P. Somtow — *Vanitas*
274. Michael Moorcock — *Mother London*
275. Jack Williamson — *La Légion de l'Espace* (Ceux de la légion, I)
276. Barbara Hambly — *Les forces de la nuit* (Le cycle de Darwath, I)
277. Christopher Priest — *Une femme sans histoires*
278. Ugo Bellagamba et Thomas Day — *Le double corps du roi*
279. Melvin Burgess — *Rouge sang*
280. Fredric Brown — *Lune de miel en enfer*

281.	Robert Silverberg	*Un jeu cruel*
282.	Barbara Hambly	*Les murs des Ténèbres (Le cycle de Darwath, II)*
283.	Serge Brussolo	*La nuit du bombardier*
284.	Francis Berthelot	*Hadès Palace*
285.	Jack Williamson	*Les Cométaires* (Ceux de la légion, II)
286.	Roger Zelazny et Robert Sheckley	*Le concours du Millénaire*
287.	Barbara Hambly	*Les armées du jour* (Le cycle de Darwath, III)
288.	Sean Russell	*Les routes de l'ombre* (La guerre des cygnes, III)
289.	Stefan Wul	*Rayons pour Sidar*
290.	Brian Aldiss	*Croisière sans escale*
291.	Alexander Jablokov	*Sculpteurs de ciel*
292.	Jack Williamson	*Seul contre la Légion* (Ceux de la Légion, III)
293.	Robert Charles Wilson	*Les Chronolithes*
294.	Robert Heinlein	*Double étoile*
295.	Robert Silverberg	*L'homme programmé*
296.	Bernard Simonay	*La porte de bronze*
297.	Karl Schroeder	*Permanence*
298.	Jean-Pierre Andrevon	*Šukran*
299.	Robert Heinlein	*Sixième colonne*
300.	Steven Brust	*Jhereg*
301.	C.S. Lewis	*Au-delà de la planète silencieuse*
302.	Jack Vance	*Les langages de Pao*
303.	Robert Charles Wilson	*Ange mémoire*
304.	Steven Brust	*Yendi*
305.	David Brin	*Jusqu'au cœur du Soleil* (Le cycle de l'Élévation, I)
306.	James A. Hetley	*Le Royaume de l'été*
307.	Thierry Di Rollo	*Meddik*

Composition IGS.
Impression Société Nouvelle Firmin-Didot
à Mesnil-sur-l'Estrée, le 3 mars 2008.
Dépôt légal : mars 2008.
1er dépôt légal : janvier 2006.
Numéro d'imprimeur : 89306.

ISBN 978-2-07-030648-0/Imprimé en France.

159662